Le voile du secret

GINNA GRAY

Le voile du secret

Jade

Titre original :
THE PRODIGAL DAUGHTER
publié par MIRA®

Traduction française de DANIÈLE LARUELLE

Photos de couverture
Femme : © ROLF W. HAPKE / ZEFA / CORBIS
Voile : © ALASTAIR LAIDLAW / GETTY IMAGES

83-85, boulevard Vincent-Auriol 75646 PARIS CEDEX 13.
ISBN 978-2-2808-3372-1 — ISSN 1773-7192

Pour Brad.
Mon mari, mon amour, mon meilleur ami.

1

A Ruby Falls, Texas, trois mille quatre cent dix-huit habitants, l'élégant cabriolet Viper choquait comme un smoking dans un bal populaire.

Les têtes se tournaient lorsque la voiture passait en vrombissant, et les yeux s'écarquillaient devant la superbe rousse aux longs cheveux au vent, qui conduisait le bolide, capote baissée, en écoutant à plein volume un CD de Kenny Roger dont la voix arrosait le voisinage.

Ecrin parfait pour une telle beauté, l'intérieur de cuir crème et la carrosserie vert sombre rehaussaient l'éclat de son teint d'ivoire, de sa chevelure flamboyante et de ses yeux d'émeraude.

Les lunettes noires de Dior cachaient son regard aux badauds médusés, mais tous les habitants de la région, le monde entier même, en connaissaient la couleur exacte. Depuis sept ans, le visage de Maggie Malone s'étalait à la une des plus grands magazines d'Amérique et d'Europe, éclairant les stands de presse de son sourire sexy et de la lueur moqueuse qui brillait dans ses prunelles incomparables.

Les passants ébahis ne manquèrent pas de remarquer son apparition spectaculaire. Maggie était au comble du bonheur : cette réaction, elle l'attendait, elle l'avait même calculée en demandant que la voiture de sport lui soit livrée à l'aéroport de Dallas Fort Worth dès son atterrissage.

Sept ans auparavant, elle avait quitté Ruby Falls en pleine disgrâce, mais aujourd'hui, ô joie ! ô délices ! elle y revenait triomphante, riche et célèbre. Le bolide haut de gamme signalait sa réussite de manière criante, et elle s'en réjouissait.

Au centre-ville, la circulation se fit plus dense. Maggie dut lever le pied, rétrograder et laisser ronronner le moteur au ralenti derrière la Chevrolet de Mlle Agnes Purvey — un modèle II de 1964 qui n'en était pas moins briqué, lustré, et comme neuf.

Là-bas, au coin nord de la place, le feu avait viré au vert depuis quelques minutes déjà. Coincée derrière Mlle Agnes et un camion d'UPS, Maggie s'impatientait. Sans ces deux escargots, elle aurait eu tôt fait d'accélérer et de tourner avant que le feu ne repasse au rouge.

— Et zut ! Tu vas te bouger un peu, Agnes, pour une fois ! grommela-t-elle pour se soulager.

Sans conviction, d'ailleurs. Sur une route à grande circulation, Mlle Agnes se risquait parfois à pousser jusqu'à cinquante à l'heure, mais en ville elle ne dépassait jamais trente. Et encore ! Elle n'atteignait cette vitesse de casse-cou que lorsque l'on klaxonnait ou que l'on collait à son pare-chocs arrière. Comme Maggie en ce moment même !

Minuscule vieille fille desséchée et proprette, aux cheveux d'argent permanentés en boucles serrées, Mlle Agnes ne prenait jamais plus de dix à quinze litres d'essence à la pompe, affirmant avec autorité que la Chevrolet s'emballait quand le réservoir était trop plein.

Le camion d'UPS tourna au coin de la place. Les deux mains crispées sur le volant, Mlle Agnes prit son temps pour le suivre. Elle n'avait pas négocié le virage que le feu passait au rouge, obligeant Maggie à s'arrêter. Elle laissa échapper un soupir d'agacement. Mais ce moment d'humeur céda bientôt la place à un sourire.

Non, elle n'en voulait pas à Mlle Agnes. Elle ne lui reprochait ni sa lenteur ni ses petites manies, au contraire. Pendant ces sept années d'exil, elle avait rêvé de revenir un jour, et elle imaginait retrouver la petite ville de Ruby Falls telle qu'elle l'avait laissée le soir de son départ. De sorte qu'aujourd'hui, elle éprouvait du réconfort à constater que de très nombreuses choses étaient restées en l'état.

Tapotant le cuir du volant de ses ongles couleur cannelle, Maggie regarda autour d'elle en attendant que le feu passe au vert. Décidément, elle avait eu tort de s'inquiéter. Ruby Falls demeurait égal à lui-même.

En arrivant en ville par la route de Dallas, elle avait certes remarqué le nouveau supermarché Safeway près du bar-grill Chez Rowdy et, au carrefour de Mimosa et Main Street, la station-service toute neuve qui avait remplacé l'ancien garage désaffecté. Mais, pour le reste, tout était merveilleusement familier.

La place était toujours bordée de boutiques de brique rouge aux boiseries peintes en blanc. Les quatre coins étaient toujours occupés par la First National Bank, la pharmacie Purdue, le magasin de bricolage Handyman Hardware et l'Auberge du Cerf. A l'est de Main Street, la flèche blanche de l'église baptiste du Calvaire se dressait toujours au-dessus du vieux chêne, des gommiers et des pacaniers.

Depuis bientôt cent trente ans, l'imposant palais de justice en pierre de taille trônait au centre de la place. A la naissance de Maggie, les chênes du parc qui l'entouraient avaient depuis longtemps atteint leur taille adulte. Et par cette chaude journée de septembre, ils abritaient de leur ombre les joueurs de dominos aussi immuables qu'eux.

Certes, les visages changeaient au fil des ans. Les plus vieux disparaissaient, laissant la place à la génération suivante, mais la tradition se perpétuait, refleurissait rituellement à la belle saison.

Parmi ces hommes à cheveux blancs, Maggie reconnut Ned Paxton, Oliver Jessup, les jumeaux Toliver — Roy et Ray. Et le vieux Moses Beasley ! Ancien combattant de la Première Guerre mondiale, l'ancêtre devait friser la centaine à présent ! Aussi loin qu'elle se souvienne, Maggie l'avait toujours vu sur la place.

Un groupe de femmes sortant de l'Auberge du Cerf se répandit en bavardant sur le trottoir, à proximité de la Viper.

Autre constante de Ruby Falls. Autre rituel immuable que ces réunions des femmes à l'auberge, le premier et le troisième jeudi de chaque mois. A l'évidence, la réunion venait de prendre fin, et Maggie reconnut en tête du troupeau Edna Mae Taylor, Dorothy Purdue et Pauline Babcock, les trois pires commères de la ville.

Dès qu'elles l'aperçurent, elles s'arrêtèrent net, bouche bée, les yeux écarquillés. Et les autres vinrent les percuter dans le dos.

— Mais enfin… Dorothy, tout de même, quelle idée de s'arrêter sans prév… Doux Jésus ! Je rêve… ou c'est…

— C'est bien elle ! coupa sèchement Pauline.

— Effectivement, c'est elle.

— Qu'est-ce qu'elle fabrique ici ? On ne l'a pas revue depuis qu'elle a levé le camp il y a sept ans.

— Je suppose qu'elle vient voir son père. Tout le monde sait qu'il est très malade.

— Eh bien, ce n'est pas trop tôt !

— Hm. M'étonnerait que la présence de cette créature améliore l'état de ce pauvre homme, remarqua Pauline. J'ai entendu dire qu'il l'avait reniée, déshéritée.

— Impossible. Lily n'aurait jamais laissé Jacob faire ça. Elle adore son aînée, elle la défend bec et ongles.

— En tout cas, c'est Lily qui se déplace pour lui

rendre visite à New York deux ou trois fois par an, intervint Edna Mae. Et Lucille a appris par Inez, qui le tenait de source sûre, que Jacob ne lui a même pas parlé au téléphone depuis qu'elle est partie.

— Cela n'a rien d'étonnant. Cette fille, c'est de la mauvaise graine. Elle rendait le malheureux Jacob fou avec ses frasques. Et je vous passe sa dernière. Franchement... je vous demande un peu.

— Oui. Elle devrait avoir honte. Enfin. La famille reste la famille. Et quand les temps sont durs, un homme a bien le droit de vouloir rassembler tout son monde autour de lui.

— Quoi qu'il en soit, vu les circonstances, elle aurait pu avoir la décence d'arriver discrètement. Mais non, pas elle, pas Maggie Malone. Il faut qu'elle se donne en spectacle. Regardez-moi cette voiture. Et vous entendez ça ? Cette musique de sauvages ! Croyez-moi sur parole, il n'en sortira rien de...

Le feu passa au vert. Avec un sourire à l'adresse des commères, Maggie monta le son, noyant la voix de Pauline sous celle, rauque, mâle, avinée de Kenny. La basse marquait le rythme tel un cœur géant dont les battements emplissaient l'air.

Il en fallait beaucoup pour arracher les joueurs de dominos à leur partie, mais le vrombissement de la Viper et la musique de bastringue eurent raison de leur concentration. Toutes les têtes se tournèrent comme une seule pour regarder passer l'élégant et bruyant bolide.

Très flirt, Maggie leur fit signe de la main, leur lança un clin d'œil, leur souffla des baisers de ses lèvres sensuelles, puis éclata de rire devant les vieux, médusés.

Enfin, dans un crissement de pneus, elle enfila Main Street au sud de la place.

Non, décidément, rien n'avait changé à Ruby Falls…

Elle n'avait pas roulé cent mètres que son rire s'éteignit. Elle fronça les sourcils, s'adressa une grimace de réprobation. Dieu qu'elle se conduisait mal ! A peine de retour, elle narguait les commères, retombait dans ses habitudes anciennes de provocation. Depuis son départ, elle n'avait plus jamais eu recours aux pieds de nez pour se défendre.

Il faut dire qu'elle n'en avait plus éprouvé le besoin.

Ces quelques minutes passées sur la place l'avaient distraite, mais, à présent qu'elle approchait du foyer familial, l'angoisse montait en elle à chaque tour de roue.

Depuis le coup de téléphone fatidique quatre jours plus tôt, elle se sentait tendue comme un ressort. L'appel l'avait réveillée en pleine nuit alors qu'elle séjournait dans les îles grecques pour des prises de vue. La voix de sa mère, ses premières paroles avaient achevé de dissiper les brumes du sommeil.

— Maggie, il faut que tu rentres.

Elle s'était redressée dans son lit, le cœur battant, les

doigts crispés sur l'appareil en entendant les sanglots étouffés de Lily au bout du fil.

— Maman… Ecoute-moi. Essaie de te calmer et raconte-moi ce qui ne va pas.

— Maggie, s'il te plaît, rentre, je t'en supplie.

— Tu sais bien que je ne demanderais pas mieux, mais je ne peux pas. La situation n'a pas changé.

— Si, elle a changé, Maggie. Ton père va mourir. Mon Dieu, c'est terrible. Jacob est mourant.

Ces mots prononcés entre deux hoquets l'avaient atteinte comme un coup de poing au plexus. Au souvenir de ce choc, elle se mordit la lèvre, serra convulsivement le volant de la Viper.

— Mais… Mais tu m'as dit il y a quelques jours qu'il réagissait au traitement, que sa tumeur au poumon se résorbait. Si j'avais su qu'il était si malade, j'aurais pris le premier avion.

— Oui, je sais, ma chérie. Mais tu avais un engagement important. Je ne voulais pas te causer de soucis. Et puis, au début, son état semblait s'améliorer… jusqu'à ce revirement soudain.

— Oh ! maman, pourquoi ne m'en as-tu pas parlé ?

— J'ai eu tort, je le reconnais. Mais le Dr Lockhart était convaincu qu'une nouvelle chimiothérapie enrayerait le cancer. Le voyant si optimiste, j'ai préféré me taire pour ne pas t'inquiéter. Mais ça n'a pas marché, Maggie. Cette affreuse maladie va gagner la partie et m'enlever mon Jacob !

La voix de sa mère s'étranglait, et Maggie pleurait elle aussi à l'entendre sangloter au téléphone. Une minute passa avant que Lily ne reprenne le contrôle d'elle-même.

— Les médecins l'ont renvoyé à la maison. Ils ne peuvent plus rien pour lui à l'hôpital. Ils lui donnent trois à quatre mois. Cinq tout au plus.

— Oh, maman..., avait-elle murmuré dans un souffle.

Effondrée, atterrée, elle avait l'impression que le sol se dérobait sous elle. Son père, mourir ? Non. Impossible. Pas maintenant, elle avait besoin de temps !

— Alors, tu comprends, il faut que tu rentres.

— Mais... papa ne veut pas de moi.

— Non, Maggie, tu te trompes. Quand un homme sait qu'il va mourir, il voit les choses d'un autre œil. Crois-moi, ma chérie, il veut que tu rentres, lui aussi.

— Est-ce que... Il te l'a dit ? Vraiment ?

L'espoir enflait en elle malgré sa douleur, mais elle craignait une déception. Elle serrait le récepteur de toutes ses forces.

— Eh bien... peut-être pas aussi directement que cela.

— Maman...

— Mais il me l'a laissé entendre.

— Je t'en prie, maman...

— Maggie, il y a presque vingt-neuf ans que je suis mariée à ton père, je le connais comme si je l'avais fait. Il n'ose pas te réclamer ouvertement. Mais c'est par orgueil, pour ne pas perdre la face en revenant sur sa décision d'autrefois. Seulement, il a besoin de toi, ma chérie. J'en suis sûre.

Elle marqua une pause, puis ajouta :

— Et toi, de lui.

Coup bas, songea Maggie, torturée par le doute. Sa mère frappait ainsi au point le plus sensible. Lily enchaîna doucement, d'une voix vibrante :

— C'est la fin, Maggie. Ta dernière chance de faire la paix avec ton père. Si tu ne viens pas, tu le regretteras toute ta vie.

Maggie laissa échapper un soupir. Elle se massa les tempes de sa main libre.

— Tu ne me facilites pas la tâche. Comment refuser à présent ?

— Eh bien, ne refuse pas, viens, Maggie. Viens, je t'en supplie. Rentre vite, avant qu'il soit trop tard.

L'émotion de sa mère avait eu raison de ses réticences. A cela s'ajoutait son propre désir de réconciliation.

Elle était l'un des cinq mannequins vedettes retenus pour les prises de vue en Grèce. Le photographe, Jean-Paul Delon, un artiste de renom au caractère impossible, dirigeait les séances à la manière d'un dictateur. Fort heureusement, il ne manquait pas de cœur et se montra sensible à ses problèmes familiaux. En accord avec toute l'équipe, il boucla dans la journée du lendemain toutes les séquences incluant Maggie.

Après avoir posé devant l'objectif de l'aube au crépuscule sans interruption, Maggie prit le bateau de nuit pour la première étape du voyage. Il lui fallut près de trois jours pour rentrer au pays. Profitant du vol intercontinental, elle avait pris contact avec son agence pour exposer la situation et demander qu'on réduise ses engagements au minimum pour les quatre mois à venir.

La chose n'avait pas été facile, et Val Brownsley, propriétaire de l'agence Valentina Modelling, avait dû déployer des trésors de diplomatie pour amadouer les clients frustrés ou furieux.

Les séances photo et les tournages publicitaires qui pouvaient être remis à plus tard sans crise majeure ni risques de procès le furent, et d'autres mannequins furent proposés pour remplacer Maggie sur les urgences.

Inévitablement, Maggie devrait cependant honorer certains gros contrats en exclusivité — Eve Cosmetics et les parfums Stephano, entre autres. Ce qui l'obligerait à quelques allers et retours, mais pas à des absences prolongées.

Dans un premier temps, Val avait protesté, poussé les hauts cris, usé de tous les arguments imaginables, et même de menaces, pour que Maggie revienne sur sa décision. Mais Maggie n'avait pas cédé. Elle avait fini par déclarer qu'elle se verrait contrainte de démissionner si on ne réduisait pas temporairement sa charge de travail : elle n'avait pas le choix, son père allait mourir et il souhaitait la voir.

Au sud de la ville, les maisons étaient plus anciennes, plus imposantes, plus éloignées les unes des autres.

C'étaient de belles demeures dans le style colonial victorien, avec de vastes porches flanqués de gros buissons d'azalées, bâties en retrait de la route, blotties dans l'ombre d'arbres centenaires. Là, vivaient les descendants des pères fondateurs de la communauté, familles de propriétaires terriens, de chefs d'entreprises, de ce qui passait pour être la bonne société de Ruby Falls.

Maggie longea l'impressionnante façade blanche à fronton et à colonnade derrière laquelle vivait sa sœur Laurel avec son époux et son beau-père. Sans même y jeter un regard, Maggie accéléra en serrant les dents. La seule pensée de savoir sa sœur mariée à Martin Howe lui donnait la nausée.

Deux kilomètres après le panneau signalant la sortie de la ville, elle quitta la route principale pour une voie secondaire qui menait vers les fermes. Une boule de tension lui nouait l'estomac. Ses mains devinrent moites. Le souffle lui manquait. Elle coupa la musique qui maintenant l'irritait, se concentra sur le bruit du vent, le ronronnement régulier du moteur. Quelques minutes plus tard, elle ralentit l'allure pour s'engager sur un étroit chemin de terre. Des gerbes de poussière et de petits cailloux jaillissaient sous ses pneus ; la Viper protestait à chaque secousse, mais Maggie n'entendait plus que le sang qui lui martelait les tempes.

Les vergers des Malone défilaient sur sa gauche — deux cent cinquante hectares de pêchers et de pruniers dans un ordre impeccable qui s'étendaient à perte de vue.

Sur la droite, elle remarqua d'un œil distrait que les trois cents hectares de forêt vierge étaient toujours en place et ne put s'empêcher de sourire.

Ces terres appartenaient à la famille Toliver depuis plus d'un siècle. Au fil des cinquante dernières années, le grand-père puis le père de Maggie s'étaient efforcés de les racheter pour étendre leurs vergers. En vain. Les Toliver s'y étaient toujours refusés.

Quatre-vingts ans plus tôt, Katherine Margaret Malone, l'arrière-grand-mère dont elle portait le nom, avait rejeté la demande en mariage de Wendell Toliver. Et le temps n'avait en rien effacé cet affront. Les gens avaient la rancune tenace dans la région.

A peine cette pensée formulée, elle aborda le dernier virage, et la demeure familiale apparut aux yeux de Maggie, partagée entre la joie et l'angoisse de ce qui l'attendait.

Le cœur battant, elle enfila l'allée de gravier et gara la Viper devant la maison. Les mains crispées sur le volant, elle resta un moment figée, fascinée par la vue familière du bâtiment de brique à un étage. Ses nerfs semblaient vibrer, des picotements parcouraient sa peau comme électrifiée. Une foule d'émotions se bousculaient en elle — le chagrin et la joie, le regret et l'espoir, la douleur, l'enthousiasme… —, cocktail inextricable qui menaçait de l'étouffer.

Volets et boiseries étaient toujours d'un blanc immaculé, comme les meubles de jardin disposés sur la terrasse. Les buissons d'azalées et de camélias le long de la véranda s'étaient étoffés mais, à ce détail près, la maison demeurait semblable au souvenir qu'elle en avait.

Rien de surprenant à cela. Depuis que son arrière-grand-mère l'avait fait construire en 1927, seuls quelques aménagements mineurs avaient été effectués. Le jardin d'hiver avait été agrandi, transformé en une agréable salle de séjour ; la cuisine et les salles de bains avaient été modernisées deux fois, et l'on avait installé l'air conditionné.

Mais aujourd'hui, par cette belle journée à la température clémente, portes et fenêtres étaient ouvertes. L'œil rivé sur le battant à moustiquaire de la porte, Maggie s'attendait à voir paraître sa mère ou Ida Lou Nettles, leur domestique. Cependant personne ne vint l'accueillir. Et pas un son ne filtrait de l'intérieur.

Puis elle se souvint qu'Ida Lou était de congé le jeudi et le dimanche. Depuis toujours, elle consacrait la matinée de jeudi à ses emplettes, rejoignait ses partenaires dans l'après-midi pour une partie de bridge, dînait ensuite au City Café avec Clara Edwards, sa meilleure amie, et passait la soirée avec elle au cinéma ou au bingo de George Hall, de sorte qu'elle ne rentrait pas avant 10 heures du soir.

Une douce odeur imprégnait l'air que Maggie inspira avec délice. Ah, le parfum familier des pêches !

Machinalement, son regard se dirigea vers la conserverie, invisible derrière les arbres et située à l'autre extrémité de la propriété. A présent les conserves

Malone proposaient toute une gamme de fruits et de légumes mais, pour Maggie, l'odeur des pêches cuisant dans le sirop resterait à jamais associée à ce lieu — la maison de famille, le foyer de son enfance où elle était de retour.

De retour... Ses yeux se portèrent de nouveau sur la porte protégée par la moustiquaire. Après une dernière hésitation, elle sortit de voiture, lissa les plis de sa longue jupe étroite aux couleurs de l'automne, puis s'avança jusqu'au perron dont elle gravit les marches.

A la voir, personne n'aurait soupçonné le trouble qui l'habitait. Elle marchait tête haute, les épaules rejetées en arrière, fière et pleine d'assurance, avec comme un soupçon d'impertinence dans le balancement de ses hanches. Une longue expérience devant les objectifs lui avait appris à masquer ses sentiments, et à ne donner d'elle-même qu'une image parfaitement maîtrisée.

Devant la porte, elle marqua un temps d'arrêt. Devait-elle sonner ou entrer ? Plaçant une main en visière, elle scruta le long couloir central à travers le fin grillage du battant. Personne en vue. De nouveau, elle hésita. Si son père se reposait, elle risquait de le déranger en appelant.

Mais pourquoi tant de manières ? Elle était chez elle, non ? Se décidant enfin, elle poussa le battant. A peine était-elle à l'intérieur qu'un léger bruit lui parvint du bureau de son père, juste à droite de la porte.

Curieux. S'il avait assez d'énergie pour travailler, il était moins malade que ne le prétendait sa mère.

Sa tension s'accrut. Elle attendait ce moment depuis sept ans, en rêvait, l'appelait de ses vœux et, alors même que ses désirs allaient se réaliser, le trac s'emparait d'elle et lui nouait le ventre.

Pressant du poing son plexus douloureux, elle s'obligea à inspirer lentement, puis elle se dirigea vers le bureau ouvert… et se figea soudain.

— Mais qui êtes-vous ? Que faites-vous dans ce bureau ?

L'inconnu qui remuait les papiers de son père leva les yeux sur elle. Son visage buriné demeurait impassible, mais son regard gris, perçant, la sondait, la terrassait.

Trop tard ! Maggie songea aux nombreux incidents rapportés au journal du soir à New York, à ces mauvaises rencontres avec des cambrioleurs surpris en flagrant délit. Des visions de cauchemar se pressèrent dans sa tête, lui donnant des sueurs froides.

Inutile de chercher à fuir. Il la rattraperait avant qu'elle atteigne le perron. De plus, ses genoux tremblaient, ses jambes la soutenaient à peine.

N'ayant pas d'autre choix, elle releva le menton dans une attitude de défi.

L'homme était solidement bâti : un bon mètre quatre-vingt-dix, des bras musclés, des poignets épais et des mains puissantes. Et des épaules de lutteur qu'il n'avait sans doute pas acquises dans un gymnase pour jeunes cadres dynamiques.

A l'évidence, elle ne faisait pas le poids. Mais elle

n'était pas une mauviette, quoi qu'on en pense ! Pieds nus, elle atteignait le mètre quatre-vingts, et elle était en excellente condition physique. Elle plissa les yeux, fermement résolue à lui tenir tête. S'il osait l'agresser, elle ne remporterait certes pas la partie, mais il ne s'en tirerait pas indemne, le bougre !

L'homme se redressa calmement, croisa les bras sur sa poitrine et prit le temps de l'examiner de la tête aux pieds.

— Eh bien ! Eh bien ! Voyez-vous ça ! La fille prodigue est enfin de retour.

Prononcée d'une voix traînante, la remarque — bien que sarcastique — rassura Maggie au plus haut point, et sa terreur se dissipa. Un voleur l'aurait sans doute reconnue, mais il n'aurait certainement rien su de ses rapports avec sa famille.

— Alors, comme ça, vous êtes du coin, persifla-t-elle.

Une conclusion qui s'imposait, mais qui ne manquait pas de susciter des craintes d'un autre ordre. Car, ce qu'il savait d'elle, il l'avait nécessairement appris par la rumeur, et elle n'imaginait que trop bien ce qu'on racontait à son sujet.

Adolescente, Maggie déguisait son sentiment d'insécurité et ses souffrances derrière un masque d'humour, de dérision et d'insolence. Au cours des sept dernières années, elle avait découvert le respect d'elle-même, l'assurance, mais s'était aperçue que son ancienne stratégie fonctionnait à merveille sur les hommes, surtout si elle y ajoutait un soupçon de flirt. Les plus timides se liquéfiaient sur place, se mettaient à bégayer et prenaient la fuite à la première occasion. Les plus coriaces, les machos, ne savaient plus sur quel pied danser devant une femme qui possédait autant de classe que de culot. Cela lui donnait l'avantage.

Avec un sourire torride, Maggie avança une hanche, posa le poing dessus et examina l'inconnu.

— Est-ce que je vous connais ?

— J'en doute.

Au lieu de la réaction attendue, il la détailla à son tour, avec la même lenteur.

Ses yeux clairs inspectèrent chaque trait de son visage célèbre, ses cheveux de flamme encore ébouriffés par le vent. Lorsqu'ils en eurent fini, ils descendirent le long du bustier couleur rouille qui moulait ses courbes, suivirent la ligne de sa jupe jusqu'à ses chevilles, s'y arrêtèrent un temps avant de remonter pour s'immobiliser à la hauteur des cuisses.

Maggie prit alors conscience qu'à contre-jour, avec la lumière qui entrait à flot par la porte, la fine étoffe était sans doute transparente, mais elle ne bougea pas. Qu'il contemple ses jambes si cela lui faisait plaisir. Il ne serait pas le premier. Elle les avait assez montrées pour présenter des maillots de bain, des minijupes, de la lingerie fine. Si ce rustre croyait la désarçonner, il se trompait.

Lorsqu'il en eut terminé, il planta son regard dans le sien. Le dédain qu'elle y lut, le léger pli de mépris qui retroussait ses lèvres, lui causèrent un choc. Jamais un homme n'avait réagi de la sorte face à elle.

— Mais moi, je vous connais, déclara-t-il, sans élever la voix.

Réprimant la colère qui bouillait en elle, Maggie opta pour la légèreté.

— J'en doute. Vous auriez tort de croire ce qu'on écrit dans la presse à scandale. Tort de vous fier à ce que de simples photos vous font imaginer de moi.

— Si vous le dites. Je n'en sais rien. Je ne lis pas cette presse-là, et je ne regarde guère les magazines de mode. Mais on ne peut pas grandir à Ruby Falls sans connaître les Malone. Et vous ne nierez pas que, adolescente, vous avez fait parler de vous dans la région.

— Je vois. L'ombre de ma folle jeunesse me poursuit toujours.

Elle s'avança dans la pièce, vint se caler contre le coin du bureau.

— Vous ne m'avez toujours pas dit qui vous étiez. Ni pourquoi vous fouiniez dans les papiers de mon père.

— Je cherchais le dossier comptable que Jacob a examiné hier soir. Et je m'appelle Garrett. Dan Garrett, responsable de la conserverie et des vergers.

— Désolée, mon joli, cela ne prend pas. Harry Putman occupe ce poste depuis plus de vingt ans.

— Harry a pris sa retraite il y a deux ans.

— Suis-je bête ! Comment ai-je pu oublier !

En fait d'oubli, elle l'ignorait. Sa mère, seule source

d'informations, ne s'intéressait que de très loin à la gestion de la firme et ne connaissait rien aux affaires de Jacob.

— Alors, mon père vous a choisi pour le remplacer ? Curieux. J'aurais pensé qu'il opterait pour un employé de longue date. Depuis quand travaillez-vous pour Malone Enterprises ?

— Vingt ans.

— Pardon ? Vous plaisantez. Je ne suis partie que depuis sept ans, et je ne me rappelle pas vous avoir vu ici.

Il soutint son regard sans ciller, puis se pencha de nouveau pour reprendre ses recherches interrompues.

— Rien d'étonnant à cela. J'ai sept ou huit ans de plus que vous et nous n'avons pas fréquenté l'école en même temps. J'ai commencé à travailler à quatorze ans, au sein d'une équipe de cueillette. A temps partiel, bien sûr. Je venais après les cours ainsi que le week-end. Mes études terminées, j'ai été employé ici comme chef d'équipe et, au moment de votre départ, j'avais gravi les échelons pour devenir contremaître à la conserverie. Mais, à l'époque, si ma mémoire est bonne, vous ne fréquentiez guère le personnel des vergers, et l'on ne vous voyait pas très souvent à l'usine. Nos deux familles ne gravitaient pas dans les mêmes cercles, à ce que je sache.

L'accusation de snobisme à peine déguisée exaspéra Maggie. Jeune, elle passait la majeure partie de son temps à l'usine, mais dans les bureaux, pour apprendre la gestion. Son père l'aurait dépecée vive s'il l'avait surprise parmi les ouvriers ou avec les cueilleurs au moment de la récolte.

Elle inclina la tête de côté, étudia l'adversaire avec curiosité.

— Vous ne m'aimez pas beaucoup, n'est-ce pas ?

— Non, répondit-il, laconique.

Elle ne put retenir un rire.

Imperturbable, concentré sur sa tâche, il ne daigna pas même lever les yeux.

— Eh bien, don Juan, pourquoi ces cachotteries ? Crachez le morceau une bonne fois, qu'on en finisse. Qu'est-ce qui vous déplaît tant en moi ? Vous avez quelque chose contre les rousses ou quoi ?

Comme il ne répondait toujours pas, elle reprit :

— Soyons sérieux, vous ne pouvez pas m'en vouloir pour mes frasques d'adolescente rebelle. Je ne suis plus une gamine.

— Rien n'a changé à ce que j'ai cru comprendre, mais peu m'importent vos sottises passées, votre vie dissolue d'aujourd'hui. La question n'est pas là.

Il se redressa, un dossier à la main, la cloua sur place de son regard glacial, releva distraitement une mèche brune qui lui barrait le front et poursuivit :

— Pour moi, vous n'êtes qu'une enfant gâtée, égoïste, une sale gosse qui ne pense qu'à elle. Il y a deux ans que les médecins ont diagnostiqué le cancer de votre père. Deux ans pendant lesquels il a souffert comme un damné, a enduré une chimiothérapie, une radiothérapie, d'innombrables scanners, et des examens à n'en plus finir. Il s'étiole de jour en jour et pas une seule fois vous n'êtes venue lui rendre visite. Vous n'avez pas même pris la peine de l'appeler.

La mesure était comble. De quoi se mêlait cet étranger ?

— Je prends de ses nouvelles quotidiennement auprès de ma mère.

— Ce n'est pas la même chose. Il a besoin de vous, besoin de vous voir, de vous parler.

Furieuse, Maggie se redressa de toute sa taille, se drapa dans sa dignité outragée.

— Occupez-vous donc de ce qui vous regarde. Vous ignorez tout de mes sentiments envers mon père. De ses désirs, de ses besoins.

— Vos sentiments ? Lesquels ? Vous vous souciez tellement de lui que vous n'avez pas encore demandé où il était.

Prise au dépourvu par cette remarque, Maggie cligna des yeux.

— Ne voyant personne, j'ai pensé qu'il se reposait dans sa chambre, avec ma mère.

— Jacob est à l'hôpital de Tyler. A 2 heures du matin, Lily et moi avons dû le conduire aux urgences.

2

— L'hôpital ! Pour l'amour du ciel, vous auriez pu le dire plus tôt ! Quel hôpital ?

— Mercy.

Maggie pivota sur elle-même, courut jusqu'à la porte, dévala les marches du perron. Le battant grillagé n'était pas refermé que la Viper démarrait en trombe.

— Oh, mon Dieu ! Je vous en prie, faites qu'il ne soit pas trop tard ! Je vous en prie… Je vous en supplie !

Du coin de l'œil, elle aperçut Dan Garrett qui l'observait de l'intérieur, mais elle avait d'autres soucis en tête. Le gravier de l'allée gicla sous ses pneus tandis qu'elle accélérait comme une furie. En un rien de temps, la décapotable sinuait le long du chemin de terre à une allure vertigineuse, soulevant dans son sillage un rideau de poussière.

Pour couvrir les soixante-sept kilomètres qui séparaient Ruby Falls de Tyler, il fallait en moyenne quarante à quarante-cinq minutes auxquelles s'ajoutait un autre quart d'heure dans les embouteillages pour arriver à l'hôpital. Maggie effectua la totalité du trajet en trente-cinq minutes.

A peine sortie de l'ascenseur, elle aperçut sa mère devant le bureau des infirmières avec lesquelles elle bavardait.

— Maman !

Lily se retourna, et son visage s'illumina.

— Maggie ! s'exclama-t-elle.

Et elle s'élança vers sa fille, les bras tendus.

— Maggie, ma chérie ! Je suis si heureuse de te voir !

Plus grande que sa mère d'une bonne tête, Maggie dut se pencher pour lui rendre son étreinte, s'abandonner à ce contact réconfortant, respirer le parfum de violette familier et s'imprégner de l'amour dont elle débordait. Ce moment de tendre effusion passé, elle prit sa mère par les épaules, l'éloigna d'elle et scruta son visage en murmurant :

— Comment va-t-il ?

A cinquante-deux ans, Lily restait une beauté. Avec son teint clair, sa petite taille, sa silhouette menue et la délicatesse de ses traits, elle inspirait chez tous — surtout chez son mari — le désir de la protéger.

Jacob Malone adorait son épouse et il la traitait comme un ange précieux et fragile. Sans doute aujourd'hui s'inquiétait-il des conséquences de la maladie sur elle et souffrait-il pour elle plus que pour lui.

Maggie trouva sa mère bien changée depuis sa dernière visite à New York, six mois plus tôt. De nouvelles mèches d'argent se mêlaient à ses cheveux blonds, ses rides se creusaient sous l'effet de la fatigue et de la tension.

Ses yeux, d'une délicate couleur pervenche, étaient cernés de brun, empreints d'une tristesse douloureuse qui lui serrait le cœur.

— Mieux, ma chérie. Dieu merci. Il est encore très faible, mais il ne souffre pas, il se repose.

— Que s'est-il passé, au juste ? Hier, quand je t'ai appelée, il était à la maison et son état ne te donnait pas de soucis.

— Certes. Mais dans la soirée, il a eu du mal à respirer et nous avons dû le conduire aux urgences. Ils ont drainé le liquide qui encombrait ses poumons et, à présent, le danger est écarté.

— Dans ce « nous », tu inclus, je suppose, ce Dan Garrett que j'ai rencontré en arrivant ?

— Ah ! Tu as rencontré Dan. Un garçon merveilleux ! Une vraie perle. Il est d'une aide précieuse à ton père. A moi aussi, d'ailleurs.

— Hm.

Maggie comptait bien interroger sa mère sur ce Garrett, sur la façon dont il était devenu aussi important au sein de l'entreprise familiale, mais la chose pouvait attendre.

Voyant que les infirmières la dévisageaient de derrière la vitre, elle prit le bras de sa mère et l'entraîna le long du couloir à l'abri des regards avant qu'une des curieuses ne se risque à lui demander un autographe. Toujours étonnée par le fétichisme dont elle faisait l'objet, elle s'efforçait cependant de se montrer courtoise envers ses fans et, d'ici à quelques jours, elle mettrait un point d'honneur à revenir bavarder un moment avec ces femmes en blouse blanche. Mais aujourd'hui, préoccupée par la santé de son père, elle n'était pas d'humeur à se laisser admirer et à subir leurs assauts.

— Que pensent les médecins ? Comment expliquent-ils le phénomène ?

— Cela tient à la maladie. La tumeur empêche les poumons de fonctionner normalement et, peu à peu, ils s'engorgent de liquide. C'est le second drainage qu'il subit. Le cancérologue a modifié son traitement. Ils vont le garder cette nuit en observation et, sauf complications, nous pourrons le ramener à la maison demain.

— J'ai le droit de le voir ?

— Bien sûr. Les visites sont autorisées. Tes sœurs sont à son chevet.

— Super. J'aurais plaisir à retrouver Laurel et Jo Beth.

— Alors viens. Jacob dormait quand je suis sortie prendre un café. Il ne devrait plus tarder à s'éveiller.

Maggie emboîta le pas de sa mère, ravie à l'idée de ces retrouvailles malgré les tristes circonstances. Ses sœurs lui avaient cruellement manqué pendant les sept années passées loin d'elles. Lorsqu'elle leur parlait au téléphone, les conversations ne duraient jamais bien longtemps, et elles avaient toujours de bonnes excuses pour ne pas accompagner Lily à New York. Sans avoir jamais posé la question ouvertement, Maggie se doutait bien que son père leur interdisait tout contact avec leur sœur honnie.

Lily ouvrit doucement la porte de la chambre, jeta un coup d'œil à l'intérieur, puis elle murmura pardessus son épaule :

— Il dort toujours. Parlons bas.

Elle poussa le battant, puis entra, traînant Maggie dans son sillage.

— Regardez qui est là, vous tous.

— Maggie ! s'exclama Laurel d'une voix feutrée.

La joie éclaira son visage et, dans un élan spontané, elle s'avança à la rencontre de sa sœur.

— Laurel !

Ce n'était pas un ordre, ce n'était pas un cri. On aurait cru un aboiement.

Coulant un regard coupable en direction de Martin, son mari, Laurel se tordit nerveusement les mains. La petite flamme brièvement entrevue s'était éteinte.

— Bonjour, Maggie, dit-elle d'un ton neutre.

Maggie n'était pas femme à en rester là. Elle traversa la pièce, prit sa sœur dans ses bras et l'étreignit avec chaleur malgré sa froideur soudaine.

— Je suis si heureuse de te voir. Tu m'as manqué, tu sais. Comment vas-tu, sœurette ?

— Bien. Ça va bien.

Tout en elle démentait pourtant cette affirmation fallacieuse. Elle était pâle, atone, amaigrie, l'œil terne cerné de brun. Sa délicate silhouette était devenue osseuse. Ses traits fins et ciselés s'étaient creusés en un masque anguleux. Retenue sur la nuque par une barrette, l'épaisse chevelure blonde qui faisait autrefois sa fierté pendait, triste et sans vie, le long de son dos.

« Mince, songea Maggie. Elle n'a que vingt-six ans, un an de moins que moi, et elle a déjà perdu tout son éclat. » Laurel semblait vieillie, minée, usée jusqu'à la trame. Et quelle maigreur, mon Dieu ! Un souffle de vent l'emporterait !

Souffrait-elle d'anorexie ? La maladie de leur père la rongeait-elle à ce point ? Plus inquiétant encore, elle évitait le regard de Maggie.

— Qu'est-ce qu'« elle » vient faire ici ? s'enquit alors Martin d'un ton outré.

Maggie se raidit. Impossible d'ignorer plus longtemps ce beau-frère qu'elle haïssait. Mais avant qu'elle ne profère une remarque cinglante, Lily s'interposa :

— Maggie est parmi nous parce que son père est gravement malade. Et parce que je lui ai demandé de venir. Elle est notre fille, Martin. Comme ses sœurs, elle a sa place ici.

— Ce n'est pas mon opinion.

— Peut-être, mais quoi qu'il en soit, ce n'est pas à toi d'en décider.

Un léger sourire adoucissait un peu les propos de Lily, mais le ton de velours cachait une volonté d'acier. Maggie n'en revenait pas. Sa mère n'avait certes jamais beaucoup aimé Martin, mais elle le tolérait. Elle le traitait toujours avec courtoisie par égard pour Laurel et pour

Jacob qui le soutenait envers et contre tout. Docile, elle se pliait toujours aux vœux de son mari. Qu'elle tienne tête à Martin aujourd'hui, qu'elle le remette à sa place avec tant de fermeté relevait du prodige.

Maggie n'était d'ailleurs pas seule surprise. Martin lui-même en demeura sans voix pendant quelques secondes. Puis il serra les dents et, d'un pas rigide, alla jusqu'à la fenêtre et leur tourna le dos.

Laurel pâlit encore, jeta un regard anxieux en direction de son époux et, pour se donner une contenance, entreprit sans nécessité de ranger flacons et objets sur la table de chevet du malade.

Pour rompre la tension, Maggie se tourna vers l'adolescente brune au visage de lutin vautrée dans l'unique fauteuil de la chambre, les jambes posées sur l'un des accoudoirs. Si Laurel ressemblait à Lily, la plus jeune des trois sœurs, âgée de dix-sept ans, ressemblait à leur père.

— Eh bien, la petite Jo Beth a rudement grandi ! Je ne t'aurais pas reconnue.

La demoiselle en question leva les yeux au ciel avec une grimace de dégoût.

— Tiens-toi un peu correctement et viens dire bonjour, lui suggéra Lily.

— Je peux très bien le faire d'ici. Regarde.

Et, sans même un coup d'œil à Maggie, elle agita la main.

— Salut.

— Jo Beth, je t'en supplie ! réprimanda Lily.

Le reproche eut pour effet d'exacerber l'impertinence de la jeune fille.

— Quoi, tu voudrais que je lui fasse des mamours ? Alors qu'en sept ans, elle ne s'est pas dérangée une seule fois pour me voir ! Miss Glamour Top Model est trop bien pour sa famille, trop bien pour un trou tel que Ruby Falls. Elle peut toujours attendre !

Martin se détourna de la fenêtre avec un rictus satisfait.

— Tu exagères ! se récria Laurel.

— Jo Beth ! protesta sa mère.

— Ben quoi ? C'est vrai, non ? répliqua l'adolescente.

— Mon enfant, tu devrais avoir honte de dire des horreurs pareilles. Maintenant, sois gentille et présente tes excuses.

La jeune fille bondit de son siège, se planta devant sa mère, outrée, poings sur les hanches.

— Quand les poules auront des dents, oui !

— Jo Beth, où te crois-tu pour…

Maggie posa la main sur le bras de Lily.

— Non, maman, laisse. Ce n'est pas grave. Elle a parfaitement le droit d'avoir son opinion.

— Je suis assez grande pour me défendre toute seule, je n'ai pas besoin de toi !

— Eh bien, tant mieux, petite sœur, parce que ce n'est pas mon intention. Je défendais seulement ton droit à t'exprimer. Maintenant, si tu veux bien, nous viderons cette querelle plus tard toutes les deux. Ce n'est ni le lieu ni le moment pour ce genre de discussion.

L'adolescente se raidit, sembla sur le point de répondre, puis elle se ravisa, opta pour la bouderie et se laissa de nouveau choir dans son fauteuil.

Maggie dut alors affronter l'inévitable. Pour la première fois depuis son arrivée, elle se tourna vers son beau-frère, le regarda droit dans les yeux.

— Bonjour, Martin.

Lèvres pincées, il eut un bref hochement de tête.

— Bonjour.

Maggie s'accommoda fort bien de ce laconisme à peine courtois. Moins il y aurait d'échange entre eux, mieux cela vaudrait. Un silence total de sa part l'aurait même comblée d'aise.

Lily se rendit au chevet de son mari et, se tournant vers Laurel, lui demanda dans un murmure :

— Il s'est réveillé pendant mon absence ?

Laurel secoua la tête.

— Non. Il dort profondément. C'est à peine s'il a remué.

Maggie rejoignit sa sœur près du lit, en face de sa mère. Elle se pencha sur son père et effleura son front d'une main légère.

Son cœur se serra douloureusement de le voir lui aussi amaigri, prématurément vieilli.

Des sillons parallèles encadraient sa bouche ; ses cheveux, jadis bruns, avaient viré au gris et ses yeux s'enfonçaient dans ses orbites creuses. La peau de son cou, de ses bras, semblait fripée, flétrie. Quel choc c'était pour elle de le découvrir fragile, vieux et malade dans sa chemise d'hôpital quand elle l'avait cru invincible, plus solide qu'un roc.

Elle cligna des paupières pour refouler ses larmes. L'âge et la souffrance physique l'avaient peut-être diminué, mais Jacob Malone n'en demeurait pas moins un homme au physique imposant même s'il avait fondu, aux épaules larges, même si elles étaient aujourd'hui plus osseuses que par le passé.

Un sourire triste tremblait au coin de ses lèvres tandis qu'elle contemplait ce père endormi. Elle avait tellement rêvé que ce père l'enveloppait de ses deux bras puissants et qu'elle posait tendrement la tête sur son épaule. Elle avait si souvent rêvé de l'entendre prononcer ces mots magiques : « Je t'aime, Maggie, ma petite fille. »

Le chagrin l'accablait, menaçait de l'engloutir. Elle serra les dents.

Il ne pouvait pas mourir. Il ne devait pas mourir ! Pas maintenant. Les médecins se trompaient. A cinquante-huit ans, il était encore jeune. Il se battrait et s'en sortirait.

« Papa, je t'en supplie, ne meurs pas ! »

— Laurel, on s'en va, annonça brusquement Martin. Il faut que je rentre à la conserverie. Jacob compte sur moi pour gérer ses affaires. Je lui serai plus utile là-bas qu'à faire le pied de grue ici.

— Ne t'inquiète pas de Laurel, intervint Lily, je la reconduirai chez vous après les heures de visite.

— Non, je te remercie, mais il faut qu'elle rentre. Elle a du travail, elle aussi. Allons, Laurel. En route.

— Je viens avec vous ! lança Jo Beth en bondissant de son siège. Vous me déposerez au passage.

Laurel jeta un regard inquiet sur son père endormi.

— Tu m'appelleras ce soir pour me donner de ses nouvelles, n'est-ce pas, maman ?

— Bien sûr, ma chérie.

— Laurel, remue-toi, s'il te plaît, je suis pressé.

— J'arrive, répondit docilement la jeune femme.

Elle agrippa son sac, posa un bref baiser sur la joue de sa mère et sortit à la suite de son mari qui lui tenait la porte ouverte, sans même un mot à l'adresse de Maggie.

— Il la traite toujours de la sorte ? s'enquit cette dernière sitôt le battant refermé.

— Hm. D'ordinaire, Martin se montre un peu plus subtil, mais il est vrai qu'il est plutôt du genre autoritaire. Et Laurel ne bronche pas. Sans doute n'ai-je pas donné le bon exemple : par amour pour votre père, et par respect aussi, je me suis toujours pliée à sa volonté. Seulement, Jacob n'avait rien d'un tyran. Contrairement à Martin, il n'exigeait pas de moi une soumission aveugle.

Lily ponctua la remarque d'un soupir et reprit :

— J'ai tenté de faire comprendre à Laurel qu'elle ne

devrait pas se laisser dominer, mais elle se contente d'en rire, me dit que je m'inquiète pour rien, qu'elle est parfaitement heureuse. Jacob ne vaut pas mieux. Pour lui, Martin tient à porter la culotte dans le couple, ce qui lui semble normal.

— Oui. Eh bien, si c'était moi, je l'aurais étranglé depuis des lustres. Comment peut-elle supporter cela ?

— Elle l'aime, je suppose.

— Ce n'est pas une raison. Papa ne t'a jamais traitée comme une esclave.

Fou amoureux de Lily, Jacob la ménageait, avait pour elle mille égards, comme si elle était son bien le plus précieux, même après vingt-neuf ans de mariage. Maggie aurait juré qu'au cours de leur longue vie conjugale, les différends sérieux entre ses parents se comptaient sur les doigts d'une main. Ni elle ni ses sœurs n'avaient été témoins de la moindre querelle entre eux.

Lily soupira de nouveau.

— Je sais, Maggie. Mais chacun fait au mieux selon son caractère, selon les circonstances. Et si l'attitude de Martin envers elle me chagrine, je n'ai pas à intervenir dans leurs rapports de couple.

— Je ne comprendrai jamais ce qu'elle peut bien lui trouver, marmonna Maggie avec un frisson de dégoût.

— Maggie, je t'en prie…

A cet instant, Jacob changea de position et il émit une légère plainte. Aussitôt, les deux femmes oublièrent Martin Howe pour se pencher sur lui de chaque côté du lit.

— Eh bien, eh bien. Tu te décides enfin à te réveiller ? plaisanta Lily en prenant la main de son époux.

Jacob cligna des paupières, puis centra son regard sur le visage de sa femme. Tant d'amour débordait de ses yeux que le cœur de Maggie se serra.

— Bonjour, ma chérie, murmura-t-il.

— Bonjour, mon amour, répondit Lily en lui pressant affectueusement les doigts.

Puis, avec un signe de tête vers l'autre côté du lit, elle ajouta :

— Regarde, mon chéri, regarde qui vient te voir.

Lentement, Jacob tourna la tête. Ses traits accusèrent le choc, et la gorge de Maggie se noua douloureusement. Elle parvint cependant à lui sourire.

— Bonjour, papa.

Le visage de Jacob se durcit instantanément. Ses yeux se firent de glace.

— Toi. Qu'est-ce que tu fiches ici ?

3

Maggie jeta un regard accusateur à sa mère.

Elle lui avait menti. Son père ne voulait pas d'elle, ne voulait pas la voir à son chevet. Mensonges que tout cela.

Lily eut au moins la décence de prendre une attitude coupable. Piètre satisfaction pour Maggie, accablée. Il n'existait au monde que deux personnes en qui elle eût une confiance aveugle, sa tante Nan et sa mère. Sa mère qui venait de lui mentir et qui l'avait trahie. Dieu qu'elle avait donc été sotte ! Jamais elle n'aurait dû revenir à Ruby Falls. Et dire qu'elle y avait cru ! Qu'elle était si heureuse à l'idée que son père la réclamait enfin ! Idiote ! Triple idiote ! Elle n'apprendrait donc jamais rien ?

— Je t'ai posé une question. Qu'est-ce que tu fiches ici ?

Ravalant sa douleur et son désappointement, Maggie décocha un sourire narquois à son père.

— Tu sais ce qu'on dit de la mauvaise herbe, papa. On la retrouve toujours sous ses pieds.

Jacob pinça les lèvres.

— J'aurais dû m'y attendre. Tu es toujours aussi insolente, et tu ne changeras jamais.

Elle eut un haussement d'épaules, se fendit d'un nouveau sourire.

— Pourquoi changer puisque ça me réussit ?

Derrière ce masque de cynisme, elle refoulait son chagrin, luttait pour garder la face. Son unique défense consistait, comme toujours, à jouer les blasées. Et cette réaction spontanée, presque instinctive, la troublait, l'irritait au même titre que son père, mais pour d'autres raisons.

Pourquoi se sentait-elle si déstabilisée ?

Que diable, elle était adulte à présent ! Elle n'était plus une adolescente complexée, mais une femme, intelligente, compétente et sûre d'elle, pleinement capable de se prendre en charge, de se faire respecter. Célèbre, elle avait côtoyé les grands noms de ce monde, des vedettes de l'écran aux dirigeants politiques. Pourtant, une remarque acerbe de son père suffisait à l'infantiliser. Aussitôt, elle redevenait la fillette mal aimée d'autrefois et, comme cette fillette, elle usait de dérision et de provocation pour se protéger.

Certes, cela ne menait à rien, ne résoudrait pas le problème, mais quel choix avait-elle ? Fondre en larmes ? Jamais ! Elle se damnerait plutôt que de montrer à son père à quel point elle souffrait d'être rejetée.

Jacob crispait la mâchoire. Il émanait de lui une animosité palpable, d'une violence que la maladie n'avait en rien affaiblie. Maggie en avait l'estomac noué, le cœur déchiré.

— Tu n'es pas la bienvenue parmi nous, Katherine. Il me semble avoir été clair à ton départ.

— Jacob, je t'en prie ! supplia Lily.

Sa demande fut sans effet. Pris dans le duel de leurs regards, père et fille l'entendirent à peine.

— Certes, confirma Maggie. Tu as été on ne peut plus clair.

Bien sûr, il l'appelait Katherine. En tant que première-née et à la demande de sa mère, on lui avait donné le nom de son arrière-grand-mère, Katherine Margaret Malone, figure matriarcale de la famille qui, elle aussi, avait adopté le diminutif de Maggie. Mais dès la naissance de l'enfant, Jacob ne l'avait jamais appelée autrement que Katherine. Il répugnait sans doute à ce qu'elle porte le nom de sa grand-mère adorée, même s'il n'en avait jamais rien dit.

Mal à l'aise, décomposée, Lily se mordait les lèvres, se tordait les mains. Son regard inquiet allait de son époux à sa fille, de sa fille à son époux, tandis qu'elle passait nerveusement d'un pied sur l'autre.

— Sachant cela, tu as un fameux culot de te montrer ici. Tu t'imagines peut-être que je suis trop malade pour te flanquer dehors une seconde fois ?

— Jacob, sois raisonnable ! Si tu dois t'en prendre à quelqu'un, c'est à moi. C'est moi qui ai insisté pour que Maggie revienne. Je lui ai dit que tu désirais la voir.

— Quoi ? Mais bon sang, Lily, de quoi tu te mêles ? Tu sais bien…

La porte de la chambre s'ouvrit sur un homme d'une trentaine d'années.

— Bonjour, monsieur Malone. Vous vous sentez mieux, j'espère.

Même sans sa blouse blanche, sans le stéthoscope qui dépassait de sa poche, Maggie aurait deviné qu'il était médecin à son apparence lisse, proprette, aseptisée.

En la voyant, il s'arrêta tout net, bouche bée de surprise admirative. Rompue à ce genre de réaction, surtout de la part des hommes, elle fit mine de ne rien remarquer et le gratifia d'un sourire courtois. Reprenant ses esprits, le médecin lui tendit la main et se présenta :

— Bonjour. Je suis le Dr Neil Sanderson, je travaille avec le Dr Lockhart. Vous ne seriez pas par hasard…

— C'est notre fille, Maggie, intervint vivement Lily dans le but évident de dissiper la tension. Maggie est mannequin, Neil. Vous aurez sans doute déjà vu sa photo.

— Certes. Son visage est à la une de plusieurs magazines dans notre salle d'attente, mais je n'avais pas fait le rapprochement, je suis impardonnable.

Un sourire éclaira le visage du médecin dont les yeux bleus brillaient tandis qu'il ajoutait :

— Enchanté de vous connaître, mademoiselle Malone.

Maggie serra la main offerte et murmura machinalement une banalité d'usage. Peu importait laquelle, elle ne s'en souvenait déjà plus, concentrée qu'elle était sur son personnage de jeune femme nonchalante.

— Maggie vient d'arriver, expliqua Lily. Elle est venue tout spécialement de Grèce où elle travaillait.

— Eh bien, je ne voudrais pas interrompre votre visite. Je reviendrai plus tard.

Jacob foudroya sa fille du regard.

— Vous n'interrompez rien, elle s'apprêtait à partir.

Ravalant sa déconvenue, Maggie émit un vague gloussement accompagné d'un coup d'œil amusé au médecin.

— Pas bien subtil, mon père, vous ne trouvez pas ? C'est sa façon à lui de demander que je me retire pour que vous l'examiniez.

Elle ponctua sa remarque d'un clin d'œil complice, se pencha vers l'homme de l'art comme pour une confidence et, d'une voix assez forte pour que tous entendent, elle poursuivit derrière sa main en cornet :

— Il craint que ce spectacle n'offense ma modestie.

— Je vous en prie, restez. Ne vous inquiétez pas de moi. Je peux repasser plus tard, quand j'aurai terminé la tournée de mes patients.

Maggie posa amicalement la main sur le bras du médecin avec un rire enjoué.

— Je plaisante, docteur. Papa est plein de considération pour sa fille. Depuis quatre jours que je voyage, je n'ai dormi que sporadiquement pendant les vols. A quoi s'ajoute le décalage horaire. Si je ne trouve pas un lit où dormir dans l'heure, je vais m'écrouler sur place. Je ne faisais que passer pour prévenir la famille de mon arrivée.

— Alors, dans ce cas, j'ai été ravi de vous rencontrer. Je vous reverrai peut-être avant votre départ.

— Peut-être, répéta-t-elle, très flirt.

Et elle eut le plaisir de voir le médecin rougir.

Pour la première fois de sa vie, Maggie était très en colère contre sa mère. Mais, jouant son rôle jusqu'au bout devant le Dr Sanderson, elle prit Lily dans ses bras et effleura sa joue d'un baiser en murmurant :

— A plus tard, maman.

Puis elle se pencha pour embrasser le front de son père qui se raidit à ce contact.

— Et toi, papa, ne t'avise pas de courtiser les jolies infirmières pendant que j'ai le dos tourné.

Puis, ignorant l'expression pincée de Jacob, elle quitta la pièce d'une démarche allègre, tête haute, comme si tout allait pour le mieux dans le meilleur des mondes.

Feinte nonchalance qui s'évapora comme neige au soleil sitôt la porte refermée derrière elle. Accablée de douleur, elle s'effondra contre le mur du couloir et se couvrit la bouche de ses mains. Sa respiration s'étouffait dans sa poitrine. Un sanglot s'échappa de sa gorge nouée et les larmes lui brouillèrent la vue en dépit de ses efforts pour les retenir.

Ses traits se déformèrent en une grimace, ses épaules

se voûtèrent cependant que, tremblante, elle luttait pour garder le contrôle de ses nerfs. Peine perdue. Le maigre barrage de sa volonté céda sous le flot impétueux de sa souffrance et, dans un hoquet convulsif, les pleurs inondèrent son visage tandis qu'elle se recroquevillait sur elle-même, face au mur.

C'est dans cette attitude que Dan Garrett la trouva quelques minutes plus tard.

A sa sortie de l'ascenseur, il l'aperçut et tomba en arrêt, sidéré par ce spectacle inattendu. L'audacieuse et flamboyante fille de Jacob, en larmes ! Il ne pouvait en croire ses yeux.

Dan jeta un coup d'œil alentour. Dans leur bureau, les trois infirmières occupées à leurs tâches n'avaient pas remarqué Maggie. Il reprit sa marche, ignorant le sourire de la plus jeune d'entre elles. Tout en avançant, Dan prit soin de cacher Maggie à leur vue. Non pas pour la protéger — il n'éprouvait pour elle aucune sympathie —, mais elle était la fille de Jacob, Jacob que les commérages attristeraient s'ils lui revenaient aux oreilles. Autant lui éviter cette peine.

Il n'existait personne au monde pour qui Dan eût plus de respect que Jacob Malone. Il lui devait d'ailleurs beaucoup. Quand d'autres le considéraient comme un propre à rien, un rustre, né dans les bas quartiers de la ville, Jacob lui avait donné sa chance. Et Dan se serait jeté au feu pour lui.

Trop absorbée par son chagrin, Maggie ne l'entendit pas venir. Des sanglots contenus, à peine audibles, menaçaient de l'étouffer, et leur violence secouait tout son corps. Quelle détresse, grand Dieu ! Que s'était-il donc passé ?

Après un temps d'hésitation, il posa une main sur son épaule.

— Ça va ?

Maggie sursauta, s'écarta du mur et se redressa de toute sa taille. Le menton haut, dans une attitude de défi, elle s'appliqua à faire bouffer sa chevelure, puis elle lissa sa jupe d'un geste faussement négligent.

— Naturellement.

— Alors, pourquoi pleurez-vous ?

— Je ne pleure pas, mentit-elle avec emphase.

Et, d'une main nerveuse, elle s'essuya hâtivement les joues.

— Je vois.

Il avait une sœur et connaissait le manège. La ruse ne prenait pas.

Maggie renifla bravement, lui décocha un coup d'œil assassin mais, avant qu'elle ne puisse répliquer, il enchaîna avec un signe de tête en direction de la porte :

— C'est Jacob ? Son état s'est aggravé ?

— Oh, que non ! Mon père est en grande forme, je peux vous l'assurer.

— En ce cas, pourquoi ce chagrin ?

— Quel chagrin ? Je vous répète que je ne pleurais pas. Mêlez-vous donc de ce qui vous regarde.

— Curieux. Vous avez l'œil rougi et les cils mouillés, mais vous ne pleurez pas…

— Puisqu'il faut tout vous dire, j'avais une poussière dans l'œil.

— Hm.

Il la dévisageait, sans même chercher à déguiser son scepticisme. Une poussière dans l'œil ! Et quoi encore ? Il avait vu sa part de larmes dans sa vie — larmes de joie, de rage, de frustration, de douleur, d'amour-propre froissé. Mais, à sa connaissance, aucune femme ne sanglotait ainsi pour des vétilles. Et moins encore à cause d'une poussière dans l'œil.

Maggie se laissa examiner en silence puis, n'y tenant plus, elle adopta une attitude hautaine et déclara :

— Maintenant, si vous voulez bien m'excuser, je m'apprêtais à partir.

Il lui bloquait le passage, mais elle l'écarta avec une force surprenante, se faufila entre lui et le mur pour se diriger vers l'ascenseur sur ses longues jambes de mannequin, roulant délicatement des hanches, que c'en était un plaisir.

Les pouces calés dans les poches arrière de son jean, Dan la suivit des yeux en agitant la tête.

« Fichue bonne femme ! songea-t-il. Elle débarque sans prévenir comme en pays conquis, pleine d'assurance, impertinente à souhait, puis elle s'effondre, pleure comme une gamine, et elle a le culot de vous envoyer promener quand vous lui tendez une main secourable… »

Il l'observa jusqu'à ce que les portes de l'ascenseur se referment sur elle, puis il se tourna brusquement vers la chambre. Si Jacob allait mieux, comment diable expliquer cette hystérie soudaine ?

Dès que le Dr Sanderson eut quitté la pièce, Lily posa sur son mari un regard lourd de tristesse.

— Oh, Jacob ! Pourquoi es-tu si dur ? Maggie est venue de loin dans l'espoir de combler le fossé qui vous sépare, et tu la reçois comme un chien, pourquoi ?

— Tu le sais parfaitement, Lily, n'insiste pas.

— Justement si, j'insiste.

Sa douce voix tremblait, mais elle s'obligea bravement à poursuivre :

— J'ai plié trop souvent par le passé. Cela fait de moi ta complice et je me sens coupable.

— La faute en revient à Katherine. Ce n'est ni la tienne ni la mienne.

— Voyons, Jacob, est-ce bien nécessaire aujourd'hui ? Mieux vaudrait pour vous deux que tu fasses la paix avec elle pendant qu'il en est encore temps.

Il ferma les yeux avec un soupir las.

— Lily, je t'en prie, épargne-moi. Je ne suis pas en état.

Soudain inquiète, elle lui prit la main avec sollicitude.

— Que se passe-t-il ? Tu souffres ? Tu as de la peine à respirer ?

— Non. Je suis fatigué. Très fatigué. La visite de Katherine m'a secoué.

Lily examina le visage de son époux. Feignait-il l'épui-sement afin de mettre un terme à la discussion ? Il était coutumier des manœuvres de diversion pour éviter toute dispute entre eux. Non qu'il craignît l'affrontement. Jacob s'emportait facilement, mais ses colères redoutables n'étaient jamais dirigées contre elle. Au contraire, la sachant sensible, bouleversée par le moindre désaccord, il désamorçait systématiquement tout sujet de conflit potentiel.

Et, Dieu lui vienne en aide, pleutre qu'elle était, elle optait toujours pour la solution de facilité.

Certes, il était pâle, visiblement épuisé, mais ces temps derniers, ce n'était pas nouveau. Lily se mordit nerveusement les lèvres. Il leur faudrait pourtant causer sérieusement.

Partagée entre le désir de le laisser se reposer et celui d'agir pour le bien commun, de faire ce qu'elle aurait dû faire depuis des lustres, elle hésitait, mal à l'aise, se balançant d'un pied sur l'autre.

L'arrivée de Dan l'arracha à son dilemme.

Contrariée, furieuse, Maggie n'eut aucune peine à rester éveillée pendant le trajet de retour qu'elle écourta encore de deux minutes.

Parvenue aux abords de la maison, elle fut soulagée

de constater qu'aucun véhicule n'était garé le long de l'allée.

La mesure était comble. Une nouvelle rencontre avec Martin aurait eu raison de ses bonnes manières. Elle avait épuisé son stock de courtoisie au cours du peu de temps passé dans la chambre de son père.

Elle rangea son bolide devant l'entrée principale et coupa le moteur.

Vidée de son énergie physique et mentale, elle n'avait plus qu'une envie : se réfugier dans son ancienne chambre et se pelotonner sous les couvertures. Pourtant, quelque chose la retenait. Elle restait immobile, à contempler la demeure familiale tandis que les souvenirs affleuraient à sa conscience.

Ses doigts se crispèrent sur le volant. « Non, Maggie, pas cela. C'est désormais sans importance. Tu t'es construit une nouvelle vie, une vie agréable qui t'a apporté la réussite, la gloire et la fortune, au-delà de toute espérance. Remuer le passé ne servira qu'à ranimer d'anciennes souffrances. »

Trop tard. La rencontre avec son père avait rouvert les vieilles plaies, et les souvenirs remontaient, vivaces et douloureux, comme toujours.

Le cœur serré, la gorge nouée, elle se demandait pourquoi son père ne l'aimait pas, ne pouvait pas l'aimer. Qu'avait-elle donc de si odieux, de si répugnant ? Etait-elle indigne d'être aimée ?

Depuis sa plus tendre enfance, elle savait — ou du moins pressentait — que son père la tolérait, sans plus.

Il n'y avait rien là de dramatique, il ne s'était jamais montré cruel, ou seulement trop strict. Mais il était lointain, distant.

Il lui avait offert un foyer confortable, une bonne éducation, avait pourvu à tous ses besoins matériels, comme à ceux de Laurel et de Jo Beth.

Mais alors que Jacob adorait ses deux jeunes sœurs et les comblait de son amour, il ignorait Maggie, la traitait avec froideur.

Elle n'avait jamais compris pourquoi, et cette question la hantait toujours.

Toute jeune, elle avait cru qu'il la délaissait parce qu'elle ne possédait ni la délicate beauté de Laurel ni le charmant minois espiègle de Jo Beth.

L'ironie de la chose lui tira un sourire amer.

Si elle figurait aujourd'hui parmi les cinq top models les plus demandés du monde, le reflet que lui renvoyait son miroir à l'époque n'avait rien de flatteur — celui d'une gamine dégingandée, trop grande, trop maigre, avec une affreuse crinière rousse et un visage étroit criblé de taches de son que dévorait une bouche bien trop charnue.

Convaincue de sa laideur, elle avait encore grandi pour se muer en une adolescente filiforme, osseuse, tout en bras et en jambes.

Le cœur de Maggie se serrait au souvenir des efforts qu'elle avait déployés afin de compenser ce handicap.

Enfant, elle avait cru pouvoir gagner le cœur de son

père par sa bonne conduite. Hélas, rien n'y faisait… Elle avait fini par renoncer, par sombrer dans la rébellion systématique et enfreindre toutes les règles, comme pour tirer la langue à ce père inaccessible et, avec lui, à la communauté des esprits étriqués de Ruby Falls.

Naturellement, cette attitude la desservait plus qu'elle ne la servait, mais après des années passées à refouler ses émotions, tant de liberté soudaine l'avait soulagée.

Durant cette période échevelée où elle faisait les quatre cents coups, elle n'avait cependant pas délaissé ses études. Elle aimait trop l'école et, à l'âge de seize ans, elle obtint son bac avec mention très bien.

Resté sans effet sur son père, ce succès lui valut une place à Harvard. L'éloignement aidant, elle avait mûri, et un premier semestre à l'université l'avait guérie de sa frénésie rebelle, Dieu merci !

Travaillant sans relâche, elle avait terminé ses études supérieures en moins de quatre ans pour rentrer chez elle à vingt ans, triomphante, la tête pleine de rêves, forte d'une licence et d'une maîtrise de gestion, là encore avec mention très bien.

Toujours sans résultat. Comme aujourd'hui, son père demeurait indifférent à sa réussite. Quoi qu'elle entreprenne, les portes de son cœur lui resteraient à jamais closes, leurs retrouvailles à l'hôpital l'avaient abondamment prouvé.

« Ma petite Maggie, il est temps de regarder les choses en face. Pour papa, comme pour la grande majorité de Ruby Falls, la fille aînée des Malone sera toujours la même adolescente sans foi ni loi. Une bonne à rien ! »

Sur ces sages paroles prononcées pour elle-même à voix basse, elle pressa le bouton de commande qui relevait la capote du cabriolet. Après quoi elle sortit de voiture et agrippa son grand sac fourre-tout. Inutile de décharger le reste des bagages. Demain matin, dès qu'elle aurait fait le point avec sa mère, elle repartirait comme elle était venue.

A présent qu'elle était debout, le poids de la fatigue s'abattit sur elle comme une masse. Ses jambes tremblaient, la soutenaient à peine. Elle avait espéré s'expliquer dès ce soir avec sa mère, mais elle doutait fort de pouvoir tenir jusque-là. Lily ne quitterait le chevet de son mari que contrainte et forcée. Et si Maggie parvenait par miracle à ne pas s'endormir avant son retour, elle n'aurait pas les idées suffisamment claires pour affronter l'inévitable et pénible discussion.

Le jour commençait à peine à décliner, mais elle n'avait qu'une seule envie : se blottir sous les couvertures et sombrer dans le plus profond des sommeils, persuadée qu'elle n'aurait sans doute pas la force de se dévêtir pour passer une chemise de nuit.

Les fenêtres et les portes de la maison étaient toujours ouvertes, et l'on n'avait même pas verrouillé le battant à moustiquaire. N'importe qui pouvait entrer. Personne à Ruby Falls ne fermait ses portes, et ses parents auraient sans doute été bien en peine de retrouver les clés qui actionnaient les serrures. Jeune, elle ne s'en était jamais préoccupée, puisque telle était la coutume, mais en sept ans de résidence à New York, elle avait acquis les règles élémentaires de la prudence.

Elle entra donc en agitant la tête. Ses amies en seraient malades si elle leur racontait cela. Les habitants de New York avaient tendance à se barricader derrière des portes blindées, bardées de chaînes et de verrous de sûreté.

Un flot de lumière et le bruit de la télévision se répandaient dans le corridor central depuis la pièce à vivre, à l'arrière de la maison.

Joe Beth…

Maggie fit une légère grimace. Elle devrait sans doute aller dire quelques mots à sa jeune sœur, mais elle était encore sous le coup de la colère, trop bouleversée et trop lasse pour une joute verbale avec l'adolescente récalcitrante.

Elle ajusta son sac sur son épaule et se dirigea vers l'escalier dans lequel elle s'engagea.

— Ah, c'est toi ! J'espérais que c'était Ida Lou qui rentrait du bingo.

Maggie s'arrêta sur la quatrième marche. Elle regarda Jo Beth en bas et s'efforça de sourire.

— Désolée de te décevoir.

Puis, avec un geste de la tête en direction de l'étage, elle ajouta :

— Mon ancienne chambre est-elle toujours disponible ? Sinon, je m'installerai dans une chambre d'amis.

— Rassure-toi, elle est libre. Même qu'on dirait un mausolée.

L'adolescente croisa les bras sur sa poitrine et ajouta, narquoise :

— Parce que tu comptes loger chez des clampins comme nous ?

— C'est chez moi, que je sache. Naturellement que je reste.

Pour ce soir, en tout cas. Car, en admettant même qu'elle ait la force de regagner Dallas, elle n'aurait pas de vol avant le lendemain.

— Quelle chance nous avons ! Sa Majesté daigne nous honorer de sa présence ! J'en suis toute retournée, persifla la gamine.

Maggie soupira et reprit son ascension.

— Pas maintenant, petite sœur. Je n'ai pratiquement pas fermé l'œil depuis quatre jours et je ne suis pas en état de jouer au plus malin avec toi.

— Tu es sûre que la chambre te conviendra ? On n'a pas de draps de soie, tu sais.

Ignorant la remarque, Maggie continua de monter.

— Et je ne suis plus une enfant, maintenant ! lui lança Jo Beth depuis le hall.

4

Maggie dormit treize heures de suite pour s'éveiller à 8 heures le lendemain, reposée et affamée, mais le cœur toujours lourd.

Après s'être douchée et légèrement maquillée, elle passa un jean, un T-shirt, un gilet de toile à parement de cuir. Puis elle descendit en quête de café, de nourriture, et de sa mère, de préférence dans cet ordre.

Son nez la conduisit tout droit à la porte de la cuisine où elle s'arrêta pour humer l'air avec délectation.

— Hm ! Ça sent bon ici !

La femme qui s'activait autour de la cuisinière se retourna aussitôt, et son visage sévère s'éclaira d'un sourire.

— Maggie !

En un clin d'œil, elle traversa la pièce pour l'accueillir à bras ouverts.

— Oh ! Ma petite Maggie ! Quel plaisir de te voir !

Entrée à leur service à la mort de son époux, Ida Lou Nettles travaillait pour les Malone depuis plus de vingt ans. Barney et elle n'ayant pas eu d'enfants, elle traitait Maggie et ses sœurs comme ses propres filles.

Ida Lou était une grande femme à l'ossature lourde, aux cheveux châtain clair parsemés de mèches grises qu'elle portait serrés en un petit chignon sur la nuque. Large d'épaules, et plus encore de hanches, elle était solide comme un chêne et forte comme un Turc. Prise dans l'étau de sa vigoureuse étreinte, Maggie en eut le souffle coupé.

— On ne m'avait pas prévenue de ton arrivée. Je viens d'apprendre de Mlle Lily que tu étais là. Si j'avais su, je ne serais pas sortie hier et je t'aurais préparé un festin.

Elle recula d'un pas, tenant Maggie par les épaules, l'examina d'un œil critique.

— Mince, tu pourrais te permettre de grossir un peu. Tu es maigre comme un clou. Qu'est-ce qu'on mange, là-bas, chez les Yankees ? Est-ce qu'ils savent au moins cuisiner ?

— Pas aussi bien que toi, répondit Maggie en souriant.

Elle renifla à la manière des chiens, puis ajouta :

— Si mon nez ne me trompe pas, tu nous prépares des petits pains frais.

— Naturellement. C'était le moins que je puisse faire pour ton retour. Dès que j'ai su que tu étais là, j'en ai mis une fournée de plus. Je me souviens que tu dévorais mes petits pains comme personne. Je vais aussi battre des œufs, te poêler des saucisses avec des pommes de terre, sans oublier la sauce pour arroser le tout. J'attendais que tu descendes pour mettre tout ça en route.

— Il y aura aussi des fruits rouges au miel ? Et du beurre de baratte ? s'enquit Maggie qui en salivait d'avance.

— Ne t'inquiète pas, tu auras tout ce que tu aimes. Maintenant, va t'installer sur la terrasse pendant que je termine. La table est prête pour le petit déjeuner. Il y a du café et du jus de fruit sur la desserte. Ta mère et Jo Beth ont déjà mangé. Mlle Lily est allée dans le bureau pour appeler l'hôpital. Elle prendra sans doute un café avec toi quand elle aura fini. Tiens, choisis donc un petit pain, pour te caler l'estomac.

Ida Lou souleva le torchon qui couvrait la corbeille, et la lui tendit.

— Je peux en prendre deux ?

— Toi alors, quel phénomène ! Gamine, tu mangeais déjà comme un ogre. S'il y avait une justice, ma fille, tu devrais peser dans les deux cents kilos, et, au lieu de ça, tu es maigre comme un râteau. Au premier coup de vent, tu t'envoles.

Maggie s'abstint de commenter. Certes, elle n'était pas bien épaisse. Mince et svelte, oui, mais pas émaciée comme beaucoup de mannequins. Elle veillait à rester en bonne forme physique, s'entraînait et courait trois fois par semaine, bref, elle n'avait rien d'un squelette ambulant. Mais Ida Lou, qui avait sa propre idée de la beauté, répétait à l'envi : « Les hommes préfèrent les femmes bien en chair. »

— Je sais bien, mais j'ai beau dévorer, je ne grossis pas.

Maggie prit ses pains tièdes et gagna la terrasse. La table et la desserte l'attendaient à l'ombre de la pergola couverte de volubilis aux fleurs bleues en forme de trompette qui retenaient encore la rosée du matin.

Elle se versa une tasse de café, en but une gorgée et ferma les yeux. Un délice !

Puis elle ouvrit un petit pain fumant, le tartina généreusement de beurre frais, et y ajouta une épaisse couche de fruits rouges confits dans le miel. La première bouchée lui tira un soupir de bonheur. De nouveau, elle ferma les yeux sans s'inquiéter du beurre fondu qui lui coulait sur le menton.

Tout ce que préparait Ida Lou était divinement bon ! Maggie avait à peine terminé ce hors-d'œuvre que la domestique arrivait avec une assiette copieusement garnie d'œufs brouillés, de saucisses, de pommes de terre dorées, le tout nappé de sauce onctueuse, et d'une corbeille de petits pains.

— Et ne t'avise pas de m'en laisser, déclara-t-elle en déposant l'assiette devant Maggie.

— A vos ordres, mon commandant ! répondit celle-ci en s'armant de sa fourchette.

Comme toujours, Ida Lou lui avait servi une portion suffisante à rassasier deux bûcherons, mais après quarante-huit heures de voyage et de repas pris dans les avions, Maggie avait une faim de loup. Elle engloutit sans sourciller ce petit déjeuner gargantuesque puis, une seconde tasse de café à la main, elle traversa la terrasse pour aller contempler le paysage familier d'un regard attendri. Dieu qu'elle aurait été heureuse si elle avait pu rester !

Les grands pins, les vieux chênes et les pacaniers qui parsemaient la pelouse montaient la garde depuis des siècles, bien avant que la présente demeure ne soit construite. Entouré d'une barrière blanche, le jardin descendait en pente douce jusqu'aux vergers où les pêchers de taille plus modeste s'alignaient en rangs serrés, tels de braves petits soldats.

Le soleil n'avait pas encore franchi la ligne des grands arbres, mais sa lumière diffuse se réfléchissait sur l'herbe luisante de rosée. Des traces de pas s'y étaient imprimées, remontaient de la grille du verger jusqu'à la terrasse, et repartaient dans l'autre sens pour se perdre dans les vergers.

S'agissait-il de Dan Garrett ? Avait-il déjà rendu visite à sa mère ce matin ? Dans l'un des chênes, des oiseaux chantaient joyeusement. Leurs trilles firent naître un sourire de bonheur sur les lèvres de Maggie dont le cœur se dilatait de douce nostalgie. Dieu qu'elle aimait ce lieu ! Et comme il lui avait manqué !

Puis son regard se posa sur le pavillon, situé au milieu du jardin, à droite de la terrasse, et sa mâchoire se crispa. Une bouffée d'amertume s'enfla dans sa poitrine.

Enfant, ce pavillon était pour elle un endroit magique, une adorable maison de pain d'épice comme dans les contes, avec sa balustrade de fer forgé peinte en blanc, sa colonnade recouverte de chèvrefeuille odorant, et son plafond en forme de dôme auquel s'accrochait un ventilateur dont les pales grinçaient doucement.

Elle et ses sœurs y jouaient à la poupée, y recevaient des camarades pour le goûter. Adolescente, elle en avait fait son refuge, jardin secret où elle venait seule méditer et rêver au calme ou réfléchir à ce qui la troublait.

Jusqu'à cette soirée fatale, sept ans plus tôt, qui avait à jamais brisé l'enchantement du lieu et changé le cours de sa vie.

Une terrible dispute avec sa sœur Laurel l'avait poussée à rechercher ce sanctuaire par cette tiède soirée de juin, aujourd'hui si lointaine. Maggie ferma les yeux au souvenir de la frustration, du désespoir et de la rage impuissante qui l'agitaient tandis qu'elle arpentait l'espace octogonal au plancher de vieux chêne.

Une semaine plus tôt, elle était rentrée de Harvard, heureuse et fière d'elle, avec le projet d'aider son père à gérer la firme familiale. Jacob s'était certes montré réticent, mais elle s'y attendait et elle espérait parvenir à le convaincre de l'engager.

En revanche, elle ne s'attendait pas à découvrir que sa sœur, fiancée, devait épouser Martin Howe le samedi suivant. Cela était trop, elle ne pouvait s'y résoudre.

A sa grande horreur, Laurel souhaitait qu'elle soit sa demoiselle d'honneur pour la cérémonie. Elle lui avait même commandé une robe qu'elle gardait en secret dans son armoire. A la demande expresse de Laurel, personne n'avait prévenu Maggie qu'elle s'était fiancée. Laurel tenait à lui faire la surprise.

Une surprise de taille ! Maggie ne s'en était pas remise.

Durant leurs années de lycée, elles avaient toutes deux méprisé ce Martin, tyran déplaisant et sournois qui se conduisait comme un mufle. Que s'était-il passé pendant son absence pour que Laurel révise son jugement à ce point ?

Maggie avait tout essayé pour qu'elle revienne sur sa décision ou au moins qu'elle accepte de réfléchir. Mais, arguments logiques ou suppliques, rien n'y avait fait. La discussion s'était muée en une scène épouvantable, jusqu'à ce que Maggie quitte la pièce en claquant la porte.

Elle avait traversé la pelouse en courant jusqu'au pavillon où elle avait laissé libre cours à sa rage, écumant, tempêtant, levant le poing au ciel. Elle ne supportait pas l'idée que sa tendre sœur épouse ce crétin de Martin. C'était hors de question !

Dix minutes plus tard, alors qu'elle fulminait toujours, tournant dans l'espace réduit telle une lionne en cage, Martin avait fait irruption. On aurait cru un volcan crachant le feu.

— Ah, te voilà ! Je pensais bien te trouver ici.

Elle l'avait foudroyé d'un regard mauvais. Sa seule vue la rendait malade, lui donnait la nausée. Elle aurait eu plaisir à se jeter sur lui, toutes griffes dehors, à lui lacérer le visage, le bourrer de coups de poing, de coups de pied.

— Fiche-moi le camp, Martin ! Je n'ai rien à te dire.

— Que cela te plaise ou non, je reste ! Parce que moi, j'ai des tas de choses à te dire. Tu as un sacré culot ! Qu'est-ce qui te donne le droit de me dénigrer aux yeux de Laurel ?

— Heureusement que j'ai du culot, je le revendique ! Quand il s'agit de ma sœur et de son bonheur, je ne recule devant rien. Je te connais, Martin. Tu ne penses qu'à toi. Tu es égoïste jusqu'à la moelle, tu es incapable d'aimer qui que ce soit. Si tu veux épouser Laurel, c'est pour mettre la main sur l'entreprise des Malone, avoue !

— Et alors ? Mêle-toi plutôt de ce qui te regarde. D'ailleurs, c'est un honneur que je fais à ta sœur. Il y a des tas de jeunes femmes qui rêvent de devenir Mme Martin Howe.

— Un honneur ! J'aurai tout entendu ! Tu te prends pour qui, au juste ? Tu n'es qu'un crapaud bouffi d'orgueil. Tu n'es même pas digne de lui laver les pieds !

— Tu es jalouse, hein ? C'est ça ! Jalouse que je ne t'aie pas choisie.

Il la détaillait d'un regard veule, les lèvres retroussées en un rictus de mépris.

— Je n'aurais jamais épousé une rouquine sans

aucune classe qui me fait plus penser à un épouvantail qu'à une femme. Tu n'avais aucune chance.

— C'est heureux. Parce que, même si tu étais le seul homme sur terre, je ne te toucherais pas tellement tu me dégoûtes.

Et elle cracha par terre pour faire bonne mesure.

Martin perdit toute sa morgue. Ses traits se durcirent soudain, ses narines se dilatèrent tandis que son visage se couvrait de petites taches rouges. A la lueur de l'unique lanterne, Maggie voyait brûler la rage dans ses yeux et un frisson de peur lui parcourut le dos.

— C'est ce que nous allons voir, gronda-t-il.

Le cœur de Maggie s'accéléra, mais elle se raidit, releva le menton et s'avança bravement pour le contourner.

— Cette conversation a assez duré. Je rentre.

— Certainement pas !

Il lui barra la route et, avant qu'elle devine son intention, agrippa son corsage. Le tissu se déchira dans un crissement, et les boutons volèrent en pluie sur le plancher.

Maggie laissa échapper un cri horrifié, tenta de couvrir sa poitrine exposée, à peine masquée par la dentelle de son soutien-gorge, mais il lui saisit les poignets, les tordit en une prise derrière son dos.

— Arrête ! Arrête ! Tu vas me lâcher, oui ? hurlait Maggie en se débattant de toutes ses forces.

Bien que plus petit qu'elle, Martin était cependant carré, solidement bâti. Ses efforts pour se dégager demeuraient vains. Elle n'était pas de taille à lutter contre lui.

— Ça suffit, maintenant ! Lâche-moi !

— Oh, que non ! Pas encore. Tu ne t'en tireras pas comme ça. Je vais te donner une leçon dont tu te souviendras.

— Martin, ça suffit ! Lâche-moi !

Et elle ponctua son ordre d'un coup de pied au tibia. Avec un jappement de douleur, il la libéra si brusquement qu'elle fut projetée contre la balustrade. Grommelant un juron, Martin se frotta la jambe et se mit à sautiller sur place.

Maggie tenta de mettre l'avantage à profit pour s'esquiver, mais elle n'avait pas fait deux pas qu'il la clouait sur place d'un regard haineux et lui assénait une gifle accompagnée d'un nouveau juron.

Les oreilles bourdonnant sous le choc, Maggie perdit l'équilibre et tomba à terre. Son cri de surprise, de douleur, se mua en un hurlement de terreur quand Martin se jeta sur elle. Puis le son s'étouffa dans sa gorge. Il lui couvrait la bouche de sa main. A son regard de fou, elle comprit où il voulait en venir et redoubla d'efforts pour se dégager. Sans résultat. Elle tenta de le mordre, mais il pressa plus fort contre sa bouche, si fort qu'elle crut entendre sa mâchoire se briser.

Gigotant de plus belle, elle parvint à lui tirer les cheveux, à griffer, à placer quelques coups, mais cette débauche de vaine énergie ne faisait qu'attiser la rage de son assaillant. Dans la bagarre, il avait réussi à remonter sa jupe jusqu'à ses hanches et, d'un geste brutal, il lui déchira son slip. Glacée d'effroi, Maggie sentit qu'il dégrafait sa braguette.

— Et maintenant, tu vas comprendre ce que c'est que d'avoir un homme, un vrai, entre les cuisses.

Impuissante, condamnée, à moins d'un miracle, elle ferma les yeux et pria en silence. « Oh, mon Dieu, aidez-moi ! Que cela cesse, je vous en conjure ! Arrêtez ce cauchemar avant qu'il soit trop tard ! »

— Qu'est-ce qui se passe ici ?

La voix courroucée de Jacob retentit dans le pavillon comme le vent un jour de tempête.

L'effet fut immédiat. D'un bond, Martin se redressa. Avec une plainte de soulagement, Maggie tira sur sa jupe, se lova sur elle-même et se mit à pleurer doucement.

Pâle, trempé de sueur, Martin se reboutonna, affectant devant Jacob furieux une expression de gratitude contrite.

— Jacob, Dieu merci, vous arrivez à temps. Vous me surprenez en bien fâcheuse posture, mais je n'y suis pour rien. Tout est sa faute à elle.

— Quoi ? protesta Maggie, en se redressant.

Refoulant ses larmes, elle le dévisagea, incrédule. Martin avait un toupet phénoménal. Ce n'était pas nouveau mais, cette fois, il dépassait les bornes !

— Comment oses-tu m'accuser de la sorte ?

Concentré sur Jacob, il ne releva pas, l'ignora comme si elle n'existait pas et poursuivit sur sa lancée :

— Maggie me court après depuis qu'elle est rentrée.

J'ai beau me tuer à lui répéter que j'aime Laurel, qu'elle ne m'intéresse pas, elle insiste.

— Menteur ! s'écria-t-elle.

— Katherine, tais-toi. Tu pourras t'expliquer quand j'aurai entendu Martin. Et pour l'amour du ciel, couvre-toi un peu.

Mortifiée, Maggie regarda son corsage en loque, s'efforça d'en tirer les pans sur sa poitrine.

— A mesure que le mariage approchait, elle redoublait d'audace, continua Martin. Ce soir, je m'étais retiré ici pour profiter du calme en attendant Laurel, quand elle s'est jetée sur moi.

— Ce n'est pas vrai, papa ! Il ment…

— J'ai dit tais-toi !

Martin lui coula un bref regard de triomphe, puis il se retourna vers Jacob et se passa la main dans les cheveux d'un air faussement gêné.

— Maggie est jalouse de Laurel. Elle cherche à nous séparer et me poursuit sans relâche de ses manœuvres de séduction. Ce soir… je… elle… Elle a profité d'un moment de faiblesse.

Il fixait Jacob d'un regard suppliant et lourd de remords, le misérable chien !

— J'ai eu tort de répondre à ses avances, et j'en suis désolé, croyez-moi. Pour rien au monde je ne causerais de peine à Laurel. Mais je ne suis qu'un homme, Jacob. Il faut me comprendre. Comme tout homme normalement constitué, j'ai mes limites. Et je me réjouis que vous soyez arrivé à temps pour m'empêcher de commettre l'irréparable.

Il ferma les yeux, baissa la tête dans une attitude coupable, puis ajouta :

— Très sincèrement, je vous en remercie.

Lentement, Jacob se tourna vers Maggie dont le cœur se serra. A la dureté de ses traits, elle comprit qu'il l'avait condamnée par avance.

— Alors, Katherine ?

— Il ment ! C'est lui qui m'a agressée !

Elle se releva, serrant contre elle les pans de son corsage déchiré.

— J'aime Laurel, je ne désire que son bien. Et loin de moi l'idée de lui prendre Martin. Je le méprise ! Il me répugne !

— C'est elle qui ment, Jacob. Sa jalousie est telle qu'elle ne reculerait devant rien pour nous séparer. Il n'y a pas vingt minutes, elle tentait de convaincre sa sœur d'annuler le mariage. Si vous ne me croyez pas, demandez à Laurel.

— Katherine ? C'est la vérité ?

— Euh… Oui, mais pas tout à fait. Je ne…

— Tais-toi ! tonna Jacob.

Elle se tassa sur elle-même, comme s'il l'avait frappée. La fureur, le dégoût qu'elle lisait dans ses yeux la remplissaient d'effroi.

— Tu n'as pas changé d'un iota, n'est-ce pas ? Tu ne changeras jamais.

— Non, papa, ce n'est pas vrai, je…

— Tais-toi ! J'en ai par-dessus la tête de tes mensonges. Inutile d'insister.

Il s'éloigna de quelques pas, pivota brusquement et reprit :

— J'aurais dû me douter que tu ne nous causerais que des ennuis. Mais jamais je n'aurais imaginé que tu tomberais si bas, que tu tenterais de nuire à ta sœur.

— Non ! Je n'ai pas…

Cette fois, il lui imposa silence d'un regard si brutal que Maggie se sentit rétrécir.

— Depuis une semaine, depuis ton retour de l'université, tu me racontes que tu as changé, que tu as mûri et renoncé à tes frasques d'antan, mais c'est faux. Tu es aussi infernale que quand tu es partie il y a quatre ans.

— Papa, je t'en prie, ce n'est pas vrai. Ecoute-moi au moins…

— Je m'occuperai de toi plus tard. Ta sœur va épouser Martin dans quelques jours, et je tiens à ce que rien ne vienne troubler ce grand jour. Tu ne parleras à personne de ce qui s'est passé ici ce soir. A personne, c'est compris ?

Effondrée, Maggie acquiesça d'un simple hochement de tête.

— Bien. Et je préfère te prévenir qui si tu dis ou fais quoi que ce soit pour gâcher le mariage de Laurel, tu me le paieras très cher. Tâche de t'en souvenir. Et maintenant, file. Je ne veux plus te voir.

Désespérée, vaincue, Maggie battit en retraite, la mort

dans l'âme, et courut s'enfermer dans sa chambre où elle s'effondra en larmes sur son lit.

Après avoir pleuré pendant des heures, elle finit par s'endormir et s'éveilla le lendemain, migraineuse, les yeux bouffis, irrités, les paupières collées et comme pleines de sable, avec la ferme conviction d'avoir touché le fond. Mais c'était compter sans Martin.

Naturellement, ce chien était allé directement trouver Laurel pour lui conter sa propre version des faits. Blessée, furieuse, Laurel se refusait à parler à sa sœur. Dès que Maggie entrait dans une pièce où elle se trouvait, elle évitait son regard ou bien elle se levait et sortait aussitôt.

Dans ses calculs, Martin avait cependant omis de compter avec le cœur tendre de Laurel. S'il avait réussi à creuser un fossé entre elles, il n'avait pu obtenir de sa fiancée qu'elle exclue Maggie des festivités.

Et Maggie eut tout lieu de le regretter. Elle passa deux jours atroces dans une ambiance tendue, entre son père au regard haineux, Laurel qui la battait froid, et le terrible pressentiment que sa sœur adorée courait droit à la catastrophe sans qu'elle puisse rien faire pour l'en empêcher.

Le jour du mariage, Maggie descendit l'allée centrale de l'église devant sa sœur, le cœur lourd, angoissée.

Elle affronta bravement la cérémonie et la réception dans le jardin en s'efforçant au mieux de garder le sourire. Mais, sitôt les jeunes mariés partis pour leur lune de miel, elle ne s'étonna pas d'apprendre que son père l'attendait dans son bureau.

Sachant que sa colère ne s'était en rien atténuée, elle y entra tremblante, l'estomac noué. Jacob lui tournait le dos, concentré sur la combinaison du coffre encastré dans le mur. Elle doutait même qu'il l'eût entendue arriver jusqu'à ce qu'il déclare sans daigner la regarder :

— Inutile de t'asseoir, Katherine, ce ne sera pas long.

Maggie, qui s'était préparée à subir ses foudres, en eut froid dans le dos. Jamais il ne s'était montré aussi détaché et distant.

Mal à l'aise, incapable de deviner ses intentions, elle passait nerveusement d'un pied sur l'autre. Ce silence lui pesait, accroissait sa tension.

Enfin, Jacob referma le coffre, remit en place le tableau qui le cachait à la vue, et se tourna pour lui faire face, tenant à la main une épaisse enveloppe brune. L'expression de ses traits n'augurait rien de bon.

— Depuis tes treize ans, tu sèmes la zizanie et troubles la paix de cette maison. Jusqu'ici, j'ai toléré tes frasques dans l'espoir que cela passerait. Mais cette fois, tu es allée trop loin, Katherine. Je ne peux te pardonner ta conduite envers ta sœur.

— Mais je n'ai rien fait ! C'est Martin qui a menti, pas moi ! Je te le jure, papa !

— Je crains que ta réputation ne m'inspire pas

confiance, Katherine. Je ne vois aucune raison valable de te croire.

— Pourtant, c'est la pure vérité. J'ai essayé de convaincre Laurel de renoncer à ce mariage, c'est exact. Mais par amour pour Laurel et pas par jalousie. Parce que Martin est un être méprisable. Il faut que tu me croies !

— Non, Katherine. Rien ne m'y oblige. D'autant que je n'ai aucune confiance en toi. Ma décision est prise. Elle est irrémédiable. Tu quitteras cette maison ce soir. Il y a un autocar pour Dallas à minuit, et tu seras du voyage.

Maggie eut l'impression qu'on lui plantait une lame en plein cœur. Le choc fut si violent qu'il lui coupa le souffle.

— Tu… Tu me mets à la porte ? bredouilla-t-elle.

Son pire cauchemar venait de se réaliser : son père la rejetait définitivement.

— Tiens, prends ça ! ordonna-t-il en lui mettant l'enveloppe entre les mains.

Trop ébranlée pour réfléchir sainement, elle fixait l'objet, hébétée.

— Qu'est-ce que… qu'est-ce que c'est ?

— Cinq mille dollars. Cela devrait suffire à couvrir tes frais jusqu'à ce que tu t'installes quelque part.

Maggie sentit le sol se dérober sous elle. La tête lui tournait, son cœur s'emballait. Un froid intense se répandit dans tout son corps, elle grelottait, tremblait de tous ses membres. Les larmes lui emplirent les yeux, ruisselèrent le long de ses joues jusqu'à son menton. Sa fierté s'envola avec sa dignité. Une peur panique la possédait, annihilant sa volonté. Elle leva vers son père un regard suppliant.

— Papa, s'il te plaît, ne me renvoie pas, je t'en prie. Je ferai tout ce que tu voudras, je te le promets. Je serai gentille.

Jacob demeura de marbre.

— C'est terminé, Katherine. A compter de ce soir, tu n'es plus membre de la famille. Tu n'es plus la bienvenue dans cette maison. Quand tu auras quitté les lieux, ne t'avise pas de revenir.

Ces paroles brutales accrurent son malaise. Elle le fixait sans le voir à travers un brouillard. Les murs dansaient autour d'elle. Non seulement il la renvoyait, mais il la reniait. Elle n'était plus sa fille. Une plainte déchirante s'échappa de ses lèvres. Incapable de se soutenir, elle se plia en deux, comme si on l'avait frappée au plexus. Pour ne pas s'effondrer, elle se retint au bureau, tête pendante entre ses bras tendus. Ses larmes éclaboussaient la surface d'acajou, et des sanglots convulsifs secouaient ses épaules.

— Je… Je ne veux pas… partir… ni cher… chercher un travail… ailleurs, hoqueta-t-elle. Tout ce que je veux… de… depuis toujours… c'est travailler ici… dans l'affaire familiale.

— Il fallait y réfléchir avant de tenter de séduire le fiancé de ta sœur.

— Ce n'est pas moi… Je n'ai rien fait ! gémit-elle d'une voix tremblante.

Elle agitait la tête avec désespoir, répétait comme une litanie :

— Je n'ai rien fait… rien…

Son père se détourna, alla jusqu'à la fenêtre pour regarder dehors.

— Si tu crois m'amadouer avec tes simagrées, tu te trompes. Je ne changerai pas d'avis.

La remarque toucha un ressort inconscient, et Maggie s'étonna elle-même de sa réaction. Elle ne pleurait jamais devant son père. L'intelligence, l'esprit, l'impertinence étaient ses armes. Pas les larmes, jamais ! Honte à elle !

Mais elle ne pouvait plus endiguer le flot. Une souffrance aiguë montait du fond de son âme, s'exprimait en sanglots déchirants, en plaintes animales qu'elle était impuissante à retenir.

— Allons, Katherine, tiens-toi un peu. Tu n'es pas à la rue sans le sou. Tu ne vas pas coucher sous les ponts. Tu as une bonne éducation, des diplômes… tu devrais trouver rapidement un emploi respectable. Des milliers d'étudiants quittent chaque année le foyer familial pour voler de leurs propres ailes. Il n'y a vraiment pas de quoi en faire un drame.

Mais ces milliers d'étudiants n'étaient pas reniés par les leurs ! Cette pensée douloureuse lui tira un nouveau flot de larmes. Son père n'en parut pas plus ému.

— Cette comédie ne mène à rien. Elle a assez duré.

Sèche tes larmes, Katherine. Le car part dans un peu plus d'une heure. Tu serais bien avisée de mettre ce temps à profit pour faire ta valise. Quand tu auras une adresse, tu la communiqueras à Ida Lou pour qu'elle t'expédie le reste de tes affaires.

Maggie s'efforça de se ressaisir, lutta pour redevenir maîtresse d'elle-même. Peu à peu, elle parvint à juguler ses sanglots, à refouler ses larmes. Des spasmes silencieux l'agitaient encore. D'étranges grincements s'échappaient de sa gorge nouée.

Enfin, très lentement, comme une très vieille femme, elle se redressa. Elle prit une poignée de Kleenex dans la boîte qui trônait sur le bureau pour s'essuyer les yeux, le nez.

C'était fini. Terminé. Le désespoir s'abattit sur elle comme une chape de plomb.

Elle leva les yeux vers son père dont le regard glacial la condamnait, et de nouvelles larmes lui brouillèrent la vue.

— Adieu, papa. Je…

Le souffle s'étouffa dans sa gorge et sa voix se brisa. Si elle ne quittait pas la pièce sur-le-champ, elle craquerait de nouveau. Mais cela était hors de question.

Pivotant sur elle-même, elle fit quelques pas en direction de la porte. C'est alors qu'elle remarqua l'enveloppe brune remplie d'argent qu'elle tenait toujours entre ses mains. Elle s'arrêta, contempla le pli gonflé d'un œil morne. Le vide béant qui la dévorait l'empêchait de réfléchir. Enfin, au bout d'un temps interminable, une étincelle jaillit du fond de ce trou noir. Revenant sur ses pas, elle se drapa dans ce qui lui restait de dignité et déposa l'enveloppe sur le bureau d'acajou.

— Ne sois pas ridicule, Katherine. Prends cet argent, tu en auras besoin.

Elle regarda son père dans les yeux et secoua la tête.

— Non. Je ne veux pas de ton argent.

Ce qu'elle voulait, ce qu'elle désirait de tout son cœur, c'était son amour. Et cela, elle savait à présent qu'elle ne l'aurait jamais.

Dans un dernier sursaut de volonté et d'orgueil, Maggie gagna la porte. Ses jambes semblaient de bois, sa démarche était raide, mais elle quitta la pièce tête haute.

5

Maggie déglutit avec difficulté, le regard rivé sur le pavillon qu'elle ne voyait même plus. Après toutes ces années, elle se souvenait de cette épouvantable nuit dans les moindres détails. Elle se souvenait de chaque inflexion dans la voix de son père, des paroles échangées, de celles qui l'avaient atteinte comme autant de blessures.

En règle générale, elle s'efforçait de ne jamais penser à cette scène restée trop douloureuse, mais il était sans doute inévitable que son retour sur le lieu du drame en ravive la mémoire. Catharsis nécessaire qu'il lui fallait affronter pour pouvoir aller de l'avant.

Lorsqu'enfin elle s'arracha à sa sombre rumination, Maggie réalisa que, perdue dans ses souvenirs, elle avait oublié de boire son café et tenait toujours sa tasse à la main.

Elle agita la tête avec un sourire triste, jeta le liquide froid sur la pelouse en contrebas, puis regagna la table où elle s'installa après s'être resservie.

Quelques instants plus tard, la silhouette de sa

mère s'encadrait dans la porte-fenêtre donnant sur la terrasse.

— Ah ! Te voilà, ma chérie. Je viens de parler à l'infirmière en chef. Ton père va beaucoup mieux et exige de rentrer. D'après elle, le Dr Lockhart devrait donner son accord pour qu'il quitte l'hôpital dans la matinée. Je partirai donc le chercher d'ici une heure.

Comme toujours, Lily était tirée à quatre épingles, discrètement maquillée, le visage encadré de boucles blondes lustrées qui soulignaient la délicate beauté de ses traits. Elle portait ce matin un tailleur vieux rose aussi sobre qu'élégant assorti d'un rang de perles.

Enfant, puis adolescente au physique ingrat, Maggie se faisait l'effet d'une jeune girafe pataude arrivée par mégarde au sein d'une nichée de cygnes, tant sa mère et ses sœurs avaient de grâce. Elle se demandait comment Lily avait pu engendrer un laideron de son espèce. Elle ne pouvait s'empêcher d'admirer son teint de porcelaine, son regard céleste, sa silhouette menue. Pour elle, Lily, telle la princesse des contes de fées, avait une apparence fragile qui éveillait chez tous, même chez Maggie, un instinct protecteur.

Aujourd'hui, cependant, Maggie lui en voulait de sa duplicité et se souciait bien peu de lui éviter des déconvenues.

Devant son expression butée, le sourire de Lily s'effaça. Elle s'assit près de sa fille, lui prit doucement la main et posa sur elle un regard humide et lourd de remords.

— Je comprends, ma chérie. Je suis vraiment navrée.

— Pourquoi m'avoir menti, maman ? Tu as trahi ma confiance, pourquoi ?

— Il le fallait. Sans quoi, tu ne serais pas venue, et je ne m'en serais pas remise.

— Mais tu devais bien te douter qu'il réagirait mal en me voyant apparaître sans même être prévenu de ma visite.

— Non, tu te trompes. Je pensais sincèrement que, se sachant condamné…

Sa voix s'étrangla dans sa gorge. Elle cligna des yeux pour refouler ses larmes et reprit :

— Sachant que le temps lui était compté, j'ai cru qu'il se dirait que la famille passe avant tout et qu'en te voyant il regretterait les années perdues. J'étais persuadée que ton retour le réjouirait.

— Oh, maman ! Tu es une incurable optimiste ! Tu connais pourtant papa. Jamais il ne revient sur une décision.

Inutile de tenter une fois de plus d'expliquer que le fossé qui la séparait de son père n'était pas seulement dû aux événements de cette fatale soirée sept ans plus tôt. Lily se refusait à admettre que Jacob n'aimait pas, n'avait jamais aimé sa fille aînée. L'idée était pour elle inconcevable et, dès que Maggie abordait le sujet, elle s'empressait de la rassurer, de lui dire qu'elle se trompait, que son père n'était pas très démonstratif, que c'était sa nature.

L'excuse avait fait long feu. Maggie avait eu tout loisir d'observer qu'il ne ménageait pas ses attentions envers Lily, Laurel et Jo Beth. Dans ces conditions, à quoi bon relancer une discussion stérile qui causerait de la peine à sa mère ?

Cette dernière se cala contre le dossier de sa chaise et soupira.

— Tu as raison, ma chérie. Je suis trop idéaliste, sans doute. Tout est ma faute. J'ai eu tort de vous forcer la main à tous les deux. J'aurais dû attaquer le problème de front depuis des lustres, insister pour que Jacob mette un terme à cette séparation ridicule.

— Pourquoi n'en as-tu rien fait ?

Devant le visage douloureux de sa mère, Maggie éprouva une certaine culpabilité en posant la question, mais elle ignora vite ce sentiment de remords. La scène de la veille avec son père l'avait ébranlée. Le temps manquait à présent. Il lui fallait savoir, obtenir des explications. Elle avait besoin de comprendre pour guérir.

— Parce que je suis lâche, répondit Lily dans un souffle. Quand j'ai appris que Jacob t'avait renvoyée de la maison, nous nous sommes disputés.

— Toi ? Tu t'es disputée avec papa ! s'exclama Maggie, incrédule.

Elle n'imaginait pas que sa mère, si douce, si soumise, ait osé se rebeller contre une décision de son mari. D'ordinaire, elle cédait toujours, s'évertuait à arrondir les angles, à éviter les crises tant elle avait horreur des débordements.

— Je sais bien que tu me crois docile comme un agneau, mais une mère défend toujours sa progéniture et la protège du danger. C'est l'instinct, la loi de la nature.

— Excuse ma surprise. Continue.

— Jacob a décrété que ni moi ni tes sœurs ne pourrions te parler ou te revoir. Mon refus d'obéir lui a porté un coup. Le choc a été mutuel, mais j'ai tenu bon. Je lui ai dit qu'en ce qui concernait Laurel et Jo Beth, je ne m'opposerais pas à ses consignes, mais que pour rien au monde je ne renoncerais à toi, que je le quitterais plutôt que de t'abandonner.

Maggie la dévisageait, aussi surprise qu'émue. Ainsi, Lily avait menacé de quitter Jacob pour elle ! Voilà qui dépassait l'imagination !

Jamais elle n'avait parlé à sa mère de ce qui s'était passé dans le pavillon cette nuit-là. Sans doute par habitude, par souci de lui éviter tout désagrément. Le réflexe conditionné était à ce point ancré en elle que l'idée ne l'avait pas même effleurée. Le sujet n'avait été vaguement abordé qu'une seule fois. Lors de sa première visite à New York, sa mère lui avait demandé sans préambule si elle avait tenté de séduire Martin comme ce dernier le prétendait. Maggie s'était contentée de nier sans s'étendre, et Lily n'avait pas un instant douté de sa parole. L'incident était clos.

Une bouffée de tendresse emplit le cœur de Maggie

pour cette mère timide qui avait, par amour pour elle, tenu tête à l'époux qu'elle adorait. Cet acte de courage la bouleversait jusqu'au fond de l'âme, même si elle avait toujours su que l'amour de sa mère lui était acquis.

— Jacob était furieux, poursuivit Lily. Après cette querelle, nos relations sont restées tendues un bon moment. Mais je n'ai pas cédé, et il a fini par accepter mes conditions. Il n'avait pas le choix. Depuis, il est rare que nous parlions de toi. Lorsque j'annonce mon intention de te rendre visite à New York, un silence pénible s'installe entre nous et se prolonge à mon retour. Si j'essaie de lui donner de tes nouvelles, de lui raconter ce que tu fais de ta vie ou si j'ai le malheur de mentionner ton nom, il se ferme comme une huître et change de sujet. A présent, j'ai compris, je ne parle plus de toi.

Ses lèvres tremblaient misérablement, et des larmes brouillaient son regard.

— Je n'aurais pas dû laisser la situation pourrir aussi longtemps, mais j'ai toujours eu peur de la confrontation. Même aujourd'hui, sachant que je vais le perdre dans les mois qui viennent, je ne peux me résoudre à l'affronter.

Elle soupira de nouveau, reprit après une pause :

— Je me dis que, dans son état de faiblesse, je ne peux pas me permettre de le contrarier. Et puis, très égoïstement, je ne voudrais pas gâcher en vaines disputes le peu de temps qui nous reste à vivre ensemble. C'est lâche de ma part, j'en suis consciente, mais je ne peux pas me résoudre à risquer sa colère… je ne le supporterais pas, c'est plus fort que moi.

Se prenant la tête dans les mains, Lily se mit à pleurer doucement.

— Je suis désolée… pardonne-moi ma faiblesse. Je t'ai trahie… Je comprendrais que tu me détestes…

— Calme-toi, maman. Je ne te déteste pas.

Mais les larmes de Lily ne tarirent pas pour autant.

Partagée entre le ressentiment et la pitié, Maggie regardait les épaules de sa mère secouées par les sanglots. Une immense lassitude s'empara d'elle. Lily n'était tout simplement pas armée pour se battre, n'avait pas plus de défense qu'un chaton nouveau-né. A quoi bon cette colère qui ne servait à rien ?

— Allons, maman, ne pleure pas, murmura-t-elle en lui tapotant affectueusement le bras. Tu es trop sensible, ce n'est pas grave. Je suis une grande fille maintenant. Assez grande pour me défendre toute seule.

Lily renifla pitoyablement. Elle s'essuya les yeux avec une serviette, s'efforça de se reprendre.

— Je sais bien, mais tout de même…

Jo Beth fit soudain irruption sur la terrasse.

— C'est à qui le petit bolide, devant la maison ? s'enquit-elle, admirative.

— Jo Beth, tu vas être en retard à l'école, prévint sa mère gentiment.

Mais ce fut sans effet sur l'adolescente brûlant de curiosité.

— Si tu veux parler de la Viper, elle est à moi, dit Maggie.

— La tienne ? A d'autres ! Comme si les agences de location proposaient des voitures de sport flambant neuves !

— Je ne serais pas surprise que certaines agences le fassent. Mais pour ce qui est de celle-ci, je l'ai achetée hier à Dallas. J'ai appelé le concessionnaire avant de quitter New York, et le responsable a eu la gentillesse d'envoyer un employé m'attendre à l'aéroport avec la voiture et les papiers.

L'enthousiasme de Jo Beth la quitta aussitôt. Elle se rembrunit, pinça les lèvres.

— Mouais. Sous prétexte que tu es mannequin, célèbre et tout ça, les gens se vautrent à tes pieds et se mettent en quatre pour toi.

— La célébrité a certains avantages.

— Tu m'étonnes.

Ignorant le sarcasme, Maggie haussa un sourcil interrogateur.

— Alors… Elle te plaît, ma voiture ?

— Tu parles ! Une caisse pareille, c'est d'enfer.

— Jo Beth ! Surveille ton langage.

L'adolescente gémit avec emphase et leva les yeux au ciel. Maggie porta sa tasse à ses lèvres pour masquer son sourire.

— Tout le monde emploie cette expression. Je ne vois pas où est le problème.

— Peut-être, mais je ne tolère pas ce genre de langage chez mes filles.

— Tu as ton permis de conduire ?

La question valut à Maggie un bref coup d'œil intéressé.

— A presque dix-huit ans, je ne suis plus une gamine. Bien sûr que j'ai mon permis. Pourquoi ?

— Parce que, si tu as le droit de conduire et que ça t'amuse, tu pourrais faire un tour avec.

Le visage de Jo Beth s'éclaira d'un sourire radieux qu'elle réprima aussitôt pour adopter une attitude hautaine.

— Non, merci. Tu ne m'impressionnes pas avec ta voiture de luxe et ta gloire. Et si tu t'imagines que je vais me laisser acheter, tu te trompes. Ce n'est pas à coup d'argent que tu retrouveras ta place dans la famille.

— Jo Beth, s'il te plaît ! protesta Lily, outrée.

— Tu ne comprends rien, maman. Si elle a acheté cette voiture, c'est pour frimer. Pour nous montrer qu'elle est au-dessus de nous.

— Là, c'est toi qui te trompes, répondit posément Maggie. Depuis toujours, je rêvais d'une voiture de sport, mais à New York, ce n'est pas vraiment pratique. Ici, c'est différent, il y a de l'espace, de bonnes routes, et comme je comptais me rendre régulièrement à l'aéroport pour honorer mes engagements, je préférais avoir mon propre véhicule plutôt que d'obliger maman ou Laurel à me servir de chauffeur. Dans la mesure où j'espérais rester quelque temps, je me suis offert un petit plaisir, seulement…

— Tu ne t'en vas pas, j'espère ? s'enquit Lily, inquiète.

— Parce que tu crois à ses salades ? Allons, maman, réfléchis deux secondes ! Tu crois vraiment que Miss Top Model allait perdre son précieux temps ici ? Si elle est venue, c'est juste pour la frime, parce que ça aurait fait désordre qu'elle ne se montre pas.

Avant que Lily n'ouvre la bouche pour répondre, l'adolescente pivotait sur elle-même et quittait la terrasse en lançant par-dessus son épaule :

— Retourne à New York, Miss Monde, et bon débarras. On n'a pas besoin de toi ici !

Catastrophée, Lily se pencha pour prendre la main de Maggie.

— Ne t'occupe pas d'elle, ma chérie. Reste, je t'en prie. Tu ne peux pas partir si vite.

— Voyons, maman, sois raisonnable. Tu penses vraiment que je vais rester alors qu'on ne veut à l'évidence pas de moi ? Si c'est pour subir d'autres scènes comme celle d'hier à l'hôpital, non, merci.

— Moi, je tiens à ce que tu restes, Maggie. S'il te plaît, ne t'en va pas, j'ai besoin de toi.

Maggie dégagea sa main et se leva de table.

— Tu n'as pas besoin de moi, maman. Tu as Laurel et Jo Beth pour te soutenir, et papa ne veut pas de moi. Ma présence ne servira qu'à gâcher ses derniers jours sur terre.

— Maggie, non…

— Je regrette, maman, c'est non. Maintenant, si tu veux bien m'excuser, je vais ranger mes affaires et dire au revoir à Ida Lou.

Sur ces mots, elle se dirigea vers la porte vitrée.

— Non, Maggie, je t'en supplie ! Reste. J'ai besoin de ton aide. La firme bat de l'aile. Si nous ne redressons pas la situation rapidement, notre entreprise devra fermer.

Maggie s'arrêta net et fit volte-face.

— Pardon ?

Elle n'en croyait pas ses oreilles. D'autant qu'elle avait personnellement contribué à renflouer l'affaire familiale par le biais de sa tante Nan l'année passée.

— Les conserves Malone tournent avec succès depuis plus de quatre-vingts ans. Que s'est-il passé ?

— Je l'ignore. Jacob m'a expliqué, mais tu sais bien que je ne comprends rien à ces choses-là. Tout ce que je sais, c'est que la firme a de graves difficultés financières et que Martin asticote ton père depuis des mois pour qu'il vende à Bountiful Foods.

— Qu'il vende ? C'est impossible, et Martin le sait parfaitement. La grand-mère de papa a monté l'entreprise de manière à ce que le capital demeure intégralement dans la famille. Les statuts interdisent la vente d'actions à toute personne de l'extérieur. Seuls ses descendants directs sont autorisés à posséder des parts. Même leurs conjoints n'y ont pas droit.

— Martin souhaite que Jacob convoque une réunion

des actionnaires en vue de modifier les statuts pour que tout puisse être vendu.

— Tout ? Même les vergers ?

Lily acquiesça de la tête.

Maggie serra les dents, se mit à arpenter nerveusement la terrasse. Vendre les terres ancestrales ? Des terres qui appartenaient déjà à la famille quand la conserverie n'était pas même à l'état de projet ! Et qui plus est, les vendre à Bountiful Foods ! Ce monstre tentaculaire qui avait absorbé une foule de petites conserveries à travers le pays.

Pas si on lui laissait une chance de s'y opposer !

— J'aurais dû me douter que Martin nous préparait un coup fourré. On ne se méfie jamais assez des arrivistes de son espèce. Quelle ordure !

— Maggie, je t'en prie, calme-toi. Je n'ai pas plus d'affection que toi pour Martin, mais ne laisse pas tes émotions prendre le dessus. Je doute fort qu'il soit responsable des pertes financières de la firme. Jacob ne lui a jamais donné de vrai pouvoir. Il est vice-président en titre, je te l'accorde, mais uniquement parce qu'il est le mari de Laurel.

— Ce n'est pas une raison suffisante pour bombarder quelqu'un au rang de dirigeant. Papa a manqué de discernement. Martin n'a jamais été et ne sera jamais autre chose qu'un bon à rien imbu de lui-même qui s'imagine que tout lui est dû. En le faisant vice-président, papa n'a fait que confirmer cet imbécile dans ses prétentions.

— Il l'a fait pour Laurel. Mais le titre ne lui confère aucune autorité réelle. Martin s'occupe des relations avec la clientèle. Il appelle les clients, anciens ou à venir, il les invite à déjeuner, veille à ce que tout le monde soit content…

— Hm. Un rôle à sa mesure, qui lui permet de jouer les m'as-tu-vu sans se fatiguer.

Maggie jeta un regard de biais à sa mère, puis ajouta :

— Et qu'a-t-on entrepris pour redresser la situation financière ?

— Rien, récemment. Rien de nouveau depuis que Jacob est très malade. Quand les problèmes ont commencé, il était encore en état de travailler. C'est à ce moment-là que Nan lui a consenti un prêt pour combler le déficit de l'entreprise.

— Ah oui… Et cette injection de capital a permis de renflouer la firme ? s'enquit Maggie d'un ton faussement innocent.

Elle ne pouvait toutefois se résoudre à regarder sa mère en face, car elle savait tout de cette transaction, plus même que son père.

— Dans un premier temps, oui, mais la situation s'est de nouveau dégradée. Nous sommes actuellement en très mauvaise posture, et nous n'avons pas même remboursé Nan.

— Dans l'immédiat, rien ne presse. L'oncle Edward lui a laissé un héritage confortable et elle n'est pas à court d'argent. De plus, l'affaire familiale lui tient à cœur, comme à nous tous.

— Sans doute, mais à mesure que la crise s'aggrave, Jacob s'inquiète davantage, et Martin le harcèle sans relâche pour qu'il vende. J'ai beau lui répéter de ne pas importuner ton père avec cette histoire, il n'en fait qu'à sa tête. Il se contente de me sourire d'un air condescendant, de me dire que je n'y connais rien, ce que je lui concède volontiers. Il n'empêche que son insistance mine Jacob et lui fait du mal.

Lily émit un soupir avant de reprendre :

— J'aimerais croire que Martin s'efforce sincèrement de nous éviter la faillite, mais je me demande tout de même si ce n'est pas simplement une réaction de panique, s'il n'a pas plutôt peur de se retrouver sur la paille au cas où nous coulerions.

— Cela me paraît plausible. D'autant qu'il n'obtiendra jamais un poste comme celui qu'il occupe. J'imagine que son père lui donnerait un emploi dans sa banque, mais je doute fort qu'il le nomme vice-président. Rupert doit rendre des comptes à ses actionnaires.

Songeuse, Maggie se remit à arpenter la terrasse, puis s'arrêta de nouveau près de la table.

— A l'hôpital, Martin a déclaré qu'il gérait l'affaire. C'est vrai ?

— Pour être franche, il s'en est chargé spontanément. Jacob ne le lui a jamais demandé, mais il est au courant, et n'a pas protesté contre cet état de fait.

Et puis, je t'avoue qu'avant ton retour, nous n'avions personne d'autre que Martin sous la main.

Maggie fit la grimace. Avec son beau-frère à la tête de l'entreprise, ils auraient de la chance si l'affaire ne sombrait pas dans les six mois.

— Et ce Dan Garrett ? Puisque vous l'avez nommé responsable de la conserverie, vous devez avoir toute confiance en lui, non ?

— Absolument. Dan est un homme d'une grande valeur.

Le visage de Lily s'éclaira d'un sourire plein de tendresse.

— Tu ne t'en souviens certainement pas mais, dans sa jeunesse, Dan était du genre noceur. Ce qui ne l'a jamais empêché de travailler dur. Il a commencé ici adolescent. Il venait cueillir les fruits après l'école. L'année de son bac, il a décroché une bourse pour entrer à l'université, mais il a dû y renoncer à la mort de son père. Il lui a fallu prendre un emploi à temps plein et subvenir aux besoins de sa famille. C'est bien dommage. En dépit de ses frasques et de son milieu social pas très reluisant, Jacob l'a remarqué pour ses qualités. Dan avait de l'allant, de l'ambition, et une vive intelligence. Il s'est révélé d'une loyauté à toute épreuve. Au fil des années, Jacob l'a promu à des postes toujours plus importants et, il y a deux ans, malgré l'opposition farouche de Martin, il l'a nommé responsable de la conserverie — une décision qu'il n'a pas regrettée, au contraire. Dan connaît tous les rouages de Malone

Enterprises. Il peut démonter et réparer les machines, sait exactement ce dont chaque arbre a besoin pour produire. Il connaît bien les fruits, évalue leur maturité d'un coup d'œil et détermine au jour près les dates optimales pour la cueillette. Il a un véritable don pour superviser le personnel, coordonner les travaux de récolte, de conserve et d'expédition. Jacob se repose sur lui au quotidien pour tous les détails pratiques. J'ignore ce que nous serions devenus sans lui.

— Hm. Cela semble trop beau pour être vrai, commenta Maggie, dubitative.

Deux rencontres avec Dan Garrett ne lui avaient certes pas rendu le personnage sympathique, mais elle réservait son jugement. D'autant qu'il déplaisait à son beau-frère, signe favorable s'il en était.

— Heureusement qu'il est là, que ton père peut compter sur lui. Même s'il n'en a rien dit, je crois que Jacob considère Dan comme le fils qu'il n'a pas eu.

Une lueur de tristesse passa dans les yeux bleus de Lily, et elle soupira.

— Je regrette de ne pas avoir donné de fils à ton père, mais après la naissance de Jo Beth, les médecins ont jugé qu'une autre grossesse aurait été risquée.

Elle battit des cils, redressa les épaules.

— Bah. Il faut bien se contenter de ce qu'on a. Quoi qu'il en soit, Jacob a entière confiance en Dan, mais la gestion et les finances ne sont pas son fort.

— Ce n'est pas non plus la spécialité de Martin.

— Certes. Mais il a le mérite d'être de la famille.

Maggie fit une nouvelle grimace. De son point de vue, Martin n'avait aucun mérite, et certainement pas celui-là.

— Il t'a parlé des difficultés de la firme ?

— Martin ? Non. Avec Dan, c'est différent. Il vient nous voir chaque jour, ton père et moi. Il détaille les plannings, nous expose les problèmes qu'il rencontre. Ces temps derniers, tout semble conspirer contre nous. Les machines ont subi des avaries coûteuses, des palettes se sont perdues pendant le transport, les ennuis s'accumulent et rognent nos bénéfices. Dan passe en général à l'heure du café. Ce matin, il a déjeuné avec Jo Beth et moi.

Maggie jeta un bref coup d'œil aux empreintes de pas sur la pelouse. Le soleil avait dépassé la crête des arbres et la rosée s'évaporait, mais les traces demeuraient encore visibles.

— En revanche, enchaîna Lily, Martin n'aurait jamais l'idée de me consulter. Il est comme son père, convaincu que les femmes doivent être confinées dans la cuisine et à l'alcôve, servir de faire-valoir à leur époux par leur beauté. Ils croient l'un comme l'autre que tous les hommes pensent la même chose.

— Tu pourrais exiger qu'il te tienne informée.

— A quoi bon ? Même si je comprenais la nature de nos difficultés, je ne saurais comment y remédier.

Lily prit la main de Maggie dans les siennes, puis ajouta :

— Il faut que tu restes, Maggie. J'ai besoin de toi.

Toute la famille a besoin de toi. Et pas seulement la famille, mais tous les gens de Ruby Falls qui travaillent pour nous et risquent de perdre leur emploi. Bountiful Foods est une firme réputée pour ses plans de restructuration draconiens ; ils reprennent une entreprise, procèdent à des licenciements massifs, et importent de la main-d'œuvre bon marché. Tu es intelligente, Maggie. Tu as une maîtrise en gestion des affaires, et tu es notre seule chance de salut.

Le cœur serré par le ton désespéré de sa mère, elle hésitait cependant.

— Maman… D'abord, il y a sept ans que j'ai passé mon diplôme, et je n'ai jamais mis mes connaissances en pratique. Ensuite, à supposer que je parvienne à cerner le ou les problèmes, rien ne garantit que je saurais redresser la situation. Et il faudrait, pour commencer, que papa me laisse approcher du bureau.

— J'en parlerai à ton père, je te le promets.

Maggie jeta un regard sceptique à sa mère. Elle ne doutait certes pas de ses bonnes intentions, mais que Jacob vienne à hausser le ton, et Lily battrait en retraite sur-le-champ. Non, au cas où la chose deviendrait nécessaire, c'est à elle qu'incomberait la tâche de convaincre Jacob.

— Et tu as pensé à lui ? Il ne supporte pas ma présence ici. Je ne voudrais pas gâcher ce qui lui reste à vivre.

Pas plus qu'elle ne souhaitait s'exposer elle-même à l'animosité et à la froideur de son père. Tout cela appartenait au passé, un passé sur lequel elle avait tiré un trait depuis des années. Ou du moins tenté de le faire.

— Il souffrira bien davantage si nous perdons la firme. Il s'inquiète de notre avenir, se ronge les sangs à l'idée de nous laisser dans l'embarras. Cela le mine, et je suis sûre que c'est néfaste à son état de santé.

« Nous », songea Maggie, amère. Ce nous incluait Lily, Laurel et Jo Beth, mais pas elle, assurément. Elle imaginait mal Jacob se souciant d'elle.

— Je t'en supplie, ma chérie, reste, insista Lily, voyant qu'elle hésitait toujours. Reste, s'il te plaît. Essaie de faire quelque chose. C'est tout ce que je te demande.

Maggie plongea dans le regard éperdu de sa mère, consciente que, à part Ida Lou, Lily était la seule ici à vouloir d'elle.

Son père se serait dispensé de sa présence. Laurel et Jo Beth aussi. Sans parler de ce macho de Dan Garrett qui, contrairement à tous les hommes qu'elle avait rencontrés, n'était impressionné ni par son physique ni par sa célébrité.

Si elle restait, elle s'exposait à toutes sortes de déboires et de déconvenues.

Mais avait-elle le choix ?

Elle soupira longuement, puis elle capitula.

— C'est bon, maman. Je reste. Je ferai ce que je pourrai, mais n'attends pas de miracle. D'accord ?

Les traits de Lily s'illuminèrent, elle bondit de son siège pour prendre sa fille dans ses bras en s'exclamant avec effusion :

— Merci ! Merci, ma chérie, tu es gentille ! Merci…

Maggie lui rendit son étreinte, la berça contre sa poitrine. Elles étaient ainsi enlacées quand une voix se fit entendre :

— Je ne vous dérange pas, mesdames ?

Maggie se raidit, tourna la tête et vit Dan Garrett qui achevait de remonter la pente du jardin. Il avançait d'un pas long et souple avec une grâce surprenante, presque féline. Il émanait de lui — de son solide corps musclé, de ses yeux clairs, de ses traits burinés — une force tranquille et une intensité contenue.

Décidément, ce type la hérissait. Il était trop sûr de lui, trop viril à son goût. Et pourtant, il avait quelque chose de… de…

Lily se dégagea des bras de sa fille pour accueillir Dan d'un chaleureux sourire.

— Bien sûr que non, tu ne nous déranges pas. Je remerciais Maggie qui a accepté de rester quelque temps avec nous.

Dan haussa un sourcil et posa sur Maggie un regard devenu glacial.

— Tiens donc ? Parce qu'il était question qu'elle s'en aille ? J'avais cru comprendre le contraire.

Cette pique déguisée, à laquelle Lily ne prêta pas attention, exaspéra Maggie au plus haut point. Elle avait envie de dire à ce malotru qu'elle était libre de décider de ses actes à sa guise. Mais elle se retint et, comme toujours lorsqu'elle se sentait attaquée, elle opta d'instinct pour un numéro de charme.

— Tout doux, mon joli, lui répondit-elle d'une voix câline à souhait. Vous aviez parfaitement compris. Je suis venue dans l'intention de rester aussi longtemps que l'on aurait besoin de moi, mais il se trouve qu'hier, j'ai eu comme un problème. Ma mère en était toute contrariée. Rassurez-vous cependant, les choses se sont arrangées. Alors, beau ténébreux, préparez-vous à me trouver sous vos pas.

Quelque peu surprise par la familiarité excessive de sa fille, Lily eut tôt fait de se ressaisir.

— J'oubliais que vous vous connaissiez déjà. Maggie m'a dit que vous vous étiez croisés hier.

— C'est exact, acquiesça Dan, laconique.

Puis il reporta toute son attention sur Lily, excluant Maggie de la conversation.

— J'ai terminé à la conserverie. Nous partirons dès que tu seras prête.

— Juste le temps de prendre mon sac.

Elle sourit à sa fille.

— Dan m'emmène à l'hôpital chercher Jacob.

Vexée de se voir laissée sur la touche, Maggie protesta :

— Inutile d'arracher M. Garrett à son travail. Je peux parfaitement te conduire, maman.

— Je te remercie, ma chérie, mais je préfère que ce soit Dan. Il est plus fort que toi, et il pourra aider ton père à s'installer dans la voiture, le soulever au besoin.

Le Dr Lockhart nous a trouvé un infirmier qui résidera chez nous jusqu'à…

Lily s'interrompit, le regard humide, se mordit la lèvre et se reprit.

— Il restera chez nous pendant les mois à venir, mais il n'arrive que lundi. Et puis… il vaut mieux que… que je prépare Jacob à… à ce qui l'attend ici, conclut-elle, dans un murmure gêné.

Le cœur de Maggie se serra douloureusement à l'idée que sa présence posait tant de problèmes.

— Profite de la matinée pour t'installer. Nous serons bientôt de retour avec ton père.

— Je vais sortir la voiture du garage, et je te prends devant l'entrée, déclara Dan.

Puis, sans un regard pour Maggie, il disparut.

Cinq minutes plus tard, de la fenêtre de sa chambre, Maggie voyait la Cadillac de sa mère se garer devant la Viper et Lily prendre place sur le siège du passager. Des yeux, elle suivit la berline grenat qui remontait l'allée en direction de la route.

Dieu que la vie était injuste !

Dan Garrett avait gagné la confiance et l'estime de ses parents, il avait fait sa place au sein de l'entreprise et de la famille. On ne pouvait certes pas en dire autant d'elle — surtout en ce qui concernait son père.

Mais à quoi bon tant de rancœur ? Cette sotte jalousie ne la mènerait à rien. Si son père ne l'aimait pas, ce n'était pas la faute de Dan Garrett. Inutile d'en faire un bouc émissaire.

« Maggie, reprends-toi et arrête de geindre ! » s'admonesta-t-elle à mi-voix.

La Cadillac disparut, et elle laissa retomber le rideau.

Elle quitta la fenêtre, alla jusqu'au grand lit à baldaquin, effleura de la main le volant froncé du couvre-pieds. Jo Beth avait raison. Rien n'avait changé dans sa chambre.

Les fronces, les volants, les fanfreluches, la pile d'oreillers bordés de dentelle contre le dosseret en merisier, le papier peint vert amande parsemé de minuscules fleurs blanches, les rideaux de voile blanc, le délicat mobilier Queen Anne, les vases et figurines en porcelaine de Dresde… tant d'efforts déployés par sa mère pour qu'elle se sente féminine, gracieuse, raffinée. Et ce décor n'avait servi qu'à souligner sa gaucherie de grande araignée disgracieuse tout en pattes.

Non qu'elle n'aimât pas ce décor, bien au contraire. C'était une chambre ravissante, un plaisir des yeux et du cœur pour une jeune fille. Mais elle s'y sentait déplacée.

L'intention était bonne, songea Maggie avec un sourire triste.

Puis elle s'ébroua mentalement, s'arracha à sa rumination et redescendit d'un pas décidé prendre ses bagages dans sa voiture. Quelques minutes plus tard, elle avait remonté le tout — pas grand-chose, à vrai dire. Elle n'avait emporté que le strict nécessaire. Tante Nan, le ciel la bénisse, se chargeait de lui expédier le plus gros de sa garde-robe d'automne. S'il lui manquait quelque chose, elle aurait tout loisir de pallier l'omission au cours de ses allers et retours à New York.

En deux temps, trois mouvements, elle avait tout rangé. Assise au bord du lit, elle se souvint d'avoir promis à sa tante de l'appeler pour lui donner des nouvelles de son père et de leurs retrouvailles. Elle décrocha le téléphone, composa de mémoire le numéro.

Nan répondit à la troisième sonnerie.

— Bonjour, dit doucement Maggie avec un sourire de tendresse.

Sept ans plus tôt, elle s'était rendue d'instinct à New York, chez l'unique personne en dehors de sa mère capable de lui apporter l'aide et le réconfort dont elle avait besoin.

Tante Nan n'avait pas déçu ses espoirs. Un seul regard à la mine défaite de Maggie, et elle l'avait enveloppée de ses bras, l'avait comblée d'amour et d'attention tandis qu'elle pansait ses blessures.

— Maggie, ma petite chérie. J'attendais ton coup de fil. Comment se porte Jacob ?

— Il va mieux à présent. Quand je suis arrivée, il venait de faire un malaise et a dû être hospitalisé. Ils lui ont fait un drainage des poumons. Mais la crise est passée. Il sort en fin de matinée. Maman est partie le chercher.

Maggie entendit sa tante pousser un long soupir au bout de la ligne.

— Avec cette horrible maladie, il y a toujours des complications de ce genre, je suppose.

Nan marqua une pause, puis demanda :

— Dis-moi, comment cela s'est passé entre toi et Jacob ?

Maggie cligna des yeux et se mordit la lèvre pour refouler ses larmes.

— Une horreur. Maman m'avait menti pour que je rentre.

— Oh ! ma pauvre chérie. Je suis désolée pour toi.

Il y avait tant de tendresse, de compassion dans la voix de sa tante, que Maggie sentit sa gorge se nouer d'émotion.

— Je sais. J'aurais dû me méfier. Me douter qu'il ne voulait pas me voir, même s'il est mour…

Elle ne put poursuivre. Accablée, elle ferma les yeux de toutes ses forces, pressa du poing son plexus douloureux.

— Même s'il ne… s'il ne lui reste plus bien longtemps à…

Comme Lily, elle ne pouvait penser à la disparition de son père sans céder au chagrin. Quels que fussent les sentiments qu'il éprouvait à son égard, il restait son père — un homme par ailleurs droit et bon qu'elle chérissait de toute son âme.

— Oh, que je suis furieuse contre ce frère plus têtu qu'une bourrique ! Quel orgueil ! Quel aveuglement ! s'emporta Nan. Et contre Lily aussi. Je n'aurais pas cru cela d'elle. Comment a-t-elle osé te berner de la sorte ?

Quelle idée de te laisser aller tête baissée dans le piège, convaincue qu'il t'accueillerait à bras ouverts ! Faire ça à sa fille, franchement, elle exagère !

— Pour être honnête, c'était une ruse de dernier recours. Maman se désespère de nous savoir brouillés. Si nous ne réglons pas ce différend avant qu'il soit trop tard, elle ne s'en remettra pas.

— Ha ! La faute à qui, je te le demande ! User de supercherie pour vous jeter face à face sans que personne ne soit prévenu, ce n'était pas bien malin. Ce n'était en tout cas pas le meilleur moyen pour vous réconcilier. Ce qu'il faudrait, c'est qu'elle fasse ce qu'elle aurait dû faire il y a sept ans. Cogner sur le crâne de granit de ton père jusqu'à ce que le bon sens y pénètre.

— Oui, mais tu connais maman aussi bien que moi. Elle évite tout conflit depuis toujours.

Nan grommela entre ses dents quelques remarques senties sur les femmes fragiles. Remarques dont Maggie ne s'offusqua point. Nan adorait Lily, la couvait et la protégeait comme tous les autres. Mais Nan était aussi une forte femme, pleine d'assurance, et elle n'avait jamais compris cette peur pathologique de l'affrontement qu'avait Lily.

— Bon. Alors, tu t'en vas ?

— Non. Je reste jusqu'au bout, comme prévu.

— Quoi ? Maggie, ma petite fille, tu déraisonnes. Tu as tenté ta chance, sans résultat. C'était brave de ta part. On ne t'en demande pas plus et personne ne t'en voudra. Inutile de t'exposer à des mois de tourments.

— Maman a besoin de moi.

— Dieu du ciel ! J'aurais tout entendu ! Pour une fois dans sa vie, Lily va devoir retrousser ses manches et se débrouiller toute seule. Je ne permettrai pas que tu…

— Tante Nan, il n'y a pas que la maladie de papa. La firme est de nouveau menacée de faillite.

Long silence. Puis :

— Impossible. Tu sais bien que j'ai prêté à Jacob une somme suffisante pour remettre l'affaire à flot.

— Evidemment que je le sais, mais apparemment, les ennuis ont continué.

Maggie lui résuma les propos de sa mère et conclut :

— Je reste donc pour faire mon enquête, découvrir ce qui ne va pas et tenter de redresser la barre.

— Hm. Tu vas avoir du fil à retordre. Jacob n'appréciera pas que tu fourres ton nez dans les comptes de la maison. Et cette limace de Martin non plus.

— Certes. Je tâcherai d'être aussi discrète que possible. Mais que cela plaise ou non à papa et à Martin, j'aurai le fin mot de l'histoire.

Cette fois, le silence se prolongea. Enfin, Nan reprit d'un ton posé :

— Si on te met trop de bâtons dans les roues et que Jacob laisse faire, tu réalises que ta seule option sera de tout avouer ?

— Oui, je sais. Mais je ne m'y résoudrai qu'en dernier recours. Je ne me sens pas prête à livrer cette bataille pour le moment.

— Eh bien, ma chérie, prépare-toi ! Cela viendra plus vite que tu ne penses et il va y avoir du vilain. Jacob sera fou de rage lorsqu'il apprendra que tu possèdes quarante-sept pour cent des parts de Malone Enterprises.

Maggie grimaça et se massa le front.

— Je sais, je sais.

Tout lui avait paru si simple quand elle avait racheté les parts de sa tante…

— Tu devrais peut-être le dire à Jacob d'entrée de jeu et en finir une fois pour toutes. Le prendre par surprise. Tirer le premier coup.

— Je ne crois pas, non.

Maggie ne put retenir un frisson à l'idée de précipiter le bras de fer avec son père. Au fond, il y avait en elle un peu de la faiblesse de sa mère.

— Bon, eh bien, puisque tu restes pour tirer les affaires de la firme au clair, j'arrive pour te soutenir. Tant que Jacob croit que je détiens encore quarante et un pour cent des parts, il m'écoutera. A moins de convoquer une réunion des actionnaires et de déclencher une guerre au sein de la famille, il ne peut pas s'opposer à moi si j'insiste pour que tu prennes le contrôle des opérations. Nous avons le même nombre de parts, lui et moi. A sa connaissance, du moins.

— Tante Nan, je te remercie, mais ce n'est pas

nécessaire. Je ne voudrais pas causer une brouille entre papa et toi.

— Balivernes que tout cela. Ma chérie, je te considère comme ma fille. De plus, quand ça va barder là-bas — et ça va barder, tôt ou tard —, je tiens à être sur place pour encaisser ma part de coups. Ce n'est que légitime, puisque nous avons mijoté ça ensemble. Tu ne posséderais pas ces actions si je ne te les avais pas vendues.

— Certes, mais…

— Pas de mais qui tienne, j'arrive. Tu vas avoir besoin de quelqu'un dans ton camp, et nous savons toutes deux que tu ne peux pas compter sur Lily. Et puis, je tiens à passer du temps avec mon crétin de frère pendant qu'il nous en reste un peu. Il a peut-être un blocage affectif en ce qui te concerne, mais je l'aime bien quand même.

La conversation terminée, Maggie raccrocha et erra sans but à travers la pièce pendant quelques minutes. Enfin, elle se laissa tomber sur le rocking-chair près de la fenêtre et se balança lentement, les yeux mi-clos, jusqu'à ce que sa vision se brouille sous le lourd voile de ses cils.

Elle poussa un long soupir. Rien ne marchait comme prévu. Un an et demi plus tôt, quand la firme familiale s'était trouvée en difficulté et que Jacob avait demandé de l'aide à tante Nan, la solution semblait couler de source. Claire et limpide.

Son père avait déjà réinjecté tout l'argent qu'il pouvait

dans l'entreprise et son appel au secours relevait du bon sens. Nan possédait autant de parts que lui, et son défunt mari, Edward Endicott, lui avait laissé une fortune en héritage. Mais Jacob ignorait que ce capital était immobilisé en investissements complexes de manière à fournir des rentes à sa sœur. Le seul moyen pour elle d'obtenir rapidement les liquidités nécessaires consistait à vendre ses parts de Malone Enterprises dont les statuts lui imposaient de les vendre à un descendant en droite ligne de Katherine Margaret Malone, l'ancêtre.

Lorsque sa tante lui avait exposé le problème, Maggie avait aussitôt proposé de lui racheter suffisamment d'actions pour tirer son père d'embarras. Mais Nan avait insisté pour les lui vendre toutes.

— Je comptais te les laisser de toute façon, au cas où mon cher frère te déshériterait. Pas question qu'il te prive de ta part légitime. Et puis, il est normal que tu aies la part du lion. Des enfants de Jacob, tu es la seule capable de diriger l'affaire, la seule à t'y intéresser vraiment.

Ajoutées aux six pour cent de parts que grand-père Michael avait légués à chacune de ses petites-filles, les parts de tante Nan conféraient à Maggie quarante-sept pour cent de la firme familiale.

A l'époque, les médecins venaient de diagnostiquer le cancer de Jacob, et Maggie ne tenait pas à lui causer de soucis supplémentaires. S'il apprenait que, non seulement c'était elle qui le tirait d'affaire, mais qu'elle possédait de surcroît la plus grosse part de l'entreprise, il serait furieux. Afin de masquer la transaction, elle avait monté une société anonyme, la Malone-Endicott Trust, dont elle était seule propriétaire et seule bénéficiaire cependant que Nan l'administrait pour elle en fidéicommis.

Officiellement, les actions avaient été vendues à ladite société. Le changement de main des titres avait naturellement intrigué Jacob que Nan avait rassuré en invoquant des raisons de gestion de son patrimoine. Dans la mesure où relevés et documents concernant ces actions étaient toujours adressés à Nan, les choses en étaient restées là.

Tout en se balançant, la tête calée contre le dossier du rocking-chair, Maggie eut un petit rire amer. Tout semblait si simple, si évident dix-huit mois plus tôt ! Elle se voyait dans le rôle du preux chevalier volant au secours de son père qui n'en saurait jamais rien.

A l'époque, elle ne pensait pas revenir à Ruby Falls — pas du vivant de Jacob, en tout cas. Et elle imaginait encore moins qu'elle devrait s'impliquer directement dans les affaires de Malone Enterprises.

Les aléas de la vie causaient décidément de bien curieux retournements. Depuis l'enfance, elle nourrissait deux désirs qui primaient tous les autres : gagner l'amour de son père, et travailler pour la firme familiale. Après la scène de la veille à l'hôpital, elle avait perdu espoir de jamais atteindre le premier de ces buts. Mais aujourd'hui, on lui offrait — certes par défaut — l'occasion de réaliser le second de ses rêves.

Son sourire se teinta de tristesse. Après tout ce temps, après tout ce qui s'était passé, quelle ironie qu'on vienne la chercher, elle, pour sauver l'entreprise !

6

— Gare-toi à l'arrière. Depuis deux jours que je suis enfermé dans ce fichu hôpital, j'ai besoin d'être dehors.

Dan acquiesça de la tête avec un regard à son patron dans le rétroviseur, puis il engagea la Cadillac dans l'allée.

— Comme tu veux.

C'était la première phrase complète de Jacob depuis qu'ils avaient quitté Mercy Hospital. A leur arrivée, il était pourtant gai, d'humeur légère, impatient de rentrer chez lui. Mais le temps que Dan aille chercher la voiture sur le parking pour l'amener devant l'entrée principale, un désaccord était survenu entre Lily et son époux. Dan avait retrouvé Jacob rigide, le visage fermé, et Lily dans tous ses états, avec des larmes dans les yeux. Une tension à couper au couteau régnait entre eux.

Durant tout le trajet, Lily s'était efforcée de le dérider, appliquée à regagner ses faveurs. Insensible à ses efforts, Jacob ignorait son babillage nerveux. Il restait face à la vitre, muré dans le silence ou, s'il daignait répondre, c'était d'un grognement, d'un monosyllabe brutal et cassant. Blessée, Lily se retenait à grand-peine de pleurer.

De la part de Jacob qui adorait sa femme, la ménageait comme si elle était de verre, ce comportement aberrant laissait Dan perplexe. Que s'était-il passé entre eux pendant ses quelques minutes d'absence ? A l'évidence, Jacob était dans une colère noire.

Dan suivit la boucle devant la maison. Il la contourna par le côté pour se ranger près de l'allée pavée qui conduisait à la terrasse, puis il sortit de voiture et alla prendre le fauteuil roulant dans le coffre.

Malgré sa faiblesse, Jacob refusa son aide d'un geste de la main. Il parvint tant bien que mal à s'extraire de son siège pour s'installer dans le fauteuil par ses propres moyens, mais l'effort l'avait épuisé, sa soudaine pâleur en attestait.

— Ah ! soupira-t-il. Comme c'est bon de rentrer chez soi !

Et il s'affaissa sur son siège tandis que Dan le poussait le long de l'allée. Près de lui, Lily s'agitait, ajustait la couverture qui couvrait les jambes de son mari, se lissait les cheveux avec nervosité. Lorsqu'ils dépassèrent le gros buisson de myrtes au coin de la maison, Jacob se raidit, s'agrippa aux bras du fauteuil, si fort que les jointures de ses doigts blanchirent. Dan devina qu'il avait la mâchoire crispée.

Sa fille aînée se leva de la chaise longue où elle se

prélassait, s'avança vers eux avec grâce et sourit à Jacob.

— Bienvenue chez toi, papa. Comment te sens-tu ?

Dan crut d'abord qu'il ne répondrait pas tant son regard était glacial, hostile. La réplique vint pourtant, cinglante :

— Je n'ai pas l'intention de mourir tout de suite, si c'est ce que tu veux savoir.

— Jacob !

Ignorant la protestation de sa femme, il poursuivit sur sa lancée :

— Je préfère t'avertir que mes parts de Malone Enterprises seront divisées entre tes sœurs. Et si tu comptes rester ici à tournicoter dans l'espoir d'un héritage, tu perds ton temps, Katherine.

— Jacob ! Tu exagères ! Pardonne-lui, ma chérie, il n'en pense pas un mot. Ces séjours à l'hôpital ne lui valent rien. Il est toujours de méchante humeur au retour.

Dan, qui observait Maggie, surprit dans ses beaux yeux une lueur douloureuse. Mais elle se ressaisit aussitôt. En l'espace d'une seconde, ce regard d'animal blessé avait disparu, remplacé par une impertinence moqueuse. Ignorant, elle aussi, l'intervention de sa mère, elle exhala un soupir théâtral.

— Bah ! On ne peut pas gagner à tous les coups. Si j'ai bien compris, je vais devoir me contenter de mon seul salaire.

Dan fut tenté de sourire. Jacob savait-il que les revenus annuels de sa fille s'élevaient à plusieurs millions de dollars ? A en juger par son expression, il n'avait sans doute pas la moindre idée de ce que gagnait un top model. Cela n'avait rien de surprenant. Pour un homme de la terre comme lui, l'idée qu'on vous paie des millions pour poser devant les caméras ou pour présenter des vêtements relevait de l'incompréhensible.

— Ta mère m'a informé qu'elle t'avait demandé de rester et que tu avais accepté. C'est bien vrai, Katherine ?

— Oui. Je reste. Par égard pour maman.

Sans se départir de son ironie moqueuse, elle redressa le menton et, de ses yeux d'émeraude, le mettait au défi d'émettre une objection.

Dan les observait tour à tour avec la plus grande attention. Curieuse réunion entre le père et la fille. Ils s'épiaient, se jaugeaient, se tournaient autour comme deux chiens méfiants. Et pourquoi diable Jacob l'appelait-il Katherine ?

— Tu n'ignores sans doute pas mes sentiments sur la question. Je concède cependant que les quelques mois à venir vont être pénibles pour ta mère, et elle tient apparemment à t'avoir auprès d'elle.

Il parlait d'un ton guindé que Dan ne lui avait jamais entendu. Jamais.

— J'aime trop Lily pour lui refuser ce réconfort, mais je t'avertis, Katherine, si tu nous causes le moindre ennui, tu quittes la maison sur-le-champ. Est-ce bien clair ?

— Comme de l'eau de roche, papa. J'ai vingt-sept ans, tu sais. Je ne suis plus une gamine. Que tu le croies ou non, il y a belle lurette que je n'ai pas écrit de phrases douteuses sur les murs des châteaux d'eau ni participé à des beuveries avec mes camarades de classe.

— Il n'y a pas que les frasques de gamine qui puissent susciter des problèmes, Katherine. Et, si ma mémoire est bonne, tu t'y entendais pour semer la zizanie sur un plan beaucoup plus sérieux.

Un instant désarçonnée, Maggie sembla perdre toute contenance. Puis elle se reprit et on put lire sur son visage qu'elle comprenait l'allusion. Son regard vert pétilla alors de malice, et elle émit un petit rire de gorge.

A la grande surprise de Dan, le son grave et rauque de ce rire éveilla dans son corps comme un frisson de plaisir.

— Ah, j'y suis ! Désolée de te décevoir, papa, mais je n'ai pas séduit un seul homme depuis... oh !... une bonne semaine. Si cela te rassure, toutefois, je te promets de bien me tenir.

Lily grimaça, agita les mains, mal à l'aise.

— Tu tournes tout à la dérision, n'est-ce pas, Katherine ?

— Je m'y emploie, répondit-elle avec un sourire de chatte.

La remarque ironique exaspéra Jacob, mais l'apparition soudaine de la domestique lui fit ravaler sa réplique.

— Ah ! Vous voilà revenus ! s'exclama Ida Lou en arrivant sur la terrasse.

Elle posa le plateau qu'elle portait sur la table, s'affaira à le décharger de la cruche de thé glacé, des plats contenant de la salade, du poulet froid et des fruits. Enjouée, elle poursuivit :

— Il m'avait bien semblé entendre la voiture. Le déjeuner est prêt. Installez-vous pendant que je vais chercher le reste.

— Pas pour moi, merci, dit Maggie.

— Qu'est-ce que c'est que ces histoires ? Comment veux-tu que je t'engraisse si tu ne manges rien, hein ?

— Désolée, Ida Lou, mais j'ai tellement dévoré ce matin que je n'ai pas faim. D'ailleurs, je comptais prendre un peu d'exercice pour brûler toute cette énergie. Une promenade dans les vergers me fera le plus grand bien.

— Si cela ne vous dérange pas, je vous accompagne. Il faut que je retourne à la conserverie.

Comme il l'observait, Dan perçut une légère lueur d'agacement dans son regard. Fugace aussi. Elle redressa les épaules.

— Comme vous voudrez ! Nous sommes en démocratie.

Et, sans l'attendre, elle descendit les marches de la terrasse.

— Ah ! Ces jeunes d'aujourd'hui, grommela Ida Lou. C'est à n'y rien comprendre. A jeûner de la sorte, vous sécherez sur pied et le vent vous emportera. C'est malin !

Avec son mètre quatre-vingt-treize et ses quatre-vingt-dix kilos, Dan en doutait sérieusement. Il décocha un clin d'œil complice à la vieille domestique et répondit avec chaleur :

— Voyons, Ida Lou, tu sais bien que j'adore ta cuisine, mais le travail m'attend, je ne plaisante pas. Sauf si Jacob a besoin de moi. S'il vous faut un coup de main pour le monter dans sa chambre, je reste.

— File donc, grand benêt. Je suis solide. Si M. Jacob a besoin d'aide, je peux m'en charger toute seule. Je ne vois d'ailleurs pas pourquoi il nous faudrait un infirmier à résidence.

Elle haussa les épaules, se dirigea vers la porte qui menait à l'intérieur en maugréant :

— Quelle idée de faire venir ici un étranger qui sera toujours dans nos jambes ! Pouh ! Ridicule !

Malgré son humeur de dogue, Jacob ne put retenir un sourire amusé tandis que Lily levait les yeux au ciel avant de s'excuser :

— Je suis désolée, Dan. Ida Lou s'est vexée quand je lui ai annoncé que nous engagions un infirmier. Depuis, elle est un peu chatouilleuse.

Maggie n'avait pas ralenti l'allure pour l'attendre, mais elle devait savoir qu'il la suivait. Perverse créature, songea Dan. Après avoir joué ouvertement les séductrices, elle le battait froid, boudait sa compagnie.

Avec ses longues jambes, elle couvrait du terrain,

mais Dan marchait encore plus vite, rattrapait son retard. Il aurait certes pu se laisser distancer, mais l'aînée des Malone aiguisait sa curiosité.

A l'évidence, Lily et Ida Lou adoraient Maggie. Mais s'il se fiait volontiers au jugement de ces personnes de bon sens, il avait par ailleurs entendu pis que pendre sur le compte de la jeune femme. Pour sa part, il conservait de Maggie le souvenir assez vague d'une adolescente frondeuse, narquoise et ne respectant rien. L'adulte ne valait guère mieux, à ce qu'il en avait vu.

Cependant, quelle beauté ! Pour ne pas apprécier sa silhouette souple, la grâce de ses mouvements, le balancement de ses hanches, il fallait être aveugle, eunuque… ou mort.

Il la rattrapa à la hauteur de la grille, juste à temps pour la lui ouvrir.

Après un sursaut de surprise, Maggie lui adressa un sourire enjôleur :

— Mmm, un gentleman ! L'éducation est tellement rare. Pourtant, c'est tellement sexy chez un homme.

Dan se garda de relever la provocation. Il ignorait encore si le flirt était une sorte de réflexe conditionné ou bien une attitude défensive, un masque protecteur derrière lequel elle se cachait. Dans un cas comme dans l'autre, la promesse était vide de sens. Seul un sot se laissait prendre à ce genre d'appât.

Ils marchèrent un moment en silence le long de l'étroit chemin de terre ombragé qui prolongeait l'allée principale de la propriété et conduisait à la vieille chaumière située au milieu du verger.

Le soleil entamait sa longue descente vers l'horizon. L'air fleurait bon la terre et les pêches mûrissantes. Une brise légère bruissait dans le feuillage. Par habitude, Dan examinait les arbres au passage, évaluant la maturité des fruits, cherchant des signes de maladie, de parasites.

Il jugea que le secteur serait prêt pour la cueillette vers le milieu de la semaine suivante. L'herbe avait bien poussé. Dès lundi à l'aube, il enverrait une équipe pour la tondre.

Maggie émit un rire de gorge et chassa de la main un papillon qui voletait avec insistance autour de ses cheveux. Le bruit attira l'attention de Dan qui en profita pour l'observer à la dérobée, non sans une pointe d'agacement.

La beauté de cette femme confinait à l'absurde. Sur les rares photos qu'il avait vues d'elle dans les magazines au fil des années, elle dégageait un charme, une séduction à couper le souffle. Aucune comparaison avec le grand échalas de gamine aux traits ingrats dont chacun se souvenait à Ruby Falls.

Il en avait conclu que la transfiguration tenait à des artifices de maquillage et d'éclairage, à des astuces de photographe, au mieux, à un visage que la caméra flattait. Il en était resté là, convaincu que s'il devait un jour la revoir en chair et en os, elle n'aurait rien d'aussi spectaculaire et que, sans l'aide de ces trucages, ses défauts lui apparaîtraient.

Mais, c'était bien là le diable, il ne lui en trouvait pas le moindre.

Elle était à peine maquillée et, cependant, sa peau satinée avait la couleur et l'onctueuse richesse de la crème. Pas une tache de son en vue. Rarissime chez une rousse.

Ses traits touchaient à la perfection — pommettes hautes, nez délicat, menton ferme, lèvres pulpeuses. Sans parler des immenses yeux verts qui brillaient comme deux émeraudes sous les fins sourcils auburn, et que frangeaient des cils soyeux, si démesurément longs qu'il les aurait donnés pour faux en d'autres circonstances. Mais, d'aussi près, plus question de s'y tromper.

Et ses cheveux ! Des cheveux à rendre fou n'importe quel homme. Alors qu'il n'éprouvait aucune sympathie pour leur propriétaire, Dan mourait d'envie de plonger les deux mains dans cette splendide et voluptueuse crinière, d'en sentir le contact sur sa peau.

« Remets-toi, vieux ! s'admonesta-t-il en silence. Tu ne vas tout de même pas te pâmer devant Maggie Malone, la fauteuse de troubles de la ville ! »

Peine perdue. Il ne parvenait pas à détacher son regard de cette merveilleuse chevelure couleur de flamme, si lustrée, si dense et ondoyante qu'elle semblait animée d'une vie propre. Hier, elle était libre, rendue folle par le vent. Retenue aujourd'hui par une pince, elle ruisselait en une cascade de boucles à peine moins sauvages et s'embrasait dès qu'un rai de lumière filtrait entre les arbres.

Rien de surprenant à ce que la flamboyante Maggie ait atteint le sommet d'une profession qui, somme toute, comptait peu de rousses authentiques. Outre sa spectaculaire crinière, elle avait de l'allure, une démarche souple et assurée, un port de tête altier. Dans son regard le défi se mêlait à l'espièglerie, et les coins de sa bouche pulpeuse se retroussaient en un sourire énigmatique, comme si elle s'amusait d'un secret connu d'elle seule.

Cette touche de mystère la dotait d'une séduction presque irrésistible, et Dan, pris dans les rets de sa propre fascination, brûlait de soulever le voile pour découvrir enfin la source de ce diabolique pétillement.

Il n'y avait donc pas lieu de s'étonner de sa fulgurante ascension, quelques mois seulement après son arrivée à New York. Dans le monde de la mode, monde de blondes distantes et sophistiquées, de brunes torrides et ténébreuses, Maggie Malone brillait tel un papillon exotique parmi de ternes phalènes.

Et, tel un papillon, elle demeurait insaisissable.

Le bout des doigts calé dans les poches arrière de son jean, elle avançait, promenant son regard vert sur le verger. Elle l'avait exclu de ses pensées aussi efficacement que s'il n'existait pas.

— Je supposais que Jacob se réjouirait de votre venue. Apparemment, je me suis trompé.

Interrompue dans sa rêverie, elle sursauta, puis elle lui coula un bref regard narquois.

— Vous croyez vraiment ?

— L'erreur était bien naturelle. En général, pères et filles sont heureux de se retrouver après une séparation aussi longue.

— En général, je vous le concède. Mais mon père et moi entretenons des rapports un peu… particuliers.

Dan attendit qu'elle s'explique, mais elle reprit sa marche silencieuse, les yeux fixés sur l'horizon.

— A en juger par les remarques que vous échangiez tout à l'heure, je serais enclin à croire cette vieille histoire qu'on raconte sur vous.

Elle eut un léger rire amer, dépourvu de toute joie.

— Quelle histoire ? N'oubliez pas que j'étais pendant des années la victime désignée de toutes les mauvaises langues. Et je le suis peut-être encore. Il circule dans cette ville plus de rumeurs sur moi qu'il n'y a de pêches sur un pêcher.

— Je pensais à l'histoire selon laquelle Jacob vous aurait chassée de la maison parce que vous tentiez de séduire le fiancé de votre sœur.

— Ah, je vois.

Elle ne plaisantait plus, ôta ses mains de ses poches pour croiser les bras à hauteur de sa taille, parut rentrer en elle-même.

— Alors ? C'est vrai ou non ?

Rire surpris de Maggie.

— Eh bien ! Vous n'y allez pas par quatre chemins.

Il y a à peine vingt-quatre heures que nous nous connaissons et, par deux fois déjà, vous vous êtes montré d'une franchise brutale. Avec vous, pas de précautions oratoires, c'est droit au but.

Dan haussa les épaules.

— Cela a le mérite de la clarté.

— Sans doute, mais vous ne ferez certainement pas carrière dans la diplomatie.

Maggie redevint silencieuse, et Dan comprit soudain que ses dernières piques visaient à détourner la conversation. Après quelques pas, il reprit :

— Bien des femmes s'offusqueraient que de telles rumeurs circulent sur leur compte. Vous, cela vous est indifférent, vous ne cherchez même pas à le nier.

Elle lui coula un regard de biais puis haussa à son tour les épaules.

— A quoi bon ? Mon père me croit coupable, et toute la ville avec lui.

— Cela veut dire que vous êtes coupable ou non ?

— Comme vous voudrez. Il y a des années que j'ai renoncé à me défendre devant les gens d'ici.

Intéressante façon de renvoyer la balle, et ambiguë à souhait. Si elle ne niait pas, elle n'avouait pas non plus.

— Dois-je comprendre que vous vous moquez éperdument de leur opinion ?

— Disons que les gens croient ce qu'ils ont envie de croire. Quoi que je fasse, je n'y changerai rien. Et vous pouvez parier que toute la ville ne demande qu'à me croire coupable. J'aurais beau m'employer à nier cette rumeur, je ne parviendrais pas plus à les convaincre de mon innocence qu'à sauter d'ici à la lune. Inutile de faire des efforts qui ne mènent à rien.

— Peut-être. Mais une personne qu'on accuse à tort cherche en général à se défendre.

Maggie interrompit sa marche et pivota pour lui faire face, l'obligeant à s'arrêter, lui aussi.

— A quoi riment ces procès d'intention ? Cela vous importe donc tant que je sois coupable ou non ?

— Non. La seule chose qui m'importe, c'est l'effet de votre présence ici sur Jacob. Il est gravement malade, très affaibli, et il s'inquiète suffisamment pour son affaire sans qu'on vienne ajouter à ses soucis. Alors, si vous êtes revenue dans l'idée de séparer Laurel de son mari ou de créer de nouvelles difficultés à votre père, mieux vaudrait regagner New York au plus vite.

Maggie esquissa un sourire crispé.

— Ah ! je vois… Désolée de devoir vous rappeler que ces choses ne vous regardent en rien, cher ami.

— Cela ne m'empêchera pas de m'en mêler s'il le faut. Jacob Malone est un brave homme, un homme honnête, juste et bon envers tous. De mon point de vue, s'il vous garde rancune, il a sans doute de bonnes raisons. Il m'a offert une chance quand personne ne voulait de moi. Je lui dois énormément. Et je ne permettrai pas que quiconque, y compris vous-même, puisse lui causer des tracas inutiles et vienne lui gâcher les jours qui lui restent à vivre. Si vous lui cherchez noise, Rouquine, c'est à moi que vous aurez affaire. Vous voilà prévenue, je ferai tout ce qui est en mon pouvoir pour le protéger !

7

Maggie bouillait encore en arrivant à la conserverie.

— Séparer Laurel et Martin ! grommela-t-elle entre ses dents. Si je le pouvais, je ne m'en priverais pas. Mais pas au sens où l'entend ce Dan Garrett, c'est certain !

Pouvait-il croire sincèrement qu'elle avait des vues sur le mari de sa sœur ? Quelle idée ! Et le propos était diablement vexant.

Mais pourquoi les remarques de Dan l'affectaient-elles à ce point ? Pourquoi cette douleur tenace au plexus et cette ridicule envie de pleurer ? Elle avait pourtant essuyé sa part de critiques injustes dans le passé, sans que cela l'atteigne en quoi que ce fût. Imperméable aux commentaires blessants, elle les laissait glisser sur elle comme l'eau sur les plumes d'un canard.

Seulement, au cours des sept dernières années, elle s'était habituée au respect, à l'admiration. Elle avait abaissé sa garde, oublié ce que c'était de devoir se protéger en permanence.

« Mag, ma fille, tu perds la main, marmonna-t-elle.

Il va falloir que tu t'endurcisses, et plus vite que ça ! »

Où avait-elle la tête ? Elle aurait dû s'y attendre de la part du bras droit de son père. Il savait être loyal, ce Dan Garrett.

A juste titre, au demeurant, car Jacob était effectivement un homme bon, droit et juste envers tous… Sauf elle.

Par chance, elle avait réussi à cacher sa blessure d'amour-propre grâce à une réplique impertinente à souhait :

— Rassurez-vous, je n'ai pas prévu de jouer les briseuses de ménage cette fois. Nous verrons cela à ma prochaine visite.

Et elle avait appuyé la remarque d'un sourire aguicheur, pour l'effet, même si le cœur n'y était pas.

A son grand soulagement, Dan lui avait faussé compagnie quelques instants plus tard pour passer chez lui se mettre en tenue de travail.

Ce qui l'avait quelque peu surprise. Jusqu'ici, elle ignorait encore que Dan occupait le logement de l'ancien responsable — la petite maison victorienne qui avait été celle de son arrière-grand-mère au tout début de l'entreprise. En 1927, pour construire l'actuelle demeure familiale sur le même emplacement, on avait fait transporter la modeste chaumière dans la clairière au centre du verger, à mi-chemin entre la nouvelle villa et la conserverie. Depuis, le responsable de l'usine et les siens y logeaient traditionnellement.

Au fil des années, la chaumière avait été entretenue

et modernisée. Certes, elle ne manquait pas de charme, mais Maggie s'étonnait de ce qu'un célibataire au physique de tombeur comme ce Dan Garrett préfère s'établir là, sous les yeux de son patron, plutôt que de résider en ville.

Mystère ! Peut-être Dan Garrett était-il de ces hommes qui tiennent leurs maîtresses à l'écart de leur domicile. Maggie pénétra dans le hall étroit de l'usine et monta à l'étage où se trouvaient les bureaux. En haut de l'escalier, elle entra à l'accueil et jeta un coup d'œil autour d'elle avec un pincement au cœur, tant elle se sentit envahie par la nostalgie.

L'ordinateur qui ronronnait doucement était nouveau. Le tapis également. Mais, pour le reste, rien n'avait changé — même solide mobilier d'acajou, mêmes tableaux au mur, même bambou en pot dans le coin de la pièce. Des formes géométriques dansaient sur l'écran en veille. Personne. Pas de réceptionniste en vue.

Le couloir de droite menait à différents services, dont le marketing et la comptabilité. On y entendait des voix, des bruits de gens affairés. Maggie prit le couloir de gauche et dirigea ses pas vers le bureau de son père.

Il lui faudrait en priorité passer les livres de comptes au peigne fin, mais elle ne se sentait pas encore en état d'aborder cette tâche ardue. Pour aujourd'hui, elle se contenterait de prendre la température, de se montrer aux anciens et de se faire reconnaître, de se présenter aux nouveaux employés. Que tout ce monde s'habitue à la voir dans les locaux. Peut-être glanerait-elle aussi quelques renseignements précieux. La première personne à voir était la secrétaire de son père.

Anna Talmadge travaillait pour Malone Enterprises depuis vingt-deux ans, dont treize au secrétariat de Jacob. Non seulement elle connaissait la firme comme sa poche, mais elle était au fait de tous les commérages, des moindres rivalités et jalousies mesquines entre les uns et les autres.

D'une loyauté farouche envers son patron, Anna veillait sur lui et ses affaires comme un véritable chien de garde. Cependant, sous ses dehors revêches, elle avait toujours eu un faible pour les filles Malone et pouvait devenir une mine d'informations si Maggie jouait sa partie avec habileté. Quoi qu'il en soit, Anna lui serait d'une aide inestimable dans les semaines à venir, car si Dan Garrett était le bras droit de Jacob pour tout ce qui concernait la production, et si Martin se prenait pour le chef en second, c'était en réalité Anna qui menait la barque et assurait le suivi des affaires.

La vieille secrétaire n'était pas à son poste quand Maggie passa la tête dans l'antichambre du bureau directorial. Non seulement la pièce était déserte, mais il n'y avait pas un papier en vue, pas même un crayon ou un trombone abandonné sur la table de travail. Le calendrier faisait face au sous-main parfaitement centré, et l'on avait pris soin de couvrir l'ordinateur.

Maggie poussa la porte du bureau de son père. Pas

d'Anna, là non plus. Sans doute était-elle sortie déjeuner tard. Auquel cas, elle ne tarderait pas à revenir.

Après un coup d'œil à sa montre, Maggie résolut de l'attendre dans ce décor familier, empreint d'une élégance d'un autre âge. Le bureau avait conservé le cachet que Katherine Margaret lui avait donné quelque soixante-dix ans plus tôt : mobilier ancien, lambris de noyer, papier mural gaufré couleur ivoire, plancher de chêne poli, tapis d'Orient dans les tons bleus, bordeaux et ivoire.

Sourire aux lèvres, Maggie effleura de la main le bord du lourd bureau de noyer, le dossier du fauteuil de son père. Elle ferma les yeux, s'imprégna des odeurs qu'elle associait depuis toujours à ce lieu — odeurs de cuir, de citronnelle et de cigare fin. Jacob avait cessé de fumer depuis des lustres, mais il conservait sur sa table un humidificateur bien garni.

Un grondement sourd attira l'attention de Maggie. Elle se dirigea vers la paroi vitrée qui donnait sur l'usine. Afin d'atténuer les bruits, on pouvait tirer d'épaisses tentures sur cette vitre mais, comme son père et sa grand-mère avant lui, Jacob aimait se sentir en contact avec la conserverie.

La salle de préparation, où des machines lavaient, pelaient, grattaient, découpaient ou hachaient fruits et légumes, de même que les « cuisines », où les produits mijotaient dans d'énormes bacs, n'étaient pas visibles depuis le bureau de Jacob d'où l'on pouvait cependant assister aux opérations de conditionnement, d'étiquetage et d'empaquetage pour l'expédition.

Maggie observa les ouvriers en bas, les machines toujours en mouvement. Elle avait passé des centaines d'heures ici, devant ce même spectacle dont elle ne se lassait pas.

Ses yeux suivaient les files de boîtes métalliques et de bocaux de verre vides qui avançaient en cliquetant sur le tapis roulant ; elle regardait l'outillage de précision les remplir un à un, les sceller, les déposer sur un autre convoyeur qui les emmenait à l'étiquetage, et la chaîne se poursuivait jusqu'à la dernière machine qui rangeait les produits finis dans des cartons, lesquels étaient à leur tour dirigés vers l'aire de chargement à l'arrière de l'usine où ils seraient mis en palettes, puis stockés dans des entrepôts.

Hypnotisée comme toujours par cet étrange ballet mécanique indéfiniment répété, elle fut brusquement arrachée à sa fascination quand une porte s'ouvrit au fond du bâtiment et que Dan entra dans l'usine.

Le corps de Maggie se raidit, un picotement courut le long de son dos. Agacée, elle serra les dents, mais le trouble refusait de disparaître.

Dan portait un jean et une épaisse chemise de coton comme la veille, lorsqu'elle l'avait rencontré pour la première fois. De loin, il paraissait très fort, terriblement viril, un peu dangereux, même. Maggie revit ses yeux gris d'argent qui vous transperçaient jusqu'à l'âme et frissonna.

Dès son arrivée dans l'usine, il fut assailli par des employés désireux de lui parler. Maggie l'observa tandis qu'il discutait avec trois hommes et deux femmes sur la passerelle. Il leur fallait presque courir pour rester à sa hauteur. Descendu parmi les machines et les ouvriers, il s'arrêtait parfois pour dire un mot à l'un, faire un signe de la main, inspecter une machine, mais il ne perdait pas de temps.

Même vu d'en haut, Dan Garrett se détachait du nombre. Il émanait de lui une calme assurance et une autorité qui le désignaient comme chef.

Soudain, il leva les yeux, regarda droit dans sa direction. Le cœur de Maggie bondit dans sa poitrine. Prise de panique, elle recula d'un pas, prête à battre en retraite. Puis elle se ressaisit et n'alla pas plus loin. A cette distance, elle ne percevait pas clairement l'expression de son visage, mais ses yeux gris pâle la fixaient, la scrutaient. Réprimant son envie de fuir, elle sourit et agita la main.

Il ne réagit pas immédiatement, resta quelques secondes à la dévisager, puis il hocha la tête et reprit sa ronde en direction des cuisines où il disparut. Alors seulement, elle libéra son souffle qu'elle n'était pas consciente d'avoir retenu.

Par quel mystère cet homme avait-il le pouvoir de l'ébranler à ce point ? Dieu que c'était pénible !

Refoulant la question avec irritation, elle tourna le dos à la vitre et son regard tomba sur le portrait encadré de son arrière-grand-mère. Oubliant Dan

Garrett, elle s'approcha du cadre qui dominait le mur face au bureau de son père. Un sourire chaleureux illumina ses traits.

Katherine Margaret Malone… celle dont elle portait le nom. Son idole.

Jeune, Katherine Margaret était une beauté et, à quarante-cinq ans, comme sur cette photo, elle demeurait très attirante. Mais c'était le courage, l'intelligence, la détermination de son regard clair et posé qui fascinaient Maggie.

Enfant, impressionnée par les histoires qu'on racontait sur Katherine Margaret, elle espérait de tout son cœur ressembler un jour à son arrière-grand-mère et prendre, comme elle, la direction de la firme.

Se trouvant veuve, sans le sou, avec un fils en bas âge, Katherine Margaret avait entrepris ce que peu de femmes de l'époque auraient osé : lancer depuis chez elle une petite marque de conserves artisanales et développer progressivement l'affaire devenue depuis Malone Enterprises.

— Nous te devons tout, mère-grand, murmura Maggie. Et je te promets de faire tout mon possible pour que la firme redevienne prospère et reste dans la famille.

— Qu'est-ce que vous fabriquez ici ?

La brutalité de la question, le ton agressif de la voix firent sursauter Maggie qui se retourna aussitôt. Sur le seuil de la porte, une petite femme menue, tirée à quatre épingles, la fixait comme on regarde une voleuse surprise en train de piller un coffre.

Elle avait les cheveux châtains, raides, coupés au carré selon la mode du jour, une mode qui n'adoucissait guère son visage en lame de couteau. Les lèvres étroites étaient pincées, sévères, l'attitude si raide qu'on aurait cru la dame serrée dans un corset.

— Bonjour. Je ne vous avais pas entendue arriver, lui dit Maggie, aimable.

Peine perdue. L'autre ne se dérida pas.

— Désolée, mais vous allez devoir déguerpir.

Maggie éclata de rire.

— Vous êtes nouvelle ici, sans doute. Je vous assure qu'il n'y a aucun problème. Je suis Maggie Malone, et c'est le bureau de mon père.

— Je sais qui vous êtes, mademoiselle Malone, répliqua l'intruse, méprisante. Et j'avoue que nous ne vous attendions pas ici. M. Howe m'a appelée de l'hôpital, ce matin. Votre père lui a appris que vous repartiez aujourd'hui.

Ainsi, Martin avait pris ses dispositions pour s'assurer qu'on la mettrait dehors une seconde fois ! C'était lui tout craché. Il avait probablement téléphoné avant que sa mère et Dan se rendent à l'hôpital. Il serait fou de rage quand il découvrirait qu'elle restait. Surtout lorsqu'il saurait pourquoi.

— Eh bien, figurez-vous que mes projets ont changé.

— C'est ce que je constate. Il n'empêche que vous allez déguerpir.

— Pardon ?

— M. Howe occupe ce bureau puisqu'il dirige l'affaire à présent. Et il m'a demandé de veiller à ce que personne n'entre en son absence.

— Vraiment ?

Hm. Cela restait à voir. Maggie n'avait pas l'intention de laisser Martin prendre possession du bureau de son père. Le laisser faire… main basse sur la firme ? Et quoi encore ?

— Où est Martin ? Il vaudrait sans doute mieux que j'aie deux mots avec lui.

— M. Howe est parti pour l'aéroport de Dallas. Il se rend à Albuquerque pour y rencontrer l'acheteur des supermarchés Thrifty Pantry.

— Un vendredi après-midi ? Cela ne vous semble pas curieux ? Le temps qu'il arrive, leurs bureaux seront fermés pour le week-end.

La femme redressa le menton, impérieuse.

— Les affaires ne se traitent pas toujours dans les bureaux, vous savez. Il se trouve que M. Howe participe à un tournoi de golf au profit des bonnes œuvres. Ce tournoi est sponsorisé par la chaîne Thrifty Pantry. Ce déplacement est prévu de longue date. Naturellement, s'il avait été prévenu de votre visite, il y aurait renoncé.

Certes, songea Maggie. Martin ne tenait pas à la laisser seule sur ce qu'il considérait être son territoire.

— Eh bien ! c'est une chance qu'il n'en ait rien su.

Je ne voudrais pas interférer avec ses activités professionnelles. Quand sera-t-il de retour, mademoiselle… euh ?

— Udall. Elaine Udall. M. Howe ne rentrera que le week-end prochain. Gérer la firme pour M. Malone l'a occupé au point qu'il en a négligé son travail personnel, de sorte qu'il compte passer toute la semaine prochaine en déplacements divers dans les Etats voisins pour voir ses principaux clients.

— Je comprends. Et quelles sont vos fonctions ici, mademoiselle Udall ?

— Je suis chef comptable.

— Vraiment ? Qu'est-il donc advenu de Mlle Franklin ? Elle occupait ce poste depuis longtemps. Elle n'a tout de même pas l'âge de la retraite ?

— Eh bien, euh… disons que Mlle Franklin était dépassée. Elle ne s'est jamais habituée à tenir les comptes sur ordinateur. Il y a un an de cela, votre père l'a mise à la retraite anticipée avec une généreuse indemnité de départ, et j'ai été nommée à sa place.

— Je vois. Il y a eu d'autres changements de ce genre dans les bureaux depuis que je vis à New York ?

— Je n'en ai aucune idée. Et maintenant, je suis au regret de vous demander de sortir.

Maggie évacua la remarque de la main.

— Allons, ne vous inquiétez donc pas. Je suis convaincue que Martin n'aurait pas d'objection à ce que je reste. J'attendais seulement qu'Anna rentre de déjeuner.

— Anna ne travaille plus ici.

— Pardon ? Ne me dites pas que mon père l'a mise à la retraite, elle aussi, je ne vous croirais pas. Il serait perdu sans elle.

— C'est que… euh… M. Howe lui a donné son congé hier. Dans la mesure où il doit diriger l'entreprise, il préférait choisir lui-même sa secrétaire.

Maggie plissa les yeux.

— Son congé ? Vous voulez dire qu'il l'a mise aussi à la retraite ?

— Eh bien… comment vous expliquer ?…

Elaine Udall se tordait nerveusement les mains, évitait le regard de Maggie.

— Une petite seconde. Vous voulez dire qu'il l'a mise à la porte, c'est cela ? Après vingt-deux ans de bons et loyaux services ! Mon père est-il au courant ? Hm ! J'imagine que non. Jamais il n'aurait donné son accord.

— En tant que président par intérim, M. Howe a tout pouvoir pour prendre ce genre de décision. Et, de mon point de vue, il a eu bigrement raison de se débarrasser d'elle. Cette femme prenait bien trop d'initiatives. A croire que c'était elle qui dirigeait la firme.

Sans doute la dirigeait-elle effectivement depuis que la maladie minait Jacob au point de l'éloigner de ses affaires. Et Maggie ne doutait pas un instant qu'Anna s'y entendait mieux que Martin, et de très loin.

La rage bouillait en elle. Martin n'avait pas pris les rênes depuis une semaine qu'il causait des dégâts et mettait l'entreprise en péril. S'il avait été là, elle serait allée directement le voir pour l'étrangler de ses mains.

Convaincue que Mlle Udall lui ferait un rapport détaillé de leur entretien, elle contint sa colère. Il était encore trop tôt pour dévoiler son jeu.

— Eh bien, puisqu'Anna n'est plus là, je m'en vais. Mais avant, je vais passer dire bonjour au reste du personnel.

— Oh ! Je ne pense pas que ce soit une bonne idée, protesta Elaine.

Mais Maggie avait déjà franchi la porte. Elle traversa l'antichambre, enfila le couloir, suivie de Mlle Udall qui trottait derrière elle et qui la rattrapa à l'accueil.

— Mademoiselle Malone, j'aimerais autant que vous vous absteniez de parler au personnel pendant les heures de travail. M. Howe ne serait pas d'accord, j'en ai peur.

Cette fois, Maggie perdit patience. Jusqu'ici, elle comptait laisser croire à tous qu'elle n'avait pas d'intérêt particulier dans l'entreprise et ne faisait que passer pour une visite amicale. Mais elle en avait par-dessus la tête des grands airs de cette Elaine Udall.

Pivotant sur elle-même, elle lui fit face de manière si inattendue que l'autre eut un mouvement de recul.

— Mademoiselle Udall, un mot d'avertissement, commença-t-elle d'une voix si douce que la comptable écarquilla les yeux. Je vous rappelle que l'entreprise est un bien strictement familial. Vous auriez avantage à ne pas oublier que je suis non seulement membre de la famille, mais aussi actionnaire. M. Howe n'est qu'un simple employé.

— Je… il… euh… Il est vice-président, tout de même ! Et l'époux de votre sœur.

— Certes, mais il n'a aucune participation dans l'affaire. Et s'il n'est pas très prudent, il peut être mis à la porte à tout instant. Inutile d'ajouter que vous êtes dans la même situation, mademoiselle Udall… Suis-je assez claire ?

Maggie passa le reste de la journée dans les bureaux. Elle prit tout son temps, allant d'une table à l'autre, prolongeant les conversations pour aiguillonner Mlle Udall qui, tout en faisant mine de travailler, s'arrangeait pour traîner dans les parages et l'épier, avec l'air de quelqu'un qui aurait bu du vinaigre.

Au cours de sa visite, Maggie constata que le moral des troupes n'était pas des meilleurs. Et tout portait à croire que cette Mlle Udall y était pour beaucoup.

Par le passé, les employés de Malone Enterprises travaillaient dans une ambiance plaisante et détendue. Mais à voir les regards inquiets que le personnel comptable jetait en direction d'Elaine Udall, il était clair qu'elle dirigeait le service d'une main de fer. Même les collaborateurs des autres services semblaient se méfier d'elle.

Dans une petite ville comme Ruby Falls où tout le

monde se connaît, on supporte assez mal les petits chefs qui mènent leur monde à la baguette. Jamais les Malone n'avaient encouragé ce genre d'attitude, et Maggie s'étonnait que son père ait laissé cette atmosphère pénible se développer au sein de l'entreprise.

A l'heure de la fermeture, elle quitta les locaux avec les employés. L'orage menaçait. Des éclairs fourchus venus du sud zébraient l'horizon chargé de gros nuages noirs. A chaque coup de tonnerre, les grondements s'amplifiaient et une odeur de pluie imprégnait l'air lourd.

Désireuse de rentrer chez elle avant l'averse, Maggie pressa le pas et traversa le verger tout en réfléchissant à ce qu'elle avait appris. Si ses rapports avec son père avaient été meilleurs, elle serait allée le trouver afin de discuter de la situation avec lui mais, dans l'état actuel de leurs relations, il resterait sourd à ses inquiétudes tant qu'elle n'aurait rien de concret à lui offrir.

Elle atteignit la grille du jardin au moment où les premières gouttes tombaient — des gouttes énormes, qui la fouettèrent comme de la grêle. Un grand coup de tonnerre retentit au-dessus d'elle et la précipita vers la maison au pas de course.

Essoufflée et riant, elle pénétra en trombe dans la cuisine, le visage ruisselant, son corsage collant à sa peau. Ida Lou se retourna, surprise.

— Dieu du ciel ! Tu es trempée comme une soupe !

Elle agrippa un torchon propre et le lui lança en ajoutant :

— Tiens, sèche-toi vite, sinon tu vas attraper la mort.

Maggie la remercia, puis elle entreprit de s'essuyer tout en reniflant les délicieuses odeurs qui embaumaient l'air.

— Hm ! Ça sent rudement bon. Qu'est-ce que tu nous mijotes ? J'ai une faim de loup !

— Du rôti. Et inutile de quémander, tu n'auras rien. Le dîner sera servi à 19 heures comme d'habitude. Alors file.

— Même pas un petit morceau de quelque chose, juste pour goûter ? S'il te plaît, sois gentille.

— Non. Ceux qui sautent des repas peuvent danser devant le buffet. Et maintenant, du balai. Sors de ma cuisine. Tu dégoulines sur mon carrelage tout propre.

— C'est bon, c'est bon, je m'en vais, dit en riant Maggie.

Et elle poussa la double porte battante qui donnait sur le hall intérieur. Là, elle s'arrêta au seuil de la pièce à vivre où le reste de la famille était assemblé. Devant le tableau que formaient ses sœurs et son père, elle éprouva le même sentiment d'isolement que dans son enfance.

Laurel était assise sur le canapé près de Jacob. Pelotonnée sur le tapis, aux pieds de son père, Jo Beth avait la tête sur ses genoux. Il caressait doucement ses boucles brunes tout en fixant attentivement son autre fille qui le suppliait :

— Le médecin que j'ai contacté à Houston accepte de t'intégrer à son programme d'étude. Le nouveau médicament qu'ils expérimentent pourrait te tirer d'affaire, papa. Si tu es d'accord, nous t'emmènerons à Houston dès lundi matin. Après une série de tests, tu commenceras le traitement. Bien sûr, il te faudra rester à l'hôpital, mais…

— Je n'y tiens pas, ma chérie.

— Papa, je t'en prie…

— Non, Laurel. Je sais que tu es pleine de bonnes intentions, mais il te faut admettre qu'il est trop tard pour moi. Je veux vivre mes derniers jours ici, parmi ceux que j'aime, et pas à l'hôpital pour y être trituré et traité comme un rat de laboratoire.

— Mais puisqu'il y a un espoir, papa…

— Non, chérie. Nous savons tous les deux qu'à ce stade, les chances de me guérir sont à peu près nulles. Je te remercie de te démener pour moi, mais je ne changerai pas d'avis.

Il lui tapotait affectueusement la main, la regardait avec tant d'amour que le cœur de Maggie se serra douloureusement. Sans un bruit, elle se retira et monta dans sa chambre.

Lorsqu'elle redescendit, l'orage avait cédé la place à une pluie battante. En entrant dans la salle à manger, elle fut surprise de trouver Dan attablé avec ses parents et ses sœurs. Le moment d'étonnement passé, elle lui sourit et lui lança, ironique :

— Bonsoir, beau mec. J'ignorais que vous dîniez avec nous, ce soir.

— Katherine, il s'appelle Daniel ! gronda Jacob.

— Je sais, papa. Et moi, c'est Maggie, répondit-elle en prenant place près de sa mère, à l'autre extrémité de la table.

Il pinça les lèvres, mais elle feignit de n'en rien remarquer.

Comme toujours, Jo Beth et Laurel étaient de chaque côté de leur père en bout de table. Dan était face à elle, à la gauche de sa mère.

Durant tout le repas, Maggie demeura silencieuse, sauf lorsqu'on s'adressait à elle, surtout Jo Beth qui ne manquait aucune occasion de lui lancer des piques. Lily s'interposait alors en diplomate afin d'éviter que la situation ne s'envenime. Une fois ou deux, Dan posa des questions polies qu'elle esquiva avec désinvolture. Pour le reste, elle se concentra sur son assiette, coupant court à toute tentative de conversation.

Ni son père ni Laurel ne s'intéressèrent à elle.

A diverses reprises, Maggie leva les yeux et surprit Dan à l'observer, mais elle l'ignora pour reporter toute son attention sur le délicieux repas cuisiné par Ida Lou. Ce qui ne demandait pas grand effort. La domestique s'était surpassée et Maggie, qui n'avait rien mangé depuis le matin, mourait littéralement de faim. Elle dévora deux belles assiettées de rosbif avec de la purée, des haricots verts, de la sauce, des betteraves au vinaigre en accompagnement, le tout couronné par une tarte au citron meringuée.

Lorsqu'elle eut terminé, elle constata, non sans amusement, que Dan la dévisageait, médusé.

— Je croyais que les mannequins se nourrissaient de crudités.

Maggie éclata de rire.

— Eh bien, pas moi ! Les crudités, c'est bon pour les lapins. Mon appétit réclame du solide. D'ailleurs, lorsque j'ai faim, je suis de très mauvaise humeur.

— Oh là là ! Il faut éviter ça à tout prix, intervint Jo Beth, ironique. Nous ne voudrions pas que la reine du glamour soit autrement que parfaite, n'est-ce pas ?

— Jo Beth, je t'en prie, soupira Lily, lassée de la remettre à sa place.

Dan coula à l'adolescente un regard intrigué et poursuivit comme si de rien n'était :

— En ce cas, nous ne craignons rien ce soir.

— Papa ? Tu te sens bien ? demanda alors Laurel.

Le ton inquiet de sa voix ramena les regards vers l'autre bout de la table. Affalé sur son siège, pâle à faire peur, Jacob semblait soudain terriblement vieilli. Le repas avait eu raison de ses forces. Une vague d'émotions douloureuses s'enfla dans le cœur de Maggie à la vue de son père en si piteux état.

Sur l'instant, Lily se leva et se précipita au côté de son mari. Maggie et Dan l'imitèrent.

— Il est temps d'aller te coucher, mon chéri, dit

tendrement Lily. Tu as eu une longue journée et tu es épuisé.

— Je ne discuterai pas. Désolé de te faire faux bond, Dan. Nous examinerons ces rapports demain matin au petit déjeuner.

— Pas de problème, rien ne presse.

— Je vais chercher Ida Lou, proposa Laurel.

Mais à peine avait-elle parlé que la fidèle domestique apparut comme par enchantement.

— Alors, qu'est-ce qui se passe ? Vous voilà lessivé, c'est ça ? On va vous monter dans votre chambre.

— Je m'en charge, déclara Dan.

Et il souleva Jacob de sa chaise pour l'emporter comme s'il ne pesait rien. Maggie les regarda sortir en se mordant les lèvres.

— Doux Jésus ! Cela me fend le cœur de le voir si mal en point, murmura-t-elle.

— Sûrement, ouais ! s'exclama Jo Beth. Arrête ton cinéma. Si tu t'en faisais pour lui, tu serais revenue le voir il y a longtemps.

Maggie soupira longuement.

— Tu sais quoi, petite sœur ? Tu commences à me chauffer les oreilles avec tes sarcasmes. Tu crois vraiment que je n'avais pas envie de revoir ma famille ? Tu crois que vous ne me manquiez pas ? Je crevais de chagrin d'être ainsi exilée, mais je n'avais pas le choix. Depuis le temps, tu dois bien savoir que papa m'a mise à la porte il y a sept ans et qu'il m'a interdit de remettre les pieds ici. S'il me tolère maintenant, c'est par amour pour maman.

— Ouais ! Et je sais aussi pourquoi il t'a flanquée dehors ! hurla l'adolescente en bondissant de sa chaise si brusquement qu'elle la renversa.

Tremblante de rage, les joues en feu, elle foudroya Maggie du regard.

— Toute la ville le sait ! Je me sens humiliée. Je ne comprends pas que Laurel supporte ta présence. En tout cas, moi, je ne la supporte pas.

Sur ces mots, Jo Beth quitta la pièce au pas de charge, laissant dans son sillage un silence de mort. Figées sur place, ses deux sœurs écoutèrent l'écho de ses pas s'éloigner dans le hall, puis dans l'escalier. Quelques instants plus tard, elle claquait la porte de sa chambre à l'étage.

Maggie soupira de nouveau et regarda Laurel avec une grimace douloureuse.

— Je ne m'attendais pas à cette réaction de sa part. Je suis navrée de t'imposer cela.

Crispée, le dos raide, les yeux rivés au sol et le visage défait, Laurel agita tristement la tête.

— Cela n'a aucune importance.

— Si, justement. Sans quoi, tu ne ferais pas cette tête. A croire que tu as pris une gifle. Nous n'en avons jamais parlé, Laurel. Tu ne penses pas qu'il serait temps que nous nous expliquions ?

Laurel redressa le menton, les yeux écarquillés, visiblement horrifiée. Elle secoua la tête si violemment que la pince qui retenait ses cheveux maigres et ternes alla voler à quelques pas de là.

— Non ! Il n'y a rien à expliquer !

— Rien ? Tu plaisantes, Laurel. Cette nuit-là a changé ma vie, notre vie à tous. Les explications n'ont que trop tardé.

— Non. C'est terminé, classé, je ne souhaite qu'une chose : oublier ce déplorable incident.

— Laurel…

— Je dois rentrer. Dis bonsoir à maman pour moi. Je l'appellerai demain.

Avant que Maggie n'ait eu le temps de protester, elle se leva et fila comme une flèche hors de la pièce.

— Laurel ! Attends…

Dans sa fuite, la jeune femme courut le long du couloir, poussa à la volée le battant de la moustiquaire. Mais avant qu'il ne se referme, Maggie le poussa à son tour et suivit sa sœur sous la véranda. La porte claqua derrière elle et le bruit se noya dans celui de l'averse.

La pluie tombait en un rideau serré de grosses gouttes qui dansaient sur le pavé, rebondissaient sur la balustrade, éclaboussaient en tous sens. La fine vapeur qui montait du sol tiède venait heurter en volutes le rebord de l'auvent.

Ne voyant plus sa sœur, Maggie s'arrêta dans le carré de lumière qui filtrait à travers le grillage anti-moustiques. Comment avait-elle pu disparaître si vite ? Puis un éclair zébra le ciel nocturne, et elle l'aperçut, cherchant à tâtons le parapluie qu'elle avait laissé sous le porche.

Ayant localisé l'objet, Laurel s'en saisit et se dirigeait déjà vers les marches du perron quand un coup de tonnerre retentit avec tant de force que la terre en trembla. Maggie mit le moment à profit pour lui barrer le passage.

— Laurel, écoute-moi. Je n'ai jamais cherché à séduire Martin. Je te le jure devant Dieu. Nous étions si proches à l'époque, toi et moi, comment as-tu pu croire pareilles sornettes ?

— Martin m'a dit qu'en intriguant pour coucher avec lui, tu espérais que je renonce à ce mariage. Et tu venais de t'ingénier à me convaincre de rompre.

— Franchement, Laurel ! Je t'aime de tout mon cœur, et je ferais tout pour ton bonheur. Enfin, presque tout. Parce qu'il y a des limites, tout de même. Pas question que je couche avec Martin, non merci.

Et elle frissonna à cette seule idée.

— Martin m'a dit que…

— Il t'a menti. Et si tu veux savoir, il a essayé de me violer. Il aurait réussi si papa n'était pas arrivé à temps pour l'interrompre. Mais là, cette ordure s'est arrangée pour me faire porter le chapeau, il a joué l'innocence, il a prétendu que je l'avais aguiché.

— N'empêche. Papa l'a cru.

— Parce qu'il ne demandait qu'à le croire. Voyons, Laurel, je ne t'apprendrai pas que papa m'a toujours crue capable du pire.

Les lèvres de Laurel tremblaient et, dans la pénombre, ses yeux brillaient de larmes contenues. Mais elle niait farouchement de la tête en bredouillant :

— Non, non… Ce n'est pas… ce n'est pas possible. Jamais il n'aurait fait cela. Jamais.

Puis, d'un geste nerveux, elle leva le parapluie au-dessus de sa tête et sortit sous la pluie.

— Laurel, je t'en prie, écoute-moi ! s'exclama Maggie en la retenant par le bras.

Aussitôt, Laurel poussa un cri de douleur, et elle relâcha sa prise.

— Mon Dieu, qu'est-ce qui t'arrive ? Je ne t'ai pas fait mal, au moins ?

En grimaçant, Laurel ramena son bras contre elle comme pour le protéger.

— Non, non. Tu n'y es pour rien. C'est juste que… que j'ai une petite ecchymose. Rien de grave.

— Montre.

— Ne t'inquiète pas, ce n'est rien, protesta Laurel.

Mais déjà, Maggie lui saisissait le poignet et remontait la manche évasée de sa robe. Ce qui se cachait dessous la laissa stupéfaite. D'énormes bleus décoloraient la peau depuis le milieu de l'avant-bras et jusqu'à l'épaule, peut-être même au-delà. Une petite ecchymose !

Lentement, elle releva la tête, et son regard croisa celui de sa sœur, gênée.

— Je me demandais pourquoi tu portais des manches longues par une telle chaleur. Qui t'a fait cela ? Martin ?

— Bien sûr que non, voyons, se défendit Laurel en lui ôtant son bras. Je… euh… j'ai eu un petit accident l'autre jour.

— Un accident ? Quel genre d'accident ? Pourquoi n'en as-tu rien dit ?

— J'ai glissé et je suis tombée dans l'escalier. Comme je n'avais rien de cassé, j'ai préféré me taire pour ne pas ajouter aux soucis de maman et papa qui en ont bien assez.

— Tu es sûre ? Tu me le dirais, à moi, si…

— Il n'y a rien à dire. Je suis tombée, c'est tout. Simple accident domestique. Et maintenant, il faut que j'y aille.

Sur ces mots, elle descendit en hâte les marches du perron et courut sous l'averse jusqu'à sa voiture. Cette fois, Maggie n'osa pas la retenir.

Frustrée, anxieuse, elle avait soudain froid dans l'air humide et se frotta machinalement les bras pour se réchauffer en regardant s'éloigner dans la brume les feux arrière de la voiture de Laurel.

— Vous êtes inquiète, n'est-ce pas ?

Au son de cette voix grave, Maggie sursauta et se tourna vers Dan qui sortait de l'ombre.

Son cœur martelait ses côtes mais, au prix d'un effort, elle ravala sa peur, haussa un sourcil.

— Alors, on écoute aux portes ? Cela m'étonne de vous, beau mec. Je ne vous imaginais pas espion.

— C'était purement involontaire.

— Involontaire ? Alors, pourquoi étiez-vous tapi dans le noir ?

— Vous vous méprenez sur mes intentions. Sachant que Jacob n'aime pas que je le voie aussi diminué, je l'ai porté dans sa chambre et j'ai laissé aussitôt Lily prendre soin de lui. De retour en bas, je comptais passer vous dire bonsoir avant de me retirer, mais quand j'ai entendu que vous vous disputiez avec Laurel, j'ai jugé plus prudent de partir discrètement. J'étais là, sous l'auvent, à attendre que la pluie se calme, quand vous êtes toutes les deux sorties en trombe.

— Vous auriez pu avoir l'élégance de signaler votre présence.

— Certes. Mais je craignais d'embarrasser votre sœur. Maggie rejeta ses cheveux en arrière avec un rire amer.

— Mais pour moi, vous n'auriez pas eu tant d'égards.

— Oh ! je doute fort que la gêne vous étouffe.

Il s'avança dans la lumière, et son regard pâle scruta le visage de Maggie.

— Alors, vous pensez vraiment que Martin la brutalise ?

Maggie soupira et resserra ses bras sur sa poitrine. Pour une fois, elle était à court de repartie, trop lasse, trop ébranlée émotionnellement pour se soucier de trouver une remarque caustique.

— Pour ne rien vous cacher, je l'en crois bien capable.

Seulement, je n'ai pas de preuves. Laurel a pu effectivement tomber dans l'escalier. Comment le savoir ?

Dan inclina la tête pour mieux examiner son expression puis, après un moment, il lui demanda à voix basse :

— Est-ce que Martin a vraiment tenté de vous violer ? Ou est-ce qu'il dit vrai quand il affirme que vous cherchiez à le séduire pour le séparer de Laurel ?

Maggie lui coula un regard de biais.

— Puisque vous jugez bon de me poser la question, il est inutile que je réponde.

Elle se détourna, eut un haussement d'épaules, puis ajouta :

— Croyez ce que vous voudrez, je m'en moque éperdument.

— Dites toujours, Rouquine, cela ne prend pas. Vous m'avez menti.

— Pardon ?

Dan s'approcha encore.

— Cet après-midi, vous vous prétendiez indifférente à l'opinion d'autrui. Ce n'est pas précisément l'impression que m'a donnée votre conversation avec Laurel.

Il était si proche à présent que Maggie ne parvenait pas à se concentrer sur ses paroles. Sous l'effet de l'orage sans doute, ses sens étaient comme aiguisés ; elle percevait nettement la chaleur dégagée par le corps de Dan, ainsi que son odeur à laquelle se mêlait la note boisée de son eau de toilette. Des boucles brunes dépassaient de son col ouvert, et sa chemise sport laissait voir ses bras musclés. Et puis, il émanait de lui un puissant magnétisme, comme si un courant circulait entre eux deux, les tirait l'un vers l'autre…

« Maggie, ressaisis-toi ! se dit-elle. Tu es épuisée, stressée par les moments que tu viens de vivre. Allons, montre de quoi tu es capable ! » Rien n'y faisait, hélas. La seule proximité de Dan éveillait des picotements sur sa peau, un tremblement interne qu'elle ne contrôlait plus.

Et l'attirance était mutuelle, elle le lisait dans le regard d'argent de Dan, sentait son trouble, et aussi à quel point il était irrité devant sa propre faiblesse.

Il l'observait toujours d'un œil soupçonneux, mais peu lui importait. Une part d'elle-même — la petite fille privée d'amour, probablement — mourait d'envie de poser sa tête sur la large poitrine de Dan, de se blottir dans l'étreinte de ses bras protecteurs.

Ebranlée par ce désir insensé, elle se détourna brusquement.

— Je me moque effectivement de ce que pensent les autres.

Elle marqua une pause, suivit des yeux les deux points lumineux des feux arrière là-bas, sur la route, jusqu'à ce qu'ils disparaissent dans un tournant.

— Sauf ceux qui comptent vraiment, ajouta-t-elle alors.

Elle recula d'un pas afin de mettre un peu de distance entre eux et conclut dans un souffle :

— Mais je ne pense pas que cela change grand-chose. Laurel ne me croit pas plus que papa.

Puis elle pivota vers lui, redressa le menton et planta son regard dans le sien.

— Ou que vous-même.

8

Sans prêter attention au joyeux babillage de sa sœur, Jacob buvait son café matinal en contemplant le paysage familier, le jardin en pente douce qui se perdait dans les vergers. Il ne pouvait se lasser de cette calme beauté qui nourrissait son cœur et son âme.

Dieu qu'il aimait ce lieu, et qu'il en était fier ! Il était né ici, avait vécu toute sa vie dans cette élégante vieille demeure, connaissait chaque recoin de sa maison, de ses terres, de la conserverie. L'idée de quitter tout cela à jamais lui paraissait étrange, inconcevable.

Et pourtant, chaque jour le rapprochait de sa fin.

Cette certitude l'emplissait de tristesse, de vague crainte aussi, et surtout d'un ardent désir de profiter de chaque instant qui s'offrait à lui. Confronté brutalement à sa mort prochaine, il avait découvert le goût des bonheurs simples, de petites choses qu'il tenait jusque-là pour acquises — la splendeur des levers de soleil, l'odeur du chèvrefeuille, le scintillement de la rosée sur la pelouse, le chant d'un rossignol à l'aube, le contact d'une main chère sur sa peau. Et jusqu'à son café qui lui semblait meilleur.

Il aurait tant aimé passer ses derniers jours à profiter de ces modestes joies au lieu de s'inquiéter du sort de la firme et de sa famille si elle perdait ce bien.

Il ne pouvait accepter cela. Il lui fallait agir, faire quelque chose.

Mais quoi ? Il avait déjà tout tenté, hormis emprunter à la banque, ce à quoi il se refusait. Pas question d'hypothéquer une part de Malone Enterprises au profit de cet imbécile de Rupert, même s'il était le beau-père de sa Laurel chérie.

Et si Martin avait raison ? Si l'offre de Bountiful Foods était le seul moyen d'assurer l'avenir de Lily et des filles ?

Non. Cette seule pensée le révulsait. Il fallait trouver mieux. Il existait sûrement une solution.

— Tu te sens bien, Jacob ?

La main de Nan affectueusement posée sur son bras le ramena à la réalité présente. Il prit alors conscience qu'il serrait sa tasse si fort qu'elle tremblait contre la soucoupe, produisant un bruit surprenant dans le silence environnant.

— Tout à fait bien ! s'empressa-t-il de répondre.

Et il vida le reste de son café avant de poser tasse et soucoupe sur la table.

— Tu es sûr ?

— Oui. Je t'avouerais même que je suis dans un bon jour. Ça va, ça vient, tu sais, j'ai des hauts et des bas, des moments où j'ai le sentiment de décliner rapidement, et d'autres où je suis particulièrement en forme. Il n'y a pas de règle, pas de logique, j'en profite quand je peux.

Nan abandonna sa tartine à demi beurrée pour lui effleurer le bras une fois encore. Ses yeux bleus, semblables aux siens, débordaient d'émotion douloureuse.

— Jacob, je suis vraiment désolée. Je donnerais n'importe quoi pour que…

— Je sais, sœurette…

Il recouvrit sa main de la sienne, la pressa affectueusement et répéta :

— Je sais.

Une vague de tendresse s'enfla en lui. Enfants, Nan et lui s'étaient joué des tours pendables, chamaillés comme tous les frères et sœurs de la terre, et, au fil des années, ils avaient eu quelques différends. Mais un lien étroit les unissait, que ni le temps ni la distance qui les séparait n'avaient pu affaiblir. Le chagrin que Jacob pouvait lire dans les yeux de sa sœur lui serrait le cœur.

Nan était arrivée la veille au soir, chargée de bagages, comme toujours, de sorte que Katherine avait dû emprunter la Cadillac de sa mère pour aller la chercher à l'aéroport de Dallas, sa décapotable ridicule n'ayant pas de coffre assez grand. A leur retour, Jacob avait tout juste salué sa sœur avant de se retirer pour la nuit, tant il était épuisé.

Comme si le seul fait de penser à elle avait eu le don de la matérialiser, la porte de la cuisine s'ouvrit sur son aînée qui s'avança sur la terrasse. Aussitôt, le tendre sourire de Jacob s'effaça de ses lèvres. Il s'efforça à une calme indifférence mais, en la voyant venir vers eux, sa vieille rancœur monta en lui comme une bile amère, et sa mâchoire se crispa.

Nan retira sa main de la sienne, se tamponna hâtivement les yeux de sa serviette avant de se tourner vers la jeune femme pour l'accueillir avec chaleur.

— Bonjour, marmotte. Je me demandais si tu te réveillerais un jour. Installe-toi avec nous. Fidèle à elle-même, Ida Lou nous a cuisiné deux fois ce que Jacob et moi sommes capables de manger. Il reste largement de quoi satisfaire ton appétit, conclut-elle avec un clin d'œil complice, accroissant l'irritation de son frère.

Jacob n'avait jamais compris ni ne comprendrait l'affection de Nan pour cette créature. Certes, elle aimait aussi Laurel et Jo Beth, mais elle avait toujours eu une préférence pour Katherine — ou Maggie, puisque tout le monde persistait à l'appeler ainsi. Pas étonnant que, sept ans plus tôt, elle ait couru chercher refuge auprès de sa tante ; pas étonnant non plus que Nan lui ait offert son aide et un asile.

— A vrai dire, je suis debout depuis des heures. Je suis allée courir à l'aube, et j'ai pris un en-cas avec Ida Lou avant de monter me doucher.

— Hm. Mais je parie qu'il te reste une petite place pour déjeuner, pas vrai ?

— Absolument, répondit Maggie en souriant.

Et elle se dirigea vers la desserte pour remplir son

assiette de crêpes, de bacon et d'œufs confondus. Après quoi, elle s'assit à la table, se versa du café, et demanda :

— Où sont maman et Jo Beth ?

— Elles sont parties de bonne heure pour aller à la messe, répondit Jacob en bougonnant. Tu pourrais en prendre de la graine, cela ne te ferait pas de mal.

— Tu as sûrement raison, papa.

Elle piqua un morceau de crêpe, dégoulinant de beurre et de sirop d'érable, le porta à sa bouche, mâcha consciencieusement puis, ayant avalé le tout, elle agita sa fourchette en direction de son père et reprit :

— Seulement, tu sais, je ne suis pas certaine que frère Taylor et ses ouailles soient ravis d'avoir à leur messe une pécheresse dans mon genre.

— Qu'est-ce que c'est que ces histoires ? Tu n'as pas honte de te moquer ainsi de ton pauvre papa ? Quant à toi, Jacob, je ne sais pas d'où tu tiens que Maggie ne fréquente pas l'église, mais tu te trompes. Nous allons ensemble à la messe tous les dimanches quand elle est à New York.

Jacob aurait dû s'en réjouir. Et probablement s'excuser, mais il ne pouvait s'y résoudre. Décidément, sa fille avait le don de l'irriter et de ne jamais se conduire comme il s'y attendait. Qu'elle aille au diable !

Feignant d'ignorer son père, Maggie consulta sa montre, puis dit à sa tante :

— Si tu veux, nous avons juste le temps de nous rendre à l'église pour le service suivant.

— Je ne suis pas encore remise du voyage, ma chérie. Le décalage horaire me chamboule un peu. Vas-y sans moi. Je resterai ici à bavarder avec Jacob.

La porte de la cuisine s'ouvrit de nouveau, sur Ida Lou cette fois.

— Maggie, j'ai une certaine Val en ligne. Elle désire te parler. Tu veux que je t'apporte le téléphone ?

— Non, je te remercie. Je la prends à l'intérieur.

Elle avala encore deux bouchées de crêpe, se tamponna les lèvres avec sa serviette, puis expliqua :

— Il s'agit de Val Brownsey, la directrice de l'agence de mannequins. Je suppose qu'elle cherche à me forcer la main pour que j'accepte un travail.

— Un travail ! lâcha Jacob, ironique. Je n'appellerais pas cela travailler ! C'est une honte ! Poser à moitié nue. Une honte et un scandale. Toute la ville en a fait des gorges chaudes quand ce magazine de sport est paru voici quelques mois. Et tu étais là, en photo, à te pavaner sur une plage vêtue de deux minuscules bouts de tissu, pratiquement en tenue d'Eve à la face de la planète.

Maggie éclata de rire.

— On appelle ça un Bikini, papa. Un Bikini qui coûte très cher, en l'occurrence, conçu par l'un des plus grands créateurs de mode.

— Tu portais des maillots plus décents pour nager quand tu étais petite.

— J'ai grandi, depuis.

— N'importe quel imbécile a pu s'en rendre compte.

Il suffisait de regarder. Partout où j'allais, je tombais sur ce magazine, avec en couverture cette photo grotesque où tu t'exhibais comme une vulgaire catin. Je ne savais plus où me mettre. Je ne t'ai pas envoyée à Harvard pour que tu fasses commerce de tes charmes. A quoi te servent ton cerveau, ta maîtrise de gestion ? A rien. Tu préfères une carrière ridicule, qui flatte ton narcissisme, qui ne demande pas deux sous d'intelligence et qui te permet de te donner en spectacle. C'est indécent.

Comme toujours, sa rage ne suscita aucune réaction, en tout cas pas de la part de sa fille.

— Jacob, tu exagères ! protesta Nan.

Mais Maggie se contenta de hausser les épaules avec un sourire narquois.

— Chacun fait ce qu'il peut avec ce qu'il a, papa.

Elle se leva, lui tapota le bras en passant et ajouta dans un murmure :

— Tu sais bien que chaque famille a sa brebis galeuse. Il faut vivre avec.

Et elle se dirigea vers la maison de son allure de princesse, comme si tout cela lui était indifférent. Exaspéré, Jacob la regarda sortir, rongé par un sentiment qu'il croyait enterré depuis des lustres. Il écumait.

— Jacob Patrick Malone, tu es un imbécile, un abruti complet.

— Nan, ne commence pas. Je ne veux rien entendre.

— Eh bien, tant pis ! Tu m'entendras quand même, rétorqua-t-elle en bondissant de sa chaise. Pour ta gouverne, cher frère, sache que d'être choisie pour la couverture de *Sports Gazette* est un honneur. Tous les mannequins rêvent de décrocher ce contrat. De plus, si tu trouves à redire à la carrière qu'elle a choisie, c'est à moi que tu dois t'en prendre. C'est moi qui ai poussé Maggie à devenir mannequin. Et, tu peux me croire, jamais l'idée ne lui en serait venue. D'ailleurs, la première fois que je lui en ai parlé, elle m'a ri au nez tant la chose lui semblait incongrue.

Nan poursuivit sur sa lancée, marchant de long en large, ponctuant son discours de gestes emphatiques :

— A grandir entre une mère et deux sœurs qui ressemblaient à des poupées de porcelaine, la malheureuse gosse se voyait comme le vilain petit canard. Je reconnais qu'à l'adolescence, elle est passée par une phase ingrate, mais ce que personne n'a remarqué, Maggie moins que tout autre, c'est qu'à dix-huit ans, elle s'est épanouie et est devenue un joli brin de fille. Initialement, elle s'est montrée très réticente, mais comme je la tannais sans relâche, elle a fini par accepter de se présenter à l'agence de mannequins Valentina dans l'espoir qu'ensuite je la laisserais tranquille. Elle était convaincue qu'on la renverrait au premier coup d'œil. Au lieu de cela, on lui a signé un contrat sur-le-champ. En moins d'un an, elle est devenue l'un des mannequins les plus demandés du monde. Et à juste titre. Au cas où tu ne l'aurais pas remarqué, Jacob, ta fille aînée est d'une beauté spectaculaire.

Il ouvrit la bouche pour commenter, mais elle ne lui en laissa pas le temps.

— Quoi que tu penses de cette profession, c'est une chance qu'elle y soit entrée. Dans l'état où était Maggie à l'époque, c'est même ce qui pouvait lui arriver de mieux. Elle a débarqué chez moi brisée, défaite, une loque humaine. Par ta faute ! Sa carrière de mannequin lui a donné de l'allure, de l'assurance. Son succès lui a servi à construire une image positive d'elle-même.

Nan s'interrompit et posa sur son frère un regard accusateur mêlé de tristesse. Lorsqu'elle reprit, le ton était doux, presque suppliant :

— Qu'est-ce qui t'a poussé à la traiter de la sorte, Jacob ? Cela me dépasse. Comment peut-on bannir ainsi de sa vie son propre enfant ?

Il serra les dents si fort que sa mâchoire lui fit mal. Depuis que les médecins avaient diagnostiqué un cancer, famille et amis le dorlotaient, le ménageaient, prenaient mille précautions pour ne pas le heurter. Mais pas Nan, non. Il fallait qu'elle lui demande des comptes, qu'elle l'attaque de front. D'une franchise brutale, elle allait droit au but depuis toujours, sans fioritures, sans détours et sans hypocrisie. Il admirait d'ailleurs cette courageuse honnêteté. Mais là, c'en était trop.

Elle ne comprenait pas. Personne ne comprenait.

— Par sa conduite, Katherine ne m'a pas laissé le choix. Ce qu'elle a tenté de faire était impardonnable.

— Ce que Martin prétend qu'elle a tenté de faire,

rectifia Nan. Et tu as cru cette limace, ce faux-jeton plutôt que ta fille !

— Mesure tes paroles. Je me permets de te rappeler qu'il est l'époux de Laurel et qu'elle l'aime, répliqua Jacob, sévère.

Nan leva les yeux au ciel.

— Ah ! c'est vrai, j'oubliais. Dieu nous garde de critiquer Laurel ou son mauvais goût en matière d'hommes. Je ne sais pas ce qu'elle lui trouve, à ce Martin Howe. Il a un physique agréable et du charme, je l'admets, mais sous ces dehors trompeurs, c'est la même petite brute, le même sale gosse égoïste et imbu de sa personne qu'autrefois. Entre nous, s'il n'était pas le mari de Laurel, tu l'aurais viré depuis des lustres. D'ailleurs, si je dirigeais l'entreprise, je le flanquerais à la porte, mari de Laurel ou pas.

— Nan, je te trouve bien dure envers ce garçon. Martin fait son travail, protesta Jacob.

Mais c'était là une protestation de pure forme. En vérité, sa sœur avait raison. Jamais il n'aurait toléré si peu de résultats d'un autre de ses cadres et, contre tout bon sens, il fermait les yeux par égard pour Laurel. Force lui était d'admettre que son gendre n'était qu'un paresseux incompétent qu'il fallait en permanence pousser et surveiller.

— Jacob, je t'en prie ! Ce type est d'une nullité crasse, et toi, tu es un sot de prendre son parti contre ta propre fille.

Jacob se raidit.

— Indépendamment de l'opinion que tu as sur Martin, avoue que la réputation de Katherine n'incitait pas spécialement à la confiance.

— Si cette excuse te donne bonne conscience, libre à toi, mais ne nous leurrons pas. Nous savons tous les deux que ton animosité envers Maggie ne date pas de cette nuit-là.

— Nan, tu exagères.

— Non, je n'exagère pas. Laurel et Jo Beth te rendent gaga, tu les adores, mais avec Maggie, tu as toujours été froid et distant.

— Ne recommence pas, je t'en prie. Depuis des années, je me tue à te répéter que je traite Katherine exactement comme ses sœurs.

— N'importe quoi ! Si l'une de tes cadettes était top model, tu en serais plus fier qu'Artaban. Mais tu dénigres Maggie, tu nies sa réussite. Et tu auras beau prétendre le contraire, nous savons tous les deux que, depuis sa naissance, tu l'ignores comme si elle n'existait pas.

— C'est ridicule ! Elle a bénéficié du même confort et des mêmes avantages que ses sœurs — un bon foyer, une éducation de premier ordre, des leçons de danse, de musique, de jolis vêtements. Elle a eu ce qu'elle voulait, y compris une voiture pour ses seize ans.

— Sur le plan matériel, je n'en disconviens pas. Il ne s'agit pas de cela, mais du fait que jamais tu ne lui as manifesté le moindre signe d'amour ou de tendresse.

Incapable de récuser cette critique, il crispa la mâchoire et détourna les yeux. Mais Nan ne renonça pas pour autant.

— Avoue, Jacob. Reconnais-le, au moins. Tu sais que j'ai raison.

— Si je ne lui ai guère témoigné d'affection, c'est que Katherine n'était pas une enfant très agréable, marmonna-t-il. Elle ne faisait rien pour qu'on l'aime et elle n'a pas changé.

— Sornettes que tout cela ! Jusqu'à l'âge de douze ans, elle se mettait en quatre pour te plaire. J'en avais de la peine pour elle, je ne te mens pas. Cette malheureuse s'échinait à brider sa nature exubérante pour devenir une petite fille modèle, sage, studieuse, toujours prête à rendre service, obéissante, polie… J'en étais malade ! Et tout cela pour gagner ton amour, ton approbation.

— Eh bien ! elle s'est vengée à l'adolescence. Elle aurait dû être major de sa promotion. Elle avait les meilleures notes mais, à cause de sa conduite indigne, elle a été disqualifiée. La honte au front, sa mère et moi avons écouté le fils Janowich lire le discours de fin d'année à sa place.

Nan le dévisageait en agitant la tête.

— Tu ne comprendras jamais rien, mon pauvre frère. C'est pourtant simple. Après douze ans de vains efforts pour te plaire, elle a réalisé que c'était sans espoir, et elle a envoyé promener toutes ses bonnes intentions pour se défouler. Je pense qu'inconsciemment, elle cherchait encore à retenir ton attention d'une manière ou d'une autre.

Elle marqua une pause stratégique, puis ajouta pour enfoncer le clou :

— En un sens, elle a réussi, n'est-ce pas, Jacob ?

— Oh ! pour réussir, elle a réussi ! Tu as beau jeu de critiquer, mais tu n'imagines pas les soucis que cette gamine nous a causés. Toutes ces nuits blanches, la honte, les frais... J'étais constamment convoqué à l'école et contraint de m'excuser, de réparer ses bêtises.

Au grand étonnement de Jacob, un sourire amusé dansait sur les lèvres de sa sœur.

— Oh, je ne sais pas... Personnellement, certains bons tours me laissent admirative. Par exemple quand elle a attiré cette vache jusqu'au premier étage du lycée en pleine nuit. J'aurais aimé être une petite souris dans un coin pour voir la tête du principal à son arrivée le lendemain. D'ailleurs, je me demande toujours comment elle s'y est prise. Le sait-on, au moins ?

— Non. Mais la plaisanterie m'a coûté assez cher. J'ai dû louer une grue pour qu'on puisse sortir l'animal par la fenêtre, engager une équipe pour nettoyer derrière la pauvre bête affolée, faire repeindre tout l'étage et le désinfecter. Pour l'amour du ciel, Nan, cesse de rire, ce n'est pas drôle. Il y avait de la bouse partout.

— Excuse-moi de te contredire, mais je trouve le gag assez cocasse.

Elle réprima cependant son hilarité, prit le temps d'examiner le profil courroucé de son frère.

— Dis-moi une chose, Jacob. Maggie n'a-t-elle pas toujours avoué ses fautes ? A-t-elle jamais cherché à nier ses sottises ? Feint de ne rien savoir ou tenté de faire accuser un innocent ?

— Non. Je dois lui reconnaître le mérite de la franchise, admit-il à contrecœur.

— Et cependant, tu as préféré croire Martin.

La première surprise passée, il éprouva un pincement de remords coupable qu'il refoula pour répondre d'un ton sévère :

— Ce n'est pas la même chose.

— Hm. Quoi qu'il en soit, tes préjugés à l'encontre de Maggie sont d'une injustice flagrante, et cela ne te ressemble pas. Elle est intelligente, jolie, chaleureuse, et tu la bats froid depuis toujours. Pourquoi ?

En proie à l'émotion, il se détourna, et ses yeux se perdirent au loin, dans le jardin.

— Je ne veux pas en parler.

— Jacob, je t'en prie. Tu vas mourir. Pour toi comme pour elle, il vaudrait mieux que tu répares tes torts pendant qu'il en est encore temps. C'est ta fille, que diable !

Cette dernière remarque eut raison de sa réticence. Il jeta à sa sœur un regard furieux.

— Justement. Tout le problème est là. Je ne crois pas qu'elle le soit.

La phrase tomba comme une bombe. Ahurie et sans voix, Nan le dévisagea pendant de longues secondes avant de retrouver l'usage de la parole.

— Voyons, Jacob, tu ne penses tout de même pas que Lily t'a trompé.

— Bien sûr que non. Ne sois pas ridicule !

Lèvres pincées, mâchoire crispée, il regardait de nouveau dans le lointain. Quand il se retourna vers Nan, il hésitait encore, mais la rage si longtemps refoulée l'emporta.

— Elle a été violée, déclara-t-il d'une voix atone. Exactement huit mois et vingt-trois jours avant la naissance de Katherine.

— Seigneur Jésus ! s'exclama Nan.

Prise de faiblesse soudaine, elle se laissa tomber sur une chaise. Le coup était brutal.

— Ça alors. Et je n'en savais rien... depuis le temps...

— Personne ne le sait. Du moins, à Ruby Falls. Juste Lily et moi. Et la police de Houston.

— Parce que c'est arrivé à Houston ?

Il acquiesça de la tête, perdu dans ses pensées, à peine conscient de la main que Nan avait posée sur la sienne.

— Je m'y étais rendu pour voir des clients. Lily m'accompagnait. Elle souhaitait faire quelques emplettes. Je l'ai déposée devant les magasins Neiman Marcus dans la matinée, et je suis parti pour mes rendez-vous. Elle est rentrée à l'hôtel avant moi et, quand elle a ouvert la porte de notre chambre, un homme l'a poussée à l'intérieur.

Il agita la tête, ferma les yeux, comme pour ne pas

revivre ce pénible souvenir. Jamais il n'en avait parlé à personne en dehors des policiers chargés de l'enquête, et s'efforçait lui-même de ne pas y penser, mais à présent que la boîte de Pandore était ouverte, il ne pouvait plus la refermer.

— Elle s'est battue, mais en pure perte. Je l'ai retrouvée une heure plus tard, inconsciente, rouée de coups, couverte de sang, méconnaissable.

Il se couvrit le visage de ses mains et gémit :

— Oh, mon Dieu ! C'est ma faute. Si j'étais rentré plus tôt au lieu de rester boire un verre avec mon dernier client, ce sagouin n'aurait pas porté la main sur elle. Pourquoi ne l'ai-je pas emmenée avec moi ? Jamais je n'aurais dû la laisser seule !

— Jacob, je t'en prie. Ce n'est pas ta faute, et tu n'as rien fait de mal. Le coupable, c'est ce voyou qui a attaqué Lily, pas toi.

— C'est… C'est aussi l'avis de la police mais…

— Il n'y a pas de mais qui tienne. La police disait vrai, et je suis certaine que Lily ne t'en veut pas.

Elle lui massa doucement la main en soupirant :

— Pauvre Lily ! Je comprends à présent pourquoi elle semble si fragile. Et ce sale type, ils l'ont arrêté, au moins ?

Jacob fit non de la tête, puis reprit son récit :

— Nous sommes restés à Houston jusqu'à ce que les blessures de Lily guérissent. Nous avons laissé croire à tout le monde, papa inclus, que nous prenions des vacances prolongées. Lily ne supportait pas l'idée que les gens d'ici sachent ce qui s'était passé. L'incident n'a pas laissé de traces physiques, mais les séquelles émotionnelles m'inquiétaient sérieusement. Pendant des mois, on aurait cru un zombie… Elle était si ébranlée et instable que je n'osais pas la quitter d'une semelle de crainte qu'elle ne se suicide. Et puis, elle a découvert qu'elle était enceinte, et sa dépression s'est évaporée du jour au lendemain. L'idée que le bébé puisse être de son agresseur ne l'a pas même effleurée. Comme si elle avait oublié l'incident, refoulé le traumatisme. Elle était si heureuse que je n'ai pas eu le cœur d'aborder la question.

— Mais tu t'interrogeais, n'est-ce pas ? Tu avais des doutes ?

— Je m'employais à ne pas trop y penser. Lily était radieuse, et il y avait de grandes chances que l'enfant soit le mien. Nous tentions de concevoir depuis plusieurs mois. Alors, je me raisonnais, je me disais que l'avantage était en ma faveur.

Il ponctua d'un soupir.

— Et puis, la petite est née, assurément pas une Malone de mon point de vue.

— Qu'est-ce qui t'en rend si sûr ?

— Voyons, Nan ! Il n'y a qu'à la regarder ! Elle est immense alors que Lily et ses sœurs sont de petite taille. Elle ne ressemble ni à Lily, ni à moi, ni à personne dans la famille, d'ailleurs. Et puis il y a ces cheveux roux, ces yeux verts… On n'a jamais vu ça chez nous.

— Et alors ? Cela ne veut pas dire grand-chose.

Tu mesures près d'un mètre quatre-vingt-dix. Elle peut parfaitement tenir sa taille de toi, sa rousseur et ses yeux d'un ancêtre éloigné, comment savoir ? Les gènes peuvent sauter plusieurs générations, c'est bien connu.

— Peut-être. Mais cela me semble peu probable.

— Je suppose que tu n'as pas demandé de test de paternité au médecin. Un examen sanguin aurait pu permettre de régler la question.

— Impensable. Lily ne voulait pas que cela se sache, elle ne s'en serait pas ouverte, même à un médecin. La moindre allusion à ce viol, et elle devenait hystérique. En mentionnant mes doutes, je risquais de la replonger dans la dépression. Je n'avais pas le cœur à cela.

— Elle aurait dû consulter un psychologue, travailler avec lui sur ce traumatisme afin de s'en libérer au lieu de le refouler.

— Oui, je sais. Mais elle ne voulait pas en entendre parler. Je n'ai donc pas insisté par crainte de la braquer, de passer pour un tyran.

Nan soupira à son tour.

— C'est pour cela qu'elle est si fragile, qu'elle fuit toute situation de conflit, qu'elle évite les affrontements à n'importe quel prix. Et c'est aussi pour cela que tu la maternes et la protèges comme une enfant.

Jacob s'affaissa sur son siège, les yeux emplis de larmes, mais il n'en avait cure.

— Oui, dit-il. Mais si tu avais vu ce que cette

bête lui a fait, dans quelle détresse il l'a plongée, tu comprendrais.

— Oh ! Jacob, je ne te reproche rien, en tout cas pas cela. Cependant, je ne suis pas certaine qu'envelopper Lily dans du coton ait été la meilleure solution pour elle, mais je comprends tes intentions, elles partaient d'un bon sentiment. Seulement, ce qui me pose problème, c'est que pendant vingt-sept ans, tu as gardé cela pour toi, laissé le doute te ronger, te pourrir l'existence. Et c'est Maggie qui paie. Ce n'est tout de même pas sa faute ! Elle n'a jamais demandé à venir au monde.

— Mais enfin, bon sang ! Tu n'as pas idée de ce que c'est ! fulmina-t-il, piqué au vif. C'est l'enfer sur terre… vivre ainsi dans l'incertitude… imaginer chaque jour que l'enfant qui porte mon nom puisse être la fille d'un violeur ! J'ai enduré les tourments de l'enfer, Nan ! Je me suis efforcé de l'aimer, je te le jure devant Dieu. Mais c'est plus fort que moi. Dès que je la regarde, je pense à ce monstre.

— Raison de plus pour chercher à connaître la vérité. De nos jours, les tests d'ADN permettront d'établir de manière certaine si Maggie est ou non ta fille.

— Je te répète que je ne peux pas imposer cela à Lily.

— Elle n'a pas besoin de le savoir. Maggie non plus d'ailleurs. Encore que, personnellement, je serais d'avis d'en parler ouvertement une fois pour toutes.

— Il n'en est pas question.

— Bon. En ce cas, je peux prélever quelques cheveux

sur la brosse de Maggie, prendre un échantillon de ta salive, et envoyer l'ensemble à mon médecin de New York pour qu'il fasse effectuer les analyses.

Jacob se tourna face au verger, pensif. L'air lui manquait soudain.

— Le temps, presse. Tu dois bien cela à Maggie.

Comme il ne bronchait pas, elle insista, persuasive :

— Fais-le au moins pour toi.

Il secoua la tête avec emphase.

— Quand j'ai dit non, c'est non. Et je veux ta parole que tu ne demanderas pas ce test derrière mon dos.

— Jacob…

— Je te connais, Nan. Il faut toujours que tu interviennes pour redresser les torts, mais cette décision-là ne t'appartient pas. J'exige donc ta promesse solennelle.

Ivre de rage, elle le foudroya du regard, laissa échapper un soupir d'exaspération et céda de mauvaise grâce.

— Bon, puisque tu y tiens, je te le promets. Il n'empêche, Jacob Malone, que tu es le roi des imbéciles.

Sur ces mots, elle quitta la terrasse au pas de charge. Il la regarda partir, et grimaça quand la porte claqua derrière elle. Puis il se retourna vers le jardin, contempla le décor d'un œil absent. En théorie, sur un plan moral et intellectuel, Nan avait raison. Mais affectivement… cela se discutait.

S'il avait accepté la présence de Katherine au sein de la famille durant toutes ces années, c'est parce qu'il y avait une chance — minime, mais une chance — qu'elle soit sa fille. Comment réagirait-il si le doute était levé de manière définitive ? Supporterait-il d'apprendre qu'elle ne l'était pas ?

Ou, pire encore… qu'elle l'était !

9

Maggie se redressa vivement. Quel était donc ce bruit ?

Le cœur battant, elle jeta un coup d'œil autour d'elle. Le bureau de son père n'était éclairé que par la lampe de travail à l'ancienne et les veilleuses du plafond, mais ce peu de lumière lui suffit à s'assurer qu'il n'y avait personne dans la pièce.

Elle pivota dans le gros fauteuil de cuir directorial pour regarder par la vitre qui donnait sur l'usine. Personne là non plus. Comme tous les dimanches, le lieu était désert et silencieux.

Un grand nombre de conserveries tournaient en continu, mais son arrière-grand-mère avait décidé que la maison Malone ne fonctionnerait que six jours par semaine. Les employés des vergers et des bureaux travaillaient quarante heures, et les ouvriers de l'usine effectuaient trois journées hebdomadaires de douze heures chacune, ce qui leur assurait des revenus suffisants et leur laissait pas mal de loisir.

« Nous gagnerions bien davantage en restant ouvert vingt-quatre heures sur vingt-quatre, mais le personnel paierait trop cher ce supplément de bénéfices. Il n'est pas naturel de travailler la nuit. De plus, les gens ont besoin de temps pour se consacrer à leur famille. »

Tel était son credo. Maggie le partageait et elle n'était pas seule car, récemment, de nombreuses entreprises étaient revenues à ces horaires plus acceptables.

Quoi qu'il en soit, le silence inhabituel de l'usine déserte la rendait nerveuse.

Sous l'éclairage diffus des veilleuses, les machines d'en bas aux formes étranges projetaient des ombres inquiétantes.

Plissant les yeux, Maggie scruta la partie visible de l'usine sans détecter le moindre mouvement. Il n'y avait pas âme qui vive dans les locaux.

Elle pivota de nouveau vers la table de travail avec un rire d'autodérision.

— Ma petite Maggie, tu te fais peur toute seule, murmura-t-elle. Rappelle-toi que tu es à Ruby Falls, pas à New York.

Sur quoi elle se pencha de nouveau sur les livres de comptes étalés devant elle, se plongea dans l'examen minutieux des colonnes de chiffres, et retrouva toute sa concentration. De temps à autre, elle s'arrêtait, l'index sur une ligne, tirait à elle un autre volume et en tournait les pages jusqu'à trouver la référence recherchée pour vérification.

— Qu'est-ce que vous fabriquez ici ?

De surprise, Maggie laissa échapper un cri étranglé et sursauta si fort que son crayon alla voler à travers la pièce. Elle avait déjà bondi de son fauteuil quand elle identifia l'homme qui se tenait au seuil de la porte. Soulagée, elle retomba sur son siège et, une main pressée contre son cœur qui martelait ses côtes, elle ferma les yeux.

— Doux Jésus ! Vous m'avez fait une peur bleue ! Ne recommencez pas cela, ou vous me ferez mourir d'une crise cardiaque.

— Je rentrais chez moi en voiture quand j'ai aperçu de la lumière ici. Sachant que Jacob est trop malade pour travailler et que Martin ne reste jamais bien tard au bureau, j'ai voulu voir ce qu'il en était par précaution. Mais vous n'avez pas répondu à ma question : que fabriquez-vous ici à une heure pareille ?

Ainsi, il rentrait, songea Maggie en jetant un regard furtif à la pendule au coin de sa table. Il rentrait à près de minuit. D'un rendez-vous galant, peut-être ?

Pour quelque raison mystérieuse, cette seule pensée la hérissait. Serait-elle jalouse ? Allons ! Elle ne connaissait ce type que depuis trois jours. Cela ne tenait pas debout…

Et puis, pourquoi un homme dans la force de l'âge, en pleine santé, séduisant et viril, célibataire de surcroît, n'aurait-il pas de petite amie ? C'était normal, non ? Il pourrait même avoir une compagne attitrée, voire même une fiancée.

« De plus, se dit Maggie, il a beau être sensible à ton charme autant que tu l'es au sien, cela saute aux yeux qu'il n'en est pas très heureux ! Dans ces conditions, inutile de t'emballer, fillette ! Le monsieur n'a aucune sympathie pour toi ! »

Restait la question. Mentir n'était pas dans sa nature, et les livres de comptes étalés sur le bureau en disaient assez long sur ses activités. Cherchant à temporiser, elle se cala contre le dossier de son siège, lui adressa un sourire enjôleur et s'enquit à son tour :

— Cela pose problème ? *A priori*, je suis membre de la famille, alors pourquoi me traite-t-on comme si je n'avais pas le droit d'être ici ?

Il ne répondit pas immédiatement, demeura immobile, ses puissantes mains posées sur ses hanches minces. Il la regarda fixement de ses yeux d'argent sous ses paupières mi-closes.

— Jacob est au courant que vous fouinez dans ses livres ?

— Non. Mais maman, oui. C'est à sa demande que je suis là.

— Vraiment ? C'est curieux. A ma connaissance, jamais Lily ne se mêle de la gestion de l'entreprise.

— C'est vrai, mais puisque papa est malade, il faut bien qu'une personne de la famille veille au grain. Maman n'ayant ni l'expérience ni la formation pour le faire, elle m'a priée d'examiner la situation de la firme.

Elle inclina la tête de côté, l'observa un moment tout en se demandant ce qu'il convenait ou non de lui révéler. Au bout du compte, elle s'en remit à l'instinct.

— J'ignore si vous en êtes conscient, mais nos bénéfices sont en chute libre depuis plusieurs mois.

Dan se cala contre le montant de la porte et croisa posément les bras.

— Je sais. Jacob m'en a touché deux mots.

— Vous a-t-il dit que si nous ne redressons pas la barre rapidement, nous allons droit à la faillite ?

— Oui. L'autre solution étant de vendre à Bountiful Foods comme le préconise Martin.

— Pas si je peux l'éviter.

Il ne put empêcher ses lèvres d'esquisser un sourire narquois, tandis qu'une lueur de cynisme dansait dans ses yeux clairs.

— Ainsi, Superwoman, vous arrivez, comme à la parade, pour tirer Jacob de ses ennuis.

— La parade, je la réserve aux défilés de mode. Mais je vais m'efforcer de trouver la faille dans la digue et de la boucher.

Elle haussa un sourcil, puis ajouta :

— Cela vous dérange ?

Dan jeta un regard sur les livres de comptes.

— Vous savez ce que vous faites ?

— Eh bien… ce n'est pas exactement ma spécialité, mais j'ai suivi quelques cours de comptabilité quand je travaillais à ma maîtrise en gestion des affaires. Je pense pouvoir me débrouiller.

Cette révélation le laissa de marbre. Il continua de l'observer, parfaitement impassible. Maggie crut cependant voir passer comme un soupçon d'admiration dans ses prunelles grises.

Oh ! elle n'en aurait pas juré. Il faisait bien trop sombre dans la pièce. Mais tout de même…

— Pourquoi travaillez-vous si tard et pas aux heures de bureau ?

— J'ai jugé préférable de ne pas troubler la routine de l'entreprise. Je ne voudrais pas que le personnel s'inquiète. Et, pour ne rien vous cacher, Mlle Udall me semble être… comment dire ?… une personne qui défend son territoire. De plus, je ne souhaite pas abuser de ma position, et encore moins marcher sur les plates-bandes des responsables.

Elle ponctua ses propos d'une légère grimace, et reprit :

— Enfin, pas plus que je ne l'ai déjà fait.

Surtout, elle voulait éviter d'attirer l'attention de Martin sur ses activités pour qu'il file aussitôt en parler à son père. A ceci près que Dan avait changé la donne. Puisqu'il l'avait surprise à l'œuvre, la chose reviendrait fatalement aux oreilles de Jacob.

Cette fois, cependant, il souriait pour de bon, d'un sourire amusé. Aucun doute là-dessus.

— Vous avez déjà eu une prise de bec avec elle ? Méfiance, Rouquine. Cette bonne femme est un cerbère sorti droit de l'enfer.

— Peut-être. Mais je pense être en mesure de lui régler son compte à la loyale.

Le commentaire fut salué par un nouveau sourire.

— Je veux bien le croire, en effet.

Dan quitta son appui contre la porte, se redressa, puis ajouta :

— Je ne vois pas de mal à ce que vous jetiez un coup d'œil sur les comptes. La situation ne peut pas être bien pire qu'elle ne l'est déjà.

— En tout cas, pour ce soir, je crois que j'en ai terminé. A éplucher ces colonnes de chiffres, je commence à voir double. Il est temps que je rentre, déclara-t-elle en se levant.

— Je n'ai pas vu votre voiture en bas, remarqua alors Dan.

— Je suis venue à pied.

— Il se fait tard. En route ! Je vous ramène chez vous.

Le cœur de Maggie s'accéléra. La proposition était tentante. Mais l'accepter relevait de l'inconscience, et son bon sens s'y opposait.

— Merci, non. Cela ne me gêne pas de traverser les vergers dans le noir.

Elle tira un mince cylindre métallique de sa poche, et le lui montra.

— Voyez, j'ai de quoi m'éclairer.

— Ce truc ne sert que pour les serrures. Vous n'y verrez pas à plus de trois pas. Venez, je vous ramène. Cela ne me prendra pas deux minutes.

C'était un ordre. Et, sans attendre de commentaire, il lui prit le bras pour l'entraîner vers la porte. En temps normal, Maggie se serait rebellée devant une attitude aussi autoritaire, mais le contact de sa main calleuse contre sa peau semblait avoir court-circuité son cerveau et ses mécanismes de défense.

Elle était étrangement consciente de sa large paume, des cinq doigts enroulés autour de son bras nu, juste au-dessus du coude. De cette zone partait comme un courant qui irradiait jusqu'à sa nuque, descendait le long de son dos et la pénétrait tout entière, jusqu'à son cœur — qui battait maintenant beaucoup trop vite.

Il était si proche qu'elle sentait son odeur et la chaleur de son corps délicieusement musclé. Elle pouvait même compter les cils qui frangeaient son regard gris, voyait distinctement l'ombre bleue de sa barbe naissante. Malgré la douceur de la nuit, elle frissonna. Dieu du ciel, ce Dan Garrett était loin de la laisser de marbre !

— Ma voiture n'a pas la classe de votre petit bolide sexy, mais elle vous mènera à bon port, dit-il en la guidant vers le seul véhicule garé sur le parking.

— Vous oubliez que je suis née ici. On ne grandit pas à Ruby Falls sans avoir roulé en pick-up.

Sur ces mots, elle grimpa sans plus de manières dans la vieille camionnette qui avait vu de meilleurs jours.

— Il n'empêche que, depuis quelque temps, vous circulez le plus souvent en Jaguar ou en limousine. Sans parler de votre décapotable Viper, ironisa-t-il encore.

Certes. Elle ne pouvait le nier. Mais avant qu'elle ne

trouve une réplique adéquate, il avait claqué la portière pour venir prendre place au volant.

Il mit le moteur en route, fit une rapide marche arrière et, quelques secondes plus tard, ils quittaient le parking. Ils empruntèrent l'allée de gravier qui longeait la propriété puis roulèrent en direction de la demeure familiale.

Dan ne semblait guère enclin à la conversation et, pour une fois dans sa vie, Maggie était à court d'idées pour meubler le silence. Ce bras musclé négligemment posé le long du dossier de la banquette la troublait plus qu'elle ne l'aurait souhaité. Dès qu'elle bougeait un tant soit peu, ses cheveux effleuraient sa main dont elle percevait la chaleur sur sa nuque.

On n'entendait que le sourd ronronnement du moteur, les crissements du gravier sous les roues, et les grincements mécaniques du pick-up au moindre cahot.

Il conduisait comme il marchait, avec la même assurance, la même grâce féline, guidait la camionnette d'une main souple, le poignet négligemment calé sur le volant, son grand corps détendu, presque affalé sur le siège partiellement défoncé.

La cabine, bien que propre, accusait son âge, elle aussi. Dans un coin, il y avait un seau contenant des outils — une scie égoïne, des pinces, un vilebrequin, et d'autres dont Maggie ignorait la fonction. Le revêtement intérieur de vinyle se craquelait. On voyait çà et là des taches de rouille et, côté passager, des fêlures dessinaient une toile d'araignée à partir d'un point d'impact sur le pare-brise.

Maggie se demanda si les jeunes femmes qui sortaient avec lui n'avaient pas honte qu'on vienne les chercher dans cette guimbarde. Puis elle jeta un coup d'œil à l'homme assis à côté d'elle et manqua éclater de rire tant cette idée lui parut soudain saugrenue.

A la faible lueur du tableau de bord, elle étudia le profil affirmé de Dan. Son regard descendit jusqu'à la manche retroussée sur l'avant-bras puissant, parsemé de duvet sombre, jusqu'au poignet épais calé sur le volant, la main puissante, détendue — une main de travailleur manuel, calleuse, couverte de cicatrices, de petites entailles, aux doigts à la fois longs et carrés, terminés par des ongles coupés ras et soignés. Il se dégageait de cette main virile — aussi bien que du personnage — une grâce paradoxale, quelque chose d'émouvant qui vous serrait la gorge, rien qu'à la regarder.

Elle s'arracha à sa fascination et reporta son attention sur le pare-brise lorsqu'il manœuvra pour tourner dans l'allée qui menait chez ses parents.

Il gara le pick-up devant la maison, laissant le moteur en marche, puis se tourna vers elle, la regardant fixement, sans un mot. Il attendait.

Ce regard eut sur Maggie l'effet d'une caresse. Sans même la toucher, cet homme avait le don de la bouleverser comme aucun autre. Elle se sentait fondre, se liquéfiait sur place, et l'air même de l'étroite cabine semblait imprégné de son désir.

« Mag, tu es ridicule. Sors donc de là ! Et vite ! Sinon tu es capable de faire une sottise ! »

Elle déglutit péniblement, tendit la main vers la poignée.

— Eh bien, euh… Merci pour la balade.

— De rien.

Dan ôta son bras du dossier, effleurant son cou au passage. Il retira sa main dans un brusque sursaut, comme s'il s'était brûlé.

Maggie s'immobilisa sur-le-champ et lui coula un regard par-dessus son épaule. A en juger par son expression, ce contact accidentel l'avait ébranlé, lui aussi… et il en était tout sauf ravi.

Elle se sentit soudain aussi nerveuse et mal à l'aise qu'une adolescente à son premier rendez-vous. Pas un mot ne lui venait. Elle était muette. Seule solution : la fuite.

Marmonnant un rapide bonsoir, elle quitta la cabine, mais, au moment de refermer la portière, une idée se fit jour dans son esprit confus. Au prix d'un effort, elle parvint à sourire.

— Dites-moi… je vous serais reconnaissante de ne pas mentionner mon enquête à mon père. Ce serait lui causer des soucis inutiles. Je compte lui en parler moi-même sous peu, mais j'espère découvrir la raison de nos pertes et prendre des mesures concrètes pour redresser la situation avant qu'il ne soit trop tard.

A l'autre bout de la banquette, il l'observait en silence, et ses prunelles d'argent luisaient d'un éclat froid dans l'ombre de la cabine. Le cœur de Maggie battait frénétiquement, et l'air lui manquait. Il se tut si longtemps qu'elle n'attendait plus de réponse quand, enfin, il se décida :

— Je vous propose un marché. Je ne dirai pas à Jacob que je vous ai vue dans son bureau. Mais je ne lui mentirai pas s'il m'interroge. Je ne peux pas faire mieux.

Etant donné la loyauté de cet homme envers son père, elle fut aussi surprise que soulagée de ce compromis.

— Cela me convient parfaitement, répondit-elle avec un clin d'œil pour sceller leur entente. Je vous remercie, beau mec.

Le moteur de la camionnette continuait à tourner sur place tandis qu'elle se dirigeait vers la porte d'entrée. Sentant peser sur elle le regard de Dan, elle sourit, et accentua légèrement le balancement de ses hanches.

Charley Minze, l'infirmier, arriva le lendemain, pour la plus grande joie de Lily et l'irritation accrue d'Ida Lou. Il y eut bien quelques accrochages sur des questions de territoire, mais Charley était un homme affable, un diplomate né. Au terme de sa première journée, il avait réussi à se faire accepter de la vieille domestique en la complimentant abondamment sur sa cuisine et, au bout de deux jours, il l'avait conquise en lui demandant conseil à tout propos, en particulier au sujet du malade.

Ce Charley était un colosse de presque quarante ans, au physique de lutteur et à l'appétit plus féroce encore que celui de Maggie. Ce qui contribua grandement à lui concilier les bonnes grâces d'Ida Lou. Chauve comme une boule de billard, exhibant des biceps énormes et tatoués, il ressemblait davantage à un motard échappé d'une bande de Hell's Angels qu'à un infirmier. Toutefois, avec Jacob, il était d'une douceur de jeune fille.

La présence constante de Charley facilita la vie de tous, surtout de Lily, de sorte que le bon géant fut bien vite intégré. D'autant qu'il avait l'art de se fondre dans le décor, de passer inaperçu, apparaissant comme par magie dès que l'on avait besoin de lui. Peu de temps après son arrivée, il était devenu si indispensable que toute la maisonnée se demandait comment elle avait pu se passer de lui si longtemps.

Au cours de la première semaine, Maggie peaufina sa propre stratégie et son emploi du temps. Elle passait ses journées à bavarder avec sa mère, Nan et Ida Lou, à leur faire des courses en ville et leur rendre de menus services tout en veillant à éviter les rencontres avec son père.

Le soir, après dîner, dès que Jacob se retirait dans sa chambre, Maggie traversait le verger à pied pour se rendre à la conserverie où elle restait de longues heures à passer au crible livres de comptes et dossiers en quête de réponses à ses questions. Jamais elle ne prenait sa voiture, craignant que son père ne l'entende partir et exige de savoir où elle allait. Lorsque, trop épuisée pour continuer, elle se décidait à rentrer, elle s'attachait à tout ranger avec un soin méticuleux, laissant la place comme elle l'avait trouvée pour ne pas éveiller les soupçons de Mlle Udall.

Elle se levait quotidiennement avant l'aube et courait ses cinq kilomètres à travers les vergers, revenait se doucher et se changer pour un petit déjeuner en famille.

Jacob avait de bons et de mauvais jours, mais il était toujours au mieux de sa forme après une nuit de repos. A table, il bavardait avec Lily et Jo Beth, plaisantait avec sa sœur au cours de conversations chaleureuses et animées, comme au bon vieux temps. Dan les rejoignait chaque matin pour déjeuner en leur compagnie ou boire une tasse de café. Jacob lui parlait alors de ses affaires avec sa lucidité habituelle.

A écouter ces discussions matinales, Maggie avait peine à croire qu'il était malade tant il paraissait vif et plein d'allant. Certes, il lui adressait rarement la parole, mais cela n'avait rien de bien nouveau.

C'est ainsi que, le jeudi matin, une semaine après l'orage, Jacob et Nan évoquaient leur jeunesse, les souvenirs de leurs baignades à Catalpa Creek. Une oreille attentive à leurs joyeux échanges, Maggie dévorait à belles dents une platée de gaufres en se berçant de la douce illusion que son père était ce même homme sain et vigoureux qu'elle adorait depuis toujours.

— Je n'oublierai jamais le jour où tu as jeté ce morceau de corde dans la rivière en hurlant : « Attention, un serpent ! » J'ai bien failli avoir une crise cardiaque ! dit Nan en donnant une tape amicale sur le bras de son frère.

Jacob éclata de rire.

— Oui. Et je t'avoue que, jusque-là, je n'avais encore jamais vu personne marcher sur les eaux. Tu ne marchais pas, tu courais ! Tu avais atteint la berge avant que la corde ne coule. Et quand tu as vu ce que c'était, tu m'as poursuivi comme une furie jusqu'à la maison.

Tandis que la tablée pouffait, Jo Beth remonta ses boucles, et se leva d'un bond.

— Il faut que je m'en aille.

— C'est si pressé, petit bout ? s'enquit Dan qui achevait de gravir les marches menant à la terrasse. J'arrive à peine que tu t'en vas. Ce n'est pas gentil !

Lily consulta sa montre, sourcils froncés.

— Pourquoi partir si tôt ? Tu as tout ton temps. Les cours ne commencent que dans une heure.

— L'atelier de théâtre auditionne avant les cours pour notre premier spectacle de l'année. Pas question que je sois en retard.

Elle filait déjà, mais Jacob l'intercepta.

— Holà ! Doucement. Une petite minute. Tu as rempli ces demandes d'inscription à l'université ?

Jo Beth leva les yeux au ciel et soupira.

— Pas encore.

De surprise, Maggie se figea, la fourchette à mi-chemin de sa bouche. Depuis son retour, elle s'était habituée aux bouderies et à la mauvaise humeur de sa sœur, mais jamais elle ne l'avait entendue répondre à leur père sur ce ton. Elle s'y attendait d'autant moins qu'il était malade et que tout le monde le ménageait.

— Ma chérie, je t'avais pourtant demandé expressément de poster ces formulaires aujourd'hui. Combien de fois t'ai-je répété que, pour avoir une place dans une bonne université, il fallait s'y prendre longtemps à l'avance ? Tu es déjà très en retard. Tu aurais dû le faire cet été.

L'adolescente prit une expression butée.

— Peu m'importe que je sois prise ou pas. De toute façon, je n'irai pas en fac. Dès que j'aurai mon bac cette année, je partirai à New York pour devenir comédienne.

— Jo Beth ! s'exclama Lily.

Nan haussa un sourcil, observant tour à tour son frère et sa jeune nièce avec le plus grand intérêt. Toute son attitude semblait dire : « Tiens, tiens, tiens… Voilà du nouveau. »

Dan prit la cafetière et se leva de la chaise où il venait de s'asseoir.

— Je vais voir Ida Lou pour qu'elle nous remplisse ça, déclara-t-il.

Excuse diplomatique pour s'éclipser discrètement afin de ne pas assister à la confrontation.

Maggie baissa prudemment le nez vers son assiette. Souffre-douleur de son père et constamment en butte à ses critiques, elle préférait ne pas s'attirer ses foudres en prenant le parti de sa sœur dans cette querelle.

— Il n'en est pas question ! rétorqua Jacob, courroucé. Ce sont des idées de gamine, des rêves ridicules ! Tu iras à l'université, tu étudieras la gestion des affaires et, quand tu auras ton diplôme, tu reviendras ici apprendre le fonctionnement de la conserverie en travaillant dans chaque service afin de pouvoir un jour diriger l'entreprise.

Maggie redressa la tête. Ainsi, il comptait confier à Jo Beth la place qu'elle-même convoitait depuis l'enfance. Une place pour laquelle elle avait travaillé d'arrache-pied pendant ses brillantes études ! Quelle injustice !

— Non ! Jamais ! Je ne connais rien aux affaires et ça ne m'intéresse pas. Je me fiche de la gestion !

— Jo Beth, ne parle pas à ton père sur ce ton, s'il te plaît. Tu lui fais de la peine.

— Excuse-moi, maman. Je ne veux faire de peine à personne, mais je ne sacrifierai pas mon rêve à votre bon plaisir. Si vous avez besoin de quelqu'un pour diriger la firme, demandez ça à Maggie. C'est le cerveau de la famille, elle est qualifiée et, en plus, elle aime ça alors que moi, je déteste.

— Jo Beth…

— Pas de Jo Beth qui tienne. Je deviendrai comédienne. Je ferai du théâtre, peut-être même du cinéma.

Je ne perdrai pas mon temps à l'université pour un stupide diplôme qui ne servira à rien.

Jacob frappa du poing contre le verre de la table, si fort que porcelaines et couverts en tremblèrent.

— Ça suffit maintenant ! Oublie ces inepties, je ne le permettrai pas.

— Tu n'auras pas le choix. Dans quelques semaines, j'aurai dix-huit ans, et dès que je serai majeure, je ferai ce que je voudrai. Tu ne pourras pas m'en empêcher !

Sur ces mots, elle tourna les talons et dévala les marches de la terrasse au pas de course, laissant derrière elle un silence sidéral. Maggie et les autres la regardèrent filer à travers le jardin encore humide de rosée et s'engouffrer dans le vaste garage. Quelques minutes plus tard, sa petite Mustang rouge vif en jaillissait et enfilait l'allée sur les chapeaux de roue dans une gerbe de gravier.

— Eh bien ! déclara finalement Nan, voilà qui est intéressant.

Maggie regarda discrètement en direction de son père. Il était pâle comme un linge, visiblement ébranlé.

— Je vais chercher Charley, murmura-t-elle en se levant de table.

Elle ne s'était pas éloignée de trois pas que Jacob lui lançait :

— C'est ta faute, tout cela.

Elle s'arrêta net, pivota sur elle-même.

— Pardon ?

— Jacob, je t'en prie ! Tu exagères, le réprimanda Nan.

Ignorant la remarque, il poursuivit :

— Jo Beth a toujours été une enfant sage et docile. Il a suffi que tu arrives pour qu'elle se monte la tête. Parce que tu es partie pour New York et que tu es devenue mannequin, elle s'imagine qu'en débarquant dans le premier théâtre venu, quelqu'un va faire d'elle une star.

Maggie rejeta la tête en arrière et éclata de rire.

— Je me demandais par quelle logique tu me mettrais la faute sur le dos.

En général, par habitude et par décence envers son père malade, elle ne réagissait pas à ses critiques, y répondait au pire par la dérision mais là, c'en était trop.

— Pour commencer, papa, je me permets de te rappeler que j'ai fait de bonnes études à l'université. Oh ! tu ne t'en souviens pas, bien sûr. Comment t'en souviendrais-tu puisque tu n'es pas venu à la remise des diplômes ? Seules tante Nan et maman y étaient, si ma mémoire est bonne !

— Il y avait un grav…

— Oui, je sais. Un grave problème à la conserverie. Que tu avais miraculeusement résolu le lendemain, dès notre retour. Il n'en reste pas moins, papa, que je suis allée à l'université. Et, si tu t'en souviens, ce n'est pas de mon plein gré ni même sur un coup de tête que je suis partie pour New York. Tu m'as flanquée dehors.

Et si j'accepte de payer pour mes fautes, je refuse de payer pour celles de Jo Beth. Je ne suis pas le bouc émissaire de la famille. Maintenant, si tu veux bien m'excuser, je vais chercher Charley. Tu m'as tout l'air d'avoir besoin de ses services.

Sur ce, elle pivota pour quitter la terrasse… et manqua heurter Dan qui se trouvait juste derrière elle. A l'expression de ses yeux, elle comprit qu'il avait tout entendu.

Tremblante de rage, impuissante, vexée, humiliée, elle fit un écart pour l'éviter et se précipita à l'intérieur, incapable pour une fois de trouver une parade, fût-ce l'ébauche d'un sourire.

Maggie passa le reste de la matinée dans sa chambre, à arpenter la pièce de long en large, à fulminer contre elle-même et se traiter de tous les noms. Comment avait-elle pu être assez sotte pour revenir dans sa famille ? Mais elle n'était pas dupe, consciente malgré tout d'attiser sa colère afin de décharger un trop-plein d'émotions sans sombrer dans les larmes.

Lorsqu'elle se fut calmée, elle s'occupa à de menues tâches, utiles ou futiles, lava à la main ses sous-vêtements fragiles, s'appliqua un masque sur le visage, peignit les ongles de ses mains et de ses orteils d'un insolent rouge vermillon.

Enfin, elle s'arma de courage et resta une heure au

téléphone avec son agent, à organiser une séance de prises de vues à New York.

Val insistait pour qu'elle vienne dans le courant de la semaine suivante, mais Maggie obtint de haute lutte qu'elle repousse le rendez-vous d'une quinzaine. Dieu merci, il s'agissait d'un travail en studio, ce qui serait moins long qu'un déplacement en extérieur dans un cadre exotique. Il lui faudrait toutefois s'absenter trois ou quatre jours.

Lorsqu'elle redescendit pour déjeuner, elle nota avec plaisir que Laurel était assise à table. Sa sœur rendait quotidiennement visite à Jacob mais ne s'attardait pas si Maggie se trouvait là.

— Bonjour, sœurette ! Ravie de te voir parmi nous.

Puis, ignorant la réponse glaciale, elle se pencha pour effleurer sa joue d'un baiser avant qu'elle se détourne.

— Où est papa ? s'enquit Laurel, les yeux rivés sur le siège vide du chef de famille.

— Il ne se sent pas très bien et déjeune dans sa chambre en compagnie de Charley. Aujourd'hui, nous sommes entre filles.

— Ah ! Eh bien… euh… dans ce cas, je… je vais filer. J'ai une foule de choses à régler. Je passais en coup de vent dire bonjour à papa avant de m'y atteler.

— Attends, Laurel, j'ai une idée. Cet après-midi, j'ai rendez-vous à Tyler avec le Dr Sanderson pour faire le point sur le traitement de papa. Pourquoi ne pas m'accompagner ? En partant tout de suite, nous pourrions déjeuner ensemble chez Mario, comme au bon vieux temps. Nous pourrions aussi faire un peu de shopping.

— Non… non, c'est impossible, je…

— Trêve de mauvaises excuses ! intervint Nan. Martin ne rentre pas avant samedi soir tard, et je suis certaine que tes tâches attendront jusqu'à demain. Et puis, tu dois manger. Alors, profite de l'occasion. Cela ne vous fera pas de mal de vous retrouver toutes les deux.

— Nan a raison, renchérit Lily. Tu es si occupée que tu n'as pas passé dix minutes avec ta sœur depuis son arrivée.

— Oui, mais…

— Allez, sœurette, viens ! Ce sera sympa, tu verras. Et puis, si tu m'accompagnes à Tyler, cela te permettra d'avoir l'opinion du Dr Sanderson sur le traitement expérimental que tu voulais faire essayer à papa l'autre jour.

Trois heures plus tard, Maggie regrettait d'avoir forcé la main de Laurel. Durant tout le trajet jusqu'à Tyler, celle-ci regardait obstinément par la vitre de la Viper, murée dans le silence, ne répondant aux questions qu'à contrecœur, et par monosyllabes.

Laurel n'était pourtant pas de nature rancunière, au contraire. Son attitude butée, ce mutisme si peu caractéristique cachait quelque chose, un trouble sans rapport avec cette vieille fâcherie qui remontait à sept ans. De plus, elle semblait nerveuse, inquiète, presque apeurée. Quels soucis la rongeaient ?

En chemin, Maggie tenta quelques manœuvres subtiles pour lui soutirer des confidences puis, n'obtenant rien, elle avait abordé le problème de front.

— Sœurette, je sais que tu me crois coupable, que tu m'en veux encore, mais ce n'est pas tout, avoue ! Il y a autre chose qui te tracasse.

— Non ! se récria Laurel en jetant à Maggie un regard horrifié. Il n'y a rien qui me tracasse, tu te fais des idées.

— Oh, Laurel, je t'en prie ! Nous étions si proches autrefois, toi et moi. Nous pouvions parler de tout, il n'y avait pas de secrets entre nous, pas de tabous, tu te souviens ? Cela me manque, sœurette. Cela me manque beaucoup. Et toi aussi, tu me manques. J'aimerais tant que nous nous expliquions une bonne fois et retrouver cette confiance d'antan.

La jeune femme parut plus paniquée encore.

— Il n'y a rien à expliquer, Maggie. N'insiste pas.

Le déjeuner fut tout aussi lugubre, et Laurel ne manifesta pas davantage d'enthousiasme durant le bref interlude du shopping. Exaspérée, Maggie avait renoncé à toute tentative pour la dérider et elles s'étaient rendues directement au cabinet des Drs Lockhart et Sanderson, avec quarante-cinq minutes d'avance sur l'heure du rendez-vous.

Le temps s'écoulait lentement. L'attente n'en finissait pas. Pour la centième fois, Maggie consulta sa montre, puis se remit à feuilleter un magazine écorné vieux de six mois, s'efforçant au mieux d'ignorer les regards admiratifs et curieux des réceptionnistes et des patients qui se trouvaient là. Elle n'était pas d'humeur à échanger des politesses avec des inconnus.

Un coup d'œil à Laurel, et elle serra les dents. Assise à l'autre bout de la pièce, aussi loin d'elle que possible, sa sœur lisait calmement un roman au format de poche qu'elle avait tiré de son sac. Maggie ne se faisait plus aucune illusion sur la perspective de renouer les liens fraternels d'autrefois.

Enfin, la porte du cabinet s'ouvrit sur une infirmière qui annonça :

— Mademoiselle Malone ? Le Dr Sanderson va vous recevoir.

Lorsque Maggie entra, le médecin se leva et lui tendit la main par-dessus son bureau.

— Mademoiselle Malone, quel plaisir de vous revoir ! Prenez donc…

Ses yeux s'illuminèrent soudain.

— Laurel ! J'ignorais que vous viendriez aussi. Quelle agréable surprise !

Relâchant précipitamment la main de Maggie, il contourna sa table à la hâte pour prendre les deux poignets de Laurel avec effusion.

— Je suis heureux que vous soyez ici. Comment allez-vous ?

— Bien. Je vous remercie, docteur.

Surprise par le ton timide de sa sœur, Maggie ne le fut pas moins de la voir rougir.

— Très bien, excellent. Mais appelez-moi Neil, je vous en conjure. Venez. Installons-nous plutôt là-bas, nous y serons plus à l'aise.

Et, sous le regard fasciné de Maggie, il guida Laurel avec sollicitude vers le coin salon du cabinet, puis s'assit près d'elle sur le canapé. Maggie suivit le mouvement et prit place en face d'eux sur une chaise, convaincue que le Dr Sanderson avait oublié jusqu'à son existence tant il n'avait d'yeux que pour Laurel.

Reprenant la main de sa sœur, il la tapota affectueusement et s'enquit avec empressement :

— Alors ? Dites-moi, comment se porte votre père ?

Maggie se cala contre le dossier de son siège, laissant à Laurel le soin de mener la conversation et n'intervenant que ponctuellement pour ajouter un commentaire ou poser une question. Sa sœur expliqua au médecin que Jacob n'était pas très en forme aujourd'hui, mais qu'en règle générale son état ne donnait pas d'inquiétude. Après quoi elle se lança avec animation dans des explications sur le traitement expérimental mis en œuvre à Houston et rapporta ce qu'elle avait appris des spécialistes qui dirigeaient l'étude.

Neil l'écouta sans l'interrompre, mais, lorsque Laurel en eut terminé, il soupira d'un air chagrin.

— Je suis navré de vous décevoir, Laurel, mais à mon avis — et je suis sûr que le Dr Lockhart vous le confirmera —, votre père ne gagnera rien à tenter l'expérience, son cancer est trop avancé.

Les yeux emplis de larmes, Laurel leva vers lui un regard suppliant en agitant la tête.

— Non, non, ce n'est pas possible ! Il doit y avoir un remède, quelque chose à tenter…

— Oh ! ma pauvre Laurel. Je suis vraiment désolé. Je donnerais n'importe quoi pour sauver votre père. Hélas, ce n'est pas en mon pouvoir, murmura-t-il.

Puis, d'un geste aussi naturel qu'inconscient, il prit dans ses mains le visage pâle et défait de Laurel, et essuya du pouce une larme sur sa joue. Il mit dans son geste tellement de tendresse que Maggie en resta médusée.

« Ça alors ! songea-t-elle, il est fou amoureux ! »

Elle dévisageait le couple avec stupéfaction, totalement exclue de leur bulle d'intimité où la joie d'être ensemble se mêlait au désespoir.

Neil Sanderson était l'homme idéal pour sa sœur — intelligent et doux, tendre et attentionné, exactement le genre de compagnon qu'elle lui aurait choisi. Et, mieux encore, ses yeux enamourés, ses gestes, le ton de sa voix, tout en lui témoignait de son adoration pour Laurel. D'ailleurs, à en juger par les pudiques rougissements de cette dernière, l'attirance était mutuelle.

Une seule ombre cependant à ce tableau idyllique : Laurel était mariée à Martin. Et, ce qui ne simplifiait rien, si sa sœur possédait une foule de qualités, sa loyauté indéfectible primait toutes les autres.

10

Après cette visite au Dr Sanderson, Maggie se rendit comme chaque soir dans le bureau de son père. Mais elle ne parvenait pas à se concentrer sur sa tâche, relevait le nez de ses livres de comptes toutes les cinq minutes et regardait dans le vide en pensant à sa sœur et au séduisant jeune médecin.

Laurel connaissait-elle les sentiments du Dr Sanderson à son égard ? Probablement ! Il fallait véritablement être aveugle pour ne pas s'en apercevoir…

Tout en réfléchissant, Maggie tapotait distraitement le bout de son crayon contre ses lèvres. Certes, certes… mais étant donné la naïveté de Laurel, le doute était permis.

Ils étaient faits l'un pour l'autre, l'image même du couple idéal. Seule ombre au tableau, l'existence de Martin qui venait tout gâcher.

Et Martin n'allait pas disparaître du jour au lendemain, hélas. Malgré la haine et le mépris qu'elle éprouvait pour le personnage, Maggie n'y changerait rien, et elle ne pouvait en aucun cas se permettre d'intervenir entre eux. D'ailleurs, toute tentative en ce sens était vouée à l'échec puisque sa sœur tenait à ce que ce mariage dure à n'importe quel prix.

Agacée, elle jeta son crayon sur la table et se leva de son siège. Inutile de s'attarder devant des comptes qu'elle ne regardait pas, distraite qu'elle était par le triste sort et les amours contrariées de Laurel.

Elle remit rapidement de l'ordre dans le bureau, rangea livres et classeurs à leur place, puis quitta les lieux en prenant soin de verrouiller la porte.

Laissant derrière elle les veilleuses de la conserverie, elle tira sa mince lampe de poche et l'alluma avant de s'enfoncer dans le verger plongé dans le noir. Une centaine de mètres plus loin, elle s'en voulut de n'avoir pas changé la pile. Le maigre faisceau lumineux éclairait à peine. Quelques pas encore, et la lumière se mit à clignoter dangereusement, puis s'éteignit soudain.

Maggie jura entre ses dents. Il ne manquait plus que cela !

Elle s'arrêta, attendit que ses yeux s'accoutument à l'obscurité, et reprit sa marche en direction de la maison. Elle avait beau connaître le terrain comme sa poche, ces ténèbres avaient quelque chose d'inquiétant. En principe, il lui suffisait de continuer en droite ligne entre ces mêmes deux rangées de pêchers pour arriver à la grille du jardin. Mais comment faire cependant alors qu'elle ne distinguait plus les troncs et qu'elle ne voyait pas à trois pas ? Elle risquait de se perdre à tout instant. De plus, les basses branches s'accrochaient à ses cheveux et lui fouettaient le visage. Elle n'en poursuivit pas moins sa marche en avant.

Parvenue au cœur du verger, il lui sembla entendre du bruit derrière elle. Nouvel arrêt. Elle tendit l'oreille. Rien. Rien que le léger froissement des feuilles sous la brise et le chant des grillons.

« Du calme, Maggie, du calme ! marmonna-t-elle pour se donner du courage. Remets-toi, tu n'es pas à New York, mais à Ruby Falls. »

Quelques mètres encore, et le bruit se fit de nouveau entendre — un crissement sans rapport aucun avec le vent. Elle s'arrêta une fois encore, et le bruit cessa aussitôt. Son cœur emballé battait à se rompre tandis qu'elle scrutait l'obscurité par-dessus son épaule.

— Il y a quelqu'un ?

Silence.

Dès qu'elle reprit sa marche, le bruit reprit aussi. Bruit de pas, de brindilles qui craquent sous le pied. Quelqu'un la suivait. Quelqu'un qui ne se souciait plus de cacher sa présence. Ce qui l'effraya davantage.

Elle marqua une nouvelle pause, pivota sur elle-même. Le bruit avait encore cessé.

— Zut à la fin ! Je sais que vous êtes là. Qui êtes-vous ? Que me voulez-vous ?

Rien. Pas de réponse. Les grillons eux-mêmes s'étaient tus.

Elle frissonna, anxieuse, se remit en route et pressa l'allure. Son mystérieux poursuivant fit de même. Elle accéléra encore. Lui aussi. Plus vite, toujours plus vite. Et il l'imitait, se calait sur son rythme.

Dans son dos, un rire bas, sinistre, monta dans les ténèbres. Un rire qui lui donna la chair de poule.

Après des centaines d'heures de self-defence, elle s'était crue capable d'affronter n'importe quel danger, mais il y avait dans ce rire quelque chose de si veule et malfaisant qu'elle perdit toute contenance et se mit à courir. Le souffle lui manquait, la peur lui nouait le ventre, et son cœur affolé cognait contre ses côtes, tam-tam frénétique dont l'écho résonnait à ses oreilles.

Derrière elle, le rire retentit de nouveau.

Cédant à la panique, Maggie fonça, tête baissée, droit devant elle. Dans sa fuite éperdue à travers la nuit noire, elle se débattait pêle-mêle parmi les branches qui lui barraient le passage, butait contre des racines, se cognait contre les troncs. A chaque foulée, des plaintes et des râles s'échappaient de sa gorge irritée. La terreur aidant, elle avait perdu le sens de l'orientation, filait à l'aveuglette sans se demander où, cherchant à échapper à l'horreur qui la talonnait… et qui se rapprochait.

Haletante, la poitrine en feu, elle ne put résister à l'envie de jeter un regard par-dessus son épaule et aperçut la silhouette d'un homme courant à sa poursuite. Il éclata de rire, tendit la main pour l'agripper, et le cri de Maggie déchira la nuit.

Sous le porche en terrasse de sa modeste chaumière, Dan regardait les nuages effilochés filer dans le ciel nocturne. A en croire la météo, une dépression porteuse de pluie arriverait dans l'après-midi du lendemain. Il lui faudrait bousculer les cueilleurs pour qu'ils achèvent de récolter les fruits du verger d'Anderson Road avant le déluge annoncé.

Brusquement, il dressa l'oreille. Des bruits provenant du verger retinrent son attention — râles plaintifs, gémissements, craquements de branches malmenées. Hm. Il y avait là quelqu'un ou quelque chose et, à en juger par ce qu'il entendait, on saccageait les fruitiers.

Pas question de laisser faire.

Il descendit les marches du perron et partit d'un bon pas à travers la clairière. Il n'avait pas encore atteint les arbres qu'un grand cri retentit, qui lui fit froid dans le dos.

Surpris, Dan s'arrêta. C'est alors qu'un deuxième hurlement à glacer le sang résonna dans la nuit, suivi d'un autre plus aigu encore.

— Dieu du ciel !

Dan partit au pas de course en direction de la voix. Quelques secondes plus tard, Maggie jaillissait comme une flèche de dessous les arbres. Même par nuit noire, il était impossible de ne pas reconnaître sa superbe crinière flamboyante.

Jetant des regards affolés par-dessus son épaule, elle courait à toutes jambes, s'égosillant à chaque foulée, comme si les meutes de l'enfer étaient à ses trousses.

Dan lui coupa la route, et elle vint cogner sa poitrine. Le choc interrompit momentanément ses hurlements. Mais ils reprirent bientôt, plus aigus, plus frénétiques que jamais, si rapprochés qu'ils se fondaient en une sorte de hululement digne des pires furies.

— Eh bien, que se passe-t-il… ? grommela Dan.

Il l'enveloppa de ses bras pour l'immobiliser, la maintenir fermement contre son torse. Mais elle se débattait, hurlant toujours et se tordant comme un ver pour se libérer.

— Doucement, Maggie, bon sang ! Tenez-vous un peu tranquille. C'est moi, Dan. Qu'est-ce qui vous arrive ? Arrêtez de gigoter et dites-moi ce qui se passe. Vous êtes en sécurité à présent. Allons, calmez-vous…

Dans sa terreur, elle demeura d'abord sourde à ses paroles, mais il les répéta inlassablement, jusqu'à ce que les cris cessent. Enfin, elle se tut, se figea contre lui, le souffle court, bruyant.

— Da… Dan !

— Oui, c'est moi. Vous êtes en sûreté à présent. Je vous tiens, n'ayez pas peur.

Aussi impossible que cela paraisse, elle se pressa plus fort contre son corps, comme si elle cherchait à y entrer pour y disparaître. Elle agrippait si fort le tissu de sa chemise que deux boutons cédèrent.

— Oh, Dan… Dan !… haleta-t-elle. Dieu merci… vous êtes là.

Et elle se mit à trembler.

— Doucement… Doucement, murmura-t-il en lui

caressant le dos pour la réconforter. Calmez-vous et racontez-moi ce qui ne va pas.

— Il… Il y a… quelqu'un… Là-bas. Il… Il m'a suivie de… depuis le bu-bureau… et pour… pour… pourchassée… à travers le verger.

— Qu'est-ce que vous dites ?

Dan se raidit, regarda aussitôt en direction des arbres.

— Ne bougez pas, je vais voir.

Il la prit aux épaules pour l'éloigner de lui, mais elle s'agrippa de toutes ses forces en gémissant :

— Non ! Non, je vous en prie… ne m'abandonnez pas. Il est toujours là, j'en suis sûre !

— Maggie…

— Non ! Je vous en supplie.

Frustré, Dan jeta un nouveau regard au verger. Il hésita encore quelques instants, puis il soupira, et enveloppa Maggie de son étreinte.

Elle tremblait si fort à présent qu'elle tenait à peine debout. Visiblement, elle était en état de choc.

— Venez, dit-il. Rentrons au chaud.

Il tenta une fois encore de l'écarter de lui, mais Maggie ne semblait pas en état de marcher… et elle se cramponnait toujours à sa chemise. En fin de compte, il la souleva de terre pour la porter chez lui.

Dans le salon de la petite chaumière victorienne, il la déposa sur le canapé. Elle avait le visage et les bras affreusement griffés, mais Dan s'inquiétait davantage encore de ses tremblements irrépressibles. Arrachant la couverture de mohair du dossier, il en recouvrit Maggie. Mais lorsqu'il entreprit de se redresser, elle lui saisit le bras.

— Où… Où allez-vous ?

— Tout doux, tout doux. J'allais vous chercher du cognac. Cela vous calmera et vous réchauffera.

— Non ! Ne me laissez pas seule ! s'écria-t-elle, hystérique.

Elle le serrait si fort que ses ongles s'enfonçaient dans sa chair.

Dan plongea dans ses yeux d'émeraude emplis de terreur, et quelque chose en lui céda. Pour la première fois depuis qu'il la connaissait, elle avait perdu son éclat, son allure, perdu sa verve et son impertinence, la séduction parfois exaspérante de son énergie rebelle.

Et il s'étonna de constater que tout cela lui manquait, que ce manque le rendait furieux.

Il ne croyait pas vraiment à cette histoire de poursuivant, mais quelque chose dans le verger lui avait flanqué une frousse bleue. Et Maggie ne lui semblait pas femme à avoir peur de son ombre. Quelle que puisse être la chose, elle avait réduit cette femme d'acier trempé en une pauvre boule de frayeur tremblotante.

S'agenouillant près d'elle, il remonta la couverture sous son menton et la borda tout autour d'elle. Il dégagea ses cheveux, les lissa, en ôta quelques feuilles et brindilles, puis il posa la main sur son bras recouvert, le pressa avec chaleur et plongea de nouveau dans ses prunelles.

— Maggie, écoutez-moi. Vous êtes en sécurité ici. J'ai verrouillé la porte derrière nous, et je vous promets que personne ne peut entrer. Maintenant, je vais aller dans la cuisine vous chercher ce cognac. Je serai de retour dans moins d'une minute. D'accord ?

La peur hantait toujours le regard de Maggie et son souffle s'échappait par spasmes de ses lèvres entrouvertes. Mais, à présent, elle luttait pour reprendre le contrôle de ses nerfs. Oh ! elle n'était pas loin des larmes, mais elle se battait pour les retenir.

Elle ne pleurerait pas, songea Dan. Pas si elle pouvait l'éviter. Pas une rebelle de son espèce. Lorsqu'il l'avait trouvée, secouée par les sanglots près de la chambre de son père à l'hôpital, il avait compris que Maggie n'aimait pas se laisser emporter par ses émotions, surtout devant des tiers. Non. Elle préférait les boutades, la dérision, feindre l'indifférence.

Elle jeta un coup d'œil à la fenêtre et frissonna convulsivement. Les rideaux de dentelle dont Lily avait habillé la chaumière n'offraient qu'une piètre protection contre les regards indiscrets. Or Dan n'avait pas éprouvé le besoin de les doubler de tentures dans cette clairière entourée par des hectares d'arbres fruitiers.

Enfin, elle hocha la tête, se décida à répondre :

— Allez-y, je… je me sens mieux.

Elle n'avait pourtant pas l'air bien vaillante, et Dan se demandait si elle ne ferait pas mieux de pleurer une bonne fois pour évacuer le trop-plein.

Il la quitta juste le temps de lui servir un remontant

et de trouver sa trousse de soins. A son retour, elle prit le verre à deux mains et but le cognac avec tant d'empressement qu'il dut la mettre en garde contre sa hâte excessive. Assis près d'elle sur le canapé, il l'observait attentivement, étudiait l'évolution de ses symptômes. Peu à peu, l'alcool fit son effet. Ses tremblements se calmèrent, et son orgueil reprit progressivement le dessus.

Pensive, elle fixait le reste de liquide ambré dans son verre, puis elle releva la tête et lui adressa un pauvre sourire.

— Ne vous inquiétez pas. Je suis remise à présent. Je ne vais pas sombrer dans l'hystérie, ni m'évanouir !...

— Eh bien, tant mieux, vous me rassurez. Je vais pouvoir m'occuper de vos blessures. Vous êtes toute griffée.

— Griffée ?

Elle baissa les yeux sur ses bras zébrés de marques rouges, de fins bourrelets enflés. Du bout des doigts, elle explora ses joues et gémit :

— Oh, mon Dieu ! Val me tuera si j'arrive dans cet état ! J'ai une séance photo prévue dans une quinzaine.

— Quoi ? Vous envisagez déjà de partir ?

— Juste trois ou quatre jours, mais je reviendrai.

Comme il la dévisageait d'un air sévère, réprobateur, elle agita la tête avec un soupir agacé.

— Je ne fuis pas mes responsabilités ici, je vous le promets. Mais j'ai des engagements professionnels à tenir, des contrats exclusifs que je dois honorer sous peine de procès.

— Certes, concéda-t-il avec un haussement d'épaules. Je n'y avais pas pensé.

Dan fut surpris de se sentir profondément soulagé à l'idée qu'elle reviendrait. Il n'en éprouva pas moins de l'irritation.

Il choisit de se concentrer sur sa tâche, imprégna de désinfectant une boule de coton, lui releva le menton de sa main libre, et l'examina.

— A votre place, je ne m'inquiéterais pas trop. Ces griffures sont superficielles et auront disparu d'ici à votre départ. Vous voulez me raconter ce qui vous est arrivé ?

Il commença à appliquer le désinfectant et la sentit se raidir. Maggie eut un léger mouvement de recul et grimaça, puis elle se laissa faire sans broncher.

— J'avais parcouru une centaine de mètres sous les arbres quand j'ai entendu quelque chose derrière moi, commença-t-elle.

Et, tandis qu'il nettoyait ses blessures, puis les enduisait d'une crème antiseptique, elle lui raconta sa mésaventure.

— Vous êtes certaine que c'était un homme ? s'enquit-il en rebouchant le tube.

Elle ne répondit pas immédiatement, attendit patiemment qu'il range son nécessaire et referme la trousse. Lorsqu'il releva les yeux, elle le fixait d'un air résigné.

— Vous ne me croyez pas, hein ? Vous êtes convaincu que j'ai inventé cette histoire, que je ne suis qu'une sotte qui a peur dans le noir ?

— Je n'ai jamais dit cela.

— Inutile de le dire, mon chou. Vous le pensez si fort que cela s'entend.

— Maggie, je…

— Laissez tomber. Cela m'est égal…

Du moins, l'impertinence était-elle de retour. Elle avait retrouvé sa superbe, et il s'en réjouissait. Mais elle aurait beau protester du contraire, elle était bel et bien vexée, cela sautait aux yeux.

Elle rejeta la couverture, se leva, chancela quelques instants, puis elle se dirigea vers la porte d'une démarche qui se voulait légère et nonchalante sans y parvenir tout à fait.

— Merci pour la gnôle et les soins. Et, bien sûr, pour avoir effrayé le croquemitaine.

Puis, lui coulant un regard par-dessus son épaule, elle battit des cils et ajouta :

— Mon héros.

En deux enjambées, Dan la rattrapa et l'arrêta.

— Pas si vite, Rouquine. Où allez-vous comme ça ?

— Je rentre. J'ai suffisamment abusé de votre temps.

— Ne soyez pas ridicule, vous tenez à peine debout.

— Balivernes ! Je vous répète que je suis remise.

— Très bien. Rentrez si vous y tenez, mais je vous raccompagne en voiture.

— Inutile. Je suis parfaitement capable de marcher.

— Mais enfin, bon sang, cela ne vous effleure donc pas que s'il y a un homme dans le verger, il est peut-être encore dehors à vous attendre ?

Dan regretta ces paroles, sitôt qu'il les eut prononcées. Figée sur place, Maggie devint blême. Son menton se mit à trembler, et les larmes qu'elle aurait dû verser tout à l'heure débordèrent de ses yeux pour se répandre sur ses joues.

— Allons bon. Venez ici, Rouquine.

Il l'attira à lui, l'enveloppa de ses bras. Elle résistait, mais Dan ne la laissa pas s'échapper, si bien qu'après un temps, elle cessa de lutter pour s'effondrer sur sa poitrine.

Cette petite concession libéra le flot d'émotions contenues et, blottie contre lui, elle céda enfin sous la pression.

Secouée par des sanglots violents et comme venus du fond de son être, elle hoquetait, presque à en étouffer, au point que Dan en souffrait pour elle. En quelques minutes, ses larmes abondantes avaient déjà trempé le devant de la chemise de Dan. Impuissant à la consoler, celui-ci la maintenait contre lui, la berçait en attendant que la crise passe.

Elle pleura si longtemps, si convulsivement qu'il craignit qu'elle se rende malade. Un instinct lui disait que ce débordement n'était pas seulement dû à sa frayeur récente.

Le menton posé sur le haut de son crâne, il continua de la bercer tout en lui caressant doucement le dos. Peu à peu, les sanglots se muèrent en reniflements, puis en longs soupirs saccadés.

Comme vidée d'énergie, elle restait là, blottie contre son large torse. Trop épuisée pour bouger ? Trop gênée et honteuse de s'être ainsi découverte ? Peu importait à Dan. D'ordinaire, les pleurs des femmes l'irritaient, mais, curieusement, avec Maggie, tout était différent, et il prenait plaisir à la serrer entre ses bras, à la réconforter. Il n'était pas pressé de lui rendre sa liberté. Et tant pis si sa chemise mouillée lui collait à la peau.

Après de longues minutes, il la sentit remuer. Il lui prit le menton, lui releva la tête pour qu'elle le regarde.

— Alors ? Ça va mieux à présent ? demanda-t-il.

Maggie s'empourpra et fronça le nez.

— Désolée. Je ne sais pas ce qui m'a pris. D'habitude, je ne craque pas comme ça.

— Il n'y a pas de mal. Vous avez eu très peur. C'est une réaction parfaitement normale.

Leurs deux corps se touchaient du genou à la poitrine, mais ni l'un ni l'autre ne cherchait à rompre ce contact, comme si un enchantement les tenait enlacés. Elle était si douce et si tiède dans son étreinte, si parfaitement adaptée à sa taille qu'elle semblait faite pour lui.

Lentement, attentivement, Dan détailla son visage. Elle avait les yeux gonflés, le bout du nez rougi et, cependant, les ravages laissés par ses larmes et les griffures encore luisantes de crème grasse ne parvenaient pas à entamer sa beauté.

Un subtil changement s'opéra en elle. Il détecta comme une légère tension, une sorte de vibration à peine perceptible. Mais elle demeurait là, immobile.

Il plongea dans ses prunelles d'émeraude, puis son regard descendit jusqu'à sa bouche pour se repaître de ces lèvres pleines, pulpeuses, aux courbes délicates, sensuelles jusqu'à l'exquis.

La terre se serait ouverte sous ses pieds qu'il n'aurait pu s'empêcher de l'embrasser. Attiré comme un papillon vers la flamme, les yeux rivés sur cette bouche frémissante, il se pencha lentement, et la rapide inspiration de Maggie juste avant que leurs lèvres ne se joignent déchaîna en lui un désir brûlant.

Il lui fallut se contenir pour que son baiser reste tendre tant il craignait de l'effaroucher et de briser le charme qui la retenait captive — voluptueux contact des peaux sensibles, échange de souffle, brève rencontre des langues. Légère, la caresse n'en était pas moins électrique. Au point que Dan crut défaillir de plaisir. Le désir vibrait en lui, irrésistible comme un chant de sirène. Son cœur s'emballait. Chaque fibre de son corps lui criait de l'étendre sur le tapis et de la prendre là, de plonger en elle pour apaiser enfin sa fièvre.

Atterré par la violence de ses pulsions, Dan se détacha d'elle et rompit le baiser.

Désorientée, Maggie demeura immobile, passive

entre ses bras, tête renversée en arrière, paupières closes, lèvres offertes, si tentante qu'il eut peine à ne pas l'embrasser de nouveau.

Lentement, les yeux de Maggie se rouvrirent. Le souffle court, ils se regardèrent en silence.

Enfin, Dan se décida, la prit par les épaules pour la stabiliser et recula d'un pas.

— Venez. Je vous raccompagne.

Aux premières lueurs de l'aube, un calme parfait régnait sur la campagne. On n'entendait que les gouttes de rosée qui tombaient des pêchers et le bourdonnement de quelques abeilles matinales. Dan avançait précautionneusement entre les rangées d'arbres, examinant le sol. A une quinzaine de mètres de la clairière, il découvrit ce qu'il cherchait et s'agenouilla pour y regarder de plus près.

Désherbées la veille, puis passées à la herse, les allées de terre brune étaient comme vierges. Mais là, il y avait des empreintes de pas, celles de Maggie, petites, et celles d'un homme, beaucoup plus grandes.

Dan les suivit des yeux. Sur sa droite, elles continuaient aussi loin que portait sa vue en direction de la conserverie.

— Il faut croire que tu disais vrai, Rouquine, murmura-t-il. Un sagouin te suivait… ou bien j'ai la berlue.

Sur sa gauche, les empreintes de Maggie zigzaguaient bizarrement, jusqu'au point où le verger ouvrait sur la clairière entourant sa chaumière. Celles de l'homme s'arrêtaient, bifurquaient à quelques pas seulement de l'endroit où Dan se tenait.

Il se releva et les suivit. Elles le menèrent deux rangées plus loin, auprès d'un arbre en bordure de la clairière. Près du tronc, la terre était tassée par le piétinement de l'homme. Dan lâcha un juron : l'homme les avait observés, Maggie et lui, où moment où ils s'étaient trouvés à découvert.

Du moins n'avait-il pas eu le culot de venir jusqu'à la maison pour les épier, songea Dan en regardant les traces qui s'éloignaient vers l'ouest.

Il les suivit de nouveau mais, comme il s'y attendait, elles s'arrêtaient non loin de marques de pneus le long de la route de gravier qui longeait les vergers.

Poings sur les hanches, plissant les yeux sous son chapeau de paille, il scruta le lointain dans la direction qu'avait prise la voiture.

— Qui es-tu, salopard ? Qu'est-ce que tu fichais là et quel jeu joues-tu ?

11

Avec un soupir las, Maggie jeta son crayon sur la table, se cala contre le dossier de son siège et se massa le visage. Plus elle étudiait les archives récentes, plus elle s'inquiétait. Et plus la situation lui paraissait étrange.

Elle ne parvenait pas à localiser la cause exacte des pertes de la firme, mais il lui semblait qu'une foule d'incidents s'étaient produits à tous les échelons, des vergers à l'usine de conserves, et jusqu'aux camions de transport.

Les responsables des services concernés les avaient dûment consignés dans des rapports, mais apparemment personne n'avait encore opéré de synthèse.

Après avoir passé des heures à éplucher dossiers, mémorandums, commandes, factures, tests de laboratoires, bordereaux d'expédition et autres documents, Maggie avait établi une liste chronologique des négligences, impairs et autres erreurs parfois inexplicables.

Au cours de cette dernière année, il y avait eu des pannes matérielles répétées, d'importantes quantités de sucre et autres ingrédients vitaux n'étaient pas arrivées à l'usine, des commandes de clients s'étaient perdues en route, d'autres étaient livrées à la mauvaise adresse. Il y avait eu les lots endommagés ou incomplets, les réparations coûteuses et les pneus défectueux sur le parc de camions. Sans compter les dysfonctionnements inexplicables du système d'irrigation qui noyait des portions entières du verger tandis que d'autres se trouvaient à sec.

Pire encore, et potentiellement plus dommageable, un nombre étonnamment élevé de lots de conserves s'étaient révélés contaminés à l'analyse, parfois par des bactéries dangereuses, chose qui ne s'était encore jamais produite.

La marque maison, Mother Malone, maintenait depuis plus de quatre-vingts ans des normes d'hygiène et de sécurité exemplaires sur lesquelles l'entreprise fondait sa réputation. Fort heureusement, grâce aux tests rigoureux et systématiques, les produits contaminés n'avaient pas quitté l'usine. Car leur mise en rayon dans les magasins aurait eu des résultats désastreux.

En admettant même que personne ne soit intoxiqué, le seul fait de rappeler ces lots pour les retirer de la vente relevait du cauchemar commercial, et l'image de la firme en aurait été durablement ternie.

En l'état, la destruction de ces produits se soldait par un manque à gagner et des pertes considérables : des centaines d'heures de main-d'œuvre payées pour rien, des tonnes de fruits et légumes, de sucre et de sel, des milliers de bocaux ou de boîtes partis en fumée. D'importants coûts de production non rentabilisés…

Pris individuellement, chacun de ces incidents ne pesait pas bien lourd dans la balance des pertes et profits, mais leur accumulation creusait un trou gigantesque dans le budget de l'entreprise et dévorait ses bénéfices.

En apparence, cette série de catastrophes semblait être le fruit d'un hasard malheureux. Mais l'était-elle vraiment ? Maggie ne pouvait s'empêcher de se demander s'il ne s'agissait pas d'actes de malfaisance concertés.

Bien que tirée par les cheveux, la thèse du sabotage était cependant plausible. Qui avait intérêt à ce que la firme coule ? Un nom venait aussitôt à l'esprit de Maggie : Martin ! Ce même Martin qui voulait mordicus que son père vende son entreprise et qui le harcelait pour qu'il prenne les mesures nécessaires au plus vite.

Elle fronça les sourcils. Restait à comprendre pourquoi. Acculés à la faillite, ils ne seraient pas en position de force pour négocier et seraient contraints de vendre au prix le plus bas. Martin devait bien savoir que, sur le long terme, il avait tout à gagner si l'entreprise restait saine et entre les mains de la famille.

Sans doute ne voyait-il pas si loin et visait-il un profit immédiat ? Avait-il des dettes à l'insu de tous ? Buvait-il ? Jouait-il ? Peut-être souhaitait-il cesser de travailler et vivre de ses rentes. Encore qu'il ne se tuait pas spécialement à la tâche…

Maggie se mordit la lèvre et murmura :

« Ma parole, ma vieille, tu deviens parano dès qu'il s'agit de ce salaud, et tu cherches un moyen de lui faire porter le chapeau ! »

Après mûre réflexion, elle s'avisa que d'autres pourraient bien avoir ourdi ce complot, si complot il y avait.

Les Toliver vouaient une haine féroce aux Malone depuis des générations. Ils possédaient une entreprise de grains et aliments pour le bétail, ainsi qu'un grand élevage bovin. De plus, ils avaient des parts dans une usine de pâte à papier locale et dans une banque. Ce qui ne les empêchait pas de convoiter Malone Enterprises et de se montrer ouvertement hostiles à la famille de Maggie.

Il était également possible qu'un ancien employé licencié cherche à se venger d'eux. Au fil des années, le personnel changeait peu. Honnêtes et travailleurs en règle générale, les habitants de la petite communauté étaient contents d'avoir un emploi stable à proximité de chez eux et faisaient tout pour le garder. Il y avait cependant quelques mauvaises têtes à la rancune tenace dont on avait dû se débarrasser pour une raison ou une autre.

Lorsqu'un employé des Malone se trouvait en difficulté, son père lui venait en aide. Il avait même généreusement payé de sa poche les dettes de certains, mais il ne tolérait ni vol, ni fourberie, ni malhonnêteté d'aucune sorte.

Il était également possible que Bountiful Foods

intrigue pour les forcer à vendre. Auquel cas, ils avaient sans doute soudoyé un de leurs employés pour faire le sale boulot. Mais qui ?

Dernière hypothèse — à laquelle Maggie se refusait à croire —, Jo Beth pouvait avoir causé tout ou partie des dégâts.

Comme Laurel et elle-même, sa jeune sœur avait, depuis l'enfance, libre accès à l'usine aussi bien qu'aux vergers. Comme elles, naturellement, elle avait acquis des connaissances sur le fonctionnement de la conserverie par ce contact quotidien.

En conséquence, il lui était facile d'opérer quelques sabotages. De plus, elle ne voulait pour rien au monde des responsabilités dont Jacob comptait la charger.

Pour se libérer de ce joug, irait-elle jusqu'à mettre en faillite la firme familiale ? Détruire leur héritage et leur source de revenus ? L'idée lui en serait-elle seulement venue ?

Non. Bien sûr que non. Ce n'était qu'une gamine.

Seulement, les jeunes se comportent parfois de manière impulsive, irrationnelle, et commettent des folies. De plus sa petite sœur était futée, créative...

« Maggie, arrête, je t'en prie ! » se réprimanda-t-elle à mi-voix.

Ecœurée par ses propres pensées, elle bondit de son siège pour arpenter la pièce de long en large. Parvenue devant la grande vitre, un mouvement en bas, dans une zone éclairée de l'usine, retint son attention.

Son sang ne fit qu'un tour. D'instinct, elle s'écarta de

la vitre, battit en retraite à reculons jusqu'à atteindre le mur et le portrait de son aïeule.

Là, elle se tint immobile, s'efforça de calmer les battements précipités de son cœur en respirant lentement. Quelle sotte elle faisait ! Dieu que c'était lassant de sursauter ainsi au moindre bruit, d'avoir peur de son ombre ! Mais depuis l'incident du verger trois nuits plus tôt, elle ne pouvait s'en empêcher.

Rassemblant son courage, elle s'avança de nouveau vers la vitre et jeta un coup d'œil en bas. Son regard s'arrêta sur la flaque de lumière où un homme était penché sur une machine. Soudain, il se redressa. Maggie laissa échapper son souffle qu'elle retenait sans le savoir. Dan.

Son soulagement ne dura pas. Il se mua bientôt en malaise. Elle ne lui avait pas reparlé depuis qu'il l'avait reconduite chez elle le soir de l'incident. Ni l'un ni l'autre n'avaient ouvert la bouche pendant le bref trajet en voiture et, sitôt qu'il avait arrêté le pick-up, elle avait marmonné un rapide bonsoir et filé comme une voleuse.

Maggie soupira, incapable de décider si ce qui la gênait le plus était ce baiser brûlant, ou le fait qu'il l'avait vue pleurer. A deux reprises.

De sorte qu'elle l'évitait. Une attitude ridicule et lâche contre laquelle son amour-propre se rebellait. Maggie Malone ne fuyait devant rien ni personne.

Tandis qu'elle l'observait, elle prit soudain conscience que Dan avait accès à la totalité de l'usine, des vergers, des hangars. Il pouvait aisément introduire des agents contaminant dans les cuves de cuisson, détraquer les machines, modifier les bordereaux d'expédition. Bref, causer n'importe lequel des incidents qu'elle avait relevés.

A ceci près qu'il n'avait aucune raison valable de ruiner les Malone, bien au contraire. Si Bountiful Foods rachetait l'entreprise, il était même probable qu'il perdrait son emploi.

Sans quitter Dan des yeux, elle se mordit la lèvre, pensive. Puis elle résolut de passer à l'action.

« Mag, ma chérie, un peu de courage ! Il est temps d'affronter ce bonhomme et d'en avoir le cœur net. »

Prenant son bloc-notes au passage, elle sortit du bureau par la porte arrière qui donnait sur un escalier clos. En bas, elle poussa le lourd battant blindé et pénétra dans l'usine.

Dans le vaste espace désert et silencieux, ses pas résonnaient comme dans une cathédrale, alertant Dan de sa présence. Lorsqu'elle arriva près de lui, il s'essuyait les mains sur un chiffon orange en la regardant venir.

Elle avait l'habitude que les gens la dévisagent comme une bête curieuse, c'était lié à sa profession, à sa notoriété. Mais les prunelles gris argent de Dan avaient le don de la déstabiliser. Et l'épisode de l'autre soir n'avait rien arrangé.

Pour compenser et déguiser son trouble, elle le regarda droit dans les yeux, tête haute, lui adressa un sourire torride et accentua un brin le balancement de ses hanches.

Elle était tellement concentrée à soutenir le défi silencieux de ses yeux qu'elle ne remarqua son torse nu qu'en arrivant à sa hauteur.

Le souffle lui manqua. Mon Dieu ! songea-t-elle, troublée. S'il était séduisant tout habillé, sans sa chemise, il était superbe. Elle n'osait pas même l'imaginer entièrement dévêtu.

Elle resta là, stupéfaite, à le regarder fixement, incapable de prononcer la moindre parole.

— Je peux faire quelque chose pour vous, Rouquine ? demanda-t-il finalement.

— Je… euh…, hésita Maggie.

Elle s'obligea à détacher son regard de son torse nu, remonta jusqu'à ses larges épaules, ses biceps d'athlète… « Il est temps de se ressaisir », pensa-t-elle en avalant sa salive.

— Je… J'aimerais discuter avec vous des problèmes rencontrés par Malone Enterprises.

Quelle idiote elle faisait ! Sa voix était trop grave, enrouée et légèrement tremblante. Ce n'était pas là le ton ferme et détaché qu'elle espérait. Agacée, elle toussota, jeta un regard alentour et reprit :

— Que faites-vous ici à cette heure tardive ?

Cette fois, elle était plus dure que prévu. Décidément, rien n'allait plus.

— Je pourrais vous retourner la question… Mais

rassurez-moi. Vous n'êtes pas venue à pied, j'espère ?

Malgré son teint de rousse et sa peau laiteuse, Maggie rougissait rarement. Hélas, cette référence oblique au soir de l'incident suffit à lui faire monter le feu aux joues. Le léger sourire de Dan lui apprit que ce détail ne lui avait pas échappé. Seul recours restant, le culot.

— Non. J'ai pris ma voiture. D'ailleurs, je ne vois pas pourquoi cela vous inquiète, don Juan. Vous ne m'avez pas crue quand je vous ai dit que j'étais suivie.

— Eh bien, j'avais tort. J'ai retrouvé les empreintes.

Le malaise de Maggie s'accrut à mesure qu'il lui racontait ses découvertes. Elle se sentait fragile, menacée, et l'idée que ce goujat les avait observés dans l'ombre lui donnait la chair de poule.

— Notez bien, ce n'était peut-être qu'un môme en goguette. J'ai chassé pas mal de lycéens hors du verger. Ils y viennent en général pour flirter ou pour boire en cachette. Une nuit, des jeunes passablement éméchés ont déshabillé un des leurs tombé sans connaissance, et l'ont abandonné nu comme un ver sous les pêchers. Sans doute leur idée d'une bonne blague.

— Je vois. Vous pensez donc que c'était un ado ?

Dan hésita une fraction de seconde.

— Qui sait ? A l'évidence, ce type vous attendait lorsque vous êtes sortie du bureau. Ce qui signifie que quelqu'un vous surveille et sait que vous travaillez ici chaque soir jusqu'à une heure avancée. *A priori*, il ne cherchait qu'à vous effrayer. Mais je n'en jurerais pas.

— En somme, quelqu'un veut m'empêcher de fouiner.

— C'est mon opinion. Reste à savoir qui.

Maggie soupira.

— Mes soupçons se porteraient d'instinct sur Martin, mais il était à Little Rock jeudi soir.

— Mm. Peut-être que c'était un môme, finalement.

— Oui, peut-être.

Elle baissa les yeux sur la boîte à outils ouverte aux pieds de Dan et reprit :

— Vous ne m'avez toujours pas dit ce que vous faisiez ici.

— La pompe de cette machine nous a lâchés hier, une heure avant la fermeture. Ce qui nous a obligés à arrêter deux chaînes de production. J'essaie d'en installer une neuve avant la reprise du travail demain matin.

— Encore un problème mécanique ?

Elle consulta son bloc et poursuivit après une pause.

— C'est la neuvième ce mois-ci.

— Je n'en suis pas tellement surpris. Avec un équipement aussi vétuste, il faut s'attendre à des pannes. La plupart de ces machines sont là depuis que Jacob était en culotte courte. Il n'y en a pas une seule dans toute l'usine que je n'aie réparée une douzaine de fois.

— Pas très rationnel, tout cela. Pas de mon point de vue, en tout cas. Quand les machines tombent en panne trop souvent, c'est en règle générale qu'il faut les remplacer.

— Je partage votre opinion. Tout l'équipement a besoin d'être modernisé. J'en ai bien parlé à Jacob, mais, d'après lui, la firme n'en a pas les moyens financiers.

Il haussa les épaules, reprit sa clé anglaise.

— Alors, je fais ce que je peux pour que ça tienne plus ou moins.

— Et ces autres problèmes ?

Elle lui tendit le bloc sur lequel elle avait noté tous les incidents par ordre chronologique.

— En tant que responsable, je suppose que vous êtes au courant.

Il parcourut rapidement la liste et lui rendit le bloc.

— Mouais. Je suis au courant, marmonna-t-il en se penchant de nouveau sur la machine en panne.

Ce mouvement attira l'attention de Maggie sur son postérieur ferme moulé dans son jean, vision troublante qui court-circuita son cerveau.

Dan se tendit dans un effort pour débloquer un boulon récalcitrant, et une étroite bande de peau blanche apparut au-dessus de sa ceinture, en contraste flagrant avec la teinte cuivrée de son dos bronzé. Maggie réalisa alors qu'il devait travailler au verger torse nu. Son imagination se mit aussitôt à battre la campagne, la déstabilisant davantage encore.

Le boulon ne bougeait pas. Sans se redresser, Dan lui tendit la main.

— Passez-moi donc le maillet. Dans ma boîte à outils.

— Pardon ? Euh… Oui, bien sûr.

Elle s'ébroua mentalement pour s'arracher à sa transe, puis elle fouilla les divers compartiments jusqu'à trouver l'objet demandé qu'elle plaça dans la main tendue.

— Merci, marmonna-t-il.

Et il donna plusieurs coups de maillet sur la clé anglaise.

Détachant son regard des épaules musclées qui la fascinaient, Maggie rassembla ses esprits et tapota son bloc de l'index.

— Hm. Tous ces incidents… cela ne vous semble pas bizarre ?

— Toute entreprise a son lot de pannes, d'accidents et d'erreurs humaines.

— Mais Malone n'en a jamais subi autant en si peu de temps, je l'ai vérifié.

Dan pesa de tout son poids sur la clé, et le boulon céda enfin. Il acheva de le desserrer, l'enleva, et se tourna vers elle. Il avait à présent des traces de graisse sur l'avant-bras droit. La sueur perlait à ses lèvres, à son front, et son torse luisait sous le duvet noir.

— Et alors ? Qu'est-ce que cela prouve ?

— Que ce n'étaient peut-être ni des accidents ni des erreurs, mais du sabotage. Que quelqu'un nous veut du mal.

Elle s'attendait à ce qu'il lui rie au nez ou, au mieux, à ce qu'il se montre sceptique, mais il parut prendre la chose avec le plus grand sérieux, et même y réfléchir.

— Mouais, dit-il après une pause. C'est possible. Vous avez des soupçons ?

Encouragée, Maggie lui exposa ses hypothèses concernant Martin, Bountiful Foods et d'éventuels collaborateurs licenciés en mal de vengeance. Elle omit cependant de mentionner Jo Beth.

Dan médita tout cela pendant quelques instants, puis il hocha la tête.

— Effectivement, cela se tient. Mais en supposant que vous ayez raison, comment savoir lequel de vos suspects est le bon ? Et comment comptez-vous en apporter la preuve ?

— Ça, je l'ignore. J'espérais que vous auriez des suggestions, des pistes.

— Pas dans l'immédiat. Ce qu'il y a de sûr, c'est que nous ne pouvons pas nous permettre d'employer le personnel de sécurité nécessaire. Pas si nous touchons le fond, comme l'affirme Jacob.

Il décrocha sa lampe de travail du tuyau auquel il l'avait suspendue et la lui plaça dans la main.

— Vous voulez bien me tenir ça tout près de la machine pour que j'y voie clair ?

Maggie lui obéit sans poser de question — mais non sans se demander quand et comment elle avait perdu le contrôle de la situation.

Par la force des choses, il lui fallait se pencher sur lui pour l'éclairer dans son travail. Ils étaient si proches que son sein effleurait l'épaule de Dan à chacune de ses respirations. Il parut n'en rien remarquer, s'affairait en silence à réparer la pompe défectueuse. Il émit quelques grognements dans ses efforts pour desserrer un second boulon réfractaire, il jura à mi-voix en s'éraflant la main contre le métal, mais il demeura concentré sur sa tâche.

Enfin, sans prévenir, il tourna la tête et plongea dans ses yeux.

Leurs visages n'étaient qu'à quelques centimètres l'un de l'autre, et elle sentait son souffle sur sa peau. Et son odeur. Une odeur de sueur saine et virile où se mêlait celle de la graisse.

Son regard gris retint le sien captif pendant de longues secondes, puis détailla ses traits avec la lenteur langoureuse d'une caresse avant de revenir à ses yeux.

— Vous savez que vous êtes terriblement belle ?

Murmurée d'une voix rauque où se mêlait une pointe de colère, la question enflamma le sang de Maggie.

Elle était passée maître dans l'art de répliquer à ce genre de flatterie d'une remarque caustique ou d'un rire amusé, mais rien ne lui venait. Sa langue n'obéissait plus. Pas que cela change grand-chose. Elle était si troublée qu'elle n'aurait pu donner son nom si on le lui avait demandé — hypnotisée par ces prunelles d'argent finement rayées de gris plus sombre, tandis que les battements de son cœur lui martelaient les côtes.

Pire, les parties les plus intimes de son anatomie pulsaient dangereusement. La panique s'empara d'elle, lui noua l'estomac. Quel diable la possédait pour qu'elle perde ainsi ses moyens ? Le compliment n'avait pourtant rien de bien élégant — si c'en était un, ce dont elle doutait. Cela ressemblait davantage à une accusation.

Et, cependant, incapable de réfléchir sainement, elle restait là, figée, à imaginer la sensation de sa bouche contre la sienne, de ses bras qui l'attiraient contre son corps superbe, les délices de son étreinte et d'un nouveau baiser…

Enfin, sa langue se délia — sans grand effet, car son cerveau refusait de fonctionner.

— Je… euh !…

Elle inspira avec difficulté et humecta ses lèvres sèches de sa langue. Provocation bien inconsciente qui attisa le désir de Dan dont le regard se fit ardent sous ses paupières mi-closes.

Il s'approcha encore. Le cœur de Maggie bondit dans sa poitrine. Tendue dans l'attente du plaisir anticipé, elle respirait à peine, sentait le magnétisme qui l'attirait vers lui, faisait vibrer chacune de ses cellules.

Avec un soupir haletant, elle fermait déjà les yeux quand la porte métallique au pied de l'escalier qui menait au bureau de son père claqua soudain.

Le bruit résonna comme une détonation.

Maggie se redressa en étouffant un cri. Dan lâcha un juron.

— Maggie ! Ne bouge pas d'un pouce ! hurla Martin, furieux. Il faut que je te parle immédiatement.

Tandis qu'il approchait, que l'écho de ses pas se répercutait dans le silence de l'usine, Maggie jeta un regard atterré vers la paroi vitrée de l'étage. Il avait dû les observer de là-haut. Le premier moment de panique passé, elle réalisa que, de si loin, il ne pouvait pas voir grand-chose, ce qui ne l'empêcha pas de rougir à l'idée que ce rat les avait surpris, Dan et elle, dans un moment d'étrange intimité. Elle se remettait à peine de la déplaisante surprise qu'une pensée terrible lui traversa l'esprit. Dieu du ciel ! Qu'avait-elle laissé traîner sur sa table de travail lorsqu'elle était sortie ?

Martin contourna une chaîne de conditionnement au pas de charge. Maggie redressa la tête et les épaules, se préparant à l'affrontement.

Près d'elle, Dan s'était remis au travail comme si de rien n'était.

— Bon sang de bonsoir, Maggie, qu'est-ce que tu fiches ici ?

— Moi ?

Elle battit des cils, prit un air innocent.

— Eh bien ! comme tu le constates, je tiens cette lampe pour Dan.

Et elle la lui braqua en pleine figure, l'obligeant à cligner des yeux et à reculer.

Réprimant un sourire, elle accrocha l'objet au rebord de la machine, près de l'épaule de Dan.

— Ne joue pas ta maligne. J'ai vu les livres de comptes et les dossiers ouverts sur le bureau. Elaine m'a appelé à Albuquerque la semaine dernière pour me prévenir qu'elle t'avait trouvée à fouiner là-haut. Mais comme je n'en avais plus entendu parler, j'ai pensé que tu avais fait une petite apparition histoire de me provoquer.

Ainsi donc, la demoiselle Udall avait mouchardé ! Depuis le premier jour, Maggie se doutait bien que ces deux-là s'entendaient comme larrons en foire.

— Mais tu mettais ton nez en douce dans des affaires qui ne te regardent pas, hein ? Eh bien, je ne le tolérerai pas ! Jacob ne tardera sans doute pas à te flanquer à la porte une fois de plus, mais sache pour ta gouverne que la conserverie t'est interdite tant que tu es ici. C'est clair ?

Outrée par ses propos, elle en demeura sans voix. Ce goujat avait un culot peu ordinaire ! Elle n'avait pas eu le temps de trouver une réplique qu'il pointait un index accusateur sur Dan.

— Et toi, Garrett ? Qu'est-ce que tu fabriques là ?

— Ça saute aux yeux, non ? Je répare une pompe défectueuse.

— Je ne t'ai pas autorisé à réparer quoi que ce soit. S'il y a des travaux à effectuer sur les machines, j'engagerai les services d'un professionnel. Maintenant, range tes outils, et file. A l'avenir, tu ne mettras plus les pieds ici en dehors des heures d'ouverture. D'ailleurs, tu vas me rendre ta clé immédiatement.

Stupéfaite, Maggie le dévisageait, bouche bée. Pour qui se prenait-il, grand Dieu ? Parler ainsi à Dan, le bras droit de son père ?

Sans s'interrompre dans sa tâche, Dan jeta à Martin un regard dédaigneux.

— Pas question. Je n'ai pas à t'obéir, crétin d'eau douce. Je prends mes ordres chez Jacob, et chez Jacob seulement.

— Et quoi encore, espèce de…

Le visage soudain congestionné, furieux au point que les veines de son cou saillaient, Martin semblait à deux doigts d'exploser.

Maggie se rappelait l'avoir vu dans cet état et, quand il serra les poings, elle recula rapidement de deux pas.

— Ton compte est bon, Garrett. Tu es viré. Tu vas me foutre le camp de là, et tout de suite. Je te donne une heure pour faire tes bagages et vider les lieux. Si tu n'as pas quitté ta maison d'ici là, j'appelle le shérif pour qu'il te flanque dehors.

Les traits de Dan demeuraient impassibles, mais Maggie remarqua la tension de ses épaules et le regard glacial qu'il jeta à Martin. Il termina calmement ce qu'il avait commencé, puis il tira son chiffon de sa poche arrière, nettoya sa clé anglaise et la déposa dans la boîte à outils ouverte. Après quoi, il s'essuya les mains et se retourna vers Martin qui le toisait d'un air supérieur, les lèvres retroussées en un rictus de mépris. Maggie s'étonna de son arrogance. Cet imbécile ne sentait donc pas le danger qui couvait derrière la force tranquille et contenue de Dan, derrière ses gestes lents, précis et mesurés.

— Tu ne peux pas me virer. Tu n'es pas investi de l'autorité pour le faire.

— C'est ce que tu crois. Maintenant que Jacob est au plus mal, c'est moi qui dirige Malone Enterprises.

— Excuse-moi, Martin, mais sur ce point, tu te trompes.

Maggie n'envisageait pas de dévoiler son jeu aussi rapidement, mais la suffisance de Martin dépassait les bornes et l'heure était venue de le remettre à sa place.

Elle s'interposa entre les deux hommes, regarda son beau-frère droit dans les yeux, et poursuivit :

— Quoi que tu en penses, ce n'est pas toi qui commandes ici. En l'absence de papa, c'est moi qui dirige la firme, et non pas toi.

— Toi ? Et puis quoi encore ?

— Oh ! ne sois donc pas si sûr de toi. J'ai plus que toi le droit de remplir cette fonction. Je suis membre de la famille. Et actionnaire.

— A ta place, je ne compterais pas trop sur ce statut de membre de la famille. Et les malheureux six pour cent de parts que ton grand-père t'a laissés me semblent très insuffisants pour faire de toi le patron.

— Vraiment ? On peut savoir quel pourcentage des parts tu possèdes, Martin ?

Son teint reprit aussitôt la couleur violacée qu'il commençait à perdre.

— La question n'est pas là. Je suis cadre supérieur de l'entreprise. Et si on doit en venir à compter les parts, j'en possède le même nombre que toi.

— Objection. C'est Laurel qui en est propriétaire en titre. Pas toi.

— Cela revient au même. Laurel est ma femme. Ce qui lui appartient m'appartient.

— Je ne doute pas une seconde que cette théorie t'arrange, mais je crains fort que l'argument ne tienne pas devant la justice. Mes sœurs et moi avons hérité du même nombre de parts. Seulement, il y a une différence majeure entre nous. Elles ne souhaitent ni l'une ni l'autre s'impliquer dans la firme, et elles ne sont pas qualifiées pour la gérer. Moi oui. En conséquence, que cela te plaise ou non, je prends le contrôle des opérations.

Les traits de Martin se durcirent, ses yeux lançaient des éclairs meurtriers. Il serra de nouveau les poings, esquissa un pas en avant, et se ravisa. Maggie comprit que si Dan n'avait pas été derrière elle, il l'aurait frappée.

Ou du moins, il aurait essayé. Car elle n'était plus la jeune fille sans défense partie sept ans plus tôt. Depuis, elle avait pris des cours de boxe française et de self-defence. Même sans avoir le dessus, elle lui aurait donné du fil à retordre, et porté quelques méchants coups bien douloureux.

— C'est ce que nous verrons, gronda-t-il lorsqu'il eut retrouvé l'usage de la parole.

Sur ce, il tourna les talons et s'éloigna d'un pas rageur.

Maggie, qui l'observait, ne put résister à l'envie de lui planter une dernière banderille.

— Hé, Martin ! lança-t-elle dans son dos. Sors par l'une des portes de l'usine, je te prie. Je m'installe dans le bureau de papa, où tu n'es pas le bienvenu. A moins, bien sûr, que je ne te convoque.

Elle eut le plaisir de le voir s'arrêter sur-le-champ et se raidir. Il bouillait d'une fureur à peine contenue et crispait les mâchoires.

Il demeura quelques secondes immobile, tendu, puis il changea brusquement de direction et disparut bientôt à leur vue sans un mot de plus. L'écho de ses pas résonna encore quelques instants à travers le bâtiment, puis la porte près de l'aire de chargement claqua si violemment que les murs de l'usine en tremblèrent.

Le bruit ramena Maggie à la réalité. Déjà, sa brève victoire prenait un goût de cendre, et le sentiment de triomphe qui l'avait portée retomba, comme une vague se brise sur le rivage.

— Finement joué, Rouquine. Vous m'impressionnez, commenta Dan. Je suis sûr que personne ne l'a jamais mouché de la sorte. Il en sera malade pendant des semaines.

Maggie se retourna juste à temps pour voir Dan se

détendre et comprit qu'il s'était préparé à la défendre physiquement en cas de besoin.

Elle esquissa une grimace.

— Ouais ! Ne vous faites pas trop d'illusions sur mon compte, mon chou. Pour ne rien vous cacher, il m'a flanquée dans une telle rage que je me suis laissé emporter par mon élan. Mais Martin ira se plaindre à papa à la première occasion, et je serai démise de mes fonctions de patronne dès demain matin.

— Ne vous inquiétez donc pas, vous n'avez rien à craindre. Jacob est un homme juste autant que mon expérience me permette d'en juger.

En réponse à cette remarque généreuse et pleine de sollicitude, Maggie ne put qu'esquisser un sourire triste.

Après une nuit agitée et une séance de jogging menée à un train d'enfer, Maggie arriva la première sur la terrasse pour le petit déjeuner.

A peine était-elle installée devant son café que Dan poussait la grille du jardin. Elle le salua d'un clin d'œil en levant sa tasse comme pour un toast.

— Salut, beau mec. Vous êtes bien matinal aujourd'hui. Vous venez assister à l'exécution ?

— Qui vous dit que je ne suis pas venu pour l'empêcher ?

— C'est trop gentil, mon chou, roucoula-t-elle en

battant des cils. Ainsi, vous vous souciez de mon sort ?

Il s'assit près d'elle, se versa du café et but quelques gorgées avant de lui répondre :

— Je vois que vous faites ce que vous pouvez, Rouquine, seulement ça ne prend pas. Je vous ai vue courir dans le verger avant l'aube. Courir comme si vous aviez le diable aux trousses. J'en déduis que vous avez mal dormi, que vous cherchez à vous dépasser, et à oublier vos soucis.

De son regard d'argent, il détailla lentement chaque trait de son visage, puis il conclut :

— Toute séduisante que vous soyez ce matin, vous me semblez bien tendue.

Le compliment et la justesse du propos surprirent Maggie. Elle n'eut guère le temps de trouver une réplique adaptée, la porte qui donnait sur la maison s'ouvrit. Sa tension s'accrut encore tandis que Charley entrait, poussant le fauteuil de Jacob. Nan, Lily et Jo Beth les suivaient.

Sitôt les politesses d'usage échangées, l'infirmier aida Jacob à s'installer à table, puis il se retira, laissant toute la famille à son petit déjeuner. Nan et les parents de Maggie se lancèrent dans une discussion à propos d'un article paru dans le journal local concernant une rixe survenue la nuit précédente au Rowdy's Bar and Grill.

— Si vous voulez mon avis, ils auraient dû fermer

l'endroit depuis des lustres. C'est un repaire de petites frappes et de fauteurs de troubles.

— Voyons, Jacob, ne sois donc pas si dur. Il faut bien que la jeunesse ait un lieu où se détendre et lâcher la vapeur.

— Nan a raison, chéri. Souviens-toi que tu m'y as emmenée plusieurs fois du temps où nous sortions ensemble.

Jacob fronça les sourcils, mal à l'aise.

— Oui... Bien sûr. Mais c'était différent à l'époque.

Comme toujours, Jo Beth n'intervenait guère, sauf pour décocher quelques piques à Maggie.

Ils achevaient leur repas, quand Dan se pencha pour souffler à l'oreille de cette dernière :

— Accrochez-vous, Rouquine, voilà le grand méchant loup.

— Jacob, il faut que je te parle, attaqua sèchement Martin en s'approchant de la table.

— Je suis ton homme. Mais commence par t'asseoir pour manger un morceau. Il nous reste de quoi nourrir toute une armée.

— Non, merci, je n'ai pas faim. Et notre discussion ne peut pas attendre.

Il jeta un regard venimeux à Maggie.

— Alors ? Tu lui as déjà raconté ?

Cette fois, la remarque retint l'attention de Jacob qui plissa les yeux et se tourna vers sa fille.

— Raconté quoi, Katherine ? Qu'est-ce que tu as encore fait ?

— Ce qu'elle a fait ? Elle cherche à prendre le contrôle de Malone Enterprises. Je l'ai trouvée à la conserverie hier soir. Elle traîne dans ton bureau. Elle passe son temps à éplucher les comptes et à fouiner dans les dossiers. Quand je lui ai demandé de sortir, elle a refusé tout net et m'a informé que c'était elle désormais qui dirigeait la firme.

— Quoi ? Il ne manquerait plus que cela ! J'exige des explications, Katherine.

Maggie jeta un coup d'œil en direction de sa mère, mais Lily fixait son assiette, visiblement gênée.

Avec un soupir, elle reporta son regard sur son père courroucé et haussa les épaules.

— Sur le coup, cela m'a semblé une bonne idée.

— Pas d'impertinence avec moi, jeune fille. Je ne t'ai jamais autorisée à prendre les rênes de l'affaire et il n'est pas question que…

— Ne te fâche pas, Jacob, je t'en prie. Maggie n'a fait qu'accéder à la requête de Lily, intervint Nan.

— Pardon ?

Il se tourna vers son épouse.

— C'est bien vrai, ça, Lily ?

— Eh bien, euh… je…

— Pour l'amour du ciel, Lily, crache le morceau, coupa Nan, agacée par ses tergiversations.

— Ou-oui, je… Je lui ai demandé de… euh… de regarder où en étaient les affaires de la firme pour voir si elle ne pouvait pas la sauver. Je ne savais plus à quel saint me vouer, Jacob. Tu es trop faible pour travailler, mais si nous ne prenons pas des mesures rapidement, nous perdons l'entreprise familiale. Tu me l'as dit toi-même.

Martin émit un petit rire mauvais.

— Et tu as cru Maggie capable d'un miracle ?

Nan se hérissa tel un chat devant l'ennemi.

— A ta place, Martin, je me méfierais. Il se trouve que, sur ce point, je soutiens Lily.

Maggie, qui observait la scène, eut peine à ne pas pouffer devant la déconfiture de son beau-frère. L'arrogant personnage se rendait compte qu'il venait de commettre une grave erreur tactique. Nan étant une femme, il la méprisait et avait négligé un détail important : elle détenait à elle seule autant de parts que Jacob. Du moins, en théorie, puisque personne n'était encore au courant de leur petit arrangement. Réprimant un sourire, elle regarda son adversaire tenter de redresser la barre, assez maladroitement, d'ailleurs…

— Allons, allons, tante Nan. Nous savons tous que tu as un faible pour Maggie, mais il ne faudrait pas que nos sentiments interfèrent avec de saines décisions professionnelles, n'est-ce pas ? Soyons un peu réalistes, Jacob a pratiquement désavoué Maggie parce qu'il ne lui fait pas confiance. Tu ne voudrais tout de même pas qu'il lui laisse maintenant libre accès à la comptabilité et aux archives de l'entreprise ? Sans compter que poser pour des photos ne la qualifie pas spécialement au rôle de sauveteur de firmes en péril.

Les yeux de Nan s'étrécirent.

— Non. Mais elle est sortie de l'école de gestion de Harvard avec une mention très bien et les félicitations du jury, ce qui, pour le coup, me semble la qualifier. Quant à toi, Martin Howe, si tu oses encore m'adresser la parole sur ce ton condescendant, je te flanque une gifle.

Voyant qu'il ne pourrait gagner Nan à sa cause, il renonça à tout semblant de courtoisie.

— Quoi qu'il en soit, c'est moi qui dirige à présent, et je ne tolérerai aucune interférence d'une créature de son espèce.

— Mon jeune ami, je pense que ma nièce est toute désignée pour assurer la succession de Jacob. D'ailleurs, je pense que nous devrions la nommer officiellement présidente en titre de l'entreprise.

— Quoi ? Mais c'est ridicule ! Je suis cadre dirigeant de cette entreprise. C'est moi qui dois la diriger.

— Là, tu te trompes, Martin. Malone Enterprises doit être dirigé par un Malone comme le stipulent les statuts.

Nan reporta son attention sur son frère et poursuivit d'une voix plus douce, mais tout aussi ferme :

— Le temps est venu de prendre une décision, Jacob. La firme familiale sera-t-elle dirigée par quelqu'un de l'extérieur ? Ou bien par ta fille… comme le souhaitait notre grand-mère ?

Jacob dévisageait sa sœur de cet air éperdu d'un homme poussé dans ses derniers retranchements.

— Nan, enfin ! Tout de même…

— Martin, tu te tais ou tu t'en vas, rétorqua-t-elle, glaciale, sans quitter son frère des yeux.

Maggie observait le bras de fer silencieux entre son père et sa tante et se demandait ce que cachait leur affrontement muet. Son intuition lui disait qu'il se jouait là bien plus que la direction de la firme, fût-elle temporaire.

— Je t'en prie, mon chéri, donne-lui au moins une chance, l'encouragea Lily d'une voix tremblante.

Jacob regarda sa femme, puis sa fille cadette, qui n'avait pas pipé mot de toute la conversation et suivait leurs échanges tel un spectateur à un tournoi de tennis.

— Eh bien, Jo Beth ? Tu as des parts dans l'affaire toi aussi. Qu'en penses-tu ?

Maggie sentit ses espoirs s'effondrer devant le visage fermé de sa jeune sœur. Si la décision ne tenait qu'à Jo Beth, elle n'obtiendrait rien. Elle en fut quitte pour une surprise. L'adolescente considéra son père d'un air blasé et haussa vaguement une épaule.

— Pourquoi pas ? C'est une Malone, non ?

— Jacob, tu ne peux pas envisager sérieusement de lui confier la direction ! s'exclama Martin. D'accord, elle a un diplôme de gestion. Mais qu'est-ce que ça change, hein ? Elle n'a aucune expérience pratique. Maggie n'a jamais dirigé une entreprise. Elle ignore tout des responsabilités que cela implique. Elle ne saura jamais superviser le personnel, prendre des décisions…

— De quel type de décision veux-tu parler ? Du licenciement d'Anna, par exemple ? s'enquit innocemment Maggie.

Le visage de Jacob se décomposa. Du coin de l'œil, elle vit Dan bondir.

— Quoi ? Je croyais qu'elle était en congé pour la semaine. Seigneur Jésus, ce type compense en culot ce qui lui manque de bon sens ! marmonna-t-il entre ses dents serrées.

Martin remua, mal à l'aise, avec l'expression d'un voleur pris la main dans le sac.

— Tu as licencié Anna ? Bougre d'imbécile !

— Jacob, j'ai pensé que…

— Tu as pensé ! Parce que tu penses, parfois ? Si tu avais l'ombre d'une idée intelligente dans ce qui te sert de tête, tu aurais compris que c'était la dernière chose à faire !

Jacob agita la tête, incapable de concevoir qu'on puisse commettre une telle bourde, puis il reprit :

— Je m'étonne qu'Anna ne soit pas venue me trouver immédiatement pour m'en parler. Elle devait bien savoir que je ne le permettrais pas.

— Elle ne t'en a rien dit parce que Martin l'a menacée, intervint calmement Maggie.

Ce qui lui valut un regard interloqué de son père.

— Pardon ?

— Ne l'écoute pas, Jacob, elle ment.

Ignorant Martin, Maggie poursuivit :

— Quand j'ai découvert qu'il l'avait congédiée, j'ai rendu une petite visite à Anna, qui m'a raconté ce qui s'était passé. Apparemment, Martin aurait justifié sa décision en prétendant que tu étais au courant et que tu l'approuvais. Il lui a également dit que tu étais trop souffrant pour recevoir de la visite et que, si elle cherchait à te rencontrer, il la ferait arrêter pour harcèlement.

Ivre de rage, Jacob en perdit l'usage de la parole, mais le regard meurtrier qu'il jeta à Martin en disait plus long qu'un discours.

— Bougre d'incapable ! gronda-t-il lorsqu'il eut retrouvé sa voix. De quel droit as-tu osé ? Si tu n'étais pas le mari de Laurel, je te virerais sur-le-champ.

— Jacob…

— Silence, Martin. Je m'occuperai de toi plus tard. Katherine, va trouver Anna, explique-lui que Martin a abusé de son pouvoir. Supplie-la, donne-lui une augmentation, arrange-toi comme tu veux, mais il faut qu'elle revienne. C'est compris ?

Soulagée et ravie, Maggie en croyait à peine ses oreilles.

— Oui, chef, j'y cours.

Elle recula sa chaise pour se lever, puis elle marqua une pause.

— Euh… juste histoire de clarifier les choses, papa, est-ce que cela signifie que tu me confies la direction ?

Jacob la dévisagea un moment. Il hésitait. Enfin, il déclara :

— Dans l'immédiat, je n'ai pas vraiment le choix.

— Merde à la fin, Jacob ! Tu ne vas pas faire ça, tout de même.

— Silence, Martin. Ma décision est prise, maugréa-t-il sans quitter Maggie des yeux. Quant à toi, Katherine, souviens-toi que c'est un arrangement temporaire. Alors, inutile de te faire des illusions. A la première bêtise, tu seras dehors avant de comprendre ce qui t'arrive. Est-ce bien entendu ?

— Oui, papa.

Elle s'efforçait au calme, mais elle attendait ce moment depuis si longtemps qu'elle avait peine à contenir sa joie. Avec un large sourire, elle bondit de sa chaise.

— Je file voir Anna immédiatement.

Et, avant qu'il ne change d'avis, elle partit au pas de course vers le garage, laissant derrière elle un silence tendu.

Tandis que les autres la suivaient des yeux, Dan sirotait son café et les observait. Il attendait l'explosion. Elle ne tarda guère.

— Ça alors, c'est trop fort ! fulmina Martin. Comment peux-tu me faire ça à moi, Jacob ? Moi qui travaille pour toi depuis sept ans !

— Qui travaille ? Parce que tu appelles cela travailler ? Voilà sept ans qu'on te paie à ne rien faire. Le poste que tu occupes a été créé pour toi, parce que je ne savais pas où te mettre. Parmi les postes existants, je n'en voyais aucun où tu aurais pu te montrer à la hauteur. Sache que si tu n'avais pas été l'époux de Laurel, tu ne serais pas resté six mois. Et maintenant, déguerpis avant que je ne te flanque dehors pour de bon.

Martin s'empourpra.

L'homme était fou furieux, prêt à commettre un acte de violence. En réaction, les muscles de Dan se tendirent. Il se leva de table et vint se placer derrière Jacob.

— Tu as entendu le patron, dit-il sèchement.

Une rage haineuse embrasa les prunelles de Martin. Dan se préparait déjà à parer les coups quand la Viper de Maggie sortit en trombe du garage et passa comme une flèche devant la terrasse.

Martin tourna la tête, la regarda partir, l'œil venimeux, le visage mauvais. Lorsqu'elle eut disparu, il lança un juron dans une sorte de rugissement.

— C'est bon. Je m'en vais. Mais je n'en resterai pas là, je vous le promets.

Lorsqu'il eut lui aussi quitté les lieux, Nan soupira.

— Ouf ! Fin d'une scène pénible. Cela m'a épuisée.

Elle se leva à son tour, fit signe à sa belle-sœur.

— Viens, Lily. Laissons les hommes à leurs affaires et allons nous promener dans la roseraie. Ton jardin a le don de me calmer les nerfs. Et toi, Jo Beth, il serait temps de penser à l'école ou tu vas être en retard.

Dès que les trois femmes eurent tourné au coin de la maison, Jacob reporta son attention sur Dan.

— Je veux que tu tiennes Katherine à l'œil et que tu me rapportes ses faits et gestes.

— Tu me demandes d'espionner ta fille ?

— Exactement. Je ne suis pas certain que lui confier la direction de la firme soit la meilleure des idées et je tiens à ce qu'on la surveille de près.

— Ecoute, Jacob, j'ignore ce qui pose problème entre vous deux, mais tout de même… c'est ta fille, que je sache.

Jacob serra les dents.

— Katherine n'est pas… Bref, peu importe. Il faut que tu me fasses confiance sur ce coup-là, Daniel, c'est important. Sans quoi, je ne te le demanderais pas.

— Je ne sais pas, Jacob. Cela me gêne de jouer les mouchards. Ce n'est pas dans ma nature.

— Bon sang de bonsoir, Dan ! Je ne peux pas la surveiller moi-même, et tu es la seule personne en qui j'aie entière confiance. Il faut que tu le fasses pour moi.

Dan fixait son patron en silence. Il devait beaucoup à Jacob. Presque tout, à vrai dire. Mais de là à jouer les espions, à cafarder… La tâche lui répugnait, lui restait en travers de la gorge.

Il serra les dents et regarda au loin, dans le jardin.

Et puis, merde ! Il ne pouvait pas refuser. Ne serait-ce que par gratitude. Et puis, au fond, cela changeait quoi ? Pas grand-chose à vrai dire. Car depuis le bizarre incident du verger, il avait lui-même décidé de veiller sur Maggie… Par précaution…

12

— Hé là ! Mais où vous croyez-vous ? On n'entre pas ici comme dans un moulin !

Maggie leva les yeux du rapport de laboratoire qu'elle étudiait au moment où Martin, l'air furieux, pénétrait au pas de charge dans son bureau avec Anna, outrée, sur ses talons.

— A quoi rime ce cirque ?

— Je suis désolée, Maggie. J'ai tenté de l'arrêter, mais il n'a rien voulu savoir.

— Pas de problème, Anna.

Elle se cala contre son siège et posa sur son beau-frère un regard calme, détaché.

— Je peux faire quelque chose pour toi, Martin ?

Il brandit une feuille de papier, l'agita sous son nez.

— Oui. Tu pourrais commencer par m'expliquer pourquoi on réduit à présent mes frais professionnels.

Au lieu de regagner son poste dans l'antichambre, Anna toisa Martin d'un air de défi, le contourna, puis alla s'affairer à une tâche de classement près d'un meuble voisin.

— J'ai demandé au service comptable de déduire la différence entre les tarifs de vol en première classe et en classe affaires. Et, pour les locations de voiture, la différence entre le prix d'une BMW et celui d'une berline standard. J'ai également demandé qu'on déduise les luxes inutiles que tu t'offres à nos dépens.

— Ce sont des frais parfaitement légitimes. Je peux le prouver, j'ai les factures.

— Oh ! Je ne doute pas un instant que tu aies dépensé l'argent. Mais je ne t'apprendrai pas que c'est en contradiction flagrante avec les règles de l'entreprise. Il est prévu que Malone couvre tes frais de voyage dans un confort relatif, pas que la firme finance ton train de vie de milliardaire.

— C'est un comble ! Jamais ton père n'aurait…

— Bien sûr que si. Inutile d'essayer de m'embobiner, Martin. J'ai vérifié le dossier de tes frais professionnels, et papa t'imposait des dépenses raisonnables. Les extravagances que tu te permets n'apparaissent que depuis ces derniers mois, depuis que sa maladie l'éloigne du bureau. Tu en as bien profité. Maintenant, c'est terminé.

— En tant que représentant de Malone Enterprises, je dois donner une certaine image de notre firme lorsque j'invite nos clients.

— Ah oui ? Et qui cherchais-tu donc à impressionner le soir où tu as dîné seul, et commandé une bouteille de vin à plus de cent dollars ?

Les traits de Martin se durcirent.

— Si tu t'imagines que je vais me restreindre pour que tu te fasses mousser aux yeux de ton père, tu te trompes. Martin Howe voyage en première, et basta !

Maggie eut un haussement d'épaules.

— Si tu y tiens, je n'y vois pas d'objection. Tant que tu paies la différence de ta poche.

Ivre de rage, il semblait prêt à mordre, pinçait les lèvres, serrait les dents à en briser des clous. Mais il n'y avait rien de nouveau à cela. Depuis que son père l'avait mise à la tête de l'entreprise, trois semaines auparavant, Martin ne décolérait pas.

— Tu t'amuses bien à jouer les petits chefs, hein ? Mais ne te berce pas trop d'illusions. Tu es sur un siège éjectable et tu n'y resteras pas bien longtemps ! gronda-t-il avant de se retirer.

— Déplaisant personnage, commenta Anna. Si tu veux mon avis, c'est la faute de Rupert Howe. Il a pourri son fils depuis l'enfance, et l'autre se croit tout permis. On dirait un gamin de deux ans qui fait un caprice. Non mais ! A-t-on idée de rentrer comme ça sans s'annoncer dans le bureau du patron et de piquer une colère ?

Maggie éclata de rire.

— Tu sais, je doute que Martin me considère jamais comme la patronne. Et pour ne rien te cacher, ce petit accrochage n'avait rien de bien méchant comparé à d'autres.

Chaque jour, elle devait livrer bataille contre Martin qui s'ingéniait à lui mettre des bâtons dans les roues. Il s'opposait à toutes les procédures qu'elle proposait de mettre en œuvre afin de mieux contrôler le détail des opérations, exigeait des explications sur chacun de ses ordres, la ridiculisait lorsqu'elle posait des questions. Bref, il lui menait la vie dure.

Maggie aurait eu plaisir à se débarrasser de lui, mais elle ne le pouvait décemment pas. Sa sœur en souffrirait, et son père y verrait une vengeance personnelle.

Au tout début, Elaine Udall s'était mise en travers de sa route. Une véritable épine dans le pied ! Fort heureusement, elle était licenciable, sans préjudice aucun, et Maggie s'était fait une joie de le lui rappeler. L'avertissement avait porté ses fruits. La détestable peste s'abstenait désormais de remarques acerbes et de critiques fielleuses, mais n'en gardait pas moins sa manie de fourrer son nez partout.

Au grand regret de Maggie, la mettre au pas s'était révélé beaucoup plus facile que de traiter au quotidien avec le personnel et les gens de la ville.

Une petite communauté comme Ruby Falls avait ses avantages — avantages qu'elle appréciait énormément. Mais ce genre de vase clos avait également certains inconvénients. Entre autres, les secrets s'y éventaient très vite. La nouvelle que Malone Enterprises se trouvait en difficulté s'était répandue comme une traînée de poudre, et un vent de panique soufflait sur la région.

Les vergers et la conserverie employaient une grande partie de la population active locale, de sorte que chacun avait un époux, une femme ou un parent parmi les salariés des Malone. Avec pour conséquence que tous se sentaient des droits sur l'entreprise, dont celui de faire connaître ouvertement leur opinion quand quelque chose les chiffonnait.

En l'occurrence, les gens du cru, comme le personnel, voyaient d'un mauvais œil la nomination de Maggie à la tête de l'entreprise et n'avaient pas confiance dans ses capacités à redresser la situation financière. Elle comprenait d'ailleurs leurs inquiétudes. Trop d'emplois, ainsi qu'une partie importante de l'économie de Ruby Falls, reposaient sur les activités de la conserverie.

Les rumeurs allaient bon train en ville, et la grogne régnait à la conserverie. Que Maggie se rende à l'usine, dans les entrepôts, les bureaux, les vergers, ou qu'elle fasse ses courses dans les magasins, on la traitait partout avec la même méfiance.

Consciente qu'elle traînait encore sa réputation d'adolescente frondeuse et qu'il lui fallait faire ses preuves aux yeux de la communauté, elle prenait son mal en patience, mais souffrait cependant de se voir rejetée.

— Comment cela se passe-t-il, mesdames ?

Maggie releva les yeux sur la silhouette de Dan encadrée dans la porte, et son cœur s'accéléra. Elle ne l'avait pas revu depuis son retour la veille de ses prises de vues à New York. Vêtu de sa tenue habituelle — jean, bottes, et chemise de travail aux manches retroussées — il était, comme toujours, d'une virilité à couper le souffle.

Et Maggie de se demander pour la centième fois au

moins ce qui l'attirait tant chez cet homme-là. C'était exaspérant, ridicule, mais rien n'y faisait. Dès qu'elle se trouvait à proximité de lui, elle était sensible à son charme, sa force calme, posée. Elle était si troublée par sa séduction toute masculine qu'elle en perdait toute concentration.

Cela ne tenait pas debout. Elle posait couramment avec des hommes, mannequins comme elle, et d'une beauté renversante ; elle avait rencontré des dizaines d'hommes fort bien de leur personne, riches, sophistiqués, célèbres pour certains — acteurs, athlètes, capitaines d'industrie, et même personnalités politiques. Aucun d'eux ne lui faisait un tel effet. Elle éprouvait du plaisir à les regarder, comme on aime regarder un tableau, une œuvre d'art, mais ils ne faisaient pas battre son cœur.

Qu'avait donc ce Dan de plus qu'eux ? Il eut un mouvement de tête en direction de l'antichambre.

— Je viens de croiser Martin dans le couloir. Fou de rage et soufflant des naseaux. Il vous a encore donné du fil à retordre, je parie ?

— Cela devient une habitude, mais j'ai la situation bien en main. Vous désiriez me voir pour une raison précise ?

Le ton était plus brusque qu'elle ne l'aurait voulu, mais Dan la rendait nerveuse.

— Oui. J'ai de bonnes nouvelles… et de moins bonnes. Pour les bonnes, j'ai reçu le nouveau thermostat que j'ai installé sur la cuve de cuisson numéro trois. Elle est donc remise en service.

— Excellent. Et pour les mauvaises ?

— Nous avons un tapis roulant en panne, ce qui bloque cinq chaînes de production. Le fabricant m'a promis de nous expédier en express les pièces à remplacer, mais elles n'arriveront que demain. Ce qui va encore nous retarder dans l'expédition des produits. Avec toutes ces avaries récentes, nos stocks sont en baisse et nous ne serons pas en mesure d'honorer toutes nos commandes, dont celles de très gros clients.

Maggie se prit le front à deux mains.

— Oh ! Non ! Pas ça ! déclara-t-elle, comme dans une plainte. Pas une panne de plus, ce n'est pas possible ! C'est la quatrième depuis qu'on m'a confié la direction.

Elle releva les yeux vers lui.

— Quelle en est la cause ?

— Une barre à mine dans le système d'entraînement. Le temps qu'on arrête la chaîne, une douzaine d'engrenages y ont laissé des dents. Bien sûr, il peut s'agir d'un accident, mais à la manière dont la barre était coincée dans la machinerie, j'en doute. Je commence à croire très sérieusement qu'il y a un saboteur ici.

Maggie laissa échapper un soupir.

— Génial ! Il ne manquait plus que cela.

— Vous ne pensez pas qu'il serait temps de faire part de vos soupçons à Jacob ? s'enquit-il posément.

— Non. Pas encore.

— Maggie, excuse-moi de te contredire, intervint Anna, mais je partage l'opinion de Dan. Ton père doit être informé de ce qui se passe.

— Je sais. Mais je préfère attendre que nous soyons sûrs de ce que nous avançons, avoir un embryon de preuve avant de lui annoncer que Malone Enterprises est victime de malveillances. Je ne voudrais pas qu'il s'inquiète plus que de raison. Surtout dans son état actuel.

— A mon avis, il s'inquiétera bien davantage s'il découvre que tu lui caches des problèmes de cet ordre.

— Anna a raison, Maggie. Il faut lui en parler sans tarder.

Elle hésitait à le faire, déchirée entre ses scrupules envers son père malade, et sa crainte de devoir affronter sa colère.

— Peut-être, oui. J'y réfléchirai, répondit-elle, évasive.

Dan l'observa pendant un long moment, puis il haussa les épaules.

— A vous de voir. C'est vous le chef.

— Vous avez de la visite, monsieur Malone, annonça Ida Lou depuis la porte de la salle de séjour.

Jacob en éprouva un léger agacement. Lily et Nan se trouvaient à l'étage où elles examinaient des modèles de robes et des catalogues de grainetiers. Jo Beth, quant à elle, était à l'école. Il profitait du calme, de ce moment de solitude, pour se détendre et contempler le verger, confortablement installé dans son fauteuil relax. Il n'avait guère envie qu'on vienne troubler sa paix. L'apparition du visiteur annoncé n'y changea rien, bien au contraire.

— Jacob, je suis heureux de te voir en si bonne forme ! s'exclama Rupert Howe en entrant avant même d'y être invité. Comment te sens-tu, mon ami ?

— Je tiens le coup.

Rupert lui offrit sa main que Jacob serra, contraint et forcé. Il aurait volontiers répondu à ce faux-cul qu'ils n'avaient jamais été amis. Aussi loin que remontaient ses souvenirs, au temps de l'école primaire, ce Rupert avait le don de lui hérisser le poil. Cependant, comme toujours, par amour pour Laurel, il tint sa langue.

— Eh bien, j'en suis ravi. J'espère que tu me pardonnes de ne pas venir te voir plus souvent, mais je suis débordé à la banque. Toi-même, tu as été dans les affaires, tu sais ce que c'est, n'est-ce pas ?

Jacob acquiesça d'un bref hochement de tête.

— Naturellement, mon fils me donne régulièrement des nouvelles de ta santé, mais aujourd'hui, je passais dans le quartier, et je me suis dit : « Je vais en profiter pour rendre une petite visite en personne à mon vieil ami et voir comment il se porte… »

Ida Lou arriva fort à propos pour leur apporter du café, de sorte que Jacob n'eut pas à se donner la peine de répondre. Lorsqu'elle les eut servis et se fut retirée,

Rupert but en silence, à petites gorgées, pendant quelques instants. Puis il posa sa tasse et sa soucoupe en bout de table, se pencha en avant, l'air grave. Finies la joie feinte et l'amitié de pure forme.

— Jacob, il y a une petite question dont nous devons discuter.

Cette remarque éveilla aussitôt la méfiance de l'intéressé, qui plissa les yeux imperceptiblement. De quoi pouvait-il bien s'agir ? Il évitait depuis toujours de traiter avec la banque de Rupert et, à sa connaissance, tout se passait bien entre Laurel et Martin.

Il but une gorgée de café dont il n'avait aucune envie pour se donner une contenance, regarda son interlocuteur par-dessus le bord de sa tasse.

— Vraiment ? Je ne vois pas, peux-tu éclairer ma lanterne ?

— Cette décision de confier la direction de la firme à Maggie. Je sais bien que tu l'as prise dans un moment de colère, et peut-être que mon fils avait passé les bornes, abusé de son pouvoir, mais tout de même, Jacob… Maggie ! Maggie à la tête de Malone Enterprises ! Franchement, c'est ridicule.

Jacob se raidit.

— Ridicule, hein ? Et qu'est-ce qui te fait dire cela ? demanda-t-il d'un ton qu'il souhaitait neutre.

— Eh bien, pour commencer, c'est une femme.

— Je ne vois vraiment pas le rapport. Tu oublies que la firme a été créée par une femme.

— Certes, mais ta pauvre grand-mère n'avait guère le

choix. Je suis sûr que si ton grand-père avait survécu à la Première Guerre mondiale, il n'aurait jamais permis qu'elle se salisse les mains au travail. Et puis, avoue qu'il y a un monde de différence entre Katherine Margaret, la première du nom, et ta Maggie. Excuse-moi d'insister, mais les gens d'ici ont de la mémoire, et la réputation de ta fille n'est pas des meilleures. Elle est irresponsable, incontrôlable et, pour ne rien te cacher, d'aucuns la prétendent de moralité douteuse. Je préfère te prévenir que jamais tes employés ne la toléreront comme patronne.

— Tiens donc !

Rupert ne prit pas garde à la note de menace dans la voix de Jacob ou alors il choisit de l'ignorer, car il poursuivit :

— Je sais bien que tu as mis ta fille à ce poste pour punir mon fils. Je le comprends parfaitement et je ne t'en veux pas. Seulement, la plaisanterie a assez duré. Il est temps d'y mettre fin. En toute logique, mon fils devrait reprendre la direction de Malone Enterprises. Après sept ans dans la maison, ce n'est que légitime, cela saute aux yeux du premier venu.

— Pour commencer, Rupert, les employés n'ont pas voix au chapitre en ce qui concerne les décisions de la direction. Toi et ton fils non plus. Malone Enterprises est une firme strictement familiale. Les Malone en sont propriétaires et la dirigent. Depuis toujours, et cela ne changera pas. J'ai nommé Maggie à la tête de l'entreprise et, que cela plaise ou non aux gens de Ruby

Falls, je ne reviendrai pas sur cette décision. Et je ne tolérerai pas qu'on se mêle de mes affaires.

Il frappa les accoudoirs de son fauteuil des deux mains, puis ajouta :

— Le ciel m'est témoin, je fermerai la boutique plutôt que de laisser un étranger me dicter ma conduite !

Rupert parut sur le point de se fâcher, mais il eut le sage réflexe de se contenir.

— Je suis désolé d'entendre ça, Jacob. Sincèrement désolé. Handicapé comme tu l'es, je pensais qu'un coup de main serait pour toi le bienvenu. On raconte en ville que Malone a du plomb dans l'aile. Le moment me semble mal choisi pour maintenir à tout prix et contre tout bon sens une tradition familiale dépassée.

— Permets-moi de ne pas être d'accord. De mon point de vue, cette tradition n'a rien de dépassé. La famille est parfaitement capable de s'occuper de ses affaires, et je te conseille de t'occuper des tiennes.

Rupert émit un long soupir de frustration.

— Bon, bon. Puisque tu t'entêtes, je n'insiste pas. Je ne cherchais qu'à te rendre service, en tant que beau-père de Laurel, en tout bien, tout honneur. Maintenant, si tu changeais d'avis…

— Il n'en est pas question. Et si tu n'as rien d'autre à me demander, je te prie de m'excuser, c'est l'heure de mon traitement.

Le visage de Rupert se marbra de rougeurs. Banquier imbu de lui-même, il se voyait comme un personnage important au sein de la petite communauté et n'avait à l'évidence pas l'habitude d'être traité de la sorte. Il se leva, raide et digne, salua Jacob de la tête.

— Mais certainement. Je m'en vais de ce pas.

— Oh ! Rupert, une dernière chose, l'interpella Jacob tandis qu'il se dirigeait vers la porte.

— Oui ?

— Avant que tu t'en ailles, j'aimerais clarifier un détail. Katherine est sans doute d'un tempérament fougueux, et j'admets que, parfois, elle dépasse les bornes, mais ni toi ni personne ici n'êtes en droit d'affirmer qu'elle s'est un jour conduite de manière immorale. Et je n'accepterai pas qu'on répande ce genre de rumeurs sur son compte. Est-ce compris ?

— Mais… mais…, bredouilla Rupert, stupéfait. Je croyais que… enfin, tout le monde sait bien que…

— Que quoi ?

— Que tu ne t'entends pas avec Maggie. Ne viens pas me dire le contraire, Jacob. Cette fille a toujours été pour toi une source d'ennuis. Toute la ville est au courant.

— Vous ignorez tout de mes rapports avec Katherine, absolument tout ! Cela vaut pour toi, comme pour les gens d'ici. C'est compris ?

— Bon, bon. Si tu le dis.

Lorsque Rupert se fut retiré, Jacob tremblait de rage. Il se tourna vers la fenêtre, dents serrées, mâchoire crispée, encore surpris de sa propre réaction de colère lorsque Rupert s'était permis de dénigrer Katherine.

Que lui-même la critique, lui qui l'avait élevée, rien

de plus légitime. Mais bon sang, il ne permettait pas à un étranger de le faire !

Il avait donc spontanément défendu Katherine. Simple réflexe ! Cependant, il ne s'attendait pas à ce que Rupert en soit surpris, et cela le troublait. Depuis toujours, il pensait que personne — enfin, personne en dehors de Lily et de Nan — ne s'était rendu compte de ses rapports ambigus envers Katherine. Il aurait dû se méfier davantage. Se douter que Ruby Falls n'était qu'une petite communauté fermée.

Et voilà qu'à présent, des rumeurs circulaient. Comment diable ne s'en était-il pas aperçu ! D'autant qu'on jasait sans doute sur le compte de Katherine depuis toujours. Fine comme elle l'était, elle le savait très certainement.

Dieu du ciel, quel cauchemar pour une enfant de grandir ainsi dans une ville où chacun racontait que son père ne l'aimait pas !

Finalement, Nan avait peut-être raison. Ses frasques d'adolescente rebelle et son impertinence ne visaient sans doute qu'à retenir son attention.

Frustré, Jacob frappa le bras du fauteuil de son poing. Ainsi, Katherine avait souffert toute sa vie des racontars propagés par les mauvaises langues. Et par sa faute à lui… Nom d'un bonhomme ! Quels que puissent être ses sentiments pour elle, il n'avait jamais imaginé qu'il pût en être ainsi…

— Alors ? Tu vas te décider à me parler d'elle ou pas ?

Dan réprima un sourire. Il prit le temps de héler la serveuse pour qu'elle remplisse leurs verres de thé glacé, puis coupa posément un morceau de steak poêlé.

— Qui donc, « elle » ?

— Ne fais donc pas l'innocent, tu comprends parfaitement, rétorqua Lucy Garrett à son fils. Maggie Malone, bien sûr.

— Qu'est-ce que tu veux que je te dise ?

— Pour commencer, est-ce qu'elle est aussi belle que sur les photos ?

— Oui.

— Et pour le reste ? Comment est-elle ?

Dan mâcha consciencieusement sa bouchée et l'avala.

— Voyons. Maligne comme une renarde et impertinente, voilà qui me paraît la décrire avec justesse.

Apparemment ravie par ce portrait, Lucy souriait d'une oreille à l'autre.

— Eh bien, tant mieux ! Je me réjouis de savoir qu'elle est toujours la même, que le succès ne lui a pas tourné la tête.

— Ah, j'oubliais que tu travaillais à la cafétéria du lycée du temps où elle y était.

— Certes, mais je ne la connaissais pas bien.

Lucy porta sa fourchette à sa bouche, hésita, s'arrêta à mi-chemin.

— Note bien que déjà, à sa manière, elle ne passait

pas inaperçue. A l'époque, c'était une grande perche toute maigre. On ne voyait que sa crinière rousse et sa bouche disproportionnée qui lui mangeait le visage.

Elle eut un petit rire, et reprit :

— Bizarre, la vie. L'autre jour, je lisais dans un magazine féminin que, d'après une enquête récente, les hommes trouvaient que Maggie avait les lèvres les plus sensuelles au monde.

Dan repensa aussitôt à leur baiser et songea qu'effectivement, ces messieurs ne se trompaient pas. Lèvres sensuelles, délectables…

— Au temps du lycée, on la trouvait intenable, mais je t'avoue que j'ai toujours admiré son culot.

Lucy s'interrompit, prit le temps de manger quelques feuilles de salade, puis elle changea de sujet :

— Il paraît que Malone Enterprises perd de l'argent. Tu crois que Maggie sera capable de remettre la firme sur les rails ?

— Il est encore trop tôt pour en juger. Elle travaille dur, elle est intelligente, et elle a l'air de savoir ce qu'elle fait. Jusqu'ici cependant, cela n'a pas suffi à redresser la barre.

— Mm.

Du doigt, Lucy dessinait distraitement des motifs sur son verre de thé glacé couvert de condensation.

— Tu sais qu'en ville, certaines personnes ont décidé de former une délégation dans le but d'aller trouver Jacob pour exiger qu'il démette Maggie de ses fonctions ?

Dan regarda sa mère, surpris et irrité.

— Non, je l'ignorais. De qui vient cette idée ?

— Oh, toujours les mêmes ! Pauline Babcock, son mari, et toute la petite bande. Dorothy Purdue a réussi à convaincre son Leland que leur pharmacie coulerait si leurs clients se retrouvaient au chômage. Du coup, il s'agite comme un beau diable pour mobiliser ses collègues commerçants. Et les rumeurs ne font que croître et embellir.

— Merde ! marmonna Dan.

Il posa ses couverts, se tourna vers la fenêtre. Tout en observant la circulation de ce banal samedi autour de la place, il réfléchit que Martin avait peut-être bien une main dans tout cela. Et ce ne serait pas la première fois que cet individu tirait profit des ragots répandus par les commères du pays.

Reportant son attention sur son assiette, il se remit à manger en silence, pensif.

Lucy le laissa un moment à sa méditation, puis profita de la pause pour réorienter la conversation sur un sujet qui lui tenait à cœur.

— Au fait, tu ne m'as pas parlé de Debra. Cela se passe bien entre vous ?

Dan eut une légère grimace. Il attendait une question en ce sens depuis leur arrivée. Sa mère souhaitait qu'il se marie et ne manquait pas une occasion de le pousser dans cette direction.

Oh ! il ne le lui reprochait pas. D'autant qu'il se sentait prêt à s'établir, à fonder un foyer. Depuis quelques mois, il voyait beaucoup Debra Karnes et espérait trouver en elle la femme qu'il recherchait. Seulement…

— C'est fini. Il y a une bonne quinzaine que j'ai rompu avec elle.

— Dieu merci !

Eberlué, il cligna des yeux.

— Pardon ? Je croyais que tu aimais bien Debra ?

— Ne t'y trompe pas, je l'aime beaucoup. C'est une jeune femme charmante qui fera à coup sûr une excellente épouse. Mais pas pour un homme comme toi. Elle est trop effacée, trop docile, elle manque de personnalité. Tu t'ennuierais très vite avec elle. Il te faudrait quelqu'un de dynamique, d'entreprenant, avec de l'esprit, du culot… Quelqu'un… eh bien, disons… du genre de Maggie Malone.

Dan regarda sa mère, médusé. Comme toujours, son intuition le laissait pantois. Elle avait mis très précisément le doigt où le bât blessait — sur la raison de sa rupture avec Debra.

En apparence, cette dernière semblait parfaite, le parti idéal. Ils venaient de milieux semblables, elle était jolie, calme et douce, facile à vivre — le profil même de la bonne épouse. Et puis, dans la même semaine, juste après le retour de Maggie à Ruby Falls, ils étaient sortis ensemble deux fois, et il avait compris que s'il devait passer toute sa vie avec elle, il deviendrait fou à lier.

Il avait donc rompu. Debra avait pleuré, mais il avait tenu bon, ne serait-ce que par décence car, pour elle comme pour lui, la séparation était préférable. Il s'était rendu compte qu'au cours de ces deux soirées, il n'avait pas cessé de la comparer à Maggie.

Et pas seulement sur le plan physique. Par sa beauté, Maggie l'emportait devant pratiquement n'importe quelle femme. Mais il y avait plus que cela. Debra manquait de panache, d'esprit, d'humour, de pugnacité et de cran. Comparée à Maggie, elle faisait figure d'éteignoir.

Certes, cette même Maggie traînait derrière elle une réputation détestable. Réputation qu'elle ne méritait probablement pas, autant que Dan avait pu en juger jusqu'ici. Pourtant, le désir irrépressible qu'il éprouvait pour elle ne manquait pas de l'inquiéter. L'attirance était bien trop forte. Il n'avait rien vécu d'aussi dévastateur depuis sa folle jeunesse et l'époque héroïque où il avait tenté de séduire Mary Lou Hunsacker à l'arrière de sa vieille Chevrolet. Pire encore, il imaginait que tous les hommes de la planète éprouvaient ce même désir lorsqu'ils voyaient Maggie sur des photos.

— Maman, je t'en prie. Ne va pas te faire des idées sur Maggie et moi. Il n'y a rien à espérer de ce côté-là, je te le jure.

— Mais enfin, pourquoi pas ?

— Pourquoi pas ? Réfléchis deux secondes. Nous venons de mondes trop différents.

— Ridicule ! Maggie est une fille de chez nous.

— D'accord, Maggie est née ici, elle a grandi à Ruby Falls mais, depuis, elle a évolué, elle est à des années-lumière de ce que la ville a à offrir, moi inclus. Non seulement elle est diplômée de Harvard, riche, célèbre et sublime de beauté mais, pour couronner le tout, c'est la fille du patron. Inutile de rêver…

— Tu veux dire qu'elle est snob ?

— Non. Et je ne me dévalorise pas, je suis fier de ce que j'ai accompli ; j'aime la vie que je mène, Ruby Falls, mon travail, la proximité de ma famille. Mais je n'en reste pas moins un travailleur manuel, un provincial mal dégrossi. Les top models comme Maggie pourraient aussi bien vivre sur une autre planète tant elles me sont inaccessibles. Alors, s'il te plaît, ne te raconte pas d'histoires.

— Bon, bon, puisque tu insistes. Mais tu te trompes, mon fils.

Dan n'était pas de cet avis. Il ne se leurrait cependant pas sur la triste vérité : aussi longtemps que Maggie serait dans les parages, toutes les autres femmes pâliraient à ses yeux, éclipsées par son éclat, sa présence flamboyante. D'où sa décision de tirer un trait sur sa vie sociale jusqu'à son départ.

Un départ qui ne saurait tarder. Si Maggie réussissait le miracle de remettre Malone Enterprises à flot, à la mort de Jacob, elle nommerait sans doute une personne compétente à la tête de la firme pour regagner New York, retrouver le luxe et les mondanités auxquels elle était habituée.

Alors seulement, il serait libre de mener sa barque

comme il l'entendait. La porte du café-restaurant s'ouvrit et la cloche tinta. Face à l'entrée, Lucy sourit, et dit :

— Eh bien, eh bien ! Quand on parle du loup…

Au seul silence qui tomba brusquement sur la salle, Dan aurait deviné avant de tourner la tête que Maggie venait d'arriver.

Elle se tenait près du panneau sur lequel était écrit « Veuillez attendre qu'on vous place ». L'alcôve située derrière celle que Dan occupait avec sa mère était libre, de même que deux tabourets au bar et une table, mais Mabel Jean, la propriétaire du City Café and Dinah, et la serveuse ne bougèrent pas. Elles l'ignoraient.

— Va lui demander de se joindre à nous, proposa Lucy.

— Maman…

— Si, si, vas-y !

Avec un soupir résigné, Dan posa sa serviette et se leva. Tandis qu'il s'avançait vers elle, une lueur de soulagement passa brièvement dans les yeux verts de Maggie.

— Bonjour, Rouquine. Il y a du monde ici aujourd'hui. Pourquoi ne pas venir à notre table ?

Maggie jeta un regard sur les places vacantes, puis elle coula à Dan un regard ironique.

— C'est ce que je constate. Je vous remercie, mon chou. L'offre est la bienve… Une petite seconde. Vous avez bien dit « notre » table ? Vous n'êtes pas seul ?

— Non. Je suis accompagné.

— Eh bien… à la réflexion, je crois que…

— Allons, Rouquine, venez faire sa connaissance. Elle ne mord pas, je vous le promets.

Maggie tenta de protester, mais il lui prit le bras, l'entraîna avec lui.

— Maman, je te présente Maggie Malone. Maggie, Lucy Garrett, ma mère.

Et Dan s'étonna de voir que, pour une fois, la flamboyante rousse se trouvait décontenancée. Elle eut cependant tôt fait de se ressaisir, tendit la main avec un sourire radieux.

— Enchantée, madame Garrett.

Les deux femmes échangèrent quelques politesses d'usage, puis Lucy invita Maggie à s'asseoir.

— C'est gentil à vous, mais j'ai déjà mangé. Et puis, je ne voudrais pas interrompre votre tête-à-tête familial.

— Vous ne nous dérangez pas, au contraire. Allons, asseyez-vous, insista Lucy.

— Je vous remercie, non. Je ne faisais que passer prendre un café pour tuer le temps en attendant que Leland prépare une ordonnance pour mon père.

Elle accompagna cette explication d'un geste vague en direction de la place et de la pharmacie Purdue.

— Je vous conseille de capituler, Rouquine. Ma mère est têtue comme une mule, ses désirs sont des ordres. Il vous reste bien une petite place pour une part du délicieux gâteau au chocolat de Mabel Jean avec votre café, non ? Allons, ne faites pas de manières, installez-vous.

Et, sur ces mots, il la poussa littéralement dans l'alcôve, puis se glissa près d'elle sur la banquette avant de héler la patronne.

A contrecœur, Mabel Jean dut servir Maggie. Visiblement, il lui en coûtait, mais elle ne pouvait se permettre de bouder Dan.

Au grand étonnement de ce dernier, Maggie ne parvenait pas à se montrer plus détendue en présence de sa mère. Polie, elle devisait aimablement, mais elle remuait sur son siège, en proie à quelque malaise qui agitait ses mains d'un léger tremblement. Plus révélateur encore, elle avait renoncé à sa nonchalance habituelle et, pas une fois, elle ne fit mine de flirter avec lui comme à son habitude.

Lucy ne perdit pas de temps et se lança dans un interrogatoire fort habile, ce qui amusa Dan mais l'irrita aussi. Tandis que Maggie engloutissait une énorme part de gâteau, Lucy l'inondait de son bavardage, glissant çà et là une question faussement innocente, de sorte qu'en dix minutes, elle avait réussi à lui soutirer plus de détails sur sa vie personnelle qu'il n'en avait lui-même appris en cinq semaines.

Elle obtint ainsi une révélation particulièrement intéressante : Maggie ne vivait pas en couple et n'avait jamais eu de relations sérieuses avec un homme. Et quand Lucy mentionna les articles de presse concernant ses apparitions à des premières ou à des soirées mondaines au bras d'acteurs, de stars du rock ou bien d'athlètes, Maggie éclata de rire.

— Je suis désolée de vous décevoir, mais si les gens d'ici se délectent de ces articles qu'ils jugent croustillants et font des gorges chaudes de ma conduite sulfureuse, je dois vous avouer que tout cela n'est que pure invention. Et, lorsque ces journaux disent vrai, ces rendez-vous n'ont rien de galant, croyez-moi. Ils sont organisés par nos attachés de presse à des fins publicitaires.

— Vraiment ? s'étonna Lucy, dépitée.

Dan ne put s'empêcher de lever les yeux au ciel, trouvant que sa mère exagérait. Elle jouait la comédie, feignait la déception quand, en réalité, elle se réjouissait de voir les rumeurs dissipées.

— A vrai dire, je sors peu, poursuivit Maggie. Contrairement à l'opinion répandue en dehors de la profession, le métier de mannequin n'est pas de tout repos. Les journées sont longues, le travail éprouvant. Pas question de faire la fête toute la nuit si on tient à être en beauté pour la séance photo du lendemain à l'aube. De toute façon, j'aime vivre au calme. Je préfère rester chez moi le soir. D'ailleurs, entre vous et moi, toutes ces mondanités sont d'un ennui mortel.

— Vous me surprenez. Une jolie fille comme vous sans un homme pour lui tenir compagnie, c'est un comble, déclara Lucy sans ambages. Mais peut-être n'êtes-vous pas faite pour l'agitation des grandes villes ?

De nouveau, Maggie eut un rire de gorge qui donna le frisson à Dan.

— Je crains que vous ne soyez dans le vrai.

Elle regarda par la fenêtre, promena ses splendides yeux verts sur l'imposant tribunal, sur les coquettes petites boutiques.

— En tout cas, Ruby Falls m'a beaucoup manqué.

— Vous pensez revenir un jour vous y installer ?

Dan sursauta comme si on l'avait tiré du sommeil. Vraiment, sa mère exagérait ! Il n'en croyait pas ses oreilles.

La cloche de la porte tinta une fois encore, et Lucy marmonna :

— Tiens, tiens ! Voilà les pipelettes.

Deux femmes venaient d'entrer dans le café, en bavardant avec animation.

— Tully affirme qu'elle chamboule tout, qu'elle pose tout un tas de questions, qu'elle se conduit en propriétaire.

— Si tu veux mon avis, c'est un scandale.

La patronne du café qui portait un plateau chargé en fond de salle leur lança par-dessus son épaule :

— Une petite minute, je suis à vous tout de suite.

— Ne te dérange pas pour nous, Mabel Jean. Nous prendrons la première alcôve, répondit Pauline Babcock.

Puis elle s'installa avec Dorothy Purdue juste derrière Dan et Maggie.

— Bon. Eh bien, comme je te le disais, c'est un scandale que cette fille profite ainsi de la faiblesse de son père. Tout le monde sait bien ici que Jacob ne l'aurait jamais laissée débarquer à la conserverie comme en pays conquis et jouer les petits chefs s'il avait été en état de l'en empêcher. Il n'aurait même pas voulu d'elle chez lui. D'ailleurs, il a désavoué cette créature d'enfer quand il l'a flanquée dehors il y a sept ans. Il faut avouer qu'elle ne méritait pas mieux.

Lucy se mordit la lèvre et, gênée, regarda Dan et Maggie sur le siège opposé. Cette dernière se tenait parfaitement immobile, les yeux fixés sur son assiette vide.

— Certains prétendent qu'il perd un peu la tête à cause de tous les médicaments qu'il prend pour son traitement, murmura Pauline sur le ton de la confidence.

— C'est bien possible. Leland n'arrête pas de renouveler des ordonnances pour lui. Maggie est d'ailleurs passée le voir à la pharmacie tout à l'heure…

— Ah ! Ça explique que sa voiture de m'as-tu-vu soit encore garée devant la boutique.

Dorothy émit une sorte de gloussement.

— Leland avait déjà préparé l'ordonnance, mais il l'a fait attendre. Il lui a raconté qu'un des produits manquait, que la livraison n'était pas encore arrivée de Tyler.

— Bien joué. Cette fille se croit sortie de la cuisse de Jupiter. Il est grand temps que quelqu'un la remette à sa place.

Les deux femmes s'esclaffèrent comme devant un bon tour. Derrière elles, Dan sentait la colère de Maggie monter. Du coin de l'œil, il nota qu'elle agrippait le bord de la table, qu'elle serrait les dents.

— Doucement, Rouquine, lui souffla-t-il. Ce ne sont jamais que deux mégères en mal de ragots.

Elle lui coula un bref regard, le gratifia d'un sourire crispé.

— Maintenant, s'il refuse de se débarrasser d'elle, je me demande si nous ne pourrions pas convaincre Lily et Laurel de le faire certifier inapte à gérer ses affaires pour déficience mentale. Et Martin reprendrait la direction.

— N'importe qui plutôt que cette créature ! Non mais, tu as vu les photos dans *Sports Gazette* ? Celle où elle posait avec un Bikini de la taille d'un timbre-poste ? Franchement ! Quel toupet ! Elle n'a donc honte de rien ?

— De rien. C'est indécent.

Cette fois, la mesure était comble. Maggie se pencha en travers de la table et murmura :

— J'ai été ravie de vous connaître, madame Garrett, mais veuillez m'excuser, il faut que je m'en aille.

— Faites, mon petit. Je comprends parfaitement.

Elle donna un bref coup de coude à Dan.

— Cela vous ennuierait de vous pousser, que je puisse sortir ?

— Voyons, Rouquine ! Vous n'allez pas vous laisser chasser par deux mégères, tout de même !

— Oh, mais je ne fuis pas. Je vais de ce pas clouer

le bec à nos commères. Et maintenant, bougez-vous avant que je cogne !

Voyant que ses yeux verts lançaient des éclairs, Dan sourit et se leva.

Dorothy regarda vaguement dans leur direction sans interrompre son bavardage — jusqu'à ce que Maggie se glisse hors de l'alcôve.

— … entendu dire que… Oh là là ! Miséricorde !

Rougissant jusqu'à la racine des cheveux, Dorothy dévisageait Maggie qui se trouvait maintenant à moins d'un mètre d'elle. Elle ouvrait et fermait la bouche tel un poisson hors de l'eau.

— Qu'est-ce qu'il y a ? Qu'est-ce qui t'ar… Maggie ! s'étrangla Pauline.

Le silence se fit tandis que tous les yeux se tournaient pour observer la confrontation. De l'autre côté de l'allée, Emory Perkins, Harold Duff et Alvin Dooley, trois fermiers qui se retrouvaient chaque jour au café pour se plaindre du prix des récoltes et maudire le gouvernement, restaient là, bouche bée, comme des gamins à un peepshow.

— Bonjour, mesdames.

Souriant aimablement, Maggie concentra son attention sur Pauline.

— Madame Babcock, je me pose quelques questions… Vous pourriez peut-être m'éclairer. Ni vous, ni votre époux, ni aucun de vos enfants ne travaillez pour Malone Enterprises. Et comme vous n'êtes pas parents avec nous, je sais que vous n'êtes pas davantage actionnaires. En conséquence de quoi, je me demande pourquoi vous vous inquiétez tant du sort de la firme.

— Je… euh… c'est que… Mon neveu… Steven y travaille.

— Ah. Je vois. Votre neveu. Steven Muckleroy, je suppose ? Le fils de votre sœur ?

Pauline acquiesça d'un hochement de la tête, et Maggie poursuivit sur le même ton :

— Dites-moi, est-il arrivé à Steven de ne pas recevoir son salaire ?

— Eh bien… non…

— C'est ce que je pensais. A-t-il jamais été payé en retard ?

— Pas à ma connaissance, mais…

— Alors, de quoi vous plaignez-vous ? Ayez la bonté de m'expliquer de quel droit vous vous mêlez des affaires de la famille Malone ?

Reprenant du poil de la bête, Pauline bomba son torse de poulet et releva le menton.

— Chacun sait que l'économie de la ville repose principalement sur la conserverie. Nos inquiétudes sont donc légitimes. Nous avons entendu dire que si la situation s'aggravait encore, l'entreprise Malone serait contrainte de vendre à Bountiful Foods. Dans ces circonstances, notre avenir, celui de Ruby Falls, ne devrait pas dépendre d'une créature de votre espèce.

Maggie se retourna alors pour s'adresser à la salle et éleva la voix.

— Bien. Ecoutez-moi tous ! Puisque le téléphone arabe fonctionne ici à la vitesse de la lumière, j'aimerais que vous fassiez passer le message : Malone Enterprises ne sera pas vendue, ni à Bountiful Foods ni à aucun autre groupe que ce soit. Pas plus que Malone n'ira à la faillite.

— Parlez toujours, mais je tiens de source sûre que vos bénéfices sont en chute libre et que si la barre n'est pas redressée rapidement, vous ne serez plus en mesure de payer les salaires, intervint Pauline, belliqueuse.

— Ne vous inquiétez pas, madame Babcock. Les salaires seront payés, ainsi que toutes nos dépenses. Si besoin est, je les paierai de ma poche.

Un murmure surpris passa sur l'assistance comme un frisson. Mais Maggie n'en avait pas encore terminé avec les deux commères.

— A présent que ce point est réglé, parlons maintenant de ce Bikini qui vous offusque tant, mesdames. Je ne crois pas que tout le monde partage votre avis.

Elle traversa l'allée, s'approcha de la table où les trois fermiers demeuraient bouche bée.

— Prenez Dooley ici présent, par exemple.

Et, avec un sourire enjôleur, elle passa un ongle laqué de carmin dans les maigres cheveux de l'homme, enroula une mèche autour de son doigt.

— Dooley, ces photos vous ont-elles choqué ?

La pomme d'Adam du dénommé Alvin Dooley montait et descendait comme un ascenseur en folie tandis qu'il devenait pivoine jusqu'au sommet de son crâne dégarni.

— Oh non, mam'zelle ! Non ! Pas du tout !…

— Merci, mon chou.

Maggie libéra la mèche captive et posa un baiser sur le haut de son front avant de se retourner vers les deux pies.

— La preuve est faite, mesdames. Vous voyez le mal là où d'autres voient la beauté.

— Vous étiez pratiquement nue !

— Vous connaissez le dicton. La plus belle fille du monde ne peut donner que ce qu'elle a.

Dorothy, outragée, ouvrit la bouche et resta muette.

Pauline pinça les lèvres et ses traits se froncèrent comme si elle venait d'avaler du vinaigre. Maggie les ignora pour se diriger vers la porte et, juste avant de sortir, elle lança à tous par-dessus son épaule :

— Si vous voulez bien m'excuser, je regrette de vous fausser compagnie, mais j'ai quelques obligations… Il faut que j'aille botter le derrière à ce voyou de Leland.

— Tu vois ? Ça, c'est le genre de femme qu'il te faut. Celle-là au moins, elle ne manque pas d'air.

Dan entendit à peine la remarque de sa mère. Un sourire aux lèvres, il regardait Maggie qui traversait la place la tête haute et se dirigeait vers la pharmacie Purdue en roulant les hanches.

13

La grande horloge de l'entrée sonna minuit tandis que Maggie gravissait l'escalier, épuisée autant qu'abattue.

Durant la nuit de la veille, quelqu'un avait arrosé d'antigel le sol et la base de leurs onze fruitiers les plus productifs, ce qui revenait à les tuer. A présent, elle n'avait plus le choix. Il lui faudrait dès le lendemain matin rapporter tous ces incidents à son père et lui faire part de ses soupçons, lui dire qu'un être malfaisant cherchait à mettre la firme en faillite.

Après la scène du café avec Pauline et Dorothy quinze jours plus tôt, elle avait cru que le saboteur renoncerait à ses actes de vandalisme dès qu'il aurait vent de sa détermination à maintenir Malone Enterprises à flot. Et puis, en se rendant au garage l'autre matin, elle avait trouvé les quatre pneus de sa Viper à plat — crevés avec de larges entailles au couteau.

Elle les avait fait remplacer sans en avertir personne — pas même Dan. Mais l'idée que quelqu'un s'était introduit dans la propriété pendant leur sommeil pour lacérer ses pneus lui faisait craindre le pire.

Sur le palier, Maggie passa sur la pointe des pieds devant la chambre de ses parents pour gagner la sienne au bout du couloir. Elle déposa son sac et ses clés de voiture sur la commode, leva les bras pour s'étirer et s'interrompit presque aussitôt en remarquant une bosse bizarre au beau milieu du lit.

Intriguée, elle s'approcha, tira courte-pointe et couvertures en arrière. Un cri étranglé s'échappa de sa gorge sans qu'elle puisse le retenir. Avec un mouvement de recul, elle se couvrit la bouche de la main, horrifiée à la vue du cadavre de rat qui trônait sur le drap parsemé de motifs floraux.

Anxieuse, elle se tourna vers la porte. Elle s'attendait à ce que sa mère ou bien Charley accoure pour voir ce qui se passait. Au bout de quelques instants, comme personne ne venait, elle s'obligea à regarder de nouveau vers le lit.

— Mon Dieu, mon Dieu, mon Dieu !

Quelqu'un avait violé l'intimité de sa chambre pour mettre cette bête répugnante dans son lit. Qui diable était capable d'une chose pareille ? Et pourquoi ? Ce ne pouvait être qu'une connaissance, quelqu'un qui avait libre accès à la maison, qui était le bienvenu chez eux.

Cette seule idée la rendait malade, lui donnait la nausée.

Il lui fallait pourtant se débarrasser de la carcasse, de préférence sans donner l'alerte. Si son père découvrait qu'on la haïssait à ce point, il risquait de revenir sur sa décision et de lui demander de partir.

Le cœur battant, elle s'avança puis, s'efforçant de ne pas regarder l'infecte créature, elle tira le couvre-lit à terre, ôta le drap de dessus, défit rapidement les coins du drap de dessous, rassembla le tout en un paquet informe et courut à la fenêtre qu'elle ouvrit en hâte, en se retenant pour ne pas vomir. Après quoi, elle dut décrocher le battant grillagé antimoustique afin de jeter l'animal mort dans le jardin.

Lorsqu'elle eut laissé tomber le drap contaminé à terre, elle referma l'ensemble et s'enveloppa de ses bras en frissonnant. Au bout de quelque temps, les frissons cessèrent. Rassemblant son courage, elle s'obligea à ramasser les draps souillés pour les porter dans le panier à linge de la salle de bains.

Elle achevait de déplier un drap de dessous propre quand le téléphone sonna.

Surprise, elle sursauta, puis bondit sur le combiné pour décrocher avant qu'une autre sonnerie ne réveille son père. Qui donc l'appelait si tard ? Diable, d'après le réveil, il était minuit vingt ! Pas une heure chrétienne.

— Allô, oui ?

— Vous êtes Maggie Malone ? s'enquit une voix rocailleuse.

Le cœur battant, les doigts crispés sur le combiné, elle répondit d'un ton hésitant :

— Oui. Qui est l'appareil ?

— Rowdy Williams, du bar-grill Chez Rowdy. Je suis désolé de vous déranger en pleine nuit, mademoiselle Malone, mais il vaudrait mieux que vous passiez chercher votre jeune sœur.

— Je…

Son regard se posa sur le lit. Elle se détourna aussitôt et passa une main tremblante dans ses cheveux.

— Pardon ?

— Je disais que vous feriez bien de passer au bar récupérer votre petite sœur.

— Jo Beth ? Elle est chez vous ?

— Ouais. Elle a débarqué ici il y a un petit moment, soûle comme une bourrique. J'ai refusé de lui servir à boire et confisqué ses clés de voiture pour l'empêcher de conduire dans cet état, mais elle me fait un cirque de tous les diables pour que je les lui rende. Vous comprenez, je préfère ne pas appeler la police. Votre père n'apprécierait pas. Seulement, si personne ne se dérange, je ne vais pas avoir le choix.

— C'est bon, j'arrive.

Mettant ses inquiétudes de côté, Maggie reprit son sac, ses clés et, sur ses jambes encore flageolantes, elle repartit en sens inverse en veillant à ne pas faire trop de bruit. A pas de loup, elle passa devant la chambre de ses parents en priant le ciel que le téléphone ne les ait pas réveillés. Parvenue au rez-de-chaussée, elle traversa la cuisine sur la pointe des pieds tout en gardant un œil sur la porte d'Ida Lou où elle s'attendait à voir à tout instant filtrer un rai de lumière. Sitôt sortie par l'arrière de la maison, elle courut tant bien que mal jusqu'au garage.

Résistant à l'envie de pousser le moteur de la Viper à fond, elle longea la villa au ralenti et n'accéléra qu'à distance raisonnable.

Quel démon avait donc possédé sa sœur ? Certes, à l'âge de Jo Beth, elle avait fait elle-même pas mal de sottises, mais leur père n'était pas mourant à l'époque. Et puis, Jo Beth était depuis toujours la petite préférée de Jacob, sa princesse. Alors, pourquoi cette conduite insensée ? Et le jour de son anniversaire en prime !

— Pauvre pomme ! s'exclama Maggie en se frappant le front. Evidemment ! Elle a dix-huit ans aujourd'hui. C'est justement pour cela qu'elle a pris une cuite, pour montrer à tout le monde qu'elle en avait le droit. Mag, ma fille, tu aurais dû le prévoir, marmonna-t-elle pour elle-même.

Jo Beth avait été très agitée pendant tout le dîner d'anniversaire. Impatiente. Et, sitôt que Charley eut monté Jacob dans sa chambre, elle avait filé comme une flèche pour fêter l'événement avec ses camarades.

— Si tu n'avais pas été si pressée de t'éclipser toi-même, tu te serais peut-être doutée de quelque chose, se réprimanda Maggie.

En raison de l'anniversaire, toute la famille était présente, y compris Laurel et Martin. Et lorsque, après le repas, Jacob s'était retiré pour la nuit et Jo Beth envolée, Maggie était retournée au bureau, incapable de supporter plus longtemps la déplaisante compagnie de Martin.

Plongée dans ces réflexions, elle arrivait en vue de la route quand le pick-up de Dan tourna au coin de l'allée menant à la maison. Malgré l'angoisse qui l'habitait, Maggie ne put s'empêcher de penser qu'il était certainement sorti avec une fille, et elle en eut un pincement au cœur.

Elle ralentit l'allure, se rangea pour le laisser passer. Parvenu à sa hauteur, il s'arrêta et lui fit signe de l'imiter.

— Que se passe-t-il ? Où allez-vous si tard ? s'enquit-il par la vitre. Jacob a eu un malaise ?

— Non. Il doit dormir, ou du moins je l'espère.

Elle hésitait à mentionner la conduite stupide de sa sœur, mais au fond, quelle importance, puisqu'il était au courant de tout ?

— C'est Jo Beth. Je viens d'avoir un coup de fil de Rowdy. Elle est au bar, complètement soûle, et elle devient agressive. Je vais donc la chercher, et la ramener, de préférence sans que maman et papa en sachent rien.

— Je vous accompagne. Vous aurez peut-être besoin d'un coup de main.

Maggie ne songea pas même à protester, trop heureuse d'avoir son soutien et sa compagnie. Encore ébranlée par le vilain cadeau qu'on avait déposé dans son lit, elle ne se sentait pas de jouer les héroïnes de bande dessinée.

De toute façon, il ne lui laissa pas le loisir de refuser, fit demi-tour, attendit qu'elle reparte, et la suivit de près jusque chez Rowdy.

Lorsqu'ils y pénétrèrent, Rowdy, qui essuyait les verres, leva les yeux et leur indiqua de la tête le coin opposé de la salle où Jo Beth, perchée en équilibre instable sur un tabouret, flirtait ouvertement avec un type du genre motard, en pantalon et gilet de cuir à même la peau.

Situé en bordure de la route nationale, le bar attirait une clientèle de passage. Au premier coup d'œil, Maggie comprit que le pseudo-motard venait d'ailleurs.

Il portait la barbe, les cheveux longs et gras, avait environ la trentaine. Les bras et les épaules couverts de tatouages, il arborait un piercing au sourcil, et un autre au sein gauche, qu'on apercevait brièvement sous son gilet lorsqu'il bougeait.

Maggie glissa une main dans son sac en quête du pistolet-assommoir à décharge électrique qui ne la quittait plus depuis l'effrayant incident du verger. Puis, sûre de son fait, elle se dirigea vers le couple.

Comme chaque vendredi soir, il y avait affluence. Les clients se retournaient sur le passage de Maggie pour la dévisager, de vieilles connaissances la hélaient, lui lançaient des saluts. Maggie distribuait les sourires, les signes de la main, mais elle poursuivait sa route, imperturbable.

L'homme qui parlait avec Jo Beth s'interrompit pour voir ce qui se passait. Apercevant Maggie, les yeux lui sortirent de la tête, et un sourire gourmand, lubrique, se figea sur ses lèvres.

— Eh bien, eh bien ! Bonsoir, beauté !

Cherchant à voir qui lui disputait l'attention du don Juan bardé de cuir, Jo Beth qui se contorsionnait sur son perchoir manqua en tomber. Lorsqu'elle reconnut Maggie, elle fronça les sourcils, l'air mauvais.

— Qu'est-ce que tu fiches ici ?

— Est-ce qu'on se connaît ? demanda l'homme.

S'efforçant d'ignorer les trois anneaux qui perçaient la langue du monsieur, Maggie prit le sac de Jo Beth qu'elle passa en bandoulière, et enlaça la taille de sa sœur.

— Viens, ma chérie, il est temps de rentrer.

— Non. Je rentrerai pas. Tu peux pas m'obliger, je suis majeure.

— Je sais.

— Hé ! Je te connais, toi, je t'ai déjà vue.

— N… non. C'est ce que tu crois, mais tu la connais pas. C'est ma grande sœur super mannequin de choc, déclara Jo Beth d'une voix pâteuse.

Le motard claqua des doigts.

— Ça y est, j'y suis ! Maggie Malone ! Whaou ! Je peux te payer un verre qu'on fasse connaissance, tous les deux ?

Maggie sentit Dan se raidir auprès d'elle, mais avant même qu'il réagisse, elle coula un regard glacial au garçon.

— Non merci, ça ne m'intéresse pas.

— Tu te prends pas pour de la merde, pas vrai ? T'es une célébrité, c'est ça ? lança Jo Beth entre deux hoquets.

Puis elle cogna du poing sur la table.

— Hé ! J'ai soif ! Je veux à boire, bordel !

— Pas question. On rentre.

— Maggie a raison, p'tit bout. Allons, en route.

Au prix d'un effort, Jo Beth parvint à centrer sa vision sur Dan et lui adressa une sorte de sourire.

— Oh ! Mais voyez donc ça ! Salut, Dan ! Tu sais quoi ? J'ai dix-huit ans.

— Je sais, la môme. Je sais.

— Hé, comme tu y vas ! Je suis plus une môme maintenant. Je suis adulte.

— N'empêche qu'il est l'heure de rentrer, dit-il en la soutenant tandis que Maggie l'arrachait à son siège.

— Holà ! intervint le motard, doucement les basses. Vous me cassez mon coup, on causait, tous les deux.

Malgré ses airs de dur à cuire, le motard faisait une bonne tête de moins que Dan, qui se pencha sur lui pour lui souffler dans le nez :

— La ferme, espèce de crétin. C'est fini maintenant. Alors tu nous lâches les baskets, on la ramène chez elle. T'as quelque chose à dire ?

L'autre serra les poings, et ils restèrent ainsi, à se regarder dans le blanc des yeux pendant ce qui parut une éternité à Maggie. Elle craignait qu'ils n'en viennent aux mains. Finalement, l'homme vêtu de cuir recula et retroussa les lèvres, méprisant.

— Je te la laisse. C'est qu'une morveuse. Elle vaut pas un clou.

— Morveuse toi-même, hé, face d'enclume ! Je suis une grande ! Vas-y, Dan ! Cogne, qu'est-ce que t'attends pour lui faire sa fête ?

— Baisse d'un ton, frangine, dit Maggie en l'entraînant vers la sortie.

L'air nocturne humide, mais tiède pour un mois de novembre, était rafraîchissant après l'atmosphère enfumée du bar. Maggie inspira longuement, avec délices, puis elle dirigea la jeune fille chancelante à travers le parking et jusqu'à sa voiture.

— Je ne voudrais pas avoir l'air mauvaise joueuse, mon chou, mais en dehors du fait que j'apprécie votre aide, le but de l'exercice était de ramener Jo Beth à la maison sans que papa apprenne ses aventures d'un soir. Quand je vous ai vu jouer au dur avec ce Rambo d'opérette, j'imaginais déjà les manchettes des journaux : « Maggie Malone et sa sœur arrêtées dans un bar au cours d'une rixe. »

— Hm. Je n'ai pas cru une seconde que cet énergumène aurait le culot de se battre. Ces types-là reculent toujours. Et, en supposant même qu'il se soit rebiffé, vous étiez censée profiter du désordre pour filer avec Jo Beth avant que les flics arrivent.

— Ah, je vois ! C'était donc ça, votre plan !

— T'aurais dû le zapper, ce crétin d'eau douce ! marmonna Jo Beth. Il m'a traitée de morveuse !

— On tâchera de faire mieux la prochaine fois, bouchon. Et maintenant, en voiture !

Lorsqu'ils eurent installé Jo Beth sur le siège du passager et bouclé sa ceinture, Maggie prit place au volant et claqua la portière. Dan se pencha à la vitre pour lui crier :

— Je vous suis !

Puis il cogna du poing sur le capot et gagna son pick-up.

Le bar était à environ cinq kilomètres au nord de la ville. Maggie mit le cap vers le sud et jeta un regard vers sa sœur qui fermait les yeux, la tête renversée contre le dossier du siège.

Maggie baissa la vitre côté passager.

— Si tu as envie de vomir, fais signe, je m'arrêterai.

Jo Beth lui répondit d'un vague grognement.

Avec la vitesse, le vent lui ébouriffait les cheveux en tout sens, mais il la dégrisait aussi. Au bout de quelques minutes, Jo Beth rouvrit les yeux et redressa la tête.

— Tu me prends pour une imbécile, pas vrai ?

— Imbécile ? Non. Inconsciente, oui, mais ce n'est pas mortel. Ni définitif en règle générale.

Quelques secondes passèrent en silence. Maggie jeta un nouveau coup d'œil sur sa sœur, roulée en boule et tournée vers elle. De grosses larmes coulaient de ses yeux.

— Ne pleure pas, chaton, ce n'est pas si grave.

— Si, c'est grave. Je veux pas faire de peine à papa.

Surtout maintenant, c'est pas le moment. Mais il m'énerve comme c'est pas possible.

— Je reconnais qu'il peut être pénible, acquiesça Maggie.

Et, sans autre commentaire, elle tira de la boîte à gants une poignée de mouchoirs en papier qu'elle tendit à sa sœur.

Après quelques reniflements emphatiques, Jo Beth s'essuya les yeux et se moucha. Silence. Puis :

— J'irai pas à la fac. Il en pensera ce qu'il veut, je m'en fiche ! s'écria-t-elle, s'attendant à ce que Maggie la contredise.

Voyant que celle-ci restait silencieuse, l'adolescente lui coula un regard soupçonneux et reprit :

— Il n'a pas renoncé, tu sais. Il a expédié tous les dossiers d'inscription lui-même. J'arrête pas de lui répéter que je suis pas un cerveau comme toi, mais il me croit pas. Il pense qu'un jour, je serai le patron de la boutique, bien que tu aies repris la direction et tout.

Maggie crispa les doigts sur le volant. Pourtant, Jacob l'avait prévenue : elle était en poste pour assurer un intérim, rien de plus. Sa place n'était pas au sein de l'entreprise.

Jo Beth poursuivait son idée :

— Il m'embête à la fin. Je le ferai pas. Je peux pas. Je suis comme maman. Je comprends rien aux affaires. Les maths, tout ça, c'est pas mon truc. Et papa, il peut dire ce qu'il veut, je serai actrice.

Maggie soupira.

— Jo Beth, je regrette de te décevoir, mais je suis plutôt d'accord avec papa.

— Quoi ? Ça, c'est la meilleure ! Tu as réalisé ton rêve, tu es allée à New York pour devenir mannequin, même que maman en était malade, et moi, je pourrais pas faire pareil ? C'est dégueulasse !

Maggie eut une grimace douloureuse. Jamais elle n'avait envisagé d'être mannequin. Ce n'était pas là son rêve, loin s'en faut. Lorsqu'elle était partie se réfugier à New York, sept ans plus tôt, elle avait vécu ce départ comme un cauchemar, pas comme un rêve. En somme, elle n'était mannequin que par accident. Et sa jeune sœur semblait l'avoir oublié. Elle s'abstint cependant de lui en faire la remarque, se contentant de répondre d'une voix posée :

— Rappelle-toi que j'avais terminé mes études quand je suis partie pour New York.

— M'en fiche. Je vais pas gâcher quatre ans de ma vie en fac pour apprendre des machins qui me serviront à rien.

— Ecoute, si tu souhaites vraiment devenir comédienne, il n'y a pas de mal à cela, je suis d'accord. Mais je pense tout de même que tu devrais faire des études supérieures pour avoir un diplôme qui te permette de décrocher une bonne situation au cas où le théâtre ne marcherait pas. On ne sait jamais. A ta place, j'irais à l'université, mais j'en choisirais une avec un solide département d'études théâtrales pour apprendre le métier. Ainsi, tu obtiendras ta licence, et papa sera content. Bon, tu ne te spécialiseras sûrement pas en gestion, mais prends une option qui te prépare à la vie active. Et tu profiteras de tes années de fac pour parfaire ton talent, acquérir l'expérience de la scène. De sorte que, quand tu te présenteras pour des rôles, tu seras mieux armée pour réussir.

Bref coup d'œil de Maggie sur sa cadette dont l'expression belliqueuse avait cédé la place à un froncement de sourcils pensif. Mais ce discours avait-il pénétré le cerveau embrumé par l'alcool de Jo Beth ? Mieux valait ne pas trop compter dessus...

— Alors, frangine ? Qu'est-ce que tu en penses ?

— Chais pas.

En tournant dans l'allée de la propriété, Maggie éprouvait un besoin urgent de convaincre sa sœur. D'autant qu'elle ne retrouverait peut-être pas de sitôt l'occasion de lui parler aussi franchement.

— Rien ne t'oblige à en décider ce soir, mais promets-moi d'y réfléchir... D'accord ?

Jo Beth la regarda d'un air soupçonneux.

— Qu'esse ça peut te faire, d'abord ?

Maggie gara la Viper devant l'entrée de la maison, et vit dans son rétroviseur les phares de Dan qui arrivait à son tour. Le temps pressait. Elle posa la main sur le bras de sa sœur et conclut :

— Que tu me croies ou non, ma chérie, je t'aime.

Jo Beth cligna des yeux à la manière d'une chouette.

Dan ouvrit la portière côté passager de la Viper, et le charme fut brisé.

— Tout s'est bien passé ? demanda-t-il.

— Très bien.

Maggie sortit de voiture et, avec l'aide de Dan, conduisit Jo Beth jusqu'au seuil de la porte. Mais elle refusa qu'il la porte dans sa chambre.

— Moins nous serons à monter et descendre l'escalier et moins nous risquerons de réveiller mes parents, lui murmura-t-elle à voix basse.

Puis, comme il se retournait pour partir, elle ajouta :

— Oh, et puis, Dan…

Il s'arrêta net, la regarda de côté en haussant les sourcils.

— Oui ?

Dans la pénombre, Maggie l'observa un moment en silence. Il semblait si calme, si solide, si inébranlable, qu'elle aurait aimé poser la tête contre sa large poitrine et se confier à lui, lui raconter ses soucis et ses craintes, l'histoire des pneus crevés, le cadavre de rat déposé dans son lit, l'angoisse que lui causait cette intrusion malsaine dans son intimité. Elle aurait aimé sentir ses bras se refermer sur elle dans une étreinte protectrice…

— Merci de m'avoir accompagnée.

Pendant de longues secondes, le regard clair de Dan resta posé sur elle, impassible, insondable, mais intense. Enfin, il hocha la tête.

— Il n'y a pas de quoi.

Puis il dégringola les marches du perron et s'en fut d'un pas leste vers sa voiture tandis qu'elle soupirait.

Dan parti, les deux sœurs entreprirent la lente et difficile ascension jusqu'au premier. Elles avaient atteint le palier sans encombre quand Jo Beth hoqueta :

— Je vais vomir !

— Chut… tu vas réveiller tout le monde.

— Aïiiiiieee !

— Tiens bon, frangine, tiens bon ! l'encouragea Maggie dans un souffle. On est presque arrivées.

— Je peux plus me retenir ! Ça vient !

Soutenant sa sœur, la traînant, la portant à demi, Maggie se précipita jusqu'à la chambre de l'adolescente, la poussa à l'intérieur puis jusque dans la salle de bains attenante. Le désastre fut évité de peu. Jo Beth s'effondra à genoux comme une masse devant les toilettes et se pencha au-dessus de la cuvette.

Près d'elle, Maggie lui retenait les cheveux en arrière d'une main, et de l'autre lui soutenait le front. D'une voix douce, elle l'encouragea à se soulager :

— C'est ça, frangine. Ne te retiens pas, laisse-toi aller. Tu te sentiras mieux après.

Et l'adolescente régurgita le trop-plein d'alcool, secouée de hoquets convulsifs et bruyants. Inquiète malgré tout, Maggie jetait de temps à autre un coup d'œil à la porte ouverte, se demandant si elle avait fermé celle de la chambre et si ce tapage n'allait pas réveiller Lily qui, tel un chien de garde, ne dormait jamais que d'une oreille.

— Aïe, aïe, aïe ! Je vais mourir ! Je vais mourir ici sur le carrelage, avec la tête dans la cuvette des chiottes !

— Mais non, tu ne mourras pas. Une malheureuse cuite n'a jamais tué personne. Tu vas tout simplement regretter d'être en vie. Et maintenant, lève le nez. Regarde un peu par ici. C'est bien.

Elle lui redressa la tête, lui prit le menton et passa un gant de toilette humide sur son visage livide. Puis elle lui tendit le verre à dents rempli d'eau.

— Rince-toi la bouche, et crache… Bien. Encore. C'est ça ! Et maintenant, tu recommences…

Lorsque Jo Beth en eut terminé, elle l'aida à se remettre debout.

— Oh, là, là ! Je me sens mal ! gémit la malheureuse.

— Je sais. Et ce n'est pas fini. Tu vas sans doute vomir encore plusieurs fois avant demain matin.

— T'es vache ! Me dis pas ça.

— Désolée, sœurette, mais c'est le prix à payer. Je laisserai une bassine en plastique à côté de ton lit. Et maintenant, on se déshabille, et on passe une chemise de nuit.

Soutenant Jo Beth par la taille, elle l'aida à se tourner doucement en direction de la chambre… et manqua se cogner dans Jacob qui se tenait dans l'encadrement de la porte, lourdement appuyé contre Charley Minze.

— Papa ! s'exclama-t-elle.

Le teint blême, épuisé par l'effort, il semblait à la fois féroce et pathétiquement fragile. Derrière les deux hommes, Lily, pâle et défaite, se tordait les mains.

— Papa, je sais que cela fait mauvais effet, mais je t'en prie ne sois pas trop dur pour Jo…

— Comment as-tu osé !

— Papa !

L'infirmier regardait Maggie avec commisération, et elle comprit avec un temps de retard qu'il s'adressait à elle et non pas à Jo Beth.

— Tu as traîné cette pauvre enfant faire la fête, tu l'as soûlée !

— Non. Ce n'est pas…

— Je commençais à croire que tu avais vraiment changé. Tu avais l'air de travailler sérieusement, de prendre des responsabilités d'adulte. J'aurais dû me méfier, me douter que tu redeviendrais tôt ou tard la fille dévergondée que tu as été. C'était inévitable.

Maggie releva le menton dans une attitude de défi.

— Avant de lancer des accusations à tort et à travers, tu pourrais te renseigner sur les faits. Je n'ai pas…

— Je ne veux rien entendre de tes fausses excuses et de tes mensonges.

— Papa, tu n'as rien compris…, protesta Jo Beth en agitant la tête.

Puis elle gémit, pivota sur elle-même et s'effondra de nouveau à genoux devant les toilettes.

— Oh, mon pauvre chaton ! s'exclama Lily.

Elle se faufila dans l'étroit passage laissé par les deux hommes pour se précipiter au côté de sa cadette.

— Qu'est-ce qui se passe, nom d'un chien ? s'enquit alors Nan qui arrivait bonne dernière, en attachant la ceinture de son peignoir. Vous en menez, un tapage ! Est-ce que quelqu'un ici a idée de l'heure qu'il est ?

— Nan, ne te mêle pas de cela, ordonna sèchement Jacob sans quitter Maggie des yeux. Et toi, je t'ai prévenue de ce qui t'attendait si tu nous causais le moindre ennui. Tu l'auras cherché. Je te donne jusqu'à demain midi pour faire tes bagages et quitter la maison. Et, cette fois, ne reviens pas.

— Jacob ! protestèrent en chœur Nan et Lily.

Mais il les ignora.

— Ramène-moi dans ma chambre, Charley. J'en ai vu assez pour aujourd'hui.

— Jacob Malone, tu déraisonnes ! s'emporta Nan en leur emboîtant le pas.

Mais Maggie la retint par le bras.

— Non, tante Nan. Laisse.

— Maggie, enfin, tu n'y…

— Ne t'inquiète pas.

Elle suivit le lent progrès de son père le long du couloir, calme et maîtresse d'elle-même en apparence malgré le trouble qui l'agitait. La vieille plaie s'était rouverte, la faisant cruellement souffrir. Cependant, elle parvint à trouver un sourire pour Nan.

— Nous tirerons tout cela au clair demain matin. D'ici là, Jo Beth sera en état de lui raconter ce qui s'est réellement passé. Allez donc vous recoucher, maman et toi. Je m'occupe de la petite.

Lily était sur le point d'insister pour rester, mais Nan ne lui laissa pas le choix. Elle l'entraîna fermement hors de la chambre tout en lui rappelant que Charley aurait certainement besoin d'elle pour calmer Jacob.

Lorsqu'elles furent de nouveau seules, Maggie aida sa sœur à se mettre au lit, la borda tendrement. Elle plaça un gant de toilette humide dans une soucoupe de porcelaine et un verre d'eau sur la table de nuit, puis posa la cuvette à portée de main. Après quoi elle rassembla les vêtements de Jo Beth qui gisaient sur le carrelage de la salle de bains pour les suspendre dans l'armoire.

— Là. Je crois que tu es parée pour la nuit.

Elle jeta un coup d'œil au lit vide qui jouxtait celui sur lequel sa sœur reposait en gémissant et songea à la surprise qu'elle avait éprouvée lorsqu'elle avait découvert son propre lit.

— Si tu veux, je peux dormir avec toi, au cas où tu serais de nouveau malade.

Jo Beth ouvrit un œil vague, et Maggie y vit passer une lueur de soulagement. Mais l'adolescente redevint presque aussitôt boudeuse. L'œil se referma tandis qu'elle haussait les épaules.

— M'en fiche. Je peux me débrouiller toute seule, chuis grande.

— Bon. Alors, à demain matin.

Au moment de quitter la pièce, une photo familière

attira l'attention de Maggie. Le cliché se trouvait près d'un album ouvert sur le bureau de sa sœur. Curieuse, elle s'approcha pour y regarder de plus près.

Il s'agissait d'une page publicitaire pour Eve Cosmetics découpée dans un magazine. Un portrait d'elle en plan rapproché sur lequel on retrouvait sa bouche pulpeuse au sourire provocant, son regard vert, pétillant de malice, ses boucles flamboyantes. Elle se souvenait encore des prises de vue qui remontaient à plusieurs mois.

De plus en plus curieuse, elle demanda à sa sœur :

— C'est quoi, cet album ?

Comme Jo Beth ne répondait pas, elle jeta un coup d'œil par-dessus son épaule et constata qu'elle dormait.

Son regard revint à l'album. Elle hésitait encore, mais la curiosité l'emporta. Lentement, elle en tourna les pages une à une, remontant jusqu'à la première, et son étonnement ne fit que croître en revoyant toutes les photos publicitaires ou de mode qu'elle avait faites dans l'année.

Sur l'étagère, au-dessus du bureau, Maggie remarqua d'autres albums semblables à celui-ci. Albums numérotés et au nombre de six qui, tous, contenaient des photos d'elle soigneusement référencées depuis ses débuts. Toute sa carrière, année par année depuis sept ans. L'album ouvert sur la table, le dernier, portait le numéro sept.

Maggie en resta sidérée. Sa petite sœur conservait ses

annales, avait une copie de chaque photo qu'on avait prise d'elle, de chaque article illustré des rubriques mondaines.

Elle se tourna vers l'adolescente qui dormait à poings fermés. Jo Beth Malone, petite tricheuse ! songea-t-elle. Cette apparence belliqueuse n'était qu'une carapace, une forme d'autoprotection. Maggie ne le comprenait que trop bien. Aimer sans être aimé de retour est très douloureux, presque insupportable. Mieux vaut feindre l'indifférence.

Des doigts, elle effleura l'album sur la table, jeta un dernier regard sur sa sœur, et quitta la pièce sans un bruit. Cinq minutes plus tard, elle y revenait en chemise de nuit pour se coucher dans le lit vacant qui jouxtait celui de Jo Beth.

14

A 7 heures, le lendemain matin, après être rentrée de son jogging habituel, Maggie se rendit dans la chambre de sa sœur et, ignorant plaintes, gémissements et autres protestations de mort imminente, sortit du lit la jeune noceuse.

— Allons, allons, remue-toi, petite sœur, et plus vite que ça !

— Ouille ! Ma tête. Ma tête, c'est affreux !

— Ouais ! Eh bien, ça, c'est ce qui arrive quand on abuse de la gnôle, mon petit lapin.

— Puisque je te dis que je vais mourir ! Faut que je me recouche, je tiens pas debout.

— Certainement pas. Et tu vas tenir debout parce que moi, il faut que j'aille travailler. Et avant que je puisse y aller, il faut que tu t'expliques. J'ai fait de mon mieux pour te défendre, mais je refuse de payer les pots cassés pour toi sur ce coup-là. Les enjeux sont trop importants pour que je prenne ce risque. Alors, on se bouge.

— Bon, bon, j'arrive. Mais arrête de crier comme ça, s'il te plaît. J'ai le crâne comme une citrouille.

L'hiver approchant, la famille prenait à présent le petit déjeuner dans la salle à manger plutôt que sur la terrasse.

Tous étaient déjà à table quand Maggie et Jo Beth firent leur apparition.

Hélas, Jacob ne semblait pas davantage enclin à entendre raison que la veille au soir. Lèvres pincées, sourcils réprobateurs, il observa sa cadette se glisser précautionneusement sur sa chaise, poser les coudes sur la table et se prendre la tête dans les mains.

Puis, lentement, d'une voix plaintive qui exprimait sa souffrance physique, elle fit un mea culpa dans les règles et raconta ses fautes de la nuit passée, concluant dans un murmure las :

— Alors, n'allez pas accuser Maggie, elle n'y est pour rien.

— Si jamais je découvre que tu mens pour protéger ta sœur…

— Elle ne ment pas, déclara fermement Dan depuis la porte.

Tous les regards convergèrent sur lui.

— J'ai accompagné Maggie hier chez Rowdy pour en ramener Jo Beth.

Il entra dans la pièce, alla à la desserte se servir une tasse de café, puis revint s'installer en face de Maggie et regarda Jacob dans les yeux.

— Elle a cru bien faire.

Jacob le dévisagea.

— Je vois. Eh bien, euh… si c'est comme ça… euh… Voilà qui éclaire la situation d'un jour nouveau.

— Mouais, marmonna Jo Beth qui se tenait toujours la tête entre les mains. Et au lieu de râler contre Maggie, tu devrais la remercier. Parce qu'on a discuté, elle et moi, en rentrant. Et elle m'a convaincue d'aller en fac.

Maggie se tourna vers sa sœur, incrédule. Malgré l'état piteux dans lequel elle l'avait ramenée, Jo Beth s'était souvenue de leur conversation ! Et Dieu sait qu'elle n'avait pas dû avoir le temps d'y réfléchir depuis. Apparemment, elle venait donc de prendre sa décision.

— Dieu soit loué ! s'exclama Lily.

Et tandis que Jacob et Nan exprimaient tour à tour leur approbation, Maggie, tout en observant sa jeune sœur avec un soupçon de méfiance, s'interrogeait sur ses motivations. Cherchait-elle par cette proclamation à lui concilier les bonnes grâces de Jacob, ou seulement à se faire pardonner ses frasques de la veille ?

— C'est bon ! C'est bon ! Parlez moins fort ! protesta alors Jo Beth en se bouchant les oreilles. Et avant de vous enthousiasmer, il vaut mieux que vous sachiez tout de suite que je n'ai pas l'intention d'étudier la gestion, mais de faire une licence en études théâtrales.

— Quoi ? Ecoute un peu, tête de mule…

— Doucement, mon frère, intervint Nan. Ce qui compte, c'est qu'elle aille en faculté. Je te conseillerais de prendre la chose avec le sourire et de remercier le ciel, c'est un mal pour un bien.

Mais Jacob ne l'entendait pas de cette oreille. Irrité, il foudroya tour à tour sa fille puis sa sœur du regard, grommela, maugréa et, finalement, fit contre mauvaise fortune bon cœur, allant jusqu'à féliciter Jo Beth de cette sage décision.

— Il semblerait que je doive te remercier aussi, Katherine, d'avoir su instiller un peu de bon sens dans cette tête folle.

Il toussota pour s'éclaircir la voix, puis ajouta :

— Je... hum... et je te prie également de m'excuser pour t'avoir rendue à tort responsable de la conduite de ta sœur. C'était injuste de ma part, et je le regrette.

Maggie le dévisagea, interdite. Jamais son père ne lui avait encore présenté ses excuses pour quoi que ce fût. Puis elle prit conscience qu'elle restait là bouche bée comme une carpe hors de l'eau, et se ressaisit.

— Je... hmm... c'est... Il n'y a pas de mal.

Elle mangea sans même s'en rendre compte et n'aurait pas pu dire de quoi ils avaient parlé à table tant elle était heureuse. Stupide, en vérité, de tant s'émouvoir pour de simples excuses trop longtemps attendues et bien insignifiantes en comparaison des dommages causés au fil des ans, mais elle se sentait pousser des ailes.

Lorsque, après le déjeuner, elle rejoignit son père dans la salle de séjour en compagnie de Dan afin de lui exposer leurs soupçons concernant les actes de vandalisme, la réaction explosive de Jacob ne parvint pas à gâcher la joie qui l'habitait.

Elle ne craignait pas tant sa colère que de devoir

l'accabler sous le poids des mauvaises nouvelles. Depuis son retour deux mois plus tôt, elle le voyait décliner de jour en jour.

Par deux fois déjà, il était retourné à l'hôpital pour des drainages pulmonaires dont il se remettait toujours plus difficilement, et jamais complètement. Il était si faible à présent qu'il avait besoin d'aide pour se tenir debout. Il passait la majeure partie du temps au lit ou bien calé sur une montagne de coussins dans son fauteuil relax.

Lily était constamment aux petits soins, et Ida Lou s'efforçait de le requinquer en préparant tous ses plats favoris, mais il n'avait plus d'appétit. Il avait tant maigri qu'il n'avait plus que la peau sur les os. Chaque fois que Maggie voyait son teint terreux de grand malade, son cœur se serrait avec douleur.

Il leur échappait peu à peu, personne n'y pouvait rien. Outre ce sentiment d'impuissance pénible, Maggie souffrait d'autant plus que l'espoir de réconciliation qu'elle nourrissait depuis si longtemps risquait fort de s'éteindre avec lui.

Pourtant, malgré les ravages physiques de la maladie, Jacob n'avait rien perdu de sa lucidité ni de son tempérament emporté. De sorte que Maggie s'était préparée à affronter sa rage.

— Bon sang de bonsoir ! Pourquoi ne pas m'en avoir averti plus tôt ! s'emporta-t-il après avoir parcouru la liste des incidents survenus dans les derniers mois.

— A quoi bon ? Tu ne m'aurais pas crue. Et puis, ce

n'étaient que des soupçons. Je ne disposais d'aucune preuve, nous pouvions fort bien avoir joué de malchance. Aujourd'hui, le doute est exclu. La personne qui commet ces actes malfaisants tient à ce que nous sachions qu'on nous veut du mal.

Jacob agita la tête.

— Cela n'a pas de sens. Trop de gens dépendent de la conserverie pour gagner leur vie. Pourquoi diable tuer la poule aux œufs d'or ? Qui y aurait intérêt ?

— Les Toliver ne nous aiment pas beaucoup, suggéra Maggie.

— C'est un fait. Mais cela dure depuis soixante-dix ans. Pourquoi passeraient-ils soudain à l'offensive ?

— Peut-être ont-ils eu vent de l'offre de Bountiful Foods ? Je suis sûre que rien ne les réjouirait davantage que de nous voir contraints à vendre.

— Possible. Mais je les imagine mal s'abaisser à de tels actes. Sauf s'il y avait gros à gagner. Les Toliver ne se bougent que s'ils sont persuadés qu'ils peuvent faire rentrer du fric.

— Il y a toujours l'hypothèse d'un ex-employé congédié qui cherche à se venger, intervint Dan qui n'avait encore rien dit.

— Hm. Possible également.

Maggie échangea un bref regard avec Dan, s'éclaircit la voix, et se lança :

— Martin semble bien pressé que nous vendions.

— Qu'est-ce que tu nous chantes là ? Que Martin cherche à nous ruiner ? Ne sois pas ridicule. Il est vice-président, et sa femme sera bientôt l'un des principaux actionnaires. Cela reviendrait à couper la branche sur laquelle ils sont assis. J'en conviens, Martin n'est pas une lumière, mais il n'est pas sot à ce point.

— Ce qui ne l'empêche pas d'insister pour que nous acceptions l'offre de Bountiful Foods.

— Parce qu'il espère sauver les meubles pendant qu'il en est encore temps. Il ne ferait rien qui soit préjudiciable à l'entreprise. En tout cas, rien qui puisse en diminuer la valeur avant la vente.

Jacob fronça les sourcils et pointa son index maigre sur Maggie.

— Toi, ne va pas l'accuser à tort sous prétexte que tu ne l'aimes pas. Tu as un embryon de preuve pour étayer tes soupçons ? Un indice qui prouverait un lien avec ces sabotages ?

Maggie soupira longuement.

— Non, pas le moindre.

D'autant que Martin était toujours en déplacement lorsque ces actes de vandalisme étaient commis.

— C'est bien ce que je pensais. D'autres hypothèses ?

Elle fit non de la tête, préférant ne pas parler de Jo Beth qu'elle n'imaginait pas coupable et qu'elle avait déjà innocentée.

— Bien, conclut Dan. Nous ignorons qui se livre à ces exactions, mais elles se multiplient. Reste à savoir ce que nous faisons maintenant pour nous en protéger.

— Nous n'avons pas vraiment le choix, répondit

Maggie. Il nous faut engager du personnel de sécurité pour patrouiller dans l'usine et dans les vergers vingt-quatre heures sur vingt-quatre.

— Quoi ? Mais c'est absurde ! Nous sommes à Ruby Falls, ici, pas à New York ! Tu voudrais que je protège mon bien contre mes voisins et mes amis ? Les gens le prendront comme une insulte. Pourquoi ne pas verrouiller toutes les portes de la maison pendant que tu y es ?

Maggie repensa à ses pneus crevés, au rat déposé dans son lit la veille au soir, et elle réprima à grand-peine un frisson. Elle n'avait encore mentionné ces deux incidents à personne et n'avait pas l'intention de le faire. Ils étaient trop ciblés, trop personnels. Manifestement, on la visait, elle. On voulait l'intimider, l'humilier, lui faire peur. De plus, elle se méfiait encore des réactions de son père.

— Tu plaisantes, mais je comptais justement te le suggérer.

— Oh, pour l'amour de… Et quoi encore ? Des douves infestées d'alligators ?

— Papa, je sais que c'est difficile à accepter, mais il y a quelqu'un, pas loin d'ici, qui organise ces sabotages dont le rythme s'accélère.

— Ouais. Eh bien, laisse tomber la sécurité, nous n'avons pas les moyens de nous offrir ce luxe.

— Nous n'avons pas non plus les moyens de ne rien faire et de laisser les vandales se livrer à leurs forfaits en toute impunité, insista posément Maggie.

Elle tira des papiers d'une chemise, les tendit à son père et à Dan.

— Les premières pages donnent les détails de ce que les avaries et autres incidents nous ont coûté jusqu'ici. Ces chiffres n'expliquent pas à eux seuls la chute de nos bénéfices, mais ils y contribuent dans une large mesure. Sur les dernières pages, vous trouverez les devis de trois entreprises de gardiennage, deux de Dallas et une de Houston. Comme vous le constaterez, leurs prix sont bien inférieurs au montant des dégâts sur la même période.

Jacob parcourut rapidement les papiers en grommelant.

— Hm… eh bien, tout ce que je peux dire, c'est que tu n'as pas chômé.

Il releva les yeux, posa sur elle un regard dur, intransigeant.

— Si ces actes malfaisants n'expliquent pas la totalité de nos pertes, quelle en est la cause ?

— Je l'ignore, mais je trouverai. Je pense que la réponse se cache dans les livres comptables. Je n'ai pas encore réussi à mettre le doigt sur ce qui cloche, mais quelque chose me chiffonne dans les comptes.

— Tu sous-entends que quelqu'un au bureau détourne de l'argent ?

— En l'absence de preuve, je ne sous-entends rien du tout. Pour le moment, je me contente de me fier à mon instinct.

Elle s'abstint de mentionner que ce même instinct

lui disait qu'Elaine Udall était probablement impliquée dans l'affaire. Là encore, en l'absence de preuves, elle ne pouvait licencier cette femme sous prétexte qu'elle la détestait. Elaine se montrait glaciale, faisait de l'excès de zèle et chipotait sur des détails. Elle mettait à rude épreuve la patience de Maggie, mais elle se gardait bien d'aller trop loin, de franchir le pas et de verser dans l'insubordination.

— C'est d'ailleurs la raison pour laquelle j'épluche la comptabilité après la fermeture. Si quelqu'un trafique les livres, je préfère que le coupable ne se doute de rien. Mais j'ai bien l'intention de tirer ce mystère au clair et d'y mettre un terme.

— Je compte sur toi.

— Alors ? Tu me donnes l'autorisation d'engager du personnel de sécurité ?

Jacob consulta Dan du regard.

— Je crois que Maggie a raison. Nous n'avons que trop tardé, il est temps de nous défendre au lieu de prendre des coups.

Jacob plissa le front. L'idée ne l'enchantait visiblement pas, mais il finit par acquiescer d'un bref hochement de tête.

— D'accord. Tu t'en occupes, Katherine. Mais ne t'engage pas sur le long terme. Si nous n'obtenons pas de résultat rapidement, nous ne renouvellerons pas le contrat.

— Bien, dit Maggie en se levant. Je me charge d'organiser cela toutes affaires cessantes. Et maintenant, je vous prie de m'excuser, il faut que j'y aille.

Maggie quitta la maison par la porte-fenêtre de la salle de séjour. Les deux hommes la regardèrent traverser la terrasse, puis descendre les marches et se diriger vers le garage de son pas long et nonchalant. Lorsqu'elle eut disparu, Jacob reporta son attention sur Dan.

— Eh bien, tu avais raison. Tu disais qu'elle me ferait part de ses soupçons, elle l'a fait.

Dan fronça les sourcils, remua sur sa chaise.

— Elle attendait d'avoir suffisamment de preuves pour te convaincre.

— Tu remarqueras tout de même qu'elle n'a pas mentionné la course poursuite nocturne à travers le verger.

— Elle craignait que tu t'inquiètes, je suppose.

Ou, au contraire, qu'il s'en soucie comme de sa première chemise. Cette hypothèse étant la plus probable, Dan en éprouva du chagrin. Il répugnait à nourrir des pensées négatives envers Jacob, mais il fallait être aveugle pour ne pas voir avec quelle froideur distante il traitait l'aînée de ses filles. Il ne se montrait aussi dur qu'avec Maggie, et bien injustement d'ailleurs. Dan ne le comprenait pas, se demandait pourquoi.

— Autrefois, elle se fichait pas mal que je m'inquiète ou pas. Elle s'ingéniait à me mettre hors de moi. Je peux te jurer que cette fille a fait des tours pendables.

— Voyons, Jacob ! Il y a de cela plus de dix ans. Ce n'est plus une gamine. Et je vais te dire une chose :

c'est terminé le mouchardage ! J'en suis malade de te raconter les faits et gestes de Maggie derrière son dos. Je ne sais pas ce que tu redoutes, cela me dépasse. C'est une fille courageuse, dure à la tâche. Si tu veux mon avis, elle fait du bon boulot malgré une ambiance pour le moins éprouvante.

— Possible. Mais tu ne penses pas qu'elle mijote un coup fourré ?

— Un coup fourré ! Quoi, par exemple ?

— Mettre la firme en faillite ou voler l'héritage de ses sœurs.

— Si elle voulait vraiment mettre la firme en faillite, elle n'aurait qu'à se croiser les bras et attendre. Rappelle-toi que nous étions en mauvaise posture bien avant que tu ne lui confies la direction. Et puis, je ne vois pas comment elle pourrait voler ses sœurs, cela ne tient pas debout.

— Pour ne rien te cacher, moi non plus. Mais s'il existe un moyen de le faire, elle le trouvera, tu peux en être certain. Elle est plus rusée qu'une renarde.

— Jacob, tu te crées des soucis pour rien. Autant que je puisse en juger, son seul crime est de trimer comme une furie pour sauver Malone Enterprises.

— Tu as peut-être raison, mais je n'en suis pas entièrement convaincu. Alors, tiens-la à l'œil, s'il te plaît.

— Jacob, bon sang…

— Juste quelques semaines. Le temps que je m'assure de ses compétences. Ce n'est pas trop demander, tout de même !

Au volant de sa Viper, Maggie mit le contact. Rien, pas un bruit.

— Ce n'est pas vrai !

Sourcils froncés, elle tenta une nouvelle fois de démarrer. Sans plus d'effet.

— Non, non, et non ! protesta-t-elle en frappant du poing le tableau de bord.

Puis elle s'effondra, la tête sur le volant en gémissant :

— Je n'en peux plus... Que va-t-il encore m'arriver ?

La journée avait été rude. Elle avait commencé par un long coup de fil de Val qui n'en finissait pas de geindre, pour culminer dans une prise de bec particulièrement pénible avec Elaine Udall, juste avant la fermeture des bureaux. Et maintenant, à 11 heures du soir, après quinze heures de travail acharné, sa voiture se mettait en grève. Génial ! Il ne manquait plus que cela.

— Quelque chose ne va pas ?

Elle se redressa vivement avec un cri de surprise, puis se cala contre son siège en portant une main à son cœur.

— Dan !... Pour l'amour du ciel, ne me sautez pas dessus sans prévenir ! Vous m'avez fait une peur bleue.

— Désolé, mais je vous ai vue là, effondrée sur le volant, et je craignais que vous ne soyez souffrante.

— Moi, ça va, mais c'est ma voiture. Elle ne démarre

plus. Deux mois seulement que je l'ai, et elle me joue des tours.

— Vous avez une torche électrique ?

Elle acquiesça de la tête et tira l'objet en question de la boîte à gants.

— Tenez.

— Bien. Maintenant, libérez le loquet du capot que je jette un coup d'œil. Ce n'est peut-être qu'un faux contact.

Elle s'exécuta, puis sortit le rejoindre pour regarder le moteur. Quelques secondes plus tard, il refermait le capot.

— Vous n'irez nulle part ce soir avec ce bolide. Les câbles de raccordement à l'ordinateur de bord ont été sectionnés.

— Sectionnés ? Vous voulez dire que quelqu'un a délibérément mis ma voiture hors d'usage ?

— Exactement.

Maggie jeta un coup d'œil anxieux au parking à peine éclairé et se rapprocha instinctivement de Dan.

Soudain, le vent se leva, se mit à souffler en bourrasque.

— Et zut !

Maggie retint d'abord ses cheveux, puis les laissa voler dans tous les sens pour empêcher sa jupe de lui remonter aux oreilles.

— Il y a de la tempête dans l'air, constata Dan.

Il scruta le ciel, renifla une ou deux fois, puis conclut :

— La pluie arrive.

— Super.

— Vous avez un manteau ? Ça va fraîchir rapidement. Vous vous souvenez de ce qu'est le « petit bleu du nord » ?

— Oui, je m'en souviens, il s'agit d'un vent glacial qui vient du Texas. Et, non, je n'ai pas de manteau. Il faisait vingt-deux ce matin, à 9 heures. D'ailleurs, vous n'avez pas de manteau non plus. Vous ne valez pas mieux que moi.

Devant son regard dubitatif, elle ajouta :

— Bon, d'accord. Mais quand je suis retournée au bureau ce soir après le dîner, je n'avais pas l'intention de rester très tard.

Il lui saisit le bras et l'entraîna en direction du verger.

— Venez, ne perdons pas de temps. En pressant le pas et avec un peu de chance, nous arriverons chez moi avant la pluie.

— Où est votre pick-up ?

— A la maison, cria-t-il contre le vent. Il faisait si bon ce soir que j'ai décidé de me promener à pied.

Eclairant leur chemin à l'aide de la torche, Dan tenait toujours le bras de Maggie, accélérait l'allure, la forçant à le suivre.

— Brrr... la température baisse drôlement !

— Ouais. Pas le moment de traîner !

A grandes enjambées, ils couvraient du terrain. Essoufflés par l'effort dans le froid glacial, tous deux se taisaient. Ils étaient à deux cents mètres à peine de la clairière quand les premières gouttes se mirent à tomber. Et quand l'eau glacée lui fouetta le visage, Maggie ne put retenir un cri.

— Allez, on fonce ! lança Dan.

Il lui prit la main, et tous deux décollèrent comme s'ils avaient le diable aux trousses.

Les vannes du ciel s'ouvrirent, et un torrent de grêle mêlée de pluie s'abattit sur eux. L'averse de grésil était si violente qu'ils n'y voyaient plus à trois pas. En l'espace de quelques secondes, tous deux se retrouvèrent trempés jusqu'aux os. Dans un tumulte assourdissant, le déluge transformait le sol en boue et des cristaux de glace tambourinaient sur les feuilles des fruitiers, les frappaient au visage, glissaient le long de leurs nuques, sous leurs vêtements. Maggie hurlait en frissonnant, mais elle courait, gardait le rythme et restait à la hauteur de Dan.

Enfin, ils débouchèrent sur la clairière, traversèrent la pelouse de Dan comme des flèches et gravirent à la hâte les marches du perron. Enfin au sec sous le porche, ils n'étaient pas encore à l'abri de la bise. Dan poussa la porte, et ils se précipitèrent à l'intérieur comme des forcenés, refermant le battant derrière eux.

— Merde ! s'exclama Dan en s'arrêtant au milieu de l'entrée.

— Ça alors ! Ce n'est pas vrai !

Dégoulinante, haletante, frissonnant violemment, Maggie s'effondra contre la porte et pouffa.

Dan la regarda d'abord comme si elle perdait l'esprit, mais il ne résista pas longtemps, se pencha en avant et, les mains sur ses genoux, succomba à son tour au fou rire.

Ils gloussèrent sans retenue comme deux imbéciles pendant plusieurs minutes, soulagés, épuisés par la course, vaincus par une hilarité irrépressible.

Peu à peu, le moment de folie passa, et leurs éclats de rire s'estompèrent. On n'entendit bientôt plus que le bruit de leur souffle et le tic-tac régulier de la grande horloge.

Lorsqu'ils se redressèrent, leurs regards se croisèrent, restèrent pris l'un dans l'autre, et le silence devint assourdissant. Le désir vibrait dans l'air comme un courant. Maggie en eut la chair de poule et frissonna. Elle sentit la pointe de ses seins se durcir.

Les yeux d'argent de Dan descendirent jusqu'à sa poitrine. Elle suivit leur trajet, et vit que son corsage mouillé lui collait à la peau, révélait traîtreusement les deux boutons tendus contre la dentelle de son soutien-gorge.

De nouveau, elle rencontra le regard de Dan, et l'ardeur qu'elle y lut lui tira un nouveau frisson. Résistant à l'envie instinctive de couvrir sa poitrine de ses mains, elle esquissa ce qu'elle espérait être un sourire blasé.

— Nous sommes… euh… trempés comme des soupes.

La phrase était d'une niaiserie sans nom. L'évidence

sautait aux yeux sans qu'il soit besoin de la formuler. Mais il fallait bien rompre ce silence.

Dan se taisait toujours. Il s'avança vers elle. Lentement, mais délibérément, il avançait et la fixait, de son regard brûlant.

Maggie ravala sa salive.

— Et je… euh… nous…

Elle s'interrompit, bouche bée de stupeur, et recula d'un pas. Erreur fatale. A présent qu'elle était dos à la porte, il posa les deux mains à plat sur le battant, de chaque côté de la tête, puis se pencha sur elle, l'immobilisant de son corps.

Le premier choc passé, un violent désir l'embrasa tout entière cependant qu'à travers leurs vêtements trempés, elle sentait la chaleur de Dan se propager en elle. Luttant pour ne pas perdre le fil de ses pensées, fascinée par ses prunelles d'argent, elle humecta ses lèvres soudain trop sèches.

— Nous allons… euh… salir votre plancher à dégouliner comme…

— Chut, Rouquine, murmura Dan en couvrant sa bouche de la sienne.

Maggie gémit, lui empoigna les cheveux à deux mains. Puis, dans un éclair de lucidité, elle réalisa qu'elle attendait ce moment depuis leur première rencontre.

Le plaisir était insoutenable d'intensité, elle en voulait encore, le voulait plus près d'elle et l'enveloppa de ses bras, répondant avec fougue et avidité à son baiser passionné.

Sans se détacher de ses lèvres, Dan la redressa, l'écarta de la porte, la serra contre lui puis la souleva de terre pour l'emporter, à demi consciente, à travers la modeste chaumière.

Lorsqu'il la déposa de nouveau à terre, il quitta sa bouche pour mordiller son cou tandis que ses mains puissantes s'efforçaient de dégrafer les minuscules boutons de perles de son corsage.

Instinctivement, elle renversa la tête en arrière pour lui donner libre accès à sa gorge et, à travers ses paupières mi-closes, elle s'aperçut qu'ils étaient dans la chambre.

— D... Dan, c'est de la folie.

— De la folie pure, confirma-t-il en lui léchant l'oreille.

— Ce n'est pas bien... Il ne faut pas...

— Je sais, murmura-t-il, sans cesser de couvrir son visage et son cou de baisers.

Son corsage s'ouvrit, et il glissa la main sous le tissu humide pour prendre possession de son sein. Elle frissonna, laissa échapper une plainte sous la caresse électrique de son pouce.

Ils haletaient tous deux, le cœur battant.

— Cela n'a pas de sens, souffla-t-il encore d'une voix enrouée. C'est idiot...

Sa bouche gourmande glissa le long de l'épaule de Maggie, descendit lentement jusqu'aux tendres rondeurs de sa poitrine.

— ... Une énorme bêtise.

— Ou... oui...

— Il faut arrêter cela.

— Arrêter... Oui... Oui !

La prière se mua en un cri de plaisir quand il se mit à sucer le mamelon tendu à travers la dentelle de son soutien-gorge et, offerte, elle se cambra pour mieux goûter l'intensité de la caresse en gémissant :

— Oh, je t'en prie... je t'en prie...

Dan se redressa et l'écarta de lui, la maintenant par les épaules. Il avait le souffle court, les joues en feu.

— Je sais que ce n'est pas raisonnable, que ce n'est pas une bonne idée, mais je n'ai pas envie d'en rester là. Sauf si tu y tiens vraiment ; dans ce cas, je m'arrête.

— Je...

— Tu veux en rester là, Maggie ?

La prudence l'imposait, mais le voulait-elle ? Question insensée...

Haletante, le cœur battant, elle plongea dans ses yeux et l'ardeur qu'elle y vit accentua son trouble. Une même ardeur les dévorait tous deux, les précipitait l'un vers l'autre, magnétique, irrésistible. Au mépris du bon sens, elle se jeta contre lui, noua les bras à son cou et posséda ses lèvres.

La réponse parlait d'elle-même. Dan n'en demandait pas davantage pour s'abandonner sans retenue à la passion. Pressés l'un contre l'autre, impatients, éperdus, ils se couvraient de baisers avides tout en se débattant pour se débarrasser mutuellement de leurs vêtements trempés. Bientôt, ils furent nus, peau tiède contre peau tiède. Celle de Dan avait un goût d'eau de pluie mêlée d'une légère odeur de savon. Les yeux clos, Maggie savourait la caresse rugueuse de ses mains calleuses sur son dos, le contact brûlant de son sexe contre sa hanche.

— Oui ! Oh, oui, encore !

— Non ! gronda-t-il en la renversant sur le lit.

Il retint sa chute, l'étendit sur le dos et se souleva sur un coude pour plonger dans ses yeux. Maggie cligna des paupières, surprise par la dureté de son regard.

— J'ai un nom !

— Pa… Pardon ?

— Pas de « beau mec » ni de « don Juan » !… Je ne veux pas de ces âneries que tu jettes en pâture à tes admirateurs. Quand nous faisons l'amour, tu m'appelles par mon nom. Vas-y, dis-le.

Comprenant enfin, Maggie lui encadra le visage de ses mains avec tendresse et murmura :

— Fais-moi l'amour, Dan.

15

Maggie se sentait délicieusement bien, détendue, assouvie, si légère qu'il lui semblait flotter, miracle d'apesanteur dont elle se délectait, les yeux clos.

Dan roula sur le dos, et le froid soudain l'arracha à sa béatitude. Ses paupières se rouvrirent aussitôt et la panique s'empara d'elle. Mon Dieu, qu'avait-elle fait ? D'instinct, elle se retourna, prête à fuir.

— Viens, lui murmura Dan.

Et, à sa grande surprise, il l'attira à lui, l'enveloppa de ses bras. Elle s'attendait à tout, sauf à cela.

Blottie contre son corps, la tête sur son épaule, elle demeurait figée, immobile, inquiète, à regarder dans le vide tandis qu'il lui caressait lentement le bras. Jamais de toute sa vie elle n'avait été aussi peu sûre d'elle.

La pluie martelait le toit, battait contre les vitres. Tout était arrivé si vite que Dan n'avait pas eu le temps de monter le chauffage, et la pièce était d'autant plus froide que la température extérieure avait chuté brutalement. Prise de frissons, elle se serra plus près de lui.

— Tu es gelée, murmura-t-il.

Et il se redressa pour tirer les couvertures sur elle, la

border tendrement avant de reprendre sa place. Maggie songea qu'elle devrait se lever, se vêtir, s'excuser d'une remarque percutante et filer au plus vite. Mais elle n'avait pas le cœur de quitter cet abri si doux et tiède.

Elle se mordit la lèvre. Erreur fatale. Elle avait commis une erreur stratégique fatale. Et dire qu'il lui faudrait travailler quotidiennement avec cet homme ! Mais où diable avait-elle la tête ?

Question stupide, risible. Dans le feu de l'action, elle avait perdu tout bon sens, toute capacité à penser logiquement. Emportée par ses émotions, elle n'avait écouté que son cœur, que son désir.

Au fil des deux derniers mois, elle était tombée amoureuse de Dan. Prise dans ce tourbillon de folle passion, elle en avait oublié que, pour les hommes, faire l'amour n'était qu'une expression vide de contenu et synonyme de plaisir immédiat, de besoin physique qui demandait à être satisfait, rien de plus.

Dan n'avait jamais mentionné ses sentiments pour elle. Mais en avait-il ? Inutile donc de se leurrer, de nourrir des fantasmes d'idylle romantique, d'amour et de mariage.

Maggie lui jeta un regard entre ses cils. Sous l'angle où elle le voyait, rien ne venait adoucir la dureté anguleuse de ses traits, et il fixait le plafond.

Sans doute cherchait-il en cet instant même le moyen de mettre entre eux quelque distance. Elle leur rendrait service à tous les deux en lui faisant savoir qu'elle n'attendait rien de lui.

Prenant une grande inspiration, Maggie se redressa sur un coude, rejeta en arrière sa chevelure humide qui frisait furieusement et sourit :

— Eh bien, chou, c'était super, mais faut que je file.

— Si vite ? Où vas-tu ?

Il resserra son étreinte sur elle, l'empêcha de s'esquiver.

— Je rentre à la maison. La beauté, ça s'entretient, mon joli. J'ai besoin de sommeil.

— Tu ne bougeras pas d'ici. Nous avons à parler, Maggie.

— Parler ? Mais de quoi ?

Elle battit des cils d'un air d'innocence feinte, mais elle n'était pas dupe. A l'expression de ses yeux, elle devinait la suite.

— De nous. De ce qui vient de se produire.

— Allons, mon chou, ne sois pas ridicule. Il n'y a rien à discuter. Nous nous sommes laissé emporter par l'excitation due à l'orage, à la course, nous avons partagé un moment de plaisir. Il n'y a pas de mal à cela, nous sommes adultes. Inutile d'en faire toute une histoire, pas vrai ?

Elle tenta de nouveau de lui échapper, mais il resserra sa prise.

— Sois raisonnable et laisse-moi partir. Tu n'as pas besoin de te lever. Dis-moi seulement où sont tes clés de voiture, je rentre, et s'il pleut encore demain matin, je passe te prendre.

L'offre relevait du bon sens le plus élémentaire. Hélas, Dan ne l'entendait pas de cette oreille.

— Qu'est-ce que tu me chantes ? Tu ne veux plus de moi ou quoi ?

— Mais non, il ne s'agit pas de ça !

— Pourtant, ça y ressemble. On s'envoie en l'air en vitesse et ciao, adieu, matelot !

— Oooh ! J'ignorais que tu étais dans la marine, mon mignon.

— Maggie, arrête ton cirque ! Je ne suis pas d'humeur pour ce genre de petit jeu-là et j'aimerais comprendre ce qui se passe. Il y a un quart d'heure à peine, tu te pâmais dans mes bras, et maintenant, tu n'as de cesse de déguerpir.

Maggie soupira, accablée. Franchement, il ferait mieux de la laisser partir et de leur épargner une scène désagréable.

— Ecoute, je ne voudrais pas que tu te sentes piégé, d'accord ? Je me disais qu'en restant sur le mode léger, tu comprendrais que je n'attendais rien de toi. Que c'était sans engagement, sans suite.

Il la dévisagea pendant si longtemps qu'elle se mit à remuer, mal à l'aise.

— C'était donc ça ? N'as-tu jamais imaginé que je pouvais attendre davantage ? Que je veux peut-être m'engager et la suite ?

Elle écarquilla les yeux, sidérée.

— Euh… non.

— Et pourquoi pas ?

— Je… enfin, euh… Je ne suis pas…

Elle chercha désespérément une réponse évasive pour se tirer d'affaire. Incapable de trouver la réplique appropriée, elle demeura silencieuse.

— Oui ?…

— Eh bien… je ne suis pas le genre de femme que les hommes…

— Que les hommes… ?

A présent, elle se sentait acculée, au pied du mur, et cela ne lui plaisait guère.

— Est-il bien nécessaire d'épiloguer là-dessus ?

— De mon point de vue, oui. Que les hommes quoi, Maggie ?

— Je ne suis pas de celles à qui l'on s'attache, d'accord ? Tu es satisfait maintenant ?

— Certainement pas. Tu te moques de moi, Rouquine. Tu t'es regardée dans une glace récemment ?

— Oh, pour ce qui est de cela, ces messieurs bavent en me voyant et se démènent comme de beaux diables pour m'attirer dans leur lit, mais justement, c'est un pur effet de mon physique.

— Tu dérailles complètement.

— Vraiment ? Est-ce que je serais ici, dans ton lit, si j'avais l'air d'une sorcière ? Je ne le crois pas.

Dan émit un léger ricanement.

— Une sorcière avec de la repartie, voilà un portrait ressemblant !

— Mais pas une réponse.

— Bon. Je reconnais que ton physique y est pour

quelque chose. Mais l'attirance initiale n'est qu'un premier pas vers des sentiments plus profonds. Nécessairement. On ne tombe pas amoureux d'une personne qui vous rebute ou vous laisse froid.

L'expression « tomber amoureux » éveilla en Maggie une réaction mêlée d'espoir et de panique.

— Peut-être. Je n'en sais rien. Je n'ai jamais dépassé ce premier pas. Tu ne me croiras sans doute pas, mais jusqu'à ce soir je n'ai eu que deux amants. Avec Brian comme avec Hank, j'ai cru chaque fois que j'avais peut-être — peut-être — trouvé l'homme de mes rêves. Mais ils ne sont pas restés avec moi bien longtemps, ni l'un ni l'autre. Pour la plupart des hommes, je ne suis qu'un trophée, une femme qu'on affiche. Ils adorent être vus avec moi, photographiés à des soirées, des premières, des vernissages… C'est une façon de crier aux yeux du monde : « Hé ! Regardez-moi, je sors avec Maggie Malone superstar ! » Mais ils ne tombent pas amoureux, loin de là.

Dan agita lentement la tête, le regard lourd de tristesse.

— Oh, Maggie, Maggie, Jacob t'a fait bien du mal.

Elle se raidit, se rebiffa.

— C'est sans rapport aucun avec mon père, rétorqua-t-elle sèchement.

— Allons donc ! Tu as fini par te persuader qu'il ne t'aimait pas, et que si ton propre père ne pouvait pas t'aimer, personne ne le pouvait. Surtout pas un homme. Alors, pour te protéger d'éventuels rejets, tu te caches derrière un masque de dérision, d'impertinence, tu joues celle que rien n'atteint, et tu ne laisses personne t'approcher d'assez près pour permettre à de vrais sentiments de se développer. Tu veux t'en tenir à ce qui est superficiel.

— Ce n'est pas vrai ! protesta-t-elle avec véhémence.

Hélas, il avait vu juste. C'était précisément la raison pour laquelle elle n'avait jamais eu de liaison sérieuse et sortait si rarement avec des hommes. Elle flirtait outrageusement avec le premier venu qui la complimentait, justement dans le but de le déstabiliser pour mieux le tenir à distance.

Que Dan ait mis le doigt sur le fond du problème si aisément la bouleversait… et la terrorisait.

— Bien sûr que si, c'est vrai. Si vrai que ta langue prend le dessus dès que tu te sens menacée ou sous pression. Mais je t'avertis, Maggie, à présent que j'ai compris, ce petit jeu ne prend plus avec moi.

— Qu'est-ce que tu entends par là ? s'enquit-elle, méfiante.

— Ce que j'entends, Rouquine, c'est que je tiens à toi. Et je n'ai pas l'intention de disparaître de ta vie.

Elle le dévisageait le cœur battant, sans voix.

Dan retroussa les lèvres en un de ses sourires qui la remuaient tout entière. Son regard parcourut ses traits, s'arrêta sur sa bouche. Sous ses paupières lourdes, un feu ardent couvait dans ses prunelles d'argent. Il glissa sa main libre sous sa chevelure et l'attira plus près puis, contre ses lèvres, il murmura d'une voix rauque :

— Et toi non plus, tu ne disparaîtras pas. Ni ce soir, ni demain, ni jamais si j'ai mon mot à dire.

Le lendemain matin, Maggie émergea lentement du sommeil et s'étira comme une chatte comblée. Un bien-être profond imprégnait tout son corps. Enfin, elle se décida à ouvrir les yeux et fut surprise de se trouver dans un cadre peu familier.

Elle prit conscience d'une douce chaleur tout le long de son dos, de ses jambes et réalisa brusquement qu'elle était lovée contre le corps nu d'un homme. Mais avant que la panique ne la gagne complètement, les souvenirs de la nuit passée affleurèrent à sa conscience et, avec un soupir d'aise, elle se détendit.

Nuit magique, s'il en était ! Dan et elle avaient fait l'amour deux fois encore avant de s'endormir dans les bras l'un de l'autre. Peu avant l'aube, il l'avait éveillée par ses baisers. Jugeant qu'il était temps pour elle de rentrer, elle avait voulu le quitter mais, ignorant ses protestations, il l'avait couverte de caresses, rendue folle de désir, et il l'avait aimée, lentement, tendrement, cependant que la pluie tambourinait toujours contre le toit.

Maggie sourit de nouveau. Dan était un amant merveilleux, viril, puissant, mais extraordinairement doux et généreux. Jamais personne ne s'était montré aussi attentionné envers elle, ne l'avait portée à de tels sommets de plaisir. Au point qu'elle était presque tentée de croire qu'il tenait à elle comme il l'avait dit. Presque tentée.

— Mmm, bonjour, Rouquine, murmura-t-il contre sa nuque qu'il entreprit de mordiller.

Elle secoua les épaules en riant.

— Non, non, pas de ça ! Cette fois, il faut que je rentre pour de bon. La famille ne tardera pas à se lever… Non, Dan ! Arrête !

— Bon, si tu insistes.

Il relâcha son étreinte et roula sur le dos, les bras en croix.

— Mais ce n'est pas gentil.

Elle quitta le lit avant qu'il ne change d'avis, rassembla ses vêtements et fila dans la salle de bains. Là, elle s'arrêta net, surprise par son reflet dans le miroir.

Elle avait les cheveux dans tous les sens et toute trace de maquillage avait disparu, y compris sur ses lèvres légèrement enflées par les baisers de la nuit — image de la femme lascive et sexuellement comblée.

Diable, quelle était donc cette marque sur son cou ? Cela ressemblait furieusement à… Fronçant les sourcils, elle s'approcha pour y regarder de plus près. Un suçon. C'en était un. Et, pour couronner le tout, elle semblait positivement radieuse.

— Si Val me voyait maintenant, elle m'enverrait un photographe sur-le-champ, marmonna-t-elle à son reflet ébouriffé. Côté discrétion, Mag ma fille, c'est raté. Tu portes, écrit sur toi en lettres de feu : « J'ai passé la nuit à prendre un pied d'enfer ! »

Pire encore, Dan n'avait qu'à claquer des doigts ou presque pour qu'elle retourne dans son lit, sans souci de sa réputation, de son travail ni du reste…

Avec un soupir, elle tourna le dos au miroir. Il était grand temps qu'elle s'en aille, pendant qu'elle avait encore une once de volonté.

Après avoir enfilé ses vêtements, elle se passa de l'eau froide sur le visage, mit du dentifrice sur son doigt et s'en frotta les dents, puis elle localisa la brosse à cheveux de Dan et s'attaqua à sa crinière désespérément emmêlée. L'opération terminée, elle examina le résultat et soupira de nouveau. Elle avait l'air à peine plus fréquentable.

Lorsqu'elle ressortit de la salle de bains, Dan s'était habillé, lui aussi. Il sentait la crème à raser, le dentifrice, et avait les cheveux mouillés. Pendant qu'elle s'inquiétait de sa propre apparence et s'efforçait de se rendre présentable, il avait fait sa toilette dans le lavabo de la chambre d'amis.

Durant le bref trajet en pick-up, ils gardèrent tous deux le silence, mais en se garant près de la terrasse, alors que Maggie avait déjà la main sur la poignée de la portière, Dan annonça brusquement :

— Je t'accompagne.

— Ce n'est pas nécessaire.

— Peut-être, mais j'y tiens.

— Sincèrement, Dan, tu n'es pas obli…

— Qu'est-ce qui t'arrive, Maggie ? Tu as honte de moi ? Tu ne veux pas que ta famille sache que nous avons passé la nuit ensemble ? C'est cela ?

— Quelle idée ! se récria-t-elle horrifiée. Ce n'est pas cela du tout !

Jamais elle n'avait imaginé qu'il se méprendrait à ce point sur ses intentions.

— Justement, c'est tout le contraire.

— Comment cela ?

— Je ne voudrais pas gâcher tes rapports avec papa. Tu sais, cela ne lui plaira pas du tout de nous voir ensemble. Je préfère éviter qu'il découvre le pot aux roses.

Dan plissa les yeux et la regarda fixement un long moment, de ce regard direct et déconcertant qui le caractérisait. Enfin, il hocha la tête.

— Je me charge de Jacob. Si cela le dérange que je sorte avec sa fille, qu'il vienne s'en plaindre à moi.

Maggie le considéra avec scepticisme, puis ouvrit la portière.

— Hm. D'après moi, le problème tiendrait plutôt à ce que sa fille détourne son homme de confiance.

Elle sauta de voiture sans lui laisser le temps de répondre. Dan l'imita et lui emboîta le pas. Ensemble, ils coururent sous la pluie jusqu'à la terrasse et se précipitèrent à l'intérieur par la première porte-fenêtre qui donnait sur le bureau. En riant comme des fous, ils s'ébrouèrent et refermèrent derrière eux. Leur rire cessa lorsqu'ils se retournèrent et aperçurent Jacob dans son fauteuil, le visage sévère et les sourcils froncés.

— Ah, te voilà ! C'est donc chez lui que tu as passé la nuit.

— Papa. Je te croyais encore au lit.

— Votre père souffrait d'insomnie. Comme il ne parvenait pas à dormir, il a demandé à descendre pour voir le jour se lever.

Surprise, Maggie pivota en direction de la voix au moment où Charley Minze quittait le canapé. Concentrée sur son père, elle n'avait pas remarqué sa présence. Mais l'inquiétude prit le dessus, et elle s'avança vers Jacob, oubliant tout le reste.

— Tu es souffrant ? Tu ne te sens pas bien ? Tu veux que j'appelle le médecin ?

— Charley s'en est chargé. Je n'ai pas besoin de ton aide.

Mal à l'aise, l'infirmier se dirigea discrètement vers la sortie.

— Euh… je vais voir si Ida Lou a préparé le café.

— Non mais, regarde-toi ! Tu passes la nuit dehors pour ne rentrer qu'à l'aube, et tu oses te montrer dans tes vêtements de la veille ? Tu as l'air d'une traînée. Mais j'aurais dû m'y attendre de ta part. C'est une honte ! Une honte !

« Si tu espérais tolérance et compréhension, te voilà servie, Mag, ma fille », songea-t-elle. Refoulant son anxiété et son amour-propre froissé, elle lui décocha un sourire irrévérencieux.

— Je ne voudrais pas te décevoir, mais permets-moi de te rappeler que je suis adulte, papa. Ma vie privée ne concerne que moi. Et maintenant, je te prie de m'excuser, il faut que je me douche et que je me change avant de me rendre au bureau.

Puis, avec un clin d'œil complice à Dan, elle ajouta en roucoulant :

— Merci pour le taxi, mon chou. Et pour le reste.

Sur quoi elle sortit de la pièce d'un pas allègre.

Dan la suivit des yeux jusqu'à ce qu'elle disparaisse, puis il se retourna pour découvrir que Jacob le foudroyait du regard à son tour.

— Etait-ce bien nécessaire ? s'enquit-il.

— Etait-il nécessaire que tu séduises ma fille ? rétorqua le vieillard. Quand je t'ai demandé de serrer Katherine de près, je ne l'entendais pas dans ce sens.

La remarque souleva une tempête d'émotions dans le cœur de Dan. La rage et le remords se mêlaient à un besoin farouche de protéger Maggie. Il soutint le regard courroucé du malade sans ciller, et, lorsqu'enfin il se décida à parler, sa voix était grave, intense.

— Mettons les choses au clair immédiatement, Jacob. Ce qui s'est passé entre Maggie et moi est sans rapport aucun avec Malone Enterprises. Je suis très attaché à ta fille, et je continuerai à la voir. Si cela ne te plaît pas, tant pis. Il ne te restera qu'une seule solution : me licencier.

Maggie n'avait pas sitôt quitté Dan que déjà le doute la rongeait. Il ne pouvait pas être sérieux. Impossible. Oh ! bien sûr, la nuit dernière, il avait prétendu tenir à elle, mais avait-il le choix, vu les circonstances ?

Lorsqu'elle se fut douchée et vêtue de frais, elle était convaincue de la justesse de ce raisonnement. En quittant sa chambre, elle résolut de lui rendre sa liberté dès qu'elle le reverrait. Elle était au milieu de l'escalier, lorsqu'un fait nouveau l'empêcha de penser davantage à Dan. Dans le hall d'entrée, elle venait d'apercevoir sa sœur en compagnie du Dr Sanderson.

Le brave médecin tenait tendrement Laurel entre ses bras, lui caressait le dos et lui parlait d'une voix basse, tandis qu'elle pleurait sur son épaule.

Reprenant sa descente interrompue, elle toussota pour les avertir de sa présence et murmura :

— Excusez-moi, je suis désolée.

Le couple se dissocia aussitôt avec des airs d'adolescents pris en faute.

— Mademoiselle Malone. Je... euh... Je réconfortais votre sœur, marmonna Neil Sanderson, rouge comme une pivoine en redressant sa cravate.

— C'est ce que je vois. Y a-t-il quelque chose dont je devrais avoir connaissance ?

— Je crains d'être porteur de mauvaises nouvelles.

— Oh ! Maggie, les derniers tests de papa ne sont pas bons. Le Dr Sanderson dit qu'il décline vite. Plus vite que lui et le Dr Lockhart ne le prévoyaient. Il a modifié le traitement, mais, d'après lui, si le cancer continue de progresser à ce rythme, nous aurons de la chance d'avoir encore papa parmi nous pour le nouvel an.

La nouvelle atteignit Maggie de plein fouet. Bouleversée, chancelante, elle s'agrippa au bas de la rampe. Dieu du ciel, si peu de temps ! Novembre était déjà bien entamé et la fête de Thanksgiving serait là dans une quinzaine.

— Il nous quitterait si vite ? Vous en êtes certain, docteur ?

— Aussi sûr qu'on puisse l'être dans ce genre de cas. Mais votre père se bat, cela joue en sa faveur. J'encoura-geais justement Mme Howe à ne pas perdre espoir. Jacob pourrait bien nous surprendre.

Il regarda Laurel d'un air compatissant, prit sa sacoche et ajouta :

— Il faut que je file, mais si vous avez besoin de moi, n'hésitez pas. De jour comme de nuit.

— Oh, attendez, docteur !

Laurel renifla, se tamponna les yeux avec un mouchoir d'homme puis le lui tendit.

— Merci pour tout ce que vous avez fait. Merci pour votre gentillesse.

Neil la dévora du regard comme un homme en manque d'affection, puis il baissa les yeux sur le mouchoir humide, le serra en boule dans sa main, et le rangea dans sa poche. Maggie eut le sentiment que ce morceau de tissu sanctifié ne verrait plus jamais la machine à laver.

— Je vous en prie. C'est avec plaisir que je vous rends service.

Lorsqu'il se fut retiré, Maggie s'approcha de sa sœur et, ensemble, elles regardèrent par la vitre le jeune médecin disparaître au volant de sa voiture.

— C'est un homme généreux et bon, commenta Maggie.

— Oui. Généreux et bon, répéta Laurel.

— Sœurette, c'est impossible. Je n'arrive pas à croire que nous allons perdre papa.

Comme Laurel demeurait muette, Maggie se tourna vers elle et vit de grosses larmes qui roulaient sur sa joue.

— Oh, ma sœurette, tu pleures.

Et, d'instinct, elle lui enveloppa les épaules de son bras. Laurel eut un mouvement de recul.

— Non. Ne me touche pas.

Blessée par ce ton cassant, ce rejet, Maggie sentit les larmes lui monter aux yeux sans qu'elle puisse les retenir. Elle s'apprêtait à fuir quand sa sœur la retint par le bras.

— Ne t'en va pas, Maggie. Excuse-moi.

Mais, comme elle tendait le bras, la manche de son pull remonta au-dessus du poignet. Interrompue dans son élan, Maggie remarqua une tache sombre sur l'avant-bras de sa sœur. Elle lui prit la main, remonta sa manche. Ignorant les efforts de Laurel pour se libérer, elle examina le bleu, puis leva vers sa sœur un regard horrifié.

— Qu'est-ce qui t'est arrivé ?

— Ce n'est pas un bleu, dit Laurel dans une nouvelle tentative pour se dégager.

— Ah non ? J'aurais cru.

Et son regard s'arrêta sur la peau décolorée de sa pommette que le maquillage ne parvenait pas à déguiser complètement.

— Et sur ta joue non plus, je suppose ?

Maggie aurait volontiers parié que le col roulé de sa sœur en cachait d'autres.

— Ne t'inquiète pas, ce n'est rien, protesta encore Laurel.

— Rien ? Tu plaisantes. Et cette fois, ne viens pas me raconter que c'était un accident. Martin te bat, c'est lui qui t'a fait cela, n'est-ce pas ?

— Bon. Peut-être qu'il m'a frappée une fois ou deux. Mais je l'avais mis en colère. Il n'y a vraiment pas de quoi en faire un drame.

— Tu en es sûre ? En termes juridiques, cela s'appelle violence conjugale, et les coupables vont en prison. Tu es en droit de porter plainte, pour l'amour du ciel ! D'ailleurs, nous devrions le faire immédiatement. Viens, je t'accompagne.

— Non ! Non ! Je ne peux pas !

Laurel se libéra d'une secousse et recula d'un pas en se tordant les mains.

— Tu ne comprends pas. Ce n'est pas ce que tu crois. Martin n'est pas un mari violent.

— Tu te fiches de moi ! Il t'a frappée ou pas ?

— Eh bien… euh… oui. Mais c'était ma faute. Il a mauvais caractère, je n'y peux rien. Il ne me battrait pas si je n'abusais pas de sa patience. Il faut toujours que je dise ou que je fasse quelque chose de travers. Mais, tu sais, il le regrette toujours après coup.

— Doux Jésus, Laurel ! Non, mais, tu t'entends ! C'est toi la victime, toi qui trinques, et tu défends ce salopard !

— C'est mon mari, déclara simplement l'intéressée en relevant le menton.

Ainsi drapée dans sa fragile dignité, elle faisait peine à voir. Attristée et exaspérée, Maggie bouillait de rage contenue. Elle aurait dû se douter que Laurel défendrait Martin. Loyale et idéaliste à l'excès, elle avait une haute idée du mariage, union sacrée, faite pour durer toute une vie, quel que soit le prix à payer. Sa nature soumise faisait d'elle une victime désignée pour une brute du genre de Martin. Et si tout n'était pas aussi rose qu'elle l'espérait, naturellement, c'était sa faute.

— Le contrat de mariage ne lui donne pas le droit de te battre.

— Maggie, laisse-moi tranquille. Cela ne te regarde pas.

— Si. Je suis ta sœur. Et je n'ai pas l'intention d'en rester là. Attends que je mette la main sur ce salaud, et je vais lui flanquer la trouille de sa vie. Quand j'en aurai fini avec lui, il n'osera plus lever la main sur toi.

— Non, Maggie, surtout ne te mêle pas de cela.

Le teint blême, décomposée, elle regardait frénétiquement autour d'elle, comme si elle craignait que Martin les entende. Jamais Maggie n'avait vu pareille terreur dans le regard d'un être vivant. Sa sœur lui prit les mains et les serra à en briser les os.

— Je t'en supplie, Maggie, promets-moi de ne rien dire à Martin. Ni à maman ni à papa.

— Laurel…

— S'il te plaît ! Promets-le-moi, je t'en conjure…

Maggie ravala sa colère impuissante et fit contre mauvaise fortune bon cœur. Cela allait contre toute raison, contre toute logique, mais elle ne pouvait ignorer la supplique de sa sœur.

— Bon, d'accord. Tu as gagné. Mais sache que je n'aime pas beaucoup cela.

— Promets. Jure-le. Que je sois sûre.

Maggie manqua sourire. C'était là le même jeu auquel elles se livraient, enfants, lorsqu'elles étaient complices.

— Je te le promets. Je ne dirai rien à Martin, ni à maman, ni à papa.

16

Maggie n'avait pas sitôt fait cette promesse à Laurel qu'elle le regrettait déjà. Cinq jours plus tard, confortablement installée en première classe dans l'avion qui la ramenait de New York à Dallas, elle ruminait encore sur ce triste état de choses.

Tandis que l'appareil amorçait sa descente, elle regardait d'un œil absent le brun hivernal des terres cultivées aux abords de Fort Worth, les véhicules miniatures qui filaient le long des routes telles des fourmis pressées, et pensait à cette sœur tant aimée, livrée à cette brute de Martin.

Après avoir quitté Laurel ce matin-là, Maggie s'était rendue à la conserverie. Cinq minutes plus tard, bousculant Anna, Martin débarquait en trombe dans son bureau, avec de nouvelles revendications. Sa seule apparition avait suscité la rage de Maggie qui s'était retenue à deux mains pour ne pas lui sauter à la gorge et le mettre en pièces. Au lieu de cela, à cause de cette stupide promesse, elle avait dû serrer les dents tandis qu'il déversait sa bile.

— Je viens d'avoir Ken Burrows de K&W Wholesale

Grocers au téléphone. Il dit que tu l'as appelé pour réviser avec lui les quantités à expédier. C'est vrai ?

— Oui. En raison des avaries et autres problèmes récents, nos stocks s'épuisent. J'ai donc jugé préférable de ne pas honorer la totalité de nos commandes. Le reste sera envoyé quand la production tournera à plein et que nos réserves seront reconstituées. J'ai donc personnellement pris contact avec tous nos clients pour leur exposer la situation et leur demander de coopérer. En échange de leur bonne volonté, je leur offre une ristourne sur les coûts de livraison. Jusqu'ici, ils ont tous accepté.

— Je me fous éperdument qu'ils sautent de joie comme des chèvres en folie. Je t'interdis de mettre ton nez dans mes affaires. Le responsable de la clientèle, c'est moi ! C'est moi qui négocie avec les acheteurs, et je ne permettrai pas que tu traites derrière mon dos avec mes clients.

Furieuse, outrée, Maggie avait bondi de son siège pour se pencher en travers de la table.

— Pour qui te prends-tu ? D'abord, tu n'as pas voix au chapitre, que je sache. C'est moi qui dirige la firme, et si je désire parler à un client, je me passe de ton autorisation. Ensuite, pour ta gouverne, ce ne sont pas tes clients, mais ceux de Malone Enterprises. Tu n'es qu'un simple employé ici, et seulement par accident, à cause de ma sœur. Sans elle, tu ne serais pas là. Maintenant, sors d'ici. Et la prochaine fois que tu voudras me parler, tu prendras rendez-vous, comme tout le monde.

Au souvenir de cette scène, Maggie ne put s'empêcher de sourire. Quel plaisir elle avait pris à le renvoyer dans sa niche ! Dieu que c'était bon. Moins réjouissant que de le rouer de coups et de lui flanquer la raclée qu'il méritait, ô combien ! Mais bien agréable tout de même.

Le visage de Martin avait viré au violet apoplectique. Elle avait d'abord cru qu'il tenterait de la frapper. Elle l'avait presque espéré tant elle était d'humeur à mettre en pratique sur lui ses leçons de boxe française. Il avait bien grondé, marmonné, serré les poings, écumé des naseaux, mais il avait fini par ravaler sa rage et quitter le bureau.

Maggie n'avait hélas pas savouré longtemps la joie de sa victoire. Le premier moment d'euphorie passé, elle s'était dit que Martin risquait fort de passer ses nerfs sur Laurel, et cette pensée, qui la hantait depuis plusieurs jours, l'avait accompagnée pendant les prises de vues pour les parfums Stephano ainsi que sur le plateau de télévision pendant le tournage de sa séquence avec Oprah Winfrey. Par deux fois, elle avait téléphoné à sa sœur. Naturellement, Laurel se prétendait en grande forme, mais Maggie s'inquiétait.

Au point qu'elle avait bien failli appeler Dan tant elle avait besoin de se confier, de partager ces soucis qui lui pesaient si fort.

Mais était-ce la seule raison ? Elle esquissa une légère

grimace, se rappela mentalement à l'ordre : « Mag, ma fille, ne te mens pas. Tu désirais aussi entendre le son de sa voix. »

La tentation était si forte qu'elle avait composé son numéro… pour raccrocher à la première sonnerie.

Depuis cette matinée pluvieuse, elle n'avait pas parlé à Dan, ne l'avait pas revu, tout juste entraperçu un peu plus tard par la cloison vitrée de son bureau. Ce jour-là, elle avait quitté son travail plus tôt que de coutume, car il lui fallait se rendre avant l'aube à l'aéroport de Dallas pour son vol du lendemain. Elle s'attendait cependant à ce qu'il l'appelle chez elle et, toute la soirée, elle avait sursauté, le cœur en joie, à chaque sonnerie comme une adolescente prise de fièvre amoureuse. En vain, car il n'avait pas téléphoné, n'était pas davantage passé chez eux.

Ce qui, finalement, venait confirmer ses doutes sur la sincérité de ses sentiments à son égard.

Perdue dans sa sombre rumination, Maggie ne se rendit compte de l'atterrissage qu'au moment où les roues de l'appareil touchèrent le sol.

Quelques minutes plus tard, elle détachait sa ceinture de sécurité après l'extinction du témoin lumineux, récupérait son bagage à main qu'elle passa en bandoulière, et débarquait sur le bitume avec les autres passagers de première classe. Après ces rudes journées, elle se sentait bien lasse et appréhendait un peu le trajet de deux heures au volant de sa voiture, mais que diable ! il fallait bien rentrer.

Comme partout où elle allait, les têtes se retournaient sur son passage dans le hall de l'aéroport. En temps normal, elle aurait souri à ses admirateurs, signé des autographes aux intrépides venus lui en demander, mais elle était trop épuisée pour s'occuper de ses fans. Elle avançait droit devant elle, les yeux fixés au loin, feignant de ne pas remarquer les réactions qu'elle suscitait.

— Ohé, Rouquine ! Je pourrai squatter une place dans ton taxi ?

Maggie s'arrêta net.

— Dan ! Ça alors !

Il la guettait à quelques pas de là, calé contre un pilier, si merveilleusement viril qu'elle en eut le souffle coupé.

Amusé par son étonnement, Dan se redressa et s'avança vers elle, sourire aux lèvres.

— Diable, tu as perdu ta langue ? Ce serait une première.

— Qu'est-ce que tu… tu fabriques ici ?

— Devine ? Approche un peu, Rouquine.

Sur ces mots, il tendit le bras, drapa sa main puissante autour de sa nuque et l'attira à lui, puis il l'enveloppa de son autre bras. De surprise, Maggie avait laissé tomber son sac qui restait à ses pieds, oublié, tandis qu'au beau milieu du terminal, ils s'embrassaient à pleine bouche, goulûment, passionnément, sans se soucier du flot des voyageurs qui les contournaient comme une île.

Un flash se déclencha, et Dan rompit brusquement le baiser.

— Nom de... Hé, toi ! Reviens par ici deux secondes ! hurla-t-il au photographe qui se faufilait déjà parmi la foule.

Il s'apprêtait à le poursuivre quand Maggie le retint par la manche.

— Laisse, dit-elle avec une petite grimace. Les regards indiscrets et les paparazzi font partie de la profession. Il faudra que tu t'y habitues si tu restes avec moi. Maintenant, si cela te pose problème, je préfère le savoir tout de suite.

Pause, le temps d'un regard, puis :

— Je m'en accommoderai. Mais, en ce qui nous concerne, ma chérie, il n'y a pas de « si » qui tienne.

Et, de ses doigts calleux, il effleura sa joue tout en la caressant des yeux. Le cœur de Maggie battait si fort qu'elle crut défaillir.

— En route, dit-il encore en agrippant le sac abandonné.

De sa main libre, il lui enlaça la taille pour l'entraîner vers la sortie. Ils descendirent en silence jusqu'au parking de longue durée et, lorsqu'ils arrivèrent en vue de la Viper, Dan reprit la parole :

— Tu dois être épuisée par ce long vol. Si tu veux bien me confier ton bolide, je conduirai, cela te reposera.

Maggie sourit et lui tendit les clés.

— Avec plaisir.

Dès qu'ils furent installés dans la voiture, Dan se

pencha sur elle et déposa sur les lèvres de Maggie un nouveau baiser, long, lent et sensuel, tandis que sa main lui enveloppait un sein, le pétrissait, en agaçait la pointe du bout du pouce. Agrippée à ses cheveux, Maggie gémissait doucement, abandonnée au plaisir de sa caresse.

Lorsqu'il se détacha d'elle, un feu ardent brûlait dans ses prunelles d'argent, et son souffle se faisait haletant.

— Cette voiture n'est pas l'endroit idéal pour ce que j'ai en tête. Et puis, si nous continuons, nous risquons des ennuis avec la police.

— Hm. Pas une bonne idée, tu as raison.

Il se redressa posément, se recala sur son siège, mit le contact et, après une marche arrière, dirigea la voiture vers la sortie. Près de lui, Maggie ôta ses escarpins et se lova de côté, incapable de détacher les yeux de son profil.

— Tu ne m'as toujours pas dit comment tu étais arrivé là.

— En stop. Dans un de nos camions qui livrait sur Dallas.

— Mais comment savais-tu que je serais sur ce vol ?

— Facile. J'ai soutiré une photocopie de ton itinéraire à Anna. Elle sourit aux anges.

— Je regrette de ne pas t'avoir vue avant ton départ, mais le système d'irrigation du verger de Corsicanna Road est tombé en panne. Je suis passé quand j'ai eu achevé les réparations, mais il n'y avait plus de lumière chez vous. Le lendemain matin, j'ai appris que tu étais déjà partie pour New York. J'ai bien pensé à t'appeler en ville, seulement, avec le décalage horaire, je craignais de te réveiller à mon retour du travail.

— Dommage. Tu aurais dû. Cela ne m'aurait pas déplu, bien au contraire.

— La prochaine fois, je n'hésiterai pas, murmura-t-il en lui coulant un regard torride.

Le cœur de Maggie se dilatait d'une joie ardente, irrépressible. Heureuse, elle souriait, la joue posée contre le cuir moelleux du dossier.

— Tu sais, il y a de grandes chances que cette photo paraisse dans le journal. Demain, tout Ruby Falls sera au courant de notre liaison.

— Tout le monde est déjà au courant, mon chou, répondit-il d'un ton amusé.

— Tu plaisantes ? Ce n'est pas possible. Papa n'aurait pas ébruité l'affaire.

— Charley en a parlé à Ida Lou.

— Je vois.

Maggie aimait Ida Lou de tout son cœur, mais la charmante vieille domestique adorait raconter la vie de « ses filles » à Clara, sa meilleure amie. Et Clara Edwards était notoirement incapable de tenir sa langue, surtout lorsqu'il s'agissait d'une information aussi croustillante que celle-ci.

— Cela ne te gêne pas que tout le monde soit au courant ?

— Pourquoi en serais-je gêné ?

— Je ne suis pas précisément la coqueluche de la ville.

Il lui jeta un autre de ses regards ardents qui la fit fondre sur place.

— Tu me conviens très bien comme tu es. Peu m'importe le reste.

Oh, oui ! Bonheur que d'entendre ces paroles rassurantes qui coulaient comme un baume sur son cœur meurtri.

Un silence confortable s'établit entre eux tandis qu'ils quittaient la périphérie de Dallas. Maggie s'en trouvait fort bien, ravie d'être auprès de Dan, de le dévorer des yeux.

Elle ne s'attendait certes pas à sombrer dans le sommeil et ne fut pas peu surprise d'être réveillée en sursaut par de soudains cahots.

— Qu'est-ce que…

— Pas de panique. Nous sommes presque arrivés.

Elle jeta un coup d'œil par la vitre, vit qu'ils roulaient le long de l'allée menant à la demeure familiale, et s'étira langoureusement.

— Je suis désolée de t'avoir si traîtreusement lâché. Quelle piètre compagnie je fais !

— Tu as le droit de dormir, tu es vannée. Remarque, j'ai monté le son pour que la musique couvre tes ronflements.

Maggie le dévisagea, horrifiée, mais lorsqu'il lui sourit, elle sourit en retour et le gratifia d'une bourrade.

— Sale bête ! Je ne ronfle pas.

— Non. Mais tu laisses échapper de bien mignons soupirs.

— Ce n'est pas vrai ! Je ne…

Elle se retourna brusquement vers la vitre arrière, voyant que la décapotable venait de dépasser la maison.

— Mais… Où vas-tu ?

— Chez moi.

Sans ralentir, il poursuivit sa route jusqu'à l'embranche-ment qui menait au garage, et obliqua à droite vers les vergers et l'étroit chemin de terre conduisant à sa chaumière.

— Je ne demanderais pas mieux, mon chéri, mais il faut que je rentre. La famille m'attend, et j'aimerais savoir comment se porte papa.

— Beaucoup mieux. Le nouveau traitement lui réussit. Son état s'est considérablement amélioré depuis deux jours. Le Dr Sanderson n'en revient pas.

— Vraiment ? Eh bien, voilà une bonne nouvelle !

— Quant aux autres, inutile de t'inquiéter. J'ai prévenu Ida Lou que tu serais chez moi. Elle rassurera ta mère en cas de besoin.

Maggie esquissa un sourire attristé. Visiblement, il n'imaginait pas que son père s'inquiéterait d'elle.

— Tu as pensé à tout, pas vrai ? Seulement, je suis morte de fatigue, et je crains fort de ne pas être la plus excitante des compagnes ce soir.

Dan gara la Viper devant sa porte, laissa le moteur en marche et se tourna vers elle :

— Je ne t'ai pas amenée ici pour abuser de toi, Maggie. Je t'avoue qu'une nuit d'amour ne me déplairait pas, mais je me contenterais de t'avoir près de moi, de dormir à ton côté.

Du pouce, il effleura ses lèvres en la caressant du regard.

— Tu m'as manqué, tu sais, et je souhaite que tu restes avec moi cette nuit.

Le cœur de Maggie s'accéléra, l'émotion lui noua la gorge et les larmes embuèrent ses yeux. Ces quelques mots, si simples, la remplissaient de joie, lui donnaient le sentiment de compter pour quelqu'un, d'être aimée comme jamais elle ne l'avait été.

Sans le quitter des yeux, elle recouvrit sa main de la sienne, se tourna de côté pour poser un baiser au creux de sa paume avant de murmurer :

— Rentrons chez toi.

Et il coupa le moteur.

Les jours qui suivirent plongèrent Maggie dans un univers de paradoxes. Elle ignorait encore qu'on pouvait éprouver simultanément des émotions aussi intenses que contradictoires. Et pourtant, le bonheur fou que lui procurait Dan — bonheur qui lui donnait des ailes — s'accompagnait de pesants soucis concernant l'avenir de la firme, la santé déclinante de son père dont la fin approchait. A son grand désespoir, Maggie craignait de voir son père disparaître avant qu'ils ne puissent se réconcilier.

Il lui arrivait parfois de se sentir coupable, de se reprocher sa joie alors qu'autour d'elle tout tournait au cauchemar, mais elle demeurait impuissante à la réprimer. Elle était amoureuse, et si Dan ne s'était pas déclaré verbalement, ses actes et ses attentions envers elle prouvaient abondamment qu'il l'aimait aussi.

Amant généreux, Dan se révélait être un compagnon tout aussi merveilleux. S'il attirait Maggie depuis le premier jour, elle était loin de soupçonner que, derrière son physique d'athlète et son laconisme un peu brutal, se cachait un homme au cœur tendre. Sa douceur, sa sensibilité, l'attention dont il faisait preuve à son égard, la surprenaient quotidiennement.

Une ou deux fois par jour, il trouvait une excuse pour lui rendre visite dans son bureau. Si les tentures de la paroi vitrée étaient tirées, il la gratifiait d'un baiser passionné. Si elles étaient ouvertes et que les ouvriers pouvaient les voir d'en bas, il se contentait de la caresser de son regard ardent, et la laissait tremblante de désir et d'amour lorsqu'il se retirait.

Si elle restait à travailler tard le soir, Dan veillait sur elle malgré la présence des gardiens qui effectuaient leurs rondes régulières. Il trouvait une occupation dans le bâtiment de manière à garder l'œil sur elle et la raccompagnait lorsqu'elle quittait l'usine.

Elle passait deux ou trois nuits par semaine chez

Dan et, si son père lui adressait toujours des remarques caustiques à ce sujet, le reste de la famille semblait accepter leur idylle et même s'en réjouir. Sa mère ne manquait d'ailleurs pas une occasion de lui vanter les qualités de Dan, et Jo Beth l'avait complimentée sur son goût en matière d'hommes.

A Ruby Falls, les langues s'agitaient, la rumeur allait bon train, et on engageait des paris sur la durée de cette improbable liaison. Dan et Maggie s'y attendaient, s'en souciaient comme d'une guigne.

L'arrivée du personnel de sécurité apporta une amélioration notoire : les actes de vandalisme cessèrent. Momentanément du moins.

Une semaine avant la fête de Thanksgiving, alors que Dan la raccompagnait de nuit à sa voiture, ils eurent une mauvaise surprise en revenant sur terre après un long baiser.

— Non ! Pas ça ! s'exclama brusquement Maggie au moment de monter dans sa Viper.

— Merde ! renchérit Dan avec un temps de retard.

Ecrit en jaune fluo sur le capot et la portière côté chauffeur, on pouvait lire : « Tire-toi, salope ! »

Dan effleura l'inscription du bout du doigt. La peinture n'était pas sèche.

— J'aimerais savoir quel est le sagouin qui a fait ça. Et dans quel but.

Il se rapprocha d'elle, balaya le parking d'un regard sévère, puis ajouta :

— Où est passé le gardien ? Qu'est-ce qu'il fabrique ?

Comme en réponse à cette question, l'homme se matérialisa, sortant du bâtiment qu'ils venaient de quitter.

— Bonsoir, mademoiselle Malone, bonsoir, monsieur Garrett. Vous rentrez à…

Il s'interrompit net, les yeux exorbités, rivés sur le coupé sport.

— … Bon sang de bonsoir ! Je rêve ou quoi ?

— Où étiez-vous quand c'est arrivé ?

— Eh bien je… euh… Aux toilettes, à l'intérieur. Un besoin pressant, vous comprenez. Je suis vraiment désolé, mademoiselle Malone. Je ne me suis pas absenté plus de trois minutes, je vous le jure.

— Cela a suffi à ce vandale qui devait vous surveiller en attendant le moment propice. J'en déduis qu'il est peut-être encore dans les parages. Vous allez rester là et garder la voiture pendant que Mlle Malone et moi filons chercher le nécessaire pour nettoyer ça. Si nous ne perdons pas de temps, avec un peu de chance, nous éviterons des frais de peinture bien inutiles.

Maggie et Dan gagnèrent l'usine au pas de course pour revenir bientôt avec un tas de chiffons propres. Aidés par le gardien, ils frottèrent comme des démons mais, malgré leurs efforts, des traces jaunes défiguraient toujours le vert de la carrosserie.

— Au moins, l'inscription a disparu, déclara Dan.

Nous la ferons repeindre demain, et il n'y paraîtra plus.

Pensive, Maggie agita la tête.

— Je ne comprends pas. Qui me déteste à ce point ? Pourquoi me harcèle-t-on de la sorte ?

Dan se tourna vers elle, surpris.

— Comment cela, on te « harcèle » ? Parce qu'on t'a déjà joué des farces de ce genre ? Tu as été visée, personnellement ?

La réponse devait être écrite sur son visage car, sans attendre qu'elle s'explique, il lâcha un juron et poursuivit, sévère :

— Pourquoi ne m'as-tu rien dit ? Je veux savoir ce qu'on t'a fait. Alors raconte. Et tout de suite.

— Du calme… ce…

— Maggie, ne cherche pas à m'embobiner. Raconte, s'il te plaît.

Anxieuse, elle tourna la tête vers le gardien de nuit qui ne perdait pas une miette de cet échange. Dan l'envoya explorer le parking en quête du malfaiteur, puis il reporta son attention sur Maggie.

— Bon. Maintenant, crache le morceau.

A son corps défendant, Maggie lui rapporta l'incident des pneus crevés et celui du rat mort. Lorsqu'elle eut terminé son récit, il semblait furieux, prêt à l'étrangler.

— Maggie, tu exagères. Pourquoi diable m'avoir caché cela ?

— Je ne te connaissais pas suffisamment quand

ces choses se sont produites. Et puis, je craignais que papa ne l'apprenne et ne me retire la direction de l'entreprise.

— A présent, tu me connais. Et tu as eu tout le temps de m'en parler au cours des deux dernières semaines. Alors, pourquoi n'en as-tu rien fait ?

Les lèvres de Maggie se retroussèrent en une ébauche de sourire.

— Eh bien, si tu tiens à savoir, j'étais tellement heureuse que je n'y pensais même plus.

Dan plissa les yeux, l'examina longuement pour voir si elle mentait, puis il renonça et l'attira à lui.

— Ne t'avise pas de me refaire ce genre de cachotteries, d'accord ?

— C'est promis.

Elle lui rendit son étreinte, resta un moment contre lui, puis s'écarta légèrement pour ajouter :

— N'empêche, je préférerais que papa reste en dehors de tout cela. Il n'y peut rien et l'inquiétude nuirait à son état de santé.

Sourcils froncés, Dan hésita quelques instants avant de se décider.

— D'accord. Tu as sans doute raison.

Il jeta un nouveau coup d'œil sur la Viper, agita la tête et reprit :

— Cette fois, on ne discute plus, tu emménages chez moi.

— Quoi ? Mais, Dan, je ne peux…

— Inutile de discuter. Tant que tout n'est pas rentré dans l'ordre, je ne te quitte pas d'une semelle.

Bien que passant toutes ses nuits avec lui, Maggie avait refusé de s'installer chez Dan. Pourtant, au cours des jours qui suivirent, ses affaires personnelles s'accumulaient mystérieusement dans la petite chaumière de la clairière. A n'en pas douter, Dan avait des complices — Ida Lou, sans doute, et peut-être sa mère.

A vrai dire, elle s'en trouvait fort bien et vécut la semaine la plus heureuse de sa vie après l'incident de la voiture maculée. Jusqu'au matin de Thanksgiving. Elle allait chercher sa première tasse de café quand Dan fit éclater sa bombe.

Pieds nus, vêtue d'un vieux T-shirt à lui, les cheveux en bataille et à peine réveillée, elle ne comprit pas immédiatement le sens de ses paroles et crut qu'elle avait mal entendu.

— Pardon ?

— J'ai dit qu'il fallait se bousculer un peu. Ma mère s'énerve si tous ses poussins ne sont pas réunis avant l'heure pour la fête.

— Une petite minute ! Tu voudrais que je t'accompagne chez ta mère pour Thanksgiving ? Ce n'est pas sérieux, j'espère ?

— C'est tout ce qu'il y a de sérieux, au contraire. Il me semble que nous en étions convenus, non ? Et ne prends pas cet air effaré. Ce n'est pas demander la lune, que je sache.

Non, songea Maggie. Mais à peine plus réalisable.

— Tu es complètement fou. Je ne peux pas fêter Thanksgiving dans ta famille.

— Pourquoi ? Je ne vois pas le problème.

— Le devoir exige que je reste parmi les miens, répondit-elle en s'accrochant à la première excuse venue.

— Tu imagines bien que j'ai d'abord vérifié auprès de Lily. Par égard pour Jacob, elle a prévu un petit dîner tranquille à l'heure habituelle. Chez ma mère, le repas de fête a lieu vers 15 heures et, connaissant ton appétit, tu seras certainement en mesure de faire honneur aux deux tables.

Maggie se tordait nerveusement les mains.

— Je… Je… C'est impossible. Si je t'accompagne à cette fête, tu imagines les conclusions que ta famille va en tirer ?

— Par exemple que notre liaison n'est pas une simple aventure ? Que je suis sérieux, peut-être même amoureux de toi ? Il y a de grandes chances, en effet.

Il ponctua d'un haussement d'épaules, et conclut :

— La belle affaire. C'est la pure vérité.

— N'empêche que je ne peux…, commença-t-elle machinalement.

Puis elle s'interrompit, bouche bée, réalisant soudain le sens des paroles que Dan venait de prononcer.

— Tu as bien dit amoureux ?

— Parfaitement. Je t'aime, répondit-il posément.

La joie éclata en elle comme un feu d'artifice, mais elle réprima impitoyablement cet élan d'émotion.

— Tu cherches uniquement à me convaincre de t'accompagner.

Dan ne put retenir un soupir agacé.

— Tu me sidères, Rouquine ! Dans tous les autres domaines, tu es la femme la plus solide, la plus intelligente, la plus courageuse, la plus culottée et la plus sûre d'elle que j'aie jamais rencontrée. Mais en ce qui concerne l'amour, ton sentiment d'insécurité et tes soupçons dépassent les bornes. Je viens de te dire que je t'aime, bon sang de bonsoir ! Et je veux entendre de ta bouche que mes sentiments sont partagés.

Interdite par cette brusque réaction de colère, Maggie fixait son visage à l'expression fermée. Puis, peu à peu, un flot de chaleur la submergea, s'enfla en elle. Des larmes lui brouillèrent la vue, un sourire naquit sur ses lèvres, et la joie qu'elle ne parvenait plus à retenir éclata au grand jour. Une émotion intense lui nouait la gorge quand, d'une voix tremblante, elle répondit :

— Moi aussi, je t'aime, Dan.

— Bon. Voilà qui est mieux.

Il pointa l'index sur le sol, à ses pieds, puis ajouta :

— Maintenant, tu vas venir m'embrasser tout de suite.

Maggie éclata de rire, se jeta à son cou et prit possession de sa bouche avec ferveur.

Baiser gourmand, exalté, passionné. Ils s'accrochaient fiévreusement l'un à l'autre, se pressaient comme s'ils désiraient ne faire plus qu'un, se dévoraient en émettant des gémissements de plaisir.

Lorsqu'ils rompirent le baiser, ils restèrent un moment front contre front à reprendre leur souffle. Et puis Dan se cala contre le rebord de l'évier, l'entraîna avec lui, et elle s'abandonna à son étreinte en lui murmurant tendrement :

— Je t'aime, beau gosse. Je t'aime de tout mon cœur. Mais si jamais tu oses encore employer ce ton de macho avec moi, je te ferai une telle tête au carré que tu n'oseras plus te montrer en public.

Rejetant la tête en arrière, il éclata de rire à son tour.

— Ah ! Je retrouve ma Maggie ! déclara-t-il en la serrant plus fort.

Blottie contre son épaule, elle se détendit cependant qu'il caressait doucement ses cheveux.

— Donc, tu m'accompagnes chez ma mère ? C'est bien cela ?

Elle soupira avec emphase.

— Tu ne renonces jamais, hein ?

— Voyons, Rouquine, ce n'est pas une affaire d'Etat. Je ne vois pas ce qu'un repas dans ma famille peut avoir de si terrible.

Elle s'écarta de lui, exaspérée.

— Tu veux vraiment que je te dise ? Je ne plais pas aux mères. Tu comprends ?

— C'est ridicule. Tu as rencontré maman. Elle te trouve formidable.

— Peut-être. Mais c'était avant que nous soyons ensemble. A présent que je vis pratiquement avec son fils, je parie qu'elle préférerait que je ne sois jamais revenue.

— Pas pratiquement, ma chérie. Son fils et toi, vous vivez ensemble. Tout simplement. Même si tu refuses de l'admettre. Et pour le pari, je relève le gant.

Il la fit pivoter sur elle-même, la propulsa en direction de la chambre.

— Et maintenant, Rouquine, on s'active, le temps presse.

Dan gagna son pari. Lucy Garrett accueillit Maggie comme sa propre fille, la serra dans ses bras avec autant de chaleur que d'enthousiasme.

Matt Garrett, son épouse Caroline et leurs deux enfants étaient arrivés de Dallas la veille au soir. Quant à Mary Alice Garrett Trent, son mari Joe et leurs cinq enfants, ils habitaient Ruby Falls et se trouvaient chez Lucy depuis le début de la matinée.

Intimidé par la célébrité de Maggie, le reste du clan Garrett se montra aimable, mais plus réservé que Lucy. L'intouchable top model sut dissiper rapidement leur gêne en se lançant dans une partie de football enragée avec les enfants, puis en donnant un coup de main dans la cuisine.

Au repas, Maggie reprit de tous les plats pour le plus grand plaisir de Lucy tandis que les autres la regardaient faire, éberlués.

— Mince alors ! Elle mange toujours autant ? s'étonna Matt en la voyant reprendre une part de gâteau aux noix de pécan.

— Au moins deux fois par jour. Trois si elle peut.

Maggie eut un sourire amusé.

— Maman prétend que je suis née affamée.

— Ce n'est pas juste ! gémit Mary Alice. Si je mangeais le quart de ce que tu engloutis, je pèserais une tonne !

— Et je croyais que les mannequins avaient un appétit d'oiseau, remarqua Joe, sidéré.

Lucy considéra sa nichée assemblée autour de la table d'un œil réprobateur.

— Cela suffit, les enfants. Laissez Maggie tranquille. De nos jours, on se réjouit de voir une femme manger de bel appétit.

— De bel appétit, de bel appétit… ce n'est plus une femme, c'est un gouffre ! A table, Maggie tiendrait la dragée haute à une armée de sumos !

Matt adressa un clin d'œil à son frère et reprit :

— Frangin, il va te falloir trouver un second emploi, rien que pour la nourrir.

Sans souci des protestations de Lucy, Maggie riait avec les autres. Et lorsqu'elle quitta la maison avec Dan, l'ensemble du clan Garrett l'avait adoptée.

— Alors ? Tu regrettes d'être venue ?

— Hm… J'adore ta famille. Et ta mère cuisine rudement bien.

Elle se cala la tête contre le dossier du siège et ferma les yeux tandis que Dan démarrait.

Cette agréable journée lui avait apporté une détente nécessaire, l'avait distraite des problèmes dans lesquels elle se débattait chaque jour. Mais le répit était terminé. Il lui fallait de nouveau affronter la dure réalité. Se tournant de côté, elle examina Dan entre ses cils.

— Je réfléchissais que ce soir serait le moment idéal pour proposer à papa de moderniser la conserverie.

— Tu y tiens vraiment ?

— Non. Mais il le faut, et le plus vite sera le mieux. J'aurais préféré lui éviter cette discussion, seulement la firme ne peut pas attendre qu'il soit…

Elle se mordit la lèvre, se retourna vers la vitre.

— Nous ne pouvons plus temporiser. Rendement et production doivent augmenter ou nous continuerons à prendre du retard sur nos commandes. Jusqu'ici, les clients se montrent compréhensifs, mais si nous ne parvenons pas à leur livrer la marchandise, ils perdront patience, et ils iront voir ailleurs. Et puis, nous ne retrouverons peut-être pas une occasion aussi favorable pour aborder le problème avec papa. Il se porte beaucoup mieux depuis que le Dr Sander-son a modifié son traitement. De plus, il adore les fêtes de famille et avoir tout son petit monde autour de lui. Il devrait être d'excellente humeur. Il y a déjà quelques jours que j'ai évalué les coûts et préparé le devis, mais je n'ai pas eu le courage de lui donner le dossier. Cette fois, hélas, le temps manque et je ne peux plus attendre.

Dan lui prit la main, la pressa affectueusement.

— Jacob va regimber, mais il n'est pas stupide. Tu as fait une étude sérieuse, approfondie. Lorsqu'il verra les chiffres, il se rangera à ton point de vue. Ceci étant, il risque d'y avoir quelques éclats dans un premier temps.

Quelques éclats. L'expression était bien faible pour décrire la réaction de Jacob qui s'apparentait davantage à un véritable cataclysme !

En arrivant, Maggie et Dan trouvèrent la famille au grand complet — y compris Laurel et Martin — réunie dans la salle de séjour devant un cocktail. Encouragée par la gaieté inhabituelle de Jacob, Maggie décida de tenter sa chance.

— Papa, il faut que nous parlions.

— De quoi ?

— De la modernisation de l'usine. Avant de refuser, j'aimerais que tu jettes un coup d'œil à ce dossier.

Et elle lui tendit la chemise qui contenait son projet chiffré.

— J'ai mené une étude approfondie. J'y ai beaucoup réfléchi et j'ai pesé le pour et le contre. Comme tu le constateras, en changeant l'équipement, nous augmenterons la production de quarante pour cent.

Sans prêter grande attention au détail de l'analyse,

Jacob passa presque directement à la dernière ligne, et les yeux lui sortirent de la tête.

— Dieu du ciel ! Mais tu perds l'esprit ! Nous n'avons pas les moyens d'engager une pareille somme. Pour la première fois en quatre-vingts ans, Malone perd de l'argent, et tu proposes que nous dépensions des millions ? Certainement pas !

— Papa, nous n'avons pas le choix. L'équipement tombe en ruine. Dan passe son temps à réparer les pannes. Et quand tout fonctionne à peu près, nos machines sont d'une lenteur désespérante en comparaison du rendement des machines actuelles. Nous ne sommes plus en mesure de fournir à la demande. Si nous ne modernisons pas, nous coulons. C'est aussi simple que cela.

— Et c'est là tout ce que tu as tiré de tes études ? Harvard ne t'a donc appris qu'à balancer de l'argent à la première difficulté ? Eh bien, c'est non ! Nous n'avons pas les moyens de rééquiper l'usine et je n'emprunterai pas.

— Je ne suggérais rien de tel. Je me proposais de financer l'opération de ma poche.

— De ta poche ?

Jacob la dévisageait, médusé.

— Tu veux dire que tu as gagné… (bref coup d'œil au dossier)… des sommes de cette importance en posant pour des photos ? Je ne te crois pas.

— Je sais. Cela semble excessif, mais c'est la vérité. Ecoute, papa, je veux bien avancer…

— Non. Cela ne change rien à ma décision. Je préférerais encore emprunter à la banque que d'être ton débiteur.

— Bien parlé, Jacob ! renchérit Martin, triomphant. Reste sur tes positions. La situation n'est pas aussi grave qu'elle le prétend. Elle cherche à mettre le grappin sur l'entreprise par tous les moyens, ça saute aux yeux.

— Papa, ce n'est pas vrai ! Si tu lis mon projet…

— Cela ne changera rien non plus.

— Mais…

— Nom d'un chien ! Pour qui te prends-tu ? C'est moi le directeur de l'entreprise, moi l'actionnaire principal… avec Nan, bien sûr, mais elle s'en remet à mon jugement. C'est moi qui prends les décisions, ici. Et j'ai dit non !

Les épaules de Maggie s'affaissèrent. Elle avait espéré ne pas en arriver là, mais il ne lui laissait pas le choix.

— Non, papa, l'actionnaire principal, ce n'est plus toi, c'est moi…

— Pardon ? Qu'est-ce que tu me chantes ?

— J'ai racheté toutes les parts de Nan il y a un an et demi.

Jacob devint blême et s'effondra dans son fauteuil comme si on l'avait frappé au plexus. Outré, Martin bondit de son siège et lâcha un chapelet de jurons digne d'un charretier, cependant que Lily et les sœurs de Maggie restaient sans voix, comme pétrifiées sous le choc.

Jacob foudroya Nan du regard.

— C'est vrai, ce qu'elle raconte ?

— Oui. C'est exact.

— Mais le trust est à ton nom, tu reçois toujours les relevés comptables.

— Le trust Malone-Endicott appartient à Maggie. En tant que gestionnaire, je reçois les relevés, mais c'est elle qui détient les actions.

— Une ruse destinée à me tromper ! Trahi par ma propre sœur ! Comment as-tu osé ?

Relevant le menton, Nan affronta la colère de Jacob sans sourciller.

— Je regrette que tu prennes la chose sur ce ton, Jacob, mais ce n'était que justice. Maggie est la seule de tes filles qui soit apte à reprendre la firme. Au moment de la vente, j'ai pensé qu'elle avait bien droit à sa part d'héritage, et je le pense toujours.

— Droit à rien, oui ! s'emporta Jacob. De plus, cette vente est illégale ! En complète contravention avec nos statuts. Les actions ne peuvent être vendues qu'à des membres de la famille !

De surprise, Maggie cligna des yeux, puis elle regarda autour d'elle, cherchant une explication sur le visage des autres. A l'exception de Nan, tous affichaient la même perplexité.

— Mais enfin… euh… papa, je suis membre de la famille. Tu m'as peut-être déshéritée sans m'en avertir, mais cela ne change rien aux liens du sang.

— Justement !… Tu n'es pas ma fille !

Maggie accusa le coup. Bouche bée, elle pâlit et recula d'un pas.

— Quoi… ? Pardon… ?

Elle tenta de se reprendre, mais c'est d'une voix blanche qu'elle ajouta :

— Quelqu'un peut m'expliquer ?

Ravi de la déconfiture de Maggie, Martin se frottait les mains.

— Tiens, tiens, tiens. Voilà qui est intéressant.

— Tu la boucles ou je me charge de te fermer le clapet, gronda Dan, menaçant.

Il s'approcha de Maggie, lui enlaça la taille.

— Doucement, chérie, du calme.

Elle ne l'entendit pas, n'entendit pas non plus le cri étouffé de Lily, ne remarqua pas sa soudaine agitation.

— Jacob, le moment est mal choisi pour déballer tout cela, intervint Nan.

— Peut-être, mais il faut que les choses soient dites clairement.

Il se retourna vers Maggie, la regarda droit dans les yeux.

— Katherine, ta mère a été violée neuf mois avant ta naissance.

— Jacob ! Comment peux-tu ! Tu avais promis de ne jamais en parler à personne ! Tu me l'avais promis… promis !

Accablée de douleur, Lily se couvrit le visage de ses mains puis, lovée sur elle-même, elle éclata en sanglots.

Aussitôt, Laurel et Jo Beth se précipitèrent à ses côtés, visiblement très ébranlées. Abasourdie, Maggie restait clouée sur place, incapable de réagir.

— Pardonne-moi, ma chérie, reprit Jacob, s'adressant à Lily d'une voix pleine de sollicitude. Tu sais que pour rien au monde je ne te ferais souffrir sans nécessité. Je me suis tu toutes ces années, mais il faut que la vérité éclate à présent. Je ne supporterai pas que l'enfant d'un autre reprenne le bien de ma famille. Tu le comprends, n'est-ce pas ?

— Tu… tu ne m'as ja… jamais dit que tu dou… doutais de la pa… paternité de Maggie… Après tant d'années… je n'en sa… sa… savais rien.

— Je ne suis donc pas une Malone ? s'enquit Maggie comme dans un mauvais rêve.

Elle s'efforçait de comprendre sans y parvenir, se sentait étrangement fragile, prête à se briser d'une seconde à l'autre tel un verre ancien et fêlé.

— Jacob n'est sûr de rien, déclara Nan avec une franchise impitoyable. C'est sa colère refoulée qui parle. Il ne s'est jamais remis du choc de ce viol. Mais aucun test de paternité d'aucune sorte n'a été effectué.

— Et tu le savais ! Tu le savais depuis le début ! répliqua Maggie d'un ton de reproche.

Désemparée, cruellement blessée par cette trahison qui lui portait un coup supplémentaire, elle regardait fixement sa tante.

— Oh non ! Ne crois pas cela. Je ne l'ai appris que

tout récemment. Jacob s'est confié à moi peu de temps après mon arrivée.

— Et tu ne m'en as rien dit ?

— Ma chérie, je t'en prie, ne me regarde pas comme ça. Je voulais t'en avertir, je ne te mens pas. Mais ce n'était pas à moi de révéler ce secret. Jacob m'a fait promettre de n'en parler à personne.

Elle tendit sa main ouverte en signe de supplique.

— Maggie, s'il te plaît…

— Peu importe, répondit celle-ci, livide.

Et elle se détourna, ignorant l'offre de paix.

Ne pas pleurer. Il ne la verrait pas pleurer, quoi qu'il arrive. Comme nue, tremblante, nauséeuse, les bras crispés autour de sa taille, elle gardait la tête haute, fermement décidée à traverser le cauchemar le plus dignement possible malgré la douleur qui lui rongeait le ventre.

Affrontant le regard de Jacob, elle tenta de rire dans un effort pour feindre l'indifférence, mais le son rauque qui s'échappa de sa gorge ressemblait à s'y méprendre à un sanglot.

— Eh bien, au moins, je sais à présent pourquoi tu m'as toujours détestée. Bizarrement, quand j'étais gamine, j'ima-ginais des douzaines d'excuses à ta froideur. Je n'étais pas assez jolie, pas assez gracieuse, trop sotte, trop grande, trop maigre. Je pensais que mes cheveux étaient trop roux, ma bouche trop large… Jamais je n'aurais imaginé que je n'étais pas ta fille. Jamais l'idée ne m'a effleurée que, lorsque tu me regardais, tu voyais en moi le rejeton d'un monstre.

Les plaintes de Lily montaient dans les aigus et frisaient l'hystérie, mais Jacob semblait ne pas entendre.

— Katherine, tu te trompes. Ce n'était pas ce que…

— Non. Je t'en prie, non… arrête.

Lèvres pincées, elle leva les yeux vers le plafond, les écarquilla pour retenir les larmes qui menaçaient. Ne pas pleurer… surtout ne pas pleurer.

— De fait… Je te comprends. Dieu que ma vue devait te faire horreur.

— Katherine, non. Tu te…

— Etant donné les circonstances, je suppose que tu as été aussi bon père que possible. J'aurais seulement aimé être au courant. Cela m'aurait évité de gâcher vingt-sept ans à tenter de mériter ton amour.

Un nouveau rire douloureux lui déchira la gorge.

— Tous ces efforts pour rien ! Je n'avais aucune chance. Aucune !

Pour la réconforter, Dan resserra son étreinte.

— Ma chérie, calme-toi. Tu te fais du mal.

Dans son coin, Martin rongeait son frein. Profitant du temps mort, il se lança :

— Je vais appeler l'avocat de la firme immédiatement pour lui demander de prendre les mesures nécessaires et annuler cette vente frauduleuse.

— Certainement pas ! aboya Nan.

— Elle n'a pas le droit de posséder ces titres. Pas le droit de diriger l'entreprise.

— Tu n'en sais rien. Personne n'en sait rien.

— Eh bien, nous allons le savoir. Dès demain, j'irai voir le Dr Lockhart pour qu'il procède à un test d'ADN, intervint Maggie.

Elle toisa Jacob, et poursuivit :

— Je propose que maman et toi fassiez de même. Nous aurons les résultats d'ici à quelques semaines. Si je ne suis pas ta fille, je quitterai la direction de l'entreprise et je rendrai ses parts à tante… à ta sœur.

— Maggie, je t'en prie ! Tu sais bien que je serai toujours ta tante. Et rien ne t'oblige à démissionner. Jacob et Lily étaient mariés quand tu as été conçue. Il t'a reconnue devant la loi, ce qui fait de toi une Malone quel que soit ton père biologique.

— Non. Pour une fois, je suis d'accord avec Martin. Si je ne suis pas descendante en droite ligne de Katherine Margaret Malone, je n'ai aucun droit à des parts de l'entreprise, et pas celui de la diriger.

Nan se retourna vers Jacob.

— Là. Tu es content maintenant ? Ah, tu peux être fier de ce gâchis ! En sortant cet odieux secret du placard devant tout le monde, tu as humilié Lily et Maggie, tu leur as fait du mal alors que si tu avais suivi mon conseil et dit la vérité à Maggie, vous auriez réglé cela discrètement en privé.

— Je l'aurais fait si j'avais su que tu lui avais vendu tes parts derrière mon dos. Et quant à toi…

Jacob pointa un index accusateur sur Dan.

— Quant à toi, puisque tu couches avec Katherine, tu aurais dû lui arracher ce renseignement depuis longtemps et me le rapporter comme tu étais censé le faire.

— Jacob, bon sang, tu…

Maggie ne put retenir un cri :

— Oh, mon Dieu !

— Maggie, attends, je vais t'expliquer…, commença Dan en se tournant vers elle.

Déjà, elle s'écartait de lui en agitant frénétiquement la tête, une main pressée contre le cœur.

— Tu m'espionnais ! Je comprends mieux ton changement d'attitude à mon égard ! C'est pour cela que tu m'as séduite ! Non parce que tu m'aimais, mais pour me soutirer des confidences et aller moucharder ensuite auprès de pap… de Jacob.

La tête lui tournait. Elle était plus sonnée qu'un boxeur sur le ring, mais de tous les coups qu'elle avait encaissés en l'espace de quelques minutes, ce dernier à lui seul menaçait de la mettre KO.

— Ma chérie, non. Tu te trompes. Il faut que tu me croies.

— Quelle imbécile je fais ! Quelle sotte sentimentale en mal de tendresse !

— Maggie, écoute-moi. Je t'avoue qu'au début, avant de te connaître, j'ai accepté de te tenir à l'œil pour le compte de Jacob. J'étais contre mais, après ce qu'il a fait pour moi, je ne pouvais pas le lui refuser. Ceci étant, je t'assure que tous mes comptes rendus étaient positifs. Et, quand nous sommes devenus amants, après cette première nuit que nous avons passée ensemble, je lui ai annoncé que je ne souhaitais plus jouer les espions. C'est la vérité, je te le jure.

— Tu t'es servi de moi. Tu m'as trahie. Et à présent, je devrais te croire ?

Elle recula encore d'un pas, secouant farouchement la tête.

— Non. C'est fini entre nous. Terminé. Demain, j'enver-rai Ida Lou prendre mes affaires chez toi.

— Maggie, je t'en supplie, ne fais pas cela. Je t'aime, ma chérie.

Elle éclata d'un rire amer.

— Garrett, je vous en prie, arrêtez ce cinéma. Vous avez rempli votre mission, un point, c'est tout. Et c'est fini. J'étais pourtant prévenue. Le lendemain de mon arrivée, vous m'avez dit être prêt à protéger Jacob envers et contre tout. J'aurais dû le comprendre.

Lily sanglotait toujours sur l'épaule de Laurel, mais personne ne semblait s'en soucier. Les regards plus ou moins gênés convergeaient tous sur le couple. Maggie se redressa, adressa un sourire crispé à l'ensemble du groupe et conclut :

— Maintenant, si vous voulez bien m'excuser, je ne participerai pas au repas. Vous aurez compris que je ne suis pas précisément d'humeur à rendre grâce ce soir.

Luttant de toutes ses forces pour garder sa dignité,

elle se dirigea vers la porte, tête haute, droite sur ses jambes flageolantes.

— Maggie, attends !

Dan se précipita pour l'intercepter. Mal lui en prit. Pivotant sur elle-même, elle frappa rageusement la main tendue vers elle et s'exclama, furieuse :

— Ne me touche pas. Ne me touche plus jamais !

— Maggie, non. Ce n'est pas possible. Calme-toi, ma chérie. Il faut que nous nous expliquions.

— Il n'y a rien à expliquer. Je n'ai plus rien à te dire. Je ne veux plus te voir ni même entendre ton nom. Aussi longtemps que je resterai ici, tu ne m'adresseras la parole qu'en cas de nécessité, et seulement pour parler de l'entreprise. Faute de quoi, je porterai plainte contre toi pour harcèlement sexuel. J'espère m'être fait comprendre.

Sur ce, elle pivota de nouveau pour s'esquiver. Adossée au chambranle de la porte, Ida Lou agitait tristement la tête et les larmes ruisselaient de ses yeux.

— Oh, ma pauvre petite, murmura-t-elle, les bras grands ouverts comme par le passé quand Maggie avait du chagrin ou qu'elle s'était blessée.

Cette fois, cependant, la jeune femme évita la vieille domestique. Inconsolable, elle se briserait en mille morceaux, volerait en éclats si on tentait seulement de la réconforter.

17

La nouvelle du viol de Lily et de la filiation douteuse de Maggie se répandit dans Ruby Falls comme une traînée de poudre.

Maggie savait que, sitôt éventé, le secret ne resterait pas dans la famille. Sans doute Martin prenait-il un malin plaisir à propager la rumeur, imperméable au fait que sa conduite humiliait publiquement sa belle-mère et lui causait de cruelles souffrances.

Au bureau, à l'usine ou en ville, les gens dévisageaient Maggie comme une bête curieuse. Les plus charitables lui adressaient des regards de commisération. D'autres détournaient la tête sur son passage et prenaient cet air dégoûté qu'on adopte devant un reptile sorti de dessous une roche. D'autres encore, comme Pauline Babcock et sa clique de commères, reniflaient l'air alentour, campés dans une attitude de mépris qui semblait dire : « Je me doutais bien que tu étais de la mauvaise graine. »

Les semaines passées à attendre les résultats des tests d'ADN furent marquées par de pénibles tensions au sein de la famille Malone et de son entourage. Quand son père l'avait chassée sept ans plus tôt et qu'elle s'était retrouvée seule et désemparée, Maggie avait cru que rien ne serait jamais pire que son désarroi d'alors. Hélas, elle se trompait. Ce nouveau coup ébranlait sa vie à l'égal d'un tremblement de terre, lui faisait perdre tout repère. Se sentant abandonnée, perdue, elle vivait en somnambule et se raccrochait de son mieux au train-train quotidien pour ne pas sombrer dans la dépression la plus noire.

Le cœur brisé par la trahison de Dan, rongée par le doute quant à sa propre identité, sa place au sein de la famille, ses droits à diriger Malone Enterprises, elle se repliait sur elle-même et évitait les autres.

Bien que de nouveau installée dans l'habitation principale, elle restait terrée dans sa chambre le peu de temps qu'elle y passait. Malgré les protestations et les suppliques répétées de Nan et de sa mère, elle se refusait à prendre ses repas à la table familiale et, si elle mangeait à la maison, c'était dans la cuisine, en compagnie d'Ida Lou. La plupart du temps, elle se contentait d'un repas acheté au fast-food le plus proche et elle déjeunait ou dînait seule dans son bureau.

Elle se réfugia dans le travail, arrivant avant l'aube à la conserverie pour en sortir tard le soir, longtemps après que toute la maisonnée se fut retirée pour la nuit.

Et elle fuyait Jacob et Dan comme la peste. Ce dernier se pliait d'ailleurs aux ordres qu'elle lui avait donnés. Il ne venait la voir que pour des questions professionnelles. Il lui adressait cependant de longs regards d'une rare intensité, comme s'il tentait de communiquer avec elle en silence, mais elle restait de marbre et ne répondait pas.

Parfois, lorsqu'elle travaillait de nuit, elle l'apercevait en bas, dans l'usine. Il semblait toutefois avoir renoncé à son rôle de garde du corps, ce dont elle lui savait gré. Sa seule proximité la faisait cruellement souffrir. Dès qu'elle le voyait dans les vergers ou la conserverie, il lui semblait que son cœur se déchirait.

Elle avait bien envisagé de lui interdire l'accès à l'usine après les heures d'ouverture, mais elle avait trop besoin de lui pour assurer la maintenance. De plus, elle ne tenait pas à ce qu'il sache que sa présence la bouleversait.

Entre Thanksgiving et Noël, Maggie se rendit par deux fois à New York pour honorer ses engagements et, les deux fois, elle fut terriblement tentée de rester sur place, de reprendre le fil de sa vie et de couper définitivement avec Ruby Falls, la famille, la firme. Et Dan.

Il y avait cependant une chance qu'elle soit la fille de Jacob, et cette possibilité, aussi faible fût-elle, la ramenait invariablement parmi les Malone.

Elle repensait souvent à son enfance, à ces moments où elle se sentait isolée, mise à l'écart du reste de la famille. Ces fois-là, elle se demandait pourquoi elle n'était pas née gracieuse et jolie comme ses sœurs, et elle songeait alors que tout espoir était vain. Pourtant, aussi longtemps qu'il subsistait un doute, elle ne pouvait pas s'en aller.

Le matin de Noël, tous étaient déjà assemblés dans la salle de séjour quand Maggie descendit de sa chambre. Lorsqu'elle passa devant la porte, sa mère se précipita pour l'intercepter.

— Maggie, ma chérie, où vas-tu ? Tu ne vas tout de même pas travailler le jour de Noël !

— Si. Je vais au bureau.

— Tu sais bien que la famille ouvre toujours les cadeaux le matin de Noël. Tu ne veux pas te joindre à nous ?

Maggie jeta un coup d'œil dans la pièce où les autres s'étaient regroupés autour du grand sapin. Leur attention se concentrait sur elle. Ils attendaient sa réponse. Elle croisa brièvement le regard de Jacob et crut y détecter une lueur d'espoir. Mais c'en était fini des rêves impossibles. Elle refusa d'un signe de tête.

— Non. Je ne reste pas.

— Maggie, ma petite Maggie…

— Je suis désolée, maman. J'ai mis tous vos cadeaux au pied de l'arbre de Noël. Maintenant, excuse-moi, il faut que j'y aille, j'ai à faire.

Cette attitude causait du chagrin à sa mère, elle en était consciente, et elle le regrettait. Mais s'il lui en coûtait de la décevoir ainsi, Maggie était bien incapable d'oublier vexations et propos blessants, de refouler son humiliation et de simuler la joie comme si tout allait bien. De plus, Lily ne semblait pas comprendre à quel point Maggie souffrait des soupçons qui pesaient sur elle au sein d'un groupe qu'elle considérait depuis toujours comme sa famille. De sorte qu'elle les évitait, se tuait à la tâche pour ne pas penser au jour fatidique où le verdict du laboratoire tomberait.

Début janvier, Anna apparut un matin dans le bureau de Maggie, les traits figés en une drôle d'expression.

— Excuse-moi de te déranger, mais j'ai un certain Henry Kincaid sur la une. Il m'a demandé le directeur... J'ai cru comprendre qu'il comptait parler à Martin.

— Henry Kincaid ? Le nom me dit vaguement quelque chose...

— C'est le P.-D.G. de Bountiful Foods.

— Mais bien sûr ! Hm... Intéressant.

Elle décrocha le téléphone.

— Monsieur Kincaid, bonjour. Maggie Malone à l'appareil. Que puis-je pour vous ?

— A vrai dire, mademoiselle Malone, je souhaite parler au directeur par procuration. On m'aura passé votre poste par erreur.

— Vous êtes en ligne avec le directeur par procuration, monsieur Kincaid.

— C'est vous ? Je croyais que M. Howe assurait le remplacement de Jacob Malone.

— Non. C'est moi qui ai hérité de ce poste. M. Howe est actuellement absent, mais je serai peut-être en mesure de vous aider.

— En fait, M. Howe a pris contact avec nous, mais c'est sans doute avec vous que nous devrons traiter.

Martin nous a dit qu'à la mort de M. Malone, il deviendrait directeur en titre et ferait aussitôt modifier les statuts de Malone Enterprises afin d'autoriser la vente de la firme à des personnes extérieures à la famille. En prévision de cette éventualité, nous lui avons fait une offre voici quelques semaines, et j'appelais pour voir si vos actionnaires sont prêts à négocier.

— Je crains qu'on ne vous ait aiguillé sur une fausse piste, monsieur Kincaid. Les conserveries Malone ne sont pas à vendre.

L'homme eut un léger rire.

— Ah ! Je vois que vous êtes une femme d'affaires avisée, mais allons droit au but, si vous le voulez bien. Nous ne faisions que tâter le terrain, le prix que nous proposions n'est pas définitif. Nous sommes prêts à offrir davantage, naturellement. Et je vous avouerai qu'après avoir examiné vos comptes et constaté vos excellents résultats, Bountiful Foods est très impressionné par les spectaculaires bénéfices de votre entreprise.

Des bénéfices spectaculaires ? C'était quoi cette histoire ?

— Certes. Mais j'ignorais que M. Howe vous avait donné accès à notre comptabilité.

— Il nous a fourni un tirage informatique de vos deux dernières années d'exercice. C'est un homme précieux. Et qui nous a beaucoup facilité la tâche pour promouvoir ce projet.

— Oh ! je n'en doute pas. Je crains cependant que M. Howe ne vous ait fait perdre votre temps, monsieur

Kincaid. Jacob Malone est encore bien vivant, et, lorsqu'il nous quittera, la firme restera dans la famille.

M. Kincaid eut beau plaider sa cause, Maggie finit par le convaincre que la transaction n'aurait pas lieu. Lorsqu'elle eut raccroché, elle fronça les sourcils, pensive. Si ce M. Kincaid et sa direction trouvaient les bénéfices de Malone Enterprises spectaculaires, c'est qu'ils n'avaient pas vu les mêmes livres de comptes qu'elle…

Elle bondit de son siège et sortit du bureau, lançant au passage à Anna :

— Je file à la comptabilité.

Derrière la porte fermée d'Elaine Udall, on entendait le cliquetis frénétique de son clavier. Saisissant la poignée, Maggie s'apprêtait à entrer comme en pays conquis, mais elle avait à peine entrouvert le battant qu'elle se ravisa et prit le temps d'observer le curieux comportement de la comptable.

Avec une précipitation peu ordinaire, elle entrait les données d'une feuille de calcul dans l'ordinateur et jetait des regards inquiets vers la porte, comme si elle redoutait d'être surprise dans cette tâche. Bizarre, songea Maggie. Elle allait frapper pour s'annoncer, lorsque Elaine Udall, ayant terminé son travail, sortit une disquette Zip du lecteur et la glissa dans son sac à main.

Après un coup bref contre le battant, Maggie le poussa et entra. Elaine sursauta, l'air coupable, puis enfourna hâtivement son sac dans le dernier tiroir de son bureau.

— Mademoiselle Malone. Vous désirez quelque chose ?

— Oui. Je voudrais voir tous les bons de commandes, les factures ainsi que les justificatifs de toutes nos dépenses depuis deux ans.

— Très bien, répondit la dame, pincée.

Elle reporta son attention sur son écran, puis ajouta :

— Il me faudra quelques minutes pour les imprimer.

— Je ne veux pas de tirage, j'en ai un. Ce que je veux, ce sont les originaux papier. Les factures, bons, bordereaux et autres documents comptables.

Maggie crut voir passer une lueur de panique dans les yeux d'Elaine Udall.

— Je crains que ce ne soit pas possible. Nous ne conservons rien de tel.

— Ne me prenez pas pour une idiote, mademoiselle. Sachez que j'ai quelques notions de droit. La loi exige que ces justificatifs soient archivés pour être présentés au fisc le cas échéant. Je sais également que nous avons gardé toutes les pièces justificatives sur des dizaines d'années. Elles se trouvent dans les classeurs du magasin de fournitures. Je veux les deux dernières années sur mon bureau dans l'heure.

Elaine bomba le torse.

— Vous doutez de mes compétences ?

— Vous doutez de mon droit à consulter les archives de la firme ? répliqua Maggie en guise de réponse.

— M. Howe affirme que vous n'êtes pas une Malone et que vous n'êtes plus ici pour très longtemps. Je n'ai pas à vous confier les archives de l'entreprise.

Posant les deux mains à plat sur la table de l'employée, Maggie se pencha sur elle.

— Je me fiche éperdument de ce que raconte M. Howe. Pour le moment, je suis la directrice par intérim. En conséquence, ou bien vous m'apportez ces documents dans l'heure, ou bien vous rassemblez vos affaires et vous prenez la porte sur-le-champ. A vous de décider.

Il ne fallut pas deux heures à Maggie pour découvrir que les comptes ne se recoupaient pas. Il existait des écarts énormes entre le tirage informatique qu'elle possédait et les résultats obtenus en recalculant recettes et dépenses à partir des originaux. Rien ne tombait juste sur les quelques mois qu'elle avait ainsi analysés.

Furieuse, elle demanda à Anna de convoquer Martin et Mlle Udall dans son bureau immédiatement. Quelques instants plus tard, Anna revenait seule.

— Je suis désolée, Maggie. Martin est sorti à midi en disant à sa secrétaire qu'il avait rendez-vous au golf avec un client. Client dont il n'a pas donné le nom.

— Et Mlle Udall ?

— D'après Susan, de la compta, elle a filé comme

une chatte échaudée il y a deux heures, peu après vous avoir remis les boîtes d'archives.

Sans perdre une seconde, Maggie agrippa son sac et se dirigea vers la porte.

— Si on me cherche, je suis chez Martin.

Depuis son retour à Ruby Falls, elle n'avait pas mis le pied au domicile des Howe. En garant sa Viper dans l'allée circulaire, elle regarda avec dégoût la blanche demeure coloniale, propriété du père de Martin. Il n'y avait rien de plus grand, de plus ostentatoire et prétentieux dans toute la ville. Le cher Rupert ne supportait pas de ne pas être au-dessus du lot.

En tant que directeur de la First National Bank, il se considérait comme le personnage le plus important de la communauté quand, de l'avis général, l'honneur en revenait à Jacob.

Un sourire ironique étira les lèvres de Maggie. Elle savait bien que, sous la cordialité joviale avec laquelle le père de Martin traitait Jacob, se cachait une jalousie aussi secrète que tenace.

Malgré les réticences de Laurel, Martin avait insisté pour que, sitôt rentrés de leur voyage de noces, ils emménagent chez Rupert sous prétexte qu'il ne pouvait pas laisser son père seul.

Piètre excuse à laquelle Maggie n'avait jamais cru. Pas un instant. Rupert avait gâté son fils unique à le pourrir, avec pour résultat que, depuis son enfance, Martin ne pensait qu'à lui, n'envisageait même pas que d'autres aient des besoins, des préférences, des sentiments. Et s'il résidait toujours chez son père, c'est qu'il n'avait pas voulu quitter la grandiose demeure pour acheter avec Laurel une maison plus modeste, mais dans leurs moyens. Il n'était pas question pour lui de renoncer au fastueux mode de vie que lui offrait Rupert.

Maggie trouva la porte d'entrée à demi ouverte. Elle sonna cependant, attendit en rongeant son frein que le carillon électronique résonne à travers toute la maison puis, comme personne ne venait, elle jeta un coup d'œil à la BMW de Laurel garée sur le côté, poussa le battant et pénétra dans le hall.

— Hou-hou ! Tu es là, Laurel ? C'est moi, Maggie.

Toujours rien. Elle s'avança encore.

— Il y a quelqu'un ?

Dans le silence, il lui sembla entendre un léger bruit à l'étage. Elle s'immobilisa, tendit l'oreille. Oui. Cela venait d'en haut. Une sorte de gémissement étouffé, une plainte de petit animal blessé.

Plongeant la main dans son sac, Maggie referma les doigts sur son pistolet-assommoir et monta l'escalier sur la pointe des pieds. Parvenue sur le palier, guidée par les plaintes devenues plus audibles, elle longea le couloir jusqu'à la vaste chambre du fond. Sitôt qu'elle eut poussé la porte, son regard s'arrêta sur des taches rouge sombre sur la moquette. Du sang ! Les battements de son cœur s'accélérèrent.

Elle parcourut la pièce des yeux. Apparemment, il n'y avait personne. Elle hésitait à redescendre pour appeler le shérif quand un gémissement lui parvint de la salle de bains. Elle s'y précipita, s'arrêta net sur le seuil de la porte, atterrée par le spectacle qui l'attendait.

— Oh, Laurel, mon Dieu !

Roulée en boule sur le carrelage, sa sœur se tenait le ventre en geignant, le visage en sang, défigurée par les traces de coups.

— Laurel, ma pauvre chérie ! s'exclama Maggie.

Elle s'empara d'une serviette, la mouilla d'eau froide, puis s'agenouilla près de sa sœur blessée pour nettoyer les plaies. Mais Laurel laissa échapper un cri de douleur et se cacha le visage derrière les mains.

— Non ! Ne me regarde pas ! Va-t'en, Maggie. Je ne veux pas que tu me voies dans cet état.

La voix était pâteuse, elle articulait mal, et pour cause. Ses lèvres étaient enflées, fendues.

— Trop tard, je t'ai vue. Et je ne sortirai pas d'ici sans toi. Inutile de protester. Tu as besoin de soins, et vite. Tiens, presse cette serviette humide contre ta joue pendant que j'appelle l'ambulance.

— Non, Maggie… surtout pas !

Elle agrippa le bras de sa sœur pour la retenir, ajouta d'un ton suppliant :

— Je t'en prie, Maggie, ne fais pas cela ! Tout le monde va le savoir. Je ne m'en remettrai pas.

— Laurel, tu as besoin d'un médecin. Et puis, dès que nous aurons alerté le shérif, toute la ville sera au courant.

Elle releva une mèche blonde couverte de sang coagulé et gronda entre ses dents.

— Le salopard ! C'est Martin qui t'a battue, pas vrai ?

Laurel acquiesça d'un hochement de la tête, mouvement qui lui arracha une nouvelle plainte de douleur.

— Le salaud ! Cette fois, son compte est bon, il dépasse les bornes ! Je te sors d'ici, et tu vas porter plainte. Ne t'avise pas de refuser, sœurette. Je ne t'abandonnerai pas aux mains de cette brute.

— Je ne… ne refuserai pas. Je lui ai dit que je voulais divorcer. C'est p… p… pour cela qu'il m'a rou… rouée de coups.

— Tu t'es enfin décidée à le quitter ? Dieu merci ! C'est la meilleure nouvelle de l'année. Et ne t'inquiète pas de lui. S'il te cherche, il me trouvera d'abord et il me le paiera. Il ferait beau voir qu'il essaie !

— Oh ! tu peux compter dessus, il essaiera. Aide-moi à me relever, veux-tu ? Filons avant qu'il ne revienne !

Maggie grimaçait devant la douleur de sa sœur au moindre mouvement.

— Laurel, tu devrais aller aux urgences, tu sais.

— Non. Ramène-moi à la maison.

Si elle n'avait écouté que son instinct, Maggie aurait obligé sa sœur à grimper dans sa voiture et battu des records de vitesse pour la conduire à Tyler, mais elle ne pouvait risquer de provoquer une crise d'hystérie chez Laurel par-dessus le marché. Avec un soupir exaspéré, elle céda.

— Puisque tu insistes, d'accord. Mais j'appelle le Dr Sanderson. Et le shérif.

Laurel souffrait horriblement et la pénible descente jusqu'au rez-de-chaussée parut prendre des heures.

Maggie achevait de l'installer dans sa voiture et de boucler sa ceinture quand la Mercedes de Martin remonta l'allée en trombe.

— Doux Jésus ! Il va me tuer ! geignit Laurel.

— Ça m'étonnerait. Tiens bon la barre, frangine, et ne bouge pas, je m'occupe de lui.

La Mercedes pila à trois pas de la Viper. Martin en sortit et se dirigea vers elles, visiblement furieux.

— Qu'est-ce que tu fiches ici ? Laisse ma femme tranquille, et fous-moi le camp ! Pas question que tu l'embarques.

— Tu veux parier ?

Maggie s'avança pour lui barrer la route et tendit le poing en direction du bras de Martin.

Bzz ! La décharge partit.

Martin s'écroula comme une masse.

Se penchant sur le corps de son beau-frère agité de spasmes, Maggie sourit et déclara :

— Désolé. Tu as perdu.

Lorsqu'elle regagna la Viper, Laurel la dévisageait, éberluée.

— Qu'est-ce que tu lui as fait ?

— Je l'ai assaisonné avec mon pistolet-assommoir électrique. Et si je n'étais pas si pressée de te montrer à un médecin, je l'aurais réduit en bouillie.

Il fallut moins d'une demi-heure à Maggie pour regagner la demeure des Malone. Flanqué de Lily et de Nan, Jacob traversait le grand hall dans son fauteuil roulant poussé par Charley lorsque Maggie entra, soutenant et traînant Laurel qui pesait de tout son poids sur elle.

— Seigneur Dieu ! murmura Nan.

— Ma petite fille ! Ma pauvre chérie ! s'exclama Lily.

— Bon sang, Laurel, tu es en piteux état ! Qu'est-ce qui t'est arrivé ? gronda Jacob.

— Un accident. Un accident nommé Martin, rétorqua Maggie sans ciller.

— Martin ? Il lui aurait fait ça ? Impossible ! Tu me racontes des histoires !

— Je te conseille de me croire. Et ce n'est pas la première fois. Il la brutalise depuis qu'ils sont mariés.

— C'est vrai, Laurel ? Seigneur Jésus, pourquoi n'as-tu jamais rien dit ?

Maggie s'apprêtait à lui demander pourquoi il n'avait rien vu pendant toutes ces années alors que cela sautait aux yeux, mais au même moment Laurel gémit et se serait effondrée à terre si Charley ne l'avait pas retenue avant qu'elle n'échappe à sa sœur.

La soulevant dans ses bras, il se dirigea vers l'escalier.

— Je vais la mettre au lit. Appelez un médecin.

— Bonne idée. Tu t'en occupes, Nan ? s'enquit Lily en se précipitant dans le sillage de l'infirmier.

— Inutile. Le Dr Sanderson est en route. Je l'ai appelé de la voiture.

— Bien. En ce cas, je monte veiller sur Laurel et donner un coup de main.

Sitôt Nan disparue, Maggie se tourna vers Jacob.

— Autant te prévenir tout de suite, j'ai également appelé le shérif pour qu'il arrête Martin. Laurel va porter plainte pour violence conjugale, coups et blessures. Dunwitty ne devrait plus tarder. Il va prendre la déposition de Laurel, et des photos de ses blessures.

— Où est Martin ?

— Aux dernières nouvelles, je l'ai laissé étalé sur la pelouse de son père, à se trémousser comme une carpe hors de l'eau.

— Pardon ?

Elle haussa les épaules.

— Je l'ai zappé avec mon pistolet électrique. Il voulait m'empêcher de porter secours à Laurel.

Jacob agita la tête, incrédule.

— Je ne comprends pas qu'il l'ait frappée de la sorte. Qu'on brutalise une femme à ce point, cela me dépasse. Tu as une idée de ce qui a déclenché sa colère ?

— Pendant le trajet, Laurel m'a dit avoir découvert sa liaison avec Elaine Udall. Apparemment, celle-ci serait venue chez eux quelque temps avant mon arrivée. Elle tenait à prévenir Martin que j'avais découvert le pot aux roses : je savais qu'elle tenait une double comptabilité.

— Quoi ? Une double comptabilité ! s'écria Jacob, incrédule. Mais enfin, dans quel but ?

— Pour nous obliger à vendre à Bountiful Foods, je suppose. Elle trafiquait les livres de manière à nous faire croire que la firme frisait la faillite et, pendant ce temps-là, Martin présentait aux futurs acquéreurs une comptabilité tout aussi trafiquée exhibant des bénéfices colossaux. Selon mes estimations, la vérité se trouve à mi-chemin. Nous avons essuyé des pertes, mais ce n'est pas dramatique, la firme s'en remettra. Reste la question de savoir où sont passés les bénéfices qui n'apparaissent pas dans les livres. Quoi qu'il en soit, d'après Laurel, Elaine a débarqué chez eux à moitié hystérique. Elle a tout déballé, y compris sa liaison avec Martin. Et quand Laurel s'est fâchée, qu'elle a menacé de divorcer, il l'a rouée de coups et il a filé, l'abandonnant sans connaissance sur le carrelage de la salle de bains. Elle reprenait tout juste ses esprits quand je l'ai trouvée.

— Le salaud ! La brute ! Une bête ne ferait pas cela !

— Je sais. J'ai tenté de te le faire comprendre il y a sept ans.

Jacob baissa la tête avec une grimace douloureuse et murmura :

— Certes, certes.

Pivotant sur elle-même, Maggie se dirigea à son tour vers l'escalier.

— Attends, Katherine !

A mi-chemin du palier, elle s'arrêta, se tourna vers lui et l'observa en silence. Jacob semblait vieilli, malade, abandonné et seul, rongé de regrets et de remords coupables.

— C'est ma faute. J'aurais dû me douter de quelque chose, et je m'en aperçois trop tard. Au lieu de cela, je fermais les yeux sur la manière dont Martin la traitait, la rudoyait. Ignorant l'évidence, je mettais son attitude sur le compte de sa personnalité dominatrice. Je tenais tellement à ce qu'elle vive heureuse dans un monde parfait que je préférais ne pas voir, ne pas me poser de questions.

Il se passa une main sur le front et soupira.

— Et puis, pour ne rien te cacher, je me refusais à admettre que tu disais vrai en ce qui concerne Martin il y a sept ans.

— Je sais. Tu as fini ?

— Merci, Katherine. Merci de l'avoir arrachée à ses griffes pour la ramener chez nous.

Maggie redressa le menton.

— Ne me remercie pas trop vite, je ne suis peut-être pas ta fille. Mais Laurel et Jo Beth seront toujours mes sœurs.

18

Entre Tyler et Ruby Falls, le Dr Sanderson dut battre tous les records de vitesse. Au bout de vingt minutes à peine, sa berline remontait l'allée à un train d'enfer pour piler devant la maison dans un violent crissement de pneus.

Dès qu'il vit Laurel, le jeune médecin outré et furieux se serait lui-même lancé à la poursuite de Martin si Maggie ne l'avait averti qu'il était déjà entre les mains de la police.

Le shérif Dunwitty, après avoir enregistré la plainte de Laurel, prit des photos Polaroïd de ses blessures.

La nouvelle de l'arrestation de Martin pour violence conjugale se propagea en ville à la vitesse d'un feu de brousse. En congé pour la journée, Ida Lou était au City Café avec son amie Clara quand la rumeur leur parvint. Abandonnant son repas et sa compagne, elle rentra sans perdre une seconde. Atterrée de trouver Laurel en si piteux état, la brave domestique éclata en sanglots.

Quelques minutes après le retour d'Ida Lou, on

frappait à la porte-fenêtre de la terrasse. Maggie courut ouvrir et se trouva nez à nez avec Dan.

— Comment va-t-elle ? s'enquit-il sans autre préambule.

Troublée, ébranlée par les événements, Maggie avait envie de se blottir contre lui, de chercher le réconfort entre ses bras, mais elle refoula cette stupide envie et s'effaça pour le laisser passer.

— Elle est bien abîmée et souffre affreusement, mais elle refuse toujours l'hospitalisation. Le Dr Sanderson préférerait la savoir sous surveillance médicale, encore que sa vie ne soit pas en danger. D'après lui, elle se remettra et ne devrait pas garder de cicatrices. En ce qui concerne le traumatisme psychique…

— Et Jacob ? Comment prend-il la chose ?

Maggie ne répondit pas immédiatement. Elle jeta un coup d'œil en direction du fauteuil relax où le malade reposait, calé contre une pile de coussins. Le regard absent, le teint plombé, abattu et amorphe, il n'était plus que l'ombre de lui-même. Un fantôme dévoré de l'intérieur.

Comme Lily, il n'avait rien remarqué du drame qui se déroulait sous leurs yeux. Il ne s'était jamais aperçu que Martin brutalisait Laurel, ne s'était jamais posé de question sur les manches longues et les cols roulés sous lesquels elle cachait ses bleus, même en plein été. Maggie leur en voulait de cet aveuglement qui avait contribué au malheur de sa sœur. Elle en souffrait aussi. Et cette douleur s'ajoutait à celle d'un passé qu'elle s'efforçait de comprendre à la lumière des récentes révélations. L'âme déchirée, elle regardait cet homme qu'elle allait perdre, cet homme qu'elle avait toujours considéré comme son père, qu'elle avait aimé et aimait envers et contre tout.

Après un moment de silence, Maggie finit par déclarer :

— Le choc a été rude. Il est très déprimé et son état s'en ressent.

— Je vais voir si je peux l'aider.

Tandis que Dan traversait la pièce pour aller parler à Jacob, Maggie resta près de la porte-fenêtre à fixer la terrasse plongée dans la pénombre.

« Remets-toi, fillette. Ce type a fait semblant de t'aimer afin de t'espionner pour le compte de Jacob. Tu ne peux plus l'aimer, ce n'est pas sérieux ! »

Mais à quoi bon se mentir ? Hélas, elle l'aimait toujours. Dieu lui vienne en aide !

Elle ferma les yeux de toutes ses forces pour refouler des larmes importunes. Quelle sotte ! C'était pitoyable !

Au cours de la soirée, bon nombre d'amis appelèrent pour prendre des nouvelles de Laurel. La plupart d'entre eux s'avouèrent ravis de savoir Martin en garde à vue. Apparemment, son arrogance tyrannique n'était guère appréciée à Ruby Falls.

Par le biais des conversations téléphoniques, ils découvrirent aussi que Rupert s'était fâché en apprenant que son fils se trouvait en prison et que, malgré sa position, il ne pourrait le faire libérer sous caution avant le lendemain matin.

Naturellement, Rupert déclarait à qui voulait l'entendre qu'on exagérait à plaisir l'importance d'une simple querelle domestique et que, sous le coup de l'hystérie, Laurel avait perdu la tête. Il soutenait qu'elle retirerait sa plainte dès qu'elle aurait retrouvé un peu de bon sens.

Qu'il ose rejeter la faute sur Laurel et ferme ainsi les yeux sur la brutalité de son fils rendait Maggie furieuse. Ivre de rage, elle ne tenait pas en place, arpentait la maison en tous sens telle une âme errante sur les bords du Styx.

La famille au complet s'attendait à devoir affronter les foudres de Rupert qui, à n'en pas douter, leur tomberait dessus d'un moment à l'autre. Ce qui, du point de vue de Maggie, expliquait la présence prolongée de Dan parmi eux. Et, si elle en souffrait, si son cœur se brisait dès qu'elle posait les yeux sur lui, elle lui était cependant reconnaissante de son soutien et de sa loyauté.

A 9 heures du soir, Rupert n'avait toujours pas donné signe de vie. Le téléphone ne sonnait plus. Laurel dormait paisiblement grâce aux soins de Neil Sanderson resté à son chevet — sans doute dans l'intention de la veiller toute la nuit. Le calme était en quelque sorte revenu et, désœuvrée, Maggie se sentait de trop. Abandonnant les autres à leurs discussions, elle se rendit à l'usine où elle pourrait au moins employer utilement son trop-plein d'énergie.

En entrant dans le bureau, elle fut frappée par une odeur inhabituelle d'acétone. Elle s'immobilisa, renifla, soupçonneuse. De quoi pouvait-il s'agir ? D'un produit d'entretien nouveau ?

Son regard tomba sur les boîtes d'archives remplies de justificatifs comptables, sur les livres de comptes ouverts sur sa table, tels qu'elle les avait laissés. Sans plus s'interroger sur l'odeur mystérieuse, elle s'installa dans son fauteuil et replongea dans l'examen des colonnes de chiffres, examen qu'elle avait dû interrompre dans l'après-midi.

Vingt minutes plus tard, profondément concentrée sur sa tâche, elle ne se rendit pas compte qu'elle n'était plus seule. Une voix masculine vint alors troubler le silence.

— Ah ! je pensais bien te trouver ici.

Surprise, elle sursauta et redressa la tête. Ses yeux s'écarquillèrent et son cœur s'emballa.

— Rupert ! Qu'est-ce que vous faites là ? Comment êtes-vous entré ? Le gardien a des consignes.

Un sourire de renard lui retroussa les lèvres.

— Rien de plus simple. J'ai suivi cet abruti et je l'ai assommé. A l'heure actuelle, il est sans connaissance sur le parking.

La nouvelle n'était pas pour rassurer Maggie. Elle le savait furieux, certes, mais ne s'attendait pas à ce qu'il use de violence. Encore qu'à la réflexion, la chose n'avait rien de très surprenant. Martin était une brute avérée, et ce type de comportement tient en général à la famille. Tel père tel fils.

Quoi qu'il en soit, il lui fallait faire face. Elle se leva lentement, se prépara à l'affrontement. L'idée de frapper un homme de l'âge de Rupert ne la réjouissait pas mais, s'il levait la main sur elle, pas question d'encaisser les coups sans se défendre !

— Je vois. Et que me voulez-vous ?

— Je suis venu dans l'idée de régler un petit problème de manière définitive.

— Ah oui ? Lequel ?

— Toi. Tu es une épine dans le pied de mon fils depuis des lustres. D'abord, tu as tenté d'empêcher son mariage avec Laurel. Et te voilà revenue jouer le patron à l'usine. Chacun sait que ce poste revient de droit à Martin. Il le mérite d'autant plus que tes sœurs sont incapables de gérer cette affaire. Quant à toi, tu n'es même pas une Malone. Et non seulement tu viens marcher sur ses plates-bandes, gâcher le projet qu'il avait mis au point, mais, par-dessus le marché, tu te mêles de sa vie privée. Merde ! Mon fils est en taule à cause de toi ! Comme un vulgaire criminel !

— Martin est en prison pour les mauvais traitements qu'il inflige à ma sœur.

— Sans ton intervention, jamais elle n'aurait porté plainte, ni même menacé de divorcer. Elle n'aurait pas osé lui tenir tête. Mais cette fois, c'est fini. Tu ne mettras plus ton nez dans les affaires de mon fils.

Il tira de sa poche un petit pistolet qui n'avait rien d'un jouet et le braqua sur elle. La bouche sèche, Maggie le dévisagea, interdite.

— Mais enfin, Rupert ! Qu'est-ce qui vous prend ? Je ne comprends pas.

— C'est pourtant simple. Quand nous serons débarrassés de toi, Laurel redeviendra docile comme un agneau et, à la mort de Jacob, Malone sera vendue à Bountiful Foods, comme prévu. Tu ne nous auras pas simplifié la tâche. A cause de toi, Martin va devoir jouer serré, user de diplomatie pour récupérer le coup, mais la transaction se fera, j'y compte bien.

Maggie fixait la bouche noire obscène du canon avec une horreur croissante.

— Attendez, Rupert ! C'est de la folie pure.

— J'ai assez attendu. Il est grand temps que j'agisse avant que tu ne gâches tout. Tu l'auras bien cherché, tu sais. J'ai pourtant essayé de te forcer à vendre, et même de t'effrayer pour que tu fiches le camp, mais tu n'as pas cédé. Tu ne me laisses donc pas le choix.

Maggie le dévisagea, stupéfaite.

— Alors, c'était vous ? Vous qui me poursuiviez dans le verger ? Vous qui avez mis le cadavre de rat dans mon lit, crevé mes pneus et couvert ma voiture de graffitis ?

— Oui.

— Et les conserves contaminées, les avaries, les arbres empoisonnés, c'était vous aussi ?

— Bien sûr. Je prenais la clé de Martin pour entrer dans l'usine déserte en pleine nuit.

Il ponctua sa confidence d'un rictus et reprit :

— Tu ne te doutais de rien, pas vrai ? Et personne ne me soupçonnera jamais. Je suis un pilier de la communauté, un homme influent, respecté et respectable.

— Peut-être, mais le meurtre ne passera pas inaperçu. Les armes sont faciles à identifier !

Maggie jeta un coup d'œil en direction de l'escalier. Avait-elle un espoir de fuir ?

— Oh ! je n'ai pas l'intention de tirer, sauf cas de force majeure. Ta mort sera purement accidentelle. Tu périras dans un incendie terrible. Et ne compte pas te sauver par cette porte. Je l'ai déjà bloquée, de même que celle du bas. J'ai également pris la précaution de désactiver le système d'arrosage. Tu n'as plus qu'à faire ta prière.

— Rupert ! Non ! s'écria-t-elle.

Mais il était trop tard. Le temps qu'elle bondisse à sa suite, il était déjà dans l'antichambre du bureau et refermait le battant derrière lui. Maggie agrippa la poignée, s'efforça de la tourner, mais elle ne bougeait pas, et la porte demeurait obstinément close.

Une odeur déplaisante lui fit froncer le nez — la même qu'elle avait remarquée en entrant, mais cette fois plus présente. Dans sa panique, elle n'en comprit pas immédiatement l'origine, et soudain, la lumière se fit. Dieu du ciel ! Rupert avait bloqué la serrure en y injectant de la colle à prise instantanée !

Cognant de toutes ses forces contre l'obstacle, elle se mit à hurler :

— Rupert, bon sang ! Laissez-moi sortir ! C'est de la folie ! Vous n'allez pas faire ça, tout de même !

Mais ses cris n'eurent pas plus d'effet que ses efforts désespérés pour tourner la poignée.

C'est alors qu'une nouvelle odeur retint son attention. Telle une biche sentant le danger, elle s'immobilisa, renifla l'air. A ses pieds, un mouvement attira son œil. Atterrée, elle vit des volutes de fumée s'insinuer sous le battant, s'enrouler autour de ses chevilles. La peur au ventre, elle courut jusqu'à l'escalier, s'échina sur la poignée de la porte. Qui ne bougeait pas plus que l'autre. Rupert avait également condamné cette porte grâce à cette colle ! Elle en reconnut l'odeur qu'elle n'avait pas identifiée en arrivant.

Sans perdre une seconde, elle se précipita vers son bureau, décrocha le téléphone. Pas de tonalité. Elle pressa plusieurs touches. Toujours rien. Ce salaud avait dû couper les fils ! Haletante, elle s'agrippa au rebord de la table. Pas d'issue. Elle était piégée. Et la panique lui nouait la gorge à l'étouffer.

Il lui fallait retrouver un minimum de calme, agir rationnellement. Elle ferma les yeux, s'obligea à respirer. Une fois. Deux fois, trois fois…

« Mag, c'est le moment de réfléchir ! Tu ne vas pas mourir. Pas ici, pas ce soir. Pas question qu'il gagne la partie. Réfléchis, réfléchis ! »

Elle rouvrit les yeux, regarda autour d'elle. La fumée

continuait d'entrer dans la pièce, y formait déjà une légère brume.

« Bon. Commençons par le commencement ! »

Elle décrocha son pull du portemanteau, s'agenouilla près de la porte, et s'efforça au mieux d'obturer la fente avec le mince vêtement de laine. Ainsi, elle serait moins vite enfumée, ce qui lui donnait du temps.

« Bien. Et maintenant, tâchons de penser logiquement. Impossible de sortir par les portes ou de les défoncer… »

Le panneau vitré !

Elle traversa la pièce, poussa des deux mains contre le verre pour en tester la solidité. Il était épais, certes, mais elle parviendrait peut-être à le briser.

Un regard à l'usine en contrebas eut bientôt raison de ses espoirs. En supposant qu'elle casse la vitre, elle se tuerait en sautant d'une telle hauteur.

Et soudain, elle perçut un mouvement à l'autre bout de la conserverie. Dan ?

A cette distance, elle ne voyait pas bien qui travaillait là-bas, mais ses yeux restèrent braqués sur le rai de lumière qui avait attiré son attention. Ce ne pouvait être que lui. Il le fallait !

Elle cria son nom en martelant la vitre de ses poings. Sans résultat, hélas. Et cette maudite fumée qui lui brûlait les yeux la faisait tousser à présent.

Elle jeta un bref coup d'œil vers la porte dont le cadre laissait entrer un flot d'épaisses volutes. Derrière le battant, on entendait le crépitement des flammes, et la chaleur ne cessait de croître.

— Oh, mon Dieu ! Dan ! Da-a-a-an ! Regarde par ici ! Da-an ! S'il te plaît !

Une nouvelle quinte de toux la plia en deux. Haletante, elle s'efforçait de reprendre son souffle. Elle s'agenouilla, cherchant un air respirable au niveau du plancher. Si elle paniquait, elle mourrait étouffée. Pas de temps à perdre. Se redressant soudain, elle se saisit de la chaise la plus proche et la cogna de toutes ses forces contre la vitre. La violence du choc se répercuta jusque dans ses épaules, mais le verre tint bon. Avec l'énergie du désespoir, elle répéta le geste, encore et encore. La vitre devait céder, il le fallait.

Alerté par le bruit, Dan leva les yeux et vit une chaise voler à travers la vitre du bureau de Maggie dans une pluie de verre brisé. Quelques secondes plus tard, l'objet s'écrasait sur le tapis mécanique d'une chaîne de remplissage dans un vacarme assourdissant.

— Qu'est-ce que c'est que ce cirque ?

Sans même prendre le temps de réfléchir, il se précipita vers la vitre brisée. Pour apercevoir Maggie environnée d'une épaisse fumée qui s'échappait dans un nuage par l'ouverture béante. Son sang ne fit qu'un tour.

L'usine était en feu, il ne manquait plus que cela !

— Dan ! Au secours ! Viens me chercher !

Le cœur battant, il partit au pas de course.

— Tiens bon, j'arrive ! lui cria-t-il. Serre les dents et tiens bon !

Il filait déjà vers la porte de l'escalier dans l'intention de la rejoindre quand elle lui lança :

— Non ! La serrure est bloquée avec de la colle !

Dan s'arrêta net. Ce n'était donc pas un accident. On l'avait enfermée là-haut et mis le feu à la boutique ! Plaçant ses mains en porte-voix, il lui hurla :

— Tu peux sortir par le bureau d'Anna ?

— Non ! La porte est bloquée aussi, et le bureau est en flammes. Ma seule chance, c'est de sauter, mais c'est beaucoup trop haut.

Et merde ! Il lui fallait trouver un moyen de l'atteindre. Ils avaient bien de grandes échelles, seulement, elles se trouvaient avec le matériel dans une grange au bout du complexe. Pas question d'y aller, le temps pressait. Il regarda autour de lui, cherchant une solution, et, soudain, une idée lui vint. Il repartit au pas de course.

— Da-an ! Ne m'abandonne pas !

— Ne bouge pas, reste près du sol et accroche-toi, je reviens.

Filant comme une flèche en direction de l'aire de chargement, il tira son portable de sa poche et composa le 911.

A Ruby Falls, les appels aux urgences transitaient par le bureau du shérif. Nancy Eggleston, qui assurait la permanence de nuit, décrocha à la deuxième sonnerie.

— 911, de quoi s'agit-il ?

— Dan Garrett au téléphone. Les usines Malone sont en feu. Envoyez-nous les pompiers au plus vite. Et aussi le shérif. Maggie est prisonnière dans son bureau.

— C'est comme si c'était fait. Je vous les envoie.

Dan coupa la ligne et rangea l'appareil dans sa poche au moment où il atteignait l'aire de chargement vers laquelle convergeaient tous les tapis roulants qui acheminaient les produits. Sans cesser de courir, il bondit sur l'un des chariots élévateurs utilisés pour empiler les palettes de conserves dans l'entrepôt voisin. Il choisit le plus gros, capable d'élever les marchandises à plus de dix mètres, mit le moteur en marche, manœuvra pour soulever une palette au moyen de la fourche et, après une marche arrière, il mit les gaz à fond pour rejoindre l'endroit où Maggie attendait.

La machine n'allait hélas pas bien vite, et des nuées de fumée se répandaient maintenant à travers l'usine. Dan serrait les dents, pestait contre l'engin trop lent, et priait le ciel de lui venir en aide.

Lorsqu'enfin le chariot poussif arriva sous la vitre brisée du bureau, Maggie avait disparu. Le cœur serré par l'angoisse, Dan lui cria à pleins poumons :

— Maggie ! Maggie ! Où es-tu ?

— Là ! Je suis là !

Elle agita la main, et il réalisa qu'elle s'était accroupie et enveloppé la tête dans la tenture de la fenêtre afin de se protéger de la fumée.

Dan activa le levier pour faire monter la fourche.

— Ecoute, je t'envoie la palette aussi haut que je le peux. Elle n'arrivera pas jusqu'à toi mais, dès qu'elle s'arrêtera, tu sautes dessus, d'accord ?

Maggie examina la mince palette de bois qui s'élevait vers elle. Sauter ? Il plaisantait !

Le cœur battant à se rompre, la gorge nouée, irritée, l'œil fixé sur la minuscule plate-forme, elle l'encourageait en silence à monter. « Allez ! Plus haut ! Encore un peu… encore !… » Mais quand la fourche parvint à bout de course, la palette était deux mètres au-dessous d'elle. Et, d'où elle se tenait, recroquevillée sur le sol, elle avait le sentiment que la palette n'était guère plus grande qu'un timbre-poste.

— Saute, Maggie ! Vas-y, saute !

Maintenant la tenture contre son nez et sa bouche, elle se releva, fixant toujours le ridicule carré de bois à travers le nuage de fumée.

— Saute ! Vas-y, Maggie !

Elle secoua la tête.

— Je ne peux pas.

— Mais si, tu peux ! Tu y arriveras, chérie. Courage !

— Et si je rate mon coup ? Si je n'arrive pas à me raccrocher dans ma chute ?

— Tu ne rateras pas ton coup. Tu y arriveras. Dépêche-toi, Maggie. Il faut que tu sautes. C'est le seul moyen de t'en sortir.

— Le choc risque de renverser le chariot.

— Non, je te le promets. L'engin supporte des charges bien plus lourdes. Saute, bon sang ! Vas-y !

Il avait raison, et elle le savait. Mais la seule idée de sauter la pétrifiait.

— Maggie, je t'en prie ! Saute, pour l'amour du ciel !

La chaleur devenait insoutenable. Le feu ronflait de plus en plus bruyamment. Jetant un bref coup d'œil pardessus son épaule, elle s'aperçut que les flammes avaient maintenant franchi la porte.

Refoulant sa terreur, elle prit sa respiration avec peine et s'élança dans le vide.

Avec un petit cri étranglé, elle atterrit sur la palette, un peu à gauche du centre. Ses genoux plièrent sous le choc et elle s'étala à plat ventre. Au moment de l'impact, l'engin se mit à pencher dangereusement. Se sentant glisser, Maggie poussa un hurlement désespéré, battit des pieds, chercha des mains un endroit auquel s'accrocher. Son cri redoubla d'intensité quand elle passa par-dessus bord. Dans un dernier effort, elle parvint à agripper le rebord de la palette.

— Tiens bon, Maggie, surtout ne lâche pas ! l'encouragea Dan.

Suspendue dans les airs, elle se balançait à dix mètres du sol bétonné. Gémissant sous l'effet de la peur, haletant sous l'effort, elle serrait le montant de bois de toutes ses forces. En bas, Dan était penché à l'extérieur de l'engin. En pesant de tout son poids, il avait réussi à stabiliser la machine déséquilibrée, à éviter qu'elle se renverse.

— Accroche-toi, je vais te descendre, lui lança-t-il.

Bien que prévenue, Maggie ne put retenir un nouveau cri quand la fourche du chariot se mit en marche. La descente lui parut interminable. Ses mains crispées, meurtries par le contact du bois rugueux, lui semblaient se déchirer. Si cela ne cessait pas bientôt, ses bras allaient céder. Enfin, la pointe de ses pieds toucha le sol. Mais avant même qu'elle eût posé les talons, Dan avait bondi de la cabine pour la prendre dans ses bras.

Il la serrait de toutes ses forces, la berçait contre lui en murmurant :

— Dieu merci, tu es vivante !

La tête pressée contre son torse, elle entendait les battements précipités de son cœur.

— Ça va ? Tu tiens le choc ? Tu n'es pas blessée, au moins ?

Il l'écarta de lui, lui frotta les bras, passa la main dans ses cheveux tout en l'examinant. Naturellement, elle était couverte de suie, noire de fumée, mais quelle importance ?

— Ça va, bredouilla-t-elle avant de lever les yeux vers le bureau qu'elle venait de quitter.

Déjà, les flammes en dévoraient les murs, montaient jusqu'au plafond.

— Oh, mon Dieu ! Il faut faire quelque chose, Dan ! Tout va brûler ! Viens. Il y a un extincteur tous les dix mètres le long des murs. Prenons-en quelques-uns et filons à l'entrée principale. De là, nous pourrons atteindre les bureaux. Allons-y !

Avant que Dan puisse la retenir, elle se précipitait sur l'extincteur le plus proche, le décrochait, et filait vers le suivant. Dan se lança à sa poursuite.

— Hé ! Attends ! J'ai appelé les pompiers, ils arrivent. Ecoute. On entend déjà les sirènes !

Peine perdue. Un extincteur dans chaque main, Maggie courait vers la sortie de secours.

— Maggie, bon sang, attends !

L'air merveilleusement frais du dehors coulait comme un baume dans ses bronches desséchées. Maggie l'aspirait avidement tout en courant vers l'entrée principale. Comme elle l'espérait, Rupert dans sa hâte n'avait pas pris le temps de verrouiller les portes derrière lui. Sans ralentir l'allure, elle poussa le battant d'un coup d'épaule et pénétra dans le hall. Mais elle avait à peine atteint l'escalier qu'un bras puissant lui enlaçait la taille.

— Lâche-moi ! Lâche-moi ! Tu vas me lâcher, oui ?

— Certainement pas, cria Dan en la traînant de force à l'extérieur.

Elle se débattait, gesticulait et donnait des coups de pied, mais il la tenait ferme.

— Tu ne vas pas retourner dans cette fournaise, pauvre imbécile !

— Mais c'est mon bureau ! Je ne peux pas le laisser brûler, tout de même !

— Tu n'es pas équipée et tu ne saurais pas comment t'y prendre pour éteindre ce brasier. Laisse agir les pros.

Au même moment, comme sur un signal, deux camions de pompiers arrivèrent en trombe sur le parking à grand renfort de sirènes. Suivait une ambulance, la voiture de patrouille du shérif, et celle du Dr Sanderson.

Vêtus de cirés jaunes et portant des masques à gaz, les pompiers de Ruby Falls se déversèrent des véhicules au petit trot. L'un d'eux, le chef de brigade nommé Cris Patterson, s'arrêta auprès d'eux le temps de s'assurer qu'ils n'avaient rien de cassé. Après quoi il leur ordonna de vider les lieux et suivit la troupe en petites foulées. Déjà, ses hommes tiraient un tuyau dans le bâtiment.

Neil, Charley, Jo Beth, Nan et Lily étaient sortis de la voiture du médecin quand Dan et Maggie les rejoignirent. Voyant Jacob à l'intérieur du véhicule, calé contre des coussins et enfoui jusqu'au cou sous des couvertures sur le siège arrière, Maggie s'arrêta net.

— Vous êtes fous ou quoi ? Qu'est-ce qui vous prend de l'amener ici ? Il ne devrait pas sortir par ce froid et, franchement, ce spectacle n'est pas pour l'arranger !

— Maggie ? C'est toi ? s'enquit Lily, anxieuse. Oui, c'est toi, ma chérie. Tu vas bien ? Tu n'as pas de mal ?

Personne ne lui prêta la moindre attention.

— Maggie, c'est moi qui ai pris le parti de l'emmener, annonça le Dr Sanderson. Quand il a entendu les sirènes approcher, il ne se tenait plus. Il fallait à tout prix qu'il voie ce qui se passait. En tant que médecin traitant, j'ai jugé préférable de l'avoir sur place plutôt que de le laisser seul à se ronger les sangs.

La vitre arrière de la berline s'abaissa, et la tête de Jacob apparut dans l'ouverture.

— Qu'est-ce que tu fiches avec ces extincteurs, Katherine ?

— Moi ?

Interloquée, elle s'aperçut qu'elle tenait toujours un extincteur dans chaque main.

— Eh bien… euh…

— Elle était sur le point de retourner dans le brasier pour combattre l'incendie à elle seule, expliqua Dan. Je l'ai interceptée à temps. Elle s'est débattue comme un beau diable, mais j'ai eu le dessus. Elle a déjà failli brûler vive une fois ce soir, ça suffit largement.

Ce disant, il lui arracha les deux cylindres et les posa à terre.

— Dieu du ciel, malheureuse ! Où as-tu donc la tête ? Tu allais risquer ta vie, bougre d'imbécile !

Neil se rapprocha d'elle, redevint l'homme de l'art.

— Comment vous sentez-vous, Maggie ? Avez-vous du mal à respirer ?

— Je…

Sans prévenir, comme si ses os se liquéfiaient brusquement, elle s'effondra sur son séant.

— Rouquine, bon sang ! Qu'est-ce qui t'arrive ? hurla Dan en s'agenouillant auprès d'elle.

Lily laissa échapper un cri, Nan s'avança d'un pas, mais Neil les écarta toutes deux.

— C'est le choc. Une réaction à retardement. Je vais prendre des couvertures dans l'ambulance. Et de l'oxygène au cas où…

Dan l'enveloppa de ses bras, lui prit les mains pour les réchauffer.

— Accroche-toi, ma chérie, reste avec nous.

Neil revint bientôt et enveloppa les épaules de Maggie dans une couverture. Puis, s'agenouillant près d'elle, il lui versa un gobelet de café d'une Thermos.

— Buvez. Les infirmiers en ont toujours pour les victimes en état de choc. Je vous préviens, c'est sucré à mort, mais c'est un excellent remontant.

Maggie prit le gobelet à deux mains. Elle tremblait si fort qu'elle n'aurait pu le porter à ses lèvres sans l'aide de Dan. Le liquide sirupeux était horriblement écœurant, mais sa chaleur onctueuse eut un effet bénéfique presque immédiat. En l'espace de quelques minutes, elle avait cessé de claquer des dents et ne tremblait presque plus.

Le shérif Dunwitty vint s'accroupir devant elle.

— Ça va, ma petite Maggie ?

Elle serra la couverture autour de ses épaules et acquiesça de la tête.

— Eh bien, je suis heureux de vous apprendre que nos gars sont en train de maîtriser l'incendie. Ils ont réussi à le contenir et l'auront bientôt éteint. Les dégâts se limitent à deux bureaux et une partie du couloir.

Tous exprimèrent leur soulagement, mais le shérif demeurait grave.

— Ceci étant, d'après Cris, le sinistre ressemble à s'y méprendre à un incendie criminel. Vous savez quelque chose, Maggie ?

— Bon sang, Woodrow ! tonna Jacob depuis la voiture. Tu n'accuses tout de même pas Katherine d'avoir mis le feu ? Elle a failli mourir dans l'incendie, triple buse !

— Désolé, Jacob, il faut que je fasse mon métier. J'interroge...

— Il n'y a pas de mal, coupa Maggie. D'autant que je sais qui a mis le feu.

Et elle raconta en détail les événements de la soirée. Son récit suscita des exclamations de surprise. Lorsqu'elle eut terminé, tous étaient outrés et furieux.

— Je ne comprends pas que Rupert ait fait une chose pareille, commenta Nan.

— Tout ce que je sais, c'est que Martin et lui voulaient nous forcer à vendre. Quand j'ai découvert le pot aux roses et bloqué les négociations, Rupert a dû se fâcher et décider que, si je disparaissais, Martin reprendrait les choses en main et mènerait l'affaire à son terme. Maintenant, ne me demandez pas pourquoi ils tenaient si fort à vendre, ça me dépasse complètement. De mon point de vue, Martin avait tout à gagner si l'entreprise restait aux mains de la famille.

Maggie agita la tête et conclut :

— Si quelqu'un y voit clair, j'aimerais bien qu'il m'explique.

— En tout cas, déclara le shérif, je serais ravi de passer les menottes à ce vieux renard de Rupert. Ce salopard est d'une arrogance insupportable. Il y a un bail qu'il me tape sur le système, celui-là.

— Quand on parle du diable, marmonna Jo Beth, on en voit les cornes. Regardez donc qui arrive.

Tous les yeux se tournèrent vers la Mercedes bordeaux qui se garait derrière la voiture des pompiers et l'ambulance. Rupert en sortit, s'arrêta un moment pour parler aux ambulanciers et à un pompier qui passait avant de se diriger vers le groupe.

— Ce type a un culot incroyable, grommela Nan.

— Il est gonflé d'oser pointer son nez ici ! gronda Jacob.

Dan se leva d'un bond.

— L'enfant de salaud, je vais lui faire sa fête.

— Doucement, on se calme, ordonna le shérif en posant une main sur l'épaule de Dan. Ne bougez pas, je m'en occupe. Je vais voir ce qu'il a à dire. Donnez à ce genre de crétin suffisamment de mou, et il s'arrangera pour se pendre lui-même, faites-moi confiance.

Dès qu'il aperçut la tête de Jacob, Rupert se dirigea droit sur la voiture.

— Ah, Jacob ! Je suis venu dès que j'ai entendu les sirènes.

Assise à même le sol, blottie sous sa couverture,

Maggie observait la scène. Les traits figés de Jacob semblaient comme sculptés dans le granit.

— Tu as un fameux toupet de te montrer ici, Rupert.

— Allons, Jacob, je sais que tu en veux à mon fils, mais nous nous connaissons depuis si longtemps que nous n'allons pas laisser une querelle d'amoureux entre nos enfants briser notre amitié.

Il soupira, affecta une expression peinée.

— J'ai appris la nouvelle concernant Maggie, et je suis venu te présenter mes condoléances. Elle n'est pas ta fille, certes, mais tu l'as élevée. Lily et toi devez être bouleversés. Mourir brûlée ainsi… c'est trop affreux… tragique, oui, tragique. Vous avez toute ma sympathie.

Maggie en avait assez entendu. Rejetant sa couverture, elle se leva d'un bond.

— Bas les masques, Rupert ! Ils n'ont pas besoin de condoléances ni de sympathie. Moins encore de la part d'un homme qui a tenté de m'assassiner.

Le banquier se tourna vers elle, interdit, aussi surpris que si elle revenait d'entre les morts.

— Maggie… mais comment…

— Shérif, je veux que vous arrêtiez M. Howe pour tentative d'homicide volontaire. Il a injecté de la colle à prise rapide dans les serrures de mon bureau pour me piéger à l'intérieur avant de mettre le feu.

— C'est ridicule, je n'ai rien fait de tel ! répliqua Rupert.

Et il jeta un regard indigné en direction du shérif qui s'approchait de lui en détachant les menottes de sa ceinture.

— Voyons, shérif ! Vous ne pouvez pas m'arrêter sans preuve. C'est sa parole contre la mienne.

— Pas tout à fait, Rupert, intervint Maggie, cassante. Les caméras de surveillance que j'ai fait installer il y a peu dans mon bureau ont tout enregistré. Elles sont scellées dans des coffres pare-feu, et je suis sûre qu'elles apporteront les preuves nécessaires.

— Garce ! J'aurais dû te descendre pendant que je te tenais !

— Eh bien, merci ! lança le shérif. Cette confession me suffira pour le moment, je n'ai pas besoin d'en savoir plus. Allons, en route. J'ai une cellule toute prête pour vous, juste à côté de celle de votre fils.

Sur ce, le shérif poussa Rupert contre la voiture et lui passa les menottes avant qu'il ait le temps de dire ouf !

— Rupert Howe, vous êtes en état d'arrestation pour tentative d'homicide volontaire et incendie criminel. Vous êtes en droit de garder le silence car tout ce que vous direz pourra être retenu contre…

— Je t'aurai ! Tu vas voir ! Tu es plus morte que morte, tu m'entends ? Finie ! Foutue !

Saisissant Rupert par son col de chemise, le shérif l'entraîna avec lui tout en lui récitant ses droits tandis que l'autre continuait d'invectiver Maggie, sourd à toute raison.

— Seigneur Dieu, quelle journée ! soupira Nan tandis que la voiture de patrouille du shérif quittait le parking.

— On peut le dire, renchérit Maggie.

Elle se tourna vers le bâtiment partiellement noirci, et ajouta :

— J'ai eu de la chance que Dan se soit trouvé là ce soir.

— De la chance ? Tu veux rire ! gronda ce dernier.

Il l'empoigna par les épaules pour l'obliger à lui faire face.

— La chance n'a rien à voir là-dedans. J'étais là, à l'usine, tous les soirs où tu es restée travailler tard.

Maggie cligna des yeux, surprise par la colère et l'émotion qu'elle pouvait lire dans le regard de Dan.

— Tu étais là ? Mais... Pourquoi ?

— Pourquoi ? Parce que je t'aime, idiote ! Quoi que tu t'imagines ! Tu crois vraiment que je t'aurais abandonnée alors qu'un fou dangereux te menaçait ? Pour l'amour du ciel ! Il a mis un cadavre de rat dans ton lit, crevé tes pneus, écrit des insultes sur ta voiture. Ce n'était qu'une question de temps avant qu'il ne s'en prenne à toi personnellement.

— Qu'est-ce que c'est que ces histoires de rat, de pneus crevés et d'insultes ? demanda Jacob, courroucé. Pourquoi ne m'en a-t-on pas informé ?

Les yeux de Maggie allèrent de Dan à Jacob, puis revinrent à Dan.

— Quoi ? Tu ne lui as rien dit ?

— Non. J'ai déjà tenté de t'expliquer que j'ai cessé de faire des comptes rendus à Jacob dès que je me suis aperçu que j'étais amoureux de toi.

Une joie douloureuse serrait le cœur de Maggie. Elle aurait voulu le croire, en avait désespérément besoin, mais elle n'osait pas. Elle avait trop souffert du manque d'affection pour ne pas se méfier.

— Et... quand exactement es-tu tombé amoureux ?

Impassible jusque-là, Dan esquissa un sourire.

— J'ai commencé à me douter de quelque chose le soir où tu as annoncé à Martin que tu prenais la direction de l'entreprise. Et j'ai compris que c'était sérieux quand tu as rué dans les brancards au café avant de traverser la place pour aller dire ses quatre vérités à Leland.

Le sourire s'effaça de ses lèvres, et il conclut :

— Tu es une sacrée battante, Maggie Malone, et je t'aimerai jusqu'à mon dernier jour.

Une émotion intense l'envahit tout entière. Concentrée sur les prunelles d'argent de Dan qui brillaient comme deux diamants, elle se demanda comment elle avait pu douter de lui.

— Oh, Dan ! murmura-t-elle d'une voix tremblante.

Et elle se jeta dans ses bras. Il lui sembla alors avoir touché le port. Il la tenait serrée tout contre lui, l'étreignait de toutes ses forces. Elle noua les bras autour de sa taille, posa la tête sur sa poitrine, sourit en écoutant les battements de son cœur.

Le Dr Sanderson toussota.

— Euh… Hm… je suis désolé de vous interrompre, mais je pense sincèrement que Maggie devrait prendre l'ambulance pour l'hôpital de Tyler afin qu'on l'examine. Elle a peut-être besoin d'un traitement suite à l'inhalation massive de fumées.

Maggie se tourna vers le jeune médecin et secoua la tête.

— Ce ne sera pas nécessaire. Je suis remise à présent et ne désire qu'une chose, rentrer à la maison.

Puis elle leva les yeux vers son compagnon et ajouta :

— Chez toi, Dan. Chez nous.

Sans plus de cérémonie, il la souleva de terre et l'emporta vers son pick-up, lançant aux autres par-dessus son épaule :

— Nous viendrons vous voir demain.

Durant le bref trajet, ni l'un ni l'autre ne pipèrent mot. Brusquement accablée de fatigue, Maggie goûtait cet instant de repos, la tête calée contre l'épaule de Dan. Elle le sentait tendu et comprit qu'il réprimait ses propres émotions par égard pour elle, pour ne pas ajouter aux chocs qu'elle avait subis.

Sitôt dans la maison, il la mena directement dans la salle de bains.

— D'abord, une douche, et ensuite, au lit, déclara-t-il en la débarrassant de ses vêtements maculés avec la tendresse d'une mère pour son enfant.

Lorsqu'elle fut nue, il se dévêtit à la hâte et la suivit sous la douche. Il la débarrassa de la suie dont elle était couverte, marmonnant des excuses lorsqu'il frottait trop fort, jurant en découvrant ses paumes truffées d'échardes.

— Zut ! Même tes cheveux ! Te voilà brune maintenant ! grommela-t-il en attrapant le shampooing.

Maggie se laissait faire, docile, l'observait à travers ses paupières mi-closes, tout à la fois amusée et émue d'être l'objet de tant d'attentions jalouses. Elle se rebella cependant lorsque, au sortir de la cabine, il se saisit d'une serviette pour la sécher.

— Chéri, je peux faire ça toute seule, tu sais. Je ne suis pas handicapée.

— Je sais. Mais tu es encore sous le choc, tu tiens à peine debout.

— N'exagère pas. Je me sens déjà beaucoup mieux.

Il hésita, plissa le front, mais n'insista pas et lui tendit la serviette.

— D'accord. Je vais chercher la trousse de soins le temps que tu finisses. Mais promets-moi de t'asseoir si tu te sens faible.

A son retour, il la trouva assise au bord du lit, drapée dans sa serviette. Elle serra les dents et grimaça tandis qu'il ôtait de ses paumes deux bonnes douzaines d'échardes, y appliquait du désinfectant, puis soufflait dessus, comme si elle était une toute petite fille.

— Tu n'as plus de nuisette ici. Je te prêterai une chemise pour dormir.

— A quoi bon ?

Elle lui prit la trousse de soins des mains, la posa sur la table de chevet puis, avec un regard torride, elle effleura son torse nu du bout des doigts, s'interrompant dans sa caresse pour jouer avec les boucles de sa toison brune.

— De toute façon, tu vas me l'enlever.

De l'index, elle donna une légère pichenette à la pointe de son sein et sourit de le voir tressaillir. Il fronça les sourcils, saisit la main coupable.

— Maggie, arrête, s'il te plaît. Tu as besoin de repos.

Elle se pencha, blottit la tête contre sa poitrine.

— J'ai surtout besoin de toi, murmura-t-elle, donnant un coup de langue facétieux au duvet noir.

Dan frissonna, mais protesta de nouveau :

— Maggie... je t'en prie, arrête.

L'ordre manquait de conviction. Et, tandis qu'il pressait sa main captive, il plongea les doigts de sa main libre dans sa chevelure encore humide.

Profitant de l'avantage, elle se mit à lécher doucement sa peau nue.

— Oh ! Dan, mon chéri, comme tu m'as manqué... Fais-moi l'amour. Maintenant. Ce soir même. J'ai besoin de me sentir vivre. De me sentir aimée.

— Maggie…

Les yeux clos, il cambra le dos cependant qu'elle poursuivait la délicieuse torture, couvrait de baisers son torse et ses épaules. Bientôt, elle dénouait la serviette qui lui ceignait les reins, lui caressait le ventre, et refermait les doigts sur la preuve manifeste de son désir.

— Oh, Maggie !… Maggie ! gémit-il.

19

Maggie dormait profondément quand la sonnerie du téléphone l'arracha brusquement au sommeil.

— Qu'est-ce que…

Telle une biche apeurée, elle leva la tête de l'épaule de Dan mais, avant qu'elle ne puisse se redresser, il l'enve-loppait de ses bras et la ramenait contre lui.

— Calme-toi. Je m'en occupe.

Sans relâcher son étreinte, il se souleva un peu pour décrocher le combiné posé sur la table de chevet.

— Allô, oui ?

Quelques secondes plus tard, Maggie le sentit se raidir et comprit aussitôt que quelque chose n'allait pas.

— Qu'est-ce qui se passe ? s'enquit-elle, inquiète, en s'agenouillant près de lui.

— C'est bon. Nous arrivons.

Il raccrocha sèchement et posa sur Maggie un regard peiné qui lui fit froid dans le dos.

— C'est Jacob, dit-il simplement.

— Oh non ! Non, pas cela ! s'exclama-t-elle, les larmes aux yeux.

— Il te réclame, Maggie. Nous devons nous hâter.

D'après le Dr Sanderson, il n'en a plus pour très longtemps.

Moins de dix minutes plus tard, lorsqu'ils pénétrèrent dans la chambre du malade, toute la famille était à son chevet. Lily lui tenait la main et pleurait doucement. Nan était auprès d'elle. Assise sur une chaise de l'autre côté du lit, en robe de chambre, le visage tuméfié, Laurel laissait couler ses larmes sur ses joues meurtries. Au pied du lit, Jo Beth sanglotait contre l'ample poitrine d'Ida Lou qui la réconfortait à voix basse, les yeux embués, le front creusé de rides douloureuses. Le Dr Sanderson et Charley restaient discrètement en retrait près de la porte.

Tandis que Dan et Maggie approchaient du lit, les paupières de Jacob se soulevèrent.

— Kath-Katherine ? C'est bien… toi ?

Laurel recula sa chaise pour leur faire de la place.

— Oui, c'est moi, murmura Maggie.

Jacob tendit vers elle une main tremblante qu'elle prit dans la sienne. La vigueur de sa poigne la surprit. Il serrait ses doigts avec une force surprenante et, de son autre main, il agrippait une enveloppe blanche. Un bref coup d'œil à l'adresse de l'expéditeur, et Maggie écarquilla les yeux de surprise.

Le courrier venait du laboratoire spécialisé dans les analyses d'ADN. Du regard, elle consulta sa mère, puis sa tante qui hocha la tête.

— Le pli vient d'arriver.

Jacob tira sur la main de Maggie, et elle se pencha

vers lui. Il y avait dans ses prunelles une flamme qu'elle ne leur avait jamais vue, jamais lorsqu'il la regardait, elle.

— Katherine... Ma belle... ma merveilleuse... Katherine.

Il ferma les paupières, le visage empreint d'une douleur indicible.

— J'ai... j'ai été... bien sot. Toutes ces années... gâchées. Par ma faute. Je suis coupable, Kath... Mag-Maggie... Coupable... et je le regrette. S'il te plaît, pardonne-moi... Pardonne-moi. Je t'en prie...

Le menton de Maggie se mit à trembler. Une boule lui obstruait la gorge. Incapable d'articuler une parole, elle fixait son visage flou à travers le brouillard de ses larmes.

Dieu du ciel ! Toute une vie. Une vie entière de besoin, de manque, de souffrance, de vains efforts pour conquérir l'amour d'un père qui le lui refusait. Pour en arriver là. C'était trop injuste !

Elle regardait ce père, sentait sa frêle main rivée à la sienne tandis qu'une foule d'émotions contradictoires s'agitaient en elle, se nouaient et se dénouaient — colère, acceptation, rancune, soulagement, tristesse infinie, joie inimaginable, ô douce joie...

Et cruelle injustice d'un destin contraire qui lui donnait envie de hurler sa rage. Mais c'était là son père, l'homme qu'elle adorait de loin depuis toujours. Quoi qu'il lui ait fait, quelles que soient ses raisons, elle l'aimait encore, et elle allait le perdre.

Comment ne pas pardonner à ce père mourant ?

Les larmes de Maggie débordèrent de ses yeux, éclaboussant de leur pluie leurs deux mains jointes. Ses lèvres tremblaient, sa voix s'étranglait dans sa gorge, mais elle s'obligea à articuler de son mieux les paroles attendues.

— Je te pardonne, papa. Ce passé-là ne compte plus.

Jacob rouvrit les yeux pour la regarder. Des larmes coulaient au coin de ses paupières, mouillant les mèches argentées de ses tempes. Bouleversée de le voir pleurer, lui aussi, Maggie crut que son cœur allait se briser lorsqu'il lâcha l'enveloppe pour pouvoir effleurer sa joue.

— Tu es bonne… ma fille. Ma petite Maggie… mon enfant.

— Oh, papa…

— Viens, petite, approche-toi.

La faible pression qu'il exerça sur sa nuque eut raison des dernières barrières. Maggie s'abandonna sur sa poitrine, et, lorsqu'il l'enveloppa de ses bras, elle ne put retenir ses sanglots plus longtemps.

— Ma fille à moi… ma précieuse fille chérie…, murmurait Jacob en caressant ses cheveux. Je t'aime, Maggie… Je t'aime.

— Papa… Oh, mon papa, hoqueta-t-elle en s'accrochant à lui. Je t'aime, moi aussi. Je t'aime. Ne nous quitte pas, je t'en supplie ! Pas maintenant.

— Je t'aime… ma chérie…

Sa main s'immobilisa soudain, glissa de ses cheveux

pour retomber, inerte, sur le drap. Juste sous son oreille, Maggie entendit le cœur de Jacob battre de plus en plus faiblement, puis cesser.

Elle releva la tête. Les traits de son père s'étaient figés.

— Non ! Non ! Pas ça, non ! Par pitié, non… non… non…

— Viens, mon amour.

Dan l'attira dans ses bras, et elle s'effondra contre son large torse pour laisser libre cours au terrible chagrin qui menaçait de l'étouffer. Autour d'elle, les autres femmes pleuraient aussi, mais, murée dans sa propre souffrance, elle demeurait sourde à leur douleur.

Des sanglots déchirants qu'elle n'essayait même pas de retenir montaient du tréfonds de son âme, lui blessaient la gorge et faisaient peine à entendre.

Elle répandit des flots de larmes amères pour l'enfant mal aimée, pour l'adolescente sans ancrage ni repère, pour la femme qui avait enfin gagné l'amour de son père et le perdait dans le même instant. Elle pleura sur ce qui aurait pu être, sur ce qui aurait dû être, sur ce qui ne serait jamais.

Enfin, la première vague de chagrin s'épuisa. Ses sanglots se calmèrent et ses larmes se tarirent. Blottie entre les bras protecteurs de Dan, elle prit conscience qu'ils étaient seuls. Et qu'ils avaient quitté la chambre de ses parents. A un moment donné, Dan l'avait entraînée dans le petit salon voisin sans qu'elle s'en aperçoive.

Elle s'aperçut aussi qu'elle tenait toujours à la main l'enveloppe du laboratoire d'analyses.

Un feu crépitait joyeusement dans l'âtre, et l'odeur familière du pot-pourri préféré de sa mère embaumait la pièce. Sur le manteau de la cheminée, la pendule de sa grand-mère égrenait les secondes dans un doux tic-tac.

— Ça va mieux ? s'enquit Dan en effleurant le haut de son crâne d'un baiser.

Trop lasse pour faire le moindre geste, Maggie laissa échapper un long soupir.

— Non. Mais ça finira par aller. Oh, Dan ! J'ai tellement mal ! murmura-t-elle en refoulant de nouvelles larmes.

— Je comprends, ma chérie. Mais au moins, tu sais maintenant qu'il était ton père. Et tu l'as entendu te dire qu'il t'aimait.

— C'est déjà ça, effectivement, répondit-elle d'une voix blanche.

Certes, elle avait fini par obtenir ce qu'elle désirait depuis toujours, mais quelle piètre consolation, quelle joie douce-amère !

Elle soupira de nouveau.

— Je regrette seulement qu'il ait fallu une preuve irréfutable que j'étais sa fille pour qu'il puisse m'aimer. Cela ne lui suffisait donc pas que j'existe ?

Dan la prit par les épaules et l'écarta de lui pour plonger son regard dans ses prunelles d'émeraude.

— Je ne sais pas, ma chérie. Je ne comprendrai…

Il s'interrompit brusquement, fixa sa main crispée sur le pli du laboratoire.

— Ça alors ! reprit-il. Tu vois ce que je vois ?

A son tour, elle baissa les yeux sur l'enveloppe froissée, et ce qu'elle vit lui donna la chair de poule.

— Ça alors ! répéta-t-elle, comme en écho. Elle n'est pas décachetée.

Elle releva la tête vers son compagnon.

— Il n'a jamais regardé les résultats.

La première surprise passée, une lueur de joie éclaira le visage de Maggie. Dan lui sourit.

— En fin de compte, il semblerait que ton existence lui ait suffi.

— J'ose à peine y croire. C'était pourtant les résultats qu'il attendait.

Une ombre passa dans son regard et ses sourcils se froncèrent.

— Et si… si je n'étais pas sa fille ? Si je n'avais pas le droit de porter le nom de Malone ? Pas le droit de diriger l'entreprise ?

Elle examina l'enveloppe, la retourna.

— Je devrais l'ouvrir pour en avoir le cœur net.

Déjà, elle glissait l'ongle de son pouce sous le rabat quand la main de Dan se posa sur son poignet.

— Maggie, est-ce bien nécessaire ? Réfléchis. Tu voulais qu'il t'accepte pour toi-même. Peut-être que lui aussi souhaitait que tu l'acceptes. Je reconnais qu'il n'a pas été le père que tu espérais mais, comme je te l'ai déjà dit, Jacob était un homme juste et bon. Finalement, il n'aura pas eu besoin de cette preuve. Il en est venu à t'apprécier, à t'aimer pour toi, pour tes qualités. N'est-ce pas là tout ce qui compte ?

La question resta suspendue entre eux dans le silence, puis Maggie releva lentement la tête et rencontra le regard calme et posé de Dan. Aussitôt, toute tension la quitta. Elle baissa de nouveau les yeux sur l'enveloppe, marqua une pause, puis sourit.

— Tu as raison.

Sur ces mots, elle alla jusqu'à la cheminée et jeta le pli dans les flammes. Tandis que le papier se consumait, noircissait et se tordait jusqu'à n'être plus que cendres, Maggie sentit un immense soulagement monter en elle.

Dan l'attira de nouveau entre ses bras en murmurant :

— Voilà la Maggie que j'aime.

Ils restèrent un long moment ainsi, serrés l'un contre l'autre, enveloppés par le profond silence de la pièce. Enfin, Dan brisa le charme.

— J'ai une petite suggestion.

— Ah oui ? Laquelle ?

— Si tu n'as pas d'objection, je propose d'appeler notre premier fils Jacob.

Maggie se pencha en arrière et, malgré ses yeux rougis, elle s'efforça de produire un vague sourire moqueur.

— Eh bien, eh bien, beau gosse ! Ce ne serait pas par hasard une demande en mariage ?

— C'en est une. Alors, Rouquine ? Qu'en dis-tu ?

Elle fit mine de réfléchir quelques instants, puis répondit d'une voix traînante :

— Oh, je ne sais pas.

— Maggie..., fit Dan, réprobateur.

— Il est vrai que... le nom de Jacob ne me déplaît pas.

— Bon sang de bonsoir ! C'est fini, oui ?

Ravie, elle sourit d'une oreille à l'autre et se jeta à son cou.

— Oui. Oui, oui, et oui !

— Ne t'inquiète pas, tout se passera bien.

— Cause toujours. Elles peuvent voter contre moi. Décider d'engager un directeur de l'extérieur. Elles pourraient même décider de vendre. Rappelle-toi qu'elles totalisent plus de parts que moi.

— Pour l'amour du ciel, Rouquine, ce sont tes sœurs !

— Dan a raison, renchérit Anna.

— Mouais. Sauf que, dans le cas présent, je me demande si ça compte vraiment.

Maggie alla jusqu'au bout de la longue salle de conférences et revint, pensive.

— Laurel reste distante envers moi. Quant à Jo Beth, impossible de prévoir ses réactions.

Dix jours s'étaient écoulés depuis l'enterrement de Jacob. Maggie avait repoussé cette réunion autant qu'elle l'avait pu, en partie pour leur donner à toutes le temps de faire leur deuil, et en partie aussi parce qu'elle en redoutait l'issue. Aujourd'hui marquerait donc la première assemblée des actionnaires, nouveaux propriétaires de l'entreprise.

Une légère odeur de brûlé imprégnait encore l'air et le bruit des marteaux, des perceuses, des scies circulaires leur parvenait à travers la porte close. Au fond du couloir, les ouvriers remettaient en état les locaux incendiés. La fumée s'était échappée du bureau de Maggie par la vitre brisée et, depuis une quinzaine de jours, une équipe s'affairait à nettoyer les dégâts causés à l'usine proprement dite. Si l'assemblée votait en sa faveur, elle espérait entreprendre les travaux de modernisation d'ici à une semaine.

Nerveuse, elle arpentait la pièce de long en large en se tordant les mains.

— Chérie, s'il te plaît, cesse de te ronger les sangs. Assieds-toi et essaie de te détendre. Elles seront là d'une minute à l'autre.

Avec un pauvre sourire à sa secrétaire et à Dan, Maggie alla prendre sa place de président de séance à la tête de la table. Elle venait de s'asseoir quand la porte s'ouvrit sur ses sœurs, suivies d'Art Buchanan, l'avocat de la firme.

Une fois que tous furent installés, Maggie s'éclaircit la voix et commença :

— Eh bien, puisque nous sommes tous là…

La porte s'ouvrit de nouveau, et Laurel laissa échapper un petit cri de détresse. Dan bondit de sa chaise.

— Martin ! Qu'est-ce que tu fiches ici ? lança Maggie avec autorité. Comme tu ne l'ignores pas, ton contrat a été résilié. Tu n'es plus membre du personnel et je te demande de sortir immédiatement.

Elle le savait en liberté conditionnelle jusqu'au procès, mais jamais elle n'avait imaginé qu'il aurait le toupet de se montrer à l'usine.

— Tu as entendu ? gronda Dan. Alors maintenant, dehors !

— Je suis dans mon bon droit et j'ai ma place ici. Quand j'ai épousé Laurel, elle a renoncé à ses droits au vote en ma faveur par acte notarié. Depuis, j'ai toujours siégé aux réunions des actionnaires.

— Eh bien ! Nous allons remédier à cela, déclara Maggie.

Elle se tourna vers l'avocat.

— Maître Buchanan, je vous prierai de faire le nécessaire pour résilier le droit de vote de M. Howe au profit de Laurel.

— J'ai le formulaire tout prêt ici.

Il ouvrit son attaché-case, en tira un papier et un stylo, marqua d'une croix l'endroit de la signature et fit glisser l'ensemble à Laurel.

De rage, Martin s'empourpra.

— Laurel, je t'interdis de signer ça !

— Bon sang, Martin, ce que tu peux être borné !

s'emporta Dan. On t'a présenté la demande de divorce la semaine dernière ! Au cas où tu n'aurais pas compris, je te signale qu'elle n'a plus d'ordres à recevoir de toi.

— Nous ne sommes pas encore divorcés, et si Laurel écoute la voix de la raison, nous ne le serons jamais.

Il concentra toute son attention sur sa femme, et Maggie grimaça en le voyant sortir son numéro de charme.

— Laurel, ma chérie, tu sais bien que je t'aime. Tu ne peux pas me quitter comme ça pour des vétilles.

— Je ne te quitte pas pour des vétilles, Martin. Souviens-toi que tu m'as trompée. Et, quand je m'en suis aperçue, tu m'as battue.

— Bon, d'accord, j'ai peut-être été un peu brutal…

— Un peu brutal ? J'ai le nez cassé, trois côtes fêlées et un hématome au rein droit. Sans parler des bleus et autres lésions.

Martin pinça les lèvres, et la colère embrasa son regard. S'il avait été seul avec Laurel, Maggie sentait qu'il l'aurait frappée une fois de plus.

Prenant sur lui, il ravala sa rage, adopta un ton conciliant qui sonnait faux.

— Mon amour, cette liaison avec Elaine ne comptait pas pour moi. C'était juste pour l'amadouer. J'avais besoin d'elle pour trafiquer les livres.

Art Buchanan toussota.

— Hm. Monsieur Howe, vous devriez vous abstenir de faire ce genre de déclaration en présence d'un homme de loi. En tant qu'avocat du barreau, je me permets de vous signaler que trafiquer les livres de comptes est un délit passible des tribunaux.

— Seulement si on détourne de l'argent. Les comptes que j'ai présentés à Bountiful Foods étaient parfaitement exacts. Les autres ne visaient qu'à convaincre Jacob de vendre.

— Quoi qu'il en soit, si la famille Malone décide de poursuivre l'affaire en justice, la plainte contre vous sera à coup sûr retenue.

Maggie se tourna vers sa sœur.

— Laurel, à toi de jouer. Qu'est-ce que tu veux ?

— Juste qu'il sorte de ma vie une fois pour toutes.

— Voilà qui est clair. Tu as entendu, Martin ? Personnellement, je ne comprends pas que tu oses encore te montrer ici après ce que tu lui as fait subir. Sans parler de tout le reste, de l'incendie, de ton père qui a tenté de m'assassiner.

— Je ne suis pas responsable des actes de mon père. Ce vieux cinglé a pris sur lui de se débarrasser de toi, ça le regarde. Ce n'est pas moi qui ai mis le feu.

Ce reniement brutal laissa l'assemblée stupéfaite et sans voix.

A tort ou à raison, Rupert était depuis toujours dévoué corps et âme à son fils. Dès que Martin avait des ennuis, Rupert intercédait en sa faveur, usait de son influence pour régler les problèmes. Si Martin voulait quelque chose, Rupert mettait en œuvre les moyens nécessaires pour le lui obtenir, que ce soit par la ruse, par de subtils chantages ou des menaces voilées. D'aucuns prétendaient même qu'il n'hésitait pas à payer de sa poche s'il le fallait.

Et ce fils indigne lui tournait le dos sans sourciller. Même venant d'un type tel que Martin, la trahison était de taille !

— Laurel, je t'en prie, ne sois pas ridicule. Ecoute-moi jusqu'au bout avant de prendre une décision hâtive. Je peux vous rendre tous riches à millions. Suppose que nous changions les statuts de l'entreprise. Nous vendons à Bountiful Foods. Ils ne produisent ni fruits ni légumes. Nos vergers ne les intéressent pas. Ils ne veulent que la conserverie. Nous restons donc propriétaires des terres. C'est là que ça devient intéressant… Mon père sait par la banque qu'une importante firme informatique doit s'installer dans la région. Ils vont construire un immense complexe, et toute une armée d'ingénieurs, de développeurs et autres gros salaires va avoir besoin de résidences haut de gamme. Nous diviserons les vergers en parcelles à construire d'un demi-hectare que nous vendrons quatre-vingt à quatre-vingt-dix mille dollars pièce. Malone Enterprises possède près de huit mille hectares cultivés. En un rien de temps, nous roulerons sur l'or.

— Alors, c'était le terrain que tu voulais depuis le début ! s'exclama Maggie. Les sabotages, les comptes trafiqués, les manœuvres d'intimidation ne visaient qu'à nous affoler pour que nous changions les statuts de l'entreprise.

— Oui. En comparaison des bénéfices que nous

tirerons de l'opération, la vente de la conserverie ne sera qu'une goutte d'eau dans l'océan.

— Tu as perdu ton temps, Martin. Notre arrière-grand-mère a fondé Malone Enterprises. Depuis, quatre générations de Malone ont mis leur cœur et leur énergie dans l'affaire qui nourrit une bonne partie de la population locale. La firme n'est pas et ne sera jamais à vendre.

Martin jeta à Maggie un regard meurtrier.

— Ne vous occupez pas d'elle, lança-t-il à ses sœurs. Rien ne vous oblige à la laisser décider à votre place. A vous deux, vous détenez la majorité des voix. Vous pouvez faire ce que bon vous semble.

Il se tourna vers sa femme, la gratifia d'un sourire enjôleur.

— Laurel, ma chérie, ce n'est pas sérieux. Tu ne veux pas vraiment me quitter. Pas après tout ce que nous avons partagé. Je t'aime, ma douce. Nous avons quelques petits problèmes, je l'avoue, mais nous y travaillerons et nous les réglerons, je te le promets. Et toi, Jo Beth, avec ta part, plus besoin de faire des études. Tu iras où tu voudras, tu feras ce que tu voudras. Tu ne dois rien à Maggie. Merde ! Après tout, tu la détestes !

L'intéressée observait ses deux sœurs en silence, se demandait si leur loyauté et les traditions familiales pesaient bien lourd dans la balance face à cette promesse de fortune.

Par le passé, les numéros de charme de Martin avaient toujours su convaincre Laurel. Elle demeura muette si longtemps que Maggie craignit que ce ne soit le cas une fois de plus.

Enfin, sans un mot, elle se leva de sa chaise, contourna la table pour venir se placer derrière celle de Maggie, puis elle regarda son époux dans les yeux et posa une main sur l'épaule de sa sœur.

Trois secondes plus tard, Jo Beth l'imitait.

Martin semblait sur le point d'exploser.

— Vous n'êtes que des imbéciles, toutes les trois ! hurla-t-il. Vous êtes assises sur une mine d'or, et vous laissez filer la fortune sous votre nez à cause d'une ridicule tradition familiale !

Sur ce, il quitta la pièce au pas de charge, claquant la porte derrière lui. Le battant à peine refermé, Maggie bondit de son siège et embrassa ses sœurs.

— Merci ! Merci ! Je vous remercie de tout mon cœur !

— Tu ne croyais tout de même pas que nous prendrions le parti de Martin contre toi ?

— Ouais ! Surtout après ce qu'il a fait à Laurel. Il peut toujours courir.

— N'empêche… il parlait d'une véritable fortune.

— Nous ne sommes pas précisément pauvres, que je sache. Et puis, Jo Beth et moi, nous sommes des Malone aussi.

— En plus, les frangines sont là pour se soutenir. Moi, je dis bon débarras. Martin n'est qu'un trou-du-cul sans fesses.

Maggie éclata de rire.

— Je suis entièrement d'accord, petite sœur. Mais je te conseille tout de même d'éviter ce genre d'expression devant maman.

Jo Beth roula des yeux.

— Sûr qu'elle criserait un max si elle entendait ça.
Laurel pressa doucement la main de Maggie.

— Sœurette, je ne t'ai pas remerciée pour ce que…

— Chut. Ne me remercie pas, c'était la moindre des choses. Comme le dit si bien Jo Beth, les frangines sont là pour se soutenir.

Elles s'embrassèrent de nouveau, s'étreignirent avec effusion, et quand les larmes menacèrent, Anna les rappela à l'ordre.

— Pas de ça, les enfants. Nous avons des affaires à traiter ce matin. Me Buchanan a autre chose à faire que vous regarder chouiner et vous lécher le museau. Un peu de tenue, je vous prie !

La voix de la raison avait parlé. Les trois sœurs échangèrent des sourires complices et reprirent leurs places.

La réunion se déroula sans heurt. Elles votèrent à l'una-nimité la modernisation de la conserverie, et Maggie fut élue P.-D.G. de la firme. Encore que ses sœurs avaient quelques réserves à émettre sur ce point.

— Tu es sûre de vouloir ce poste, Maggie ? Et ta carrière de mannequin ?

Elle éclata de rire.

— Tu peux me faire confiance, diriger Malone Enterprises est mon souhait le plus cher depuis toujours. Quant à ma carrière de mannequin, si je réduis un peu mes engagements, cela ne me gênera pas dans le travail. C'est ce que je fais depuis quatre mois, et je peux continuer aussi longtemps qu'on me demandera. Entre nous, à l'âge avancé de vingt-sept ans, ma fameuse carrière de mannequin ne durera plus bien longtemps.

— Mais c'est affreux ! protesta Laurel.

— Complètement débile, renchérit Jo Beth.

— Certes. Mais c'est la triste réalité du monde de la mode. Cela m'est égal, d'ailleurs. Tout ce qui compte pour moi est ici. Ma famille, l'entreprise.

Elle chercha les yeux de Dan à l'autre bout de la table, lui sourit, puis ajouta :

— Et l'homme de ma vie. Que pourrais-je demander de plus ?

Une fois encore, Anna reprit les choses en main pour éviter les débordements affectifs.

— Eh bien, en ce cas, tout est réglé, déclara-t-elle en refermant son bloc-notes. Qu'est-ce que tu attends pour clore la séance, que nous sortions enfin d'ici ?

Maggie rit de nouveau et frappa la table du plat de la main en annonçant :

— Mesdames, messieurs, la séance est levée.

Lorsque les autres eurent quitté la salle, Dan rejoignit Maggie et l'attira à lui. Les bras noués autour de sa taille, il plongea dans ses yeux.

— Il aura fallu le temps, mais tu as réussi. Bienvenue chez toi, mon amour.

DANS LA MÊME COLLECTION

Par ordre alphabétique d'auteur

MARY LYNN BAXTER	*La femme secrète*
MARY LYNN BAXTER	*Un été dans le Mississippi*
JENNIFER BLAKE	*Une liaison scandaleuse*
BARBARA BRETTON	*Le lien brisé*
MEGAN BROWNLEY	*La maison des brumes*
CANDACE CAMP	*Le bal de l'orchidée*
CANDACE CAMP	*Le manoir des secrets*
CANDACE CAMP	*Le château des ombres*
CANDACE CAMP	*La maison des masques*
ELAINE COFFMAN	*Le seigneur des Highlands*
ELAINE COFFMAN	*La dame des Hautes-Terres*
JACKIE COLLINS	*Le voile des illusions*
PATRICIA COUGHLIN	*Le secret d'une vie*
MARGOT DALTON	*Une femme sans passé*
EMMA DARCY	*Souviens-toi de cet été*
WINSLOW ELIOT	*L'innocence du mal*
SALLY FAIRCHILD	*L'héritière sans passé*
ELIZABETH FLOCK	*Moi & Emma*
GINNA GRAY	*Le voile du secret*
KATHRYN HARVEY	*La clé du passé*
FIONA HOOD-STEWART	*Les années volées*
FIONA HOOD-STEWART	*A l'ombre des magnolias*
FIONA HOOD-STEWART	*Le testament des Carstairs*
RONA JAFFE	*Le destin de Rose Smith Carson*
PENNY JORDAN	*Silver*
PENNY JORDAN	*L'amour blessé*
PENNY JORDAN	*L'honneur des Crighton*
PENNY JORDAN	*L'héritage*
PENNY JORDAN	*Le choix d'une vie*
PENNY JORDAN	*Maintenant ou jamais*
PENNY JORDAN	*Les secrets de Brighton House*
PENNY JORDAN	*La femme bafouée*
HELEN KIRKMAN	*Esclave et prince*
ELAINE KNIGHTON	*La citadelle des brumes*

... / ...

DANS LA MÊME COLLECTION

Par ordre alphabétique d'auteur

CATHERINE LANIGAN	*Parfum de jasmin*
RACHEL LEE	*Neige de septembre*
RACHEL LEE	*La brûlure du passé*
LYNN LESLIE	*Le choix de vivre*
MERLINE LOVELACE	*La maîtresse du capitaine*
MARGO MAGUIRE	*Seigneur et maître*
ANN MAJOR	*La brûlure du mensonge*
ANN MAJOR	*Le prix du scandale**
CURTISS ANN MATLOCK	*Sur la route de Houston*
CURTISS ANN MATLOCK	*Une nouvelle vie*
MARY ALICE MONROE	*Le masque des apparences*
EMILIE RICHARDS	*Le temps d'un été*
EMILIE RICHARDS	*Mémoires de Louisiane*
NORA ROBERTS	*Retour au Maryland*
NORA ROBERTS	*La saga des Stanislaski*
NORA ROBERTS	*Le destin des Stanislaski*
NORA ROBERTS	*L'héritage des Cordina*
NORA ROBERTS	*Love*
NORA ROBERTS	*La saga des MacGregor*
NORA ROBERTS	*L'orgueil des MacGregor*
NORA ROBERTS	*L'héritage des MacGregor*
NORA ROBERTS	*La vallée des promesses*
NORA ROBERTS	*Le clan des MacGregor*
NORA ROBERTS	*Le secret des émeraudes*
NORA ROBERTS	*Un homme à aimer**
NORA ROBERTS	*Sur les rives de la passion*
NORA ROBERTS	*La saga des O'Hurley*
NORA ROBERTS	*Le destin des O'Hurley*
ROSEMARY ROGERS	*Le sabre et la soie*
ROSEMARY ROGERS	*Le masque et l'éventail*
JOANN ROSS	*Magnolia*
JOANN ROSS	*Cœur d'Irlande*
EVA RUTLAND	*Tourments d'ébène*

… / …

DANS LA MÊME COLLECTION

Par ordre alphabétique d'auteur

DALLAS SCHULZE	*Un amour interdit*
DALLAS SCHULZE	*Les vendanges du cœur*
JUNE FLAUM SINGER	*Une mystérieuse passagère*
ERICA SPINDLER	*L'ombre pourpre*
ERICA SPINDLER	*Le fruit défendu*
ERICA SPINDLER	*Trahison*
ERICA SPINDLER	*Le venin*
CHARLOTTE VALE ALLEN	*Le destin d'une autre*
CHARLOTTE VALE ALLEN	*L'enfance volée*
CHARLOTTE VALE ALLEN	*L'enfant de l'aube*
LAURA VAN WORMER	*Intimes révélations*
SUSAN WIGGS	*Un printemps en Virginie*
SUSAN WIGGS	*Les amants de l'été*
BRONWYN WILLIAMS	*L'île aux tempêtes*
SHERRYL WOODS	*Refuge à Trinity*
SHERRYL WOODS	*Le testament du cœur*
KAREN YOUNG	*Le passé meurtri*

* *titres réunis dans un volume double*

6 NOUVEAUTÉS À PARAÎTRE EN OCTOBRE 2007

Composé et édité par les
éditions Harlequin
Achevé d'imprimer en juillet 2007

par

LIBERDÚPLEX

Dépôt légal : août 2007
N° d'éditeur : 12936

Imprimé en Espagne